Das Lavendelhaus

Die Autorin

Jude Deveraux wurde in Kentucky geboren, studierte Kunst und arbeitete als Lehrerin, bevor sie sich ganz dem Schreiben zuwandte. Sie ist die Autorin von 37 Romanen, die alle auf der *New-York-Times*-Bestsellerliste standen. Ihre Werke sind in zahlreiche Sprachen übersetzt und erreichen eine Gesamtauflage von über 50 Millionen Büchern. Mehr über die Autorin erfahren Sie unter www.jude-deveraux.com.

JUDE DEVERAUX

Das Lavendelhaus

Roman

Aus dem Amerikanischen
von Karin Dufner

Weltbild

Die amerikanische Originalausgabe erschien 2009 unter dem Titel
Lavender Morning bei Atria Books,
a division of Simon & Schuster, Inc., New York.

Besuchen Sie uns im Internet:
www.weltbild.de

Übersetzung: Karin Dufner
Projektleitung und Redaktion: usb bücherdienst, Friedberg/Bay
Umschlaggestaltung: *zeichenpool, München
Umschlagmotiv: www.shutterstock.com
Satz: Catherine Avak, München
Druck und Bindung: GGP Media GmbH, Pößneck
Printed in the EU
ISBN 978-3-86365-993-6

2017 2016 2015 2014
Die letzte Jahreszahl gibt die aktuelle Ausgabe an.

Prolog

Helen?«, erkundigte sich die Anruferin. »Helen Aldredge?«

Hätte jemand Helen gefragt, ob sie Edilean Harcourts Stimme nach so langer Zeit wiedererkennen würde, sie hätte das wohl verneint. Und dennoch wusste sie sofort, wer da am Apparat war. Sie hatte diesen kultivierten, gebildeten Tonfall zwar nur einige Male gehört, allerdings stets in einem wichtigen Zusammenhang. Deshalb wies sie die Anruferin auch nicht darauf hin, dass sie seit ihrer Hochzeit Connor hieß. »Miss Edi? Bist du das?«

»Du hast ein ausgezeichnetes Gedächtnis.«

Helen stellte sich die Frau vor, wie sie sie im Gedächtnis hatte: hochgewachsen, schlank, dunkles, stets perfekt frisiertes Haar. Ihre Kleidung war zeitlos und immer von der besten Qualität. Inzwischen musste sie beinahe neunzig sein, so alt wie Helens Vater David. »Gute Gene«, erwiderte Helen und hätte sich im nächsten Moment am liebsten auf die Zunge gebissen. Denn ihr Vater und Miss Edi waren früher einmal verlobt gewesen. Doch als Edilean aus dem Zweiten Weltkrieg zurückgekehrt war, hatte ihr geliebter David Helens Mutter, Mary Alice Welsch, geheiratet. In ihrer Trauer und Verzweiflung hatte Miss Edi das große, alte Haus, seit Generationen im Familienbesitz, ihrem Taugenichts von einem Bruder überlassen, der nach einer ihrer Vorfahrinnen benannten Stadt den Rücken gekehrt hatte, und nie geheiratet. Bis heute tuschelten einige ältere Leute in Edilean über die »große Tragödie« und hatten für Helens Mutter nur schiefe Blicke übrig. Davids und Mary Alices Entscheidung hatte das Ende der direkten Harcourt-Linie, der Gründerfamilie des Städtchens, bedeutet. Und da Edilean, Virginia, ganz in der Nähe von Colonial Williamsburg lag, war es ein schwerer Schlag für seine Bewohner gewesen, eine Familie aussterben zu sehen, deren Vorfahren noch mit George Washington und Thomas Jefferson per Du gewesen waren.

»Ja, du hast gute Gene«, entgegnete Miss Edi, ohne zu zögern. »Ich bin von deinen Fähigkeiten sogar so überzeugt, dass ich beschlossen habe, dich um Hilfe zu bitten.«

»Hilfe?«, erkundigte Helen sich argwöhnisch. Sie war mit den Geschichten von den Fehden und dem Groll aufgewachsen, die ihr Vater mit seiner Entscheidung ausgelöst hatte. Eigentlich hätte sie es ja gar nicht wissen dürfen, denn es wurde nur hinter vorgehaltener Hand darüber geredet, doch Helen war schon immer neugierig gewesen. Und so hatte sie in einer Ecke der Veranda gesessen, mit ihren Puppen gespielt und dabei gelauscht.

»Ja, Hilfe, mein Kind«, antwortete Miss Edi in einem herablassenden Ton, der dafür sorgte, dass Helen errötete. »Und ich werde dich nicht bitten, hundert Plätzchen für den Kirchenbasar zu backen. Das kannst du dir also gleich aus dem Kopf schlagen.«

»Ich wollte nicht …«, setzte Helen zu einer Rechtfertigung an. Sie stand am Spülbecken und beobachtete ihren Mann James, der sich draußen mit dem neuen Vogelhäuschen abmühte. *Es sollte verboten sein, Männer in Rente zu schicken,* dachte sie zum wohl tausendsten Mal. Sicher würde James jeden Moment, erbost über das Vogelhäuschen, hereinkommen, und dann würde sie sich seine Schimpftirade anhören müssen. Früher war er Herr über Hunderte von Mitarbeitern in verschiedenen Bundesstaaten gewesen. Doch inzwischen waren seine Frau und sein erwachsener Sohn die Einzigen, die er herumkommandieren konnte. Mehr als einmal hatte Helen sich in solchen Situationen zu Luke geflüchtet und ihn gefragt, ob sie den Nachmittag bei ihm verbringen könne. Daraufhin sah Luke sie stets mit seinem typischen Grinsen an und beauftragte sie mit Unkrautjäten.

»Gut«, sagte Helen, »was kann ich für dich tun?« Wie lange hatte sie nicht mehr mit dieser Frau gesprochen? Zwanzig Jahre?

»Ich habe erfahren, dass ich höchstens noch ein Jahr zu leben habe, und …« Sie brach ab, als Helen ein anteilnehmendes Geräusch von sich gab. »Bitte kein Mitleid. Ich habe wirklich große Lust, von dieser Welt abzutreten, denn ich bin schon viel zu lange hier. Doch seit ich weiß, dass mir nur noch ein Jahr bleibt, denke ich darüber nach, was ich bis dahin noch erledigen muss.«

Helen musste schmunzeln. Auch wenn Miss Edi nicht mehr in der Stadt wohnte, die nach ihrer Urgroßmutter benannt war, war ihr Einfluss noch immer spürbar. Dass es das Städtchen überhaupt noch gab, war nur Miss Edi zu verdanken. »Du hast viel für Edilean getan. Du hast …«

»Ja, Liebes, ich weiß. Ich habe Projekte finanziert, Briefe geschrieben und Radau geschlagen, als man uns das Zuhause wegnehmen wollte. Dazu brauchte ich nur Geld auszugeben und viel Lärm zu veranstalten. Allerdings habe ich es versäumt, Dinge wiedegutzumachen, die passiert sind, als ich noch eine junge Frau war.«

Helen musste ein Aufstöhnen unterdrücken. Nicht schon wieder die alte Geschichte, dachte sie. Die, wie ihre Mutter Mary Alice gegen Ende des Zweiten Weltkriegs Miss Edi den Freund ausgespannt hatte. Arme Miss Edi, böse, böse Mary Alice. Das kannte sie doch alles schon zur Genüge. »Ja, ich weiß …«

»Nein, nein«, fiel Miss Edi Helen wieder ins Wort. »Ich rede nicht von dem, was deine Eltern getan haben, als noch die Dinosaurier die Erde bevölkerten, sondern von heute. Was damals geschehen ist, hat Einfluss auf die Gegenwart.«

Stirnrunzelnd wandte sich Helen ab, um nicht mit ansehen zu müssen, wie ihr Mann dem Vogelhäuschen, das immer wieder umfiel, einen zornigen Tritt verpasste. »Du meinst, dass einige Dinge anders verlaufen wären, wenn mein Vater dich geheiratet hätte«, sagte sie zögernd.

»Mag sein«, entgegnete Miss Edi, klang aber, als lächle sie dabei. »Was weißt du über den 14. November 1941?«

»Dass kurz darauf der Angriff auf Pearl Harbor stattfand?«, fragte Helen zweifelnd.

»Daraus schließe ich, dass du bei deinen Lauschaktionen als kleines Mädchen nicht alles mitbekommen hast.«

Helen konnte ein Auflachen nicht unterdrücken. »Richtig, Miss Edi. Könntest du mir jetzt bitte verraten, worauf du hinauswillst? Mein Mann kommt gleich zum Mittagessen herein, und ich habe nicht mehr viel Zeit.«

»Ich möchte, dass du mich in Florida besuchst. Glaubst du, du kannst deinen Mann so lang allein lassen?«

»Der schreckliche Mensch ist in Rente. Vielleicht ziehe ich ja sogar für immer bei dir ein.«

Miss Edi kicherte spöttisch. »Ich verstehe. Aber du darfst niemandem erzählen, wohin du fährst oder wen du besuchst. Ich muss einiges mit dir besprechen, und dann überlegen wir uns, wie wir die Sache angehen. Selbstverständlich komme ich für sämtliche Kosten auf. Natürlich nur, wenn du interessiert bist.«

»Eine kostenlose Reise? Düstere Geheimnisse? Ich platze vor Neugier. Wie organisieren wir das?«

»Ich schicke sämtliche Reiseunterlagen an meine Adresse in Edilean. Dort kannst du sie abholen. Wie geht es deinem hübschen Sohn?«

Helen zögerte. Sollte sie ihr die übliche Standardantwort geben? Kaum jemand wusste, was Luke in den letzten Jahren durchgemacht hatte. Doch Helen vermutete, dass Miss Edi es irgendwie erfahren haben musste. »Er erholt sich langsam von dem Schlag. Meistens versteckt er sich in irgendeinem Garten in der Stadt und gräbt dort Löcher. Er will mit niemandem über seine Probleme reden. Nicht einmal mit mir.«

»Was, wenn ich sein Leben verändern würde?«

»Zum Guten oder zum Schlechten?«, fragte Helen, merkte aber auf. Ihr Sohn, ihr einziges Kind, war unglücklich, und sie wusste nicht, wie sie ihm helfen sollte.

»Zum Guten«, erwiderte Miss Edi. »Also, am besten kochst du jetzt das Mittagessen für deinen Mann. Vergiss nicht, dass du niemandem von diesem Telefonat erzählen darfst. Die Tickets müssten morgen um zehn da sein. Hol sie ab und ruf mich dann an. Ich werde dafür sorgen, dass dich jemand hier am Flughafen erwartet.«

»Einverstanden«, sagte Helen gerade, als sich die Hintertür öffnete.

»Verdammtes Drecksding«, hörte sie James schimpfen. »Ich sollte den Hersteller dieses fabrikneuen Schrotts anzeigen.«

Helen verdrehte die Augen. »Wird gemacht«, flüsterte sie. »Ich muss auflegen.«

Miss Edi hängte ein und blieb noch eine Weile neben dem Telefon sitzen. Dann stemmte sie sich mit zwei Stöcken aus dem Sessel hoch. Heute hatte sie solche Schmerzen in den Beinen, dass sie sich am liebsten hingelegt hätte und nie wieder aufgestanden wäre. Sie humpelte zu dem großen Karton hinüber, der auf der Klavierbank stand, und dachte an die Fotos darin, an die Geschichten, die sich damit verbanden, und das, was vor so vielen Jahren aus den darauf abgebildeten Personen geworden war.

Dann griff sie nach dem grün eingebundenen Highschool-Jahrbuch. Abschlussjahrgang 1937. Aufzuschlagen brauchte sie es nicht, weil sie alle Gesichter noch deutlich vor ihrem geistigen Auge hatte. Sie war froh, dass sie schon seit einigen Jahren nicht mehr in Edilean, Virginia, gewesen war. Sie vermisste das Städtchen, die Bäume und den Wechsel der Jahreszeiten. Doch was sie nicht sehen wollte, waren die alternden Gesichter ihrer Freunde oder ihre Namen auf Grabsteinen. Wer hätte gedacht, dass sie, David und Mary Alice als Letzte übrig bleiben würden. Und Pru… aber die zählte nicht. Fast alle anderen waren gestorben, einige erst vor Kurzem, manche schon vor vielen Jahren. Wie lange war die arme Sara nun schon tot? Edi erinnerte sich nicht mehr an das genaue Datum, wusste aber, dass es schon eine Weile her war.

Sie legte das Buch weg und betrachtete die kleine Schachtel, die Fotos von ihnen allen enthielt, machte sie aber nicht auf. Heute fühlte sie sich noch elender als sonst und war sicher, dass der Arzt sich irrte. Sie hatte sicher kein ganzes Jahr mehr zu leben, war jedoch froh darüber. Die Schmerzen in ihren alten, vernarbten Beinen wurden immer schlimmer. Wenn sie überhaupt aus dem Bett aufstand, dann nur, weil sie sich dazu zwang. Wenn sie es nicht schaffte, ließ sie sich von ihrer angestrengt gute Laune verbreitenden Pflegerin ihren Laptop bringen und verbrachte den ganzen Tag damit. Das Internet war wirklich eine wunderbare Sache! Und man konnte so viel damit herausfinden.

Sie hatte sogar David Clares Familie gegoogelt und festgestellt, dass sein ältester Bruder den Krieg überlebt hatte und ein erfolgreicher Geschäftsmann geworden war. Oft war sie versucht gewesen, dort anzurufen, hatte es aber aus Angst, verletzt zu werden, nicht getan. Vermutlich hatten Davids Angehörige nie von ihr gehört, denn er war ja schon wenige Wochen nach ihrem Kennenlernen gefallen.

Auf dem Weg in die Küche dachte Edi an Jocelyn, was wie immer dafür sorgte, dass ihre Schmerzen nachließen und dass sie sich friedlicher fühlte.

Alexander McDowell, der Mann dessen Leben im Mittelpunkt all der Geheimnisse und gebrochenen Herzen stand, hatte Edi mit dem jungen Mädchen bekannt gemacht.

»Ihre Großeltern, die Scovills, waren sehr, sehr gute Freunde von mir«, hatte Alex mit vom jahrzehntelangen Rauchen heiserer Stimme gesagt. »Ihre schöne Tochter Claire wurde auf die besten Schulen geschickt. Auf dem Debütantinnenball hat sie elf Heiratsanträge bekommen, doch sie hat erst mit dreiunddreißig geheiratet, und zwar den Hausmeister des Country Clubs.«

Miss Edi hatte zu viel erlebt, um ein Snob zu sein. »Was war er denn für ein Mensch?«

»Zu ihr war er gut. Kein Ehrgeiz und beinahe Analphabet,

aber ein liebevoller Ehemann. Sie hatten eine Tochter namens Jocelyn, und nur wenige Jahre später starb die schöne Claire.«

Vielleicht lag es ja an dem Namen »Claire« oder daran, dass Edi damals vor einer schwierigen Lebensentscheidung gestanden hatte. Den Großteil ihres Berufslebens hatte sie damit verbracht, Dr. Brenner auf seinen Reisen zu begleiten. Da der Arzt aus reichem Hause kam, war er nicht auf Bezahlung angwiesen gewesen, und so reiste er von Krisengebiet zu Krisengebiet und half ehrenamtlich dort, wo er gebraucht wurde. Es wurde gemunkelt, dass Dr. Brenner schon den Flug zum Unglücksort gebucht hatte, bevor die Bombe überhaupt hochging. In Wahrheit aber war das Buchen von Flügen Edis Aufgabe, und sie folgte dem Arzt überallhin.

Doch als Dr. Brenner sich zur Ruhe setzte, war auch für Edi Schluss mit den Reisen. Sollte sie nach Edilean zurückkehren und mit ihrem Bruder, der sie zu Tode langweilte, in dem großen Haus wohnen? Oder war es besser, wenn sie mit ihrer Rente und ihren Ersparnissen ein ruhiges Leben führte und vielleicht ihre Memoiren schrieb? Ebenfalls zum Gähnen.

Als Alex McDowell, den sie schon seit frühester Kindheit kannte, ihr eine Stelle als Verwalterin eines Wohltätigkeitsfonds anbot und sie bat, ein Auge auf die kleine Enkelin seiner Freunde zu haben, hatte Edi sofort zugegriffen.

»Ich kenne das Kind nicht«, hatte Alex vor all den Jahren gesagt. »Sie könnte genauso gut die mangelnde Intelligenz ihres Vaters geerbt haben. Ich weiß nur, dass sie nach dem Tod ihrer Eltern bei ihren Großeltern aufgewachsen ist. Und als die ebenfalls starben, wurde Jocelyn – so heißt die Kleine – der Obhut ihres Vaters übergeben.«

»Er vergeht sich doch nicht etwa an ihr, oder?«, fragte Miss Edi rasch.

»Nein, ich habe einen Privatdetektiv auf ihn angesetzt und nichts dergleichen gehört. Allerdings hat der Vater sich verändert.«

»Wie verändert?«, hakte Miss Edi nach.

…chte auf. »So, wie du es dir in deinen schlimmsten …umen nicht vorstellen kannst. Er hat eine Frau mit ein…gen Zwillingstöchtern geheiratet, und jetzt fahren sie zu…sammen Motorrad.«

Kurz schloss Miss Edi die Augen. Der Name Claire und das Bild von Motorrädern lenkten sie ab.

»… Boca Raton«, meinte Alex.

»Entschuldige, ich habe nicht richtig zugehört.«

»Ich besitze ein Haus in derselben bewachten Wohnsiedlung, wo auch die kleine Jocelyn mit ihrem Vater und den Stieflingen, wie sie sie nennt, wohnt. Einer meiner Detektive hat mit ihr geredet.«

»Sie hat mit einem fremden Mann gesprochen?«, stieß Miss Edi hervor.

Wieder lachte Alex auf. Du bist noch genau wie früher, was? Ich kann dir versichern, dass die Begegnung unter strenger Aufsicht stattfand. Sie waren bei einem NASCAR-Rennen.«

»Einem was?«

»Glaube mir, das willst du gar nicht wissen. Was mich interessiert, Edi, ist, ob du dir vorstellen könntest, in Boca Raton zu leben. Du würdest drei Häuser von Claires Tochter entfernt wohnen und ein Auge auf sie haben, während du für mich arbeitest.«

Bei jedem anderen wäre Edi wenig begeistert gewesen, doch Alex war ein alter Freund, dem sie vertraute. »Sehr, sehr gerne«, erwiderte sie. »Wirklich.«

»Ich dachte, die Wärme in Florida ist sicher gut für deine Beine.«

»Nicht wieder nach Edilean zu ziehen, wo mich alle als alte Jungfer bemitleiden würden, ist das Allerbeste für meine Beine.«

»Du und eine alte Jungfer«, entgegnete Alex. »Für mich wirst du immer dreiundzwanzig sein und die schönste Frau in …«

»Wenn du nicht aufhörst, verpetze ich dich bei Lissie.«

»Sie hat dich genauso lieb wie ich«, sagte Alex rasch. »Also gib mir deine Adresse, und dann schicke ich dir die Daten.«

»Danke«, antwortete Edi. »Vielen, vielen Dank.«

»Nein«, entgegnete Alex. »Ich muss mich wie immer bei dir bedanken. Wenn du nicht wärst …«

»Ich weiß. Küss alle von mir«, antwortete sie und legte auf. Es dauerte eine ganze Weile, bis sich ein Lächeln auf ihrem Gesicht breitmachte. Sie hatte schon immer daran geglaubt, dass sich für jede Tür, die sich schloss, eine neue öffnete. Dr. Brenners Tür hatte sich geschlossen. Und nun war eine andere aufgegangen.

Jetzt, so viele Jahre später, war Jocelyn Minton das Wichtigste in Miss Edis Leben. Das Kind, das ihr nicht vergönnt gewesen war. Die Familie, die sie nie gehabt hatte.

Sobald sich Jocelyn von ihrem Arbeitsplatz in dem kleinen College, das sie gnadenlos ausbeutete und einen Hungerlohn bezahlte, loseisen konnte, sprang sie ins Auto und fuhr nach Hause. Und nach dem Pflichtbesuch bei Vater und Stiefmutter ging sie sofort zu Edi, wo sich die beiden vor Freude um den Hals fielen. Jocelyn war die Einzige, die sich von Edis abweisender Art nicht einschüchtern ließ, und umarmte sie wie damals als kleines Mädchen. »Meine Lebensretterin«, nannte sie Edi »Ich weiß nicht, wie ich ohne dich meine Kindheit überstanden hätte.«

Edi wusste, dass das übertrieben war. Schließlich starb ein Mensch nicht an Büchermangel. Auch nicht daran, ein Haus mit einem Vater, einer Stiefmutter und zwei Stiefschwestern teilen zu müssen, für die Pick-up-Rennen ein kulturelles Ereignis waren. Allerdings gab es verschiedene Arten zu sterben.

In Wahrheit war ihre Begegnung das Beste, was ihnen beiden hatte passieren können. Edi wohnte erst seit vier Monaten in dem reizenden Haus, das Alex gekauft hatte, als sie das Kind zum ersten Mal mit ihrer Familie sah. Das Haus, in dem sie lebten, hatte Jocelyns Großeltern gehört. Das Mädchen hatte es nach ihrem Tod geerbt. Und Edi hatte nicht lange gebraucht, um herauszufinden, dass das ebenfalls hinterlassene Geld rasch ausgegeben worden war.

Miss Edi betrachtete die Eltern in ihrer Lederkluft und die hoch aufgeschossenen Zwillinge, die gerade noch ausreichend bekleidet waren, um sich keine Anzeige wegen Erregung öffentlichen Ärgernisses einzuhandeln. Jocelyn trottete hinter ihnen her. Meistens hatte sie ein Buch in der Hand, und das aschblonde Haar hing ihr ins Gesicht. Doch als Edi sie zum ersten Mal aus der Nähe betrachtete, erkannte sie Intelligenz in ihren dunkelblauen Augen. Sie war keine Schönheit wie ihre Mutter – Miss Edi kannte die Fotos –, hatte aber etwas an sich, was anziehend auf sie wirkte. Vielleicht war es das kantige Kinn mit dem kleinen Grübchen. Es erinnerte sie an ein anderes kantiges Kinn eines Menschen, den sie einmal von ganzem Herzen geliebt hatte. Möglicherweise fand sie es ja auch faszinierend, dass das Kind wusste, wie sehr es sich von den Menschen unterschied, bei denen es lebte.

Anfangs hatte Miss Edi zweimal absichtlich Situationen herbeigeführt, damit sie mit dem Mädchen sprechen konnte. Das eine Mal hatten sie in der Bibliothek eine halbe Stunde lang die Narnia-Bücher erörtert und sich einander vorgestellt, bevor sie sich wieder trennten. Beim zweiten Mal beschloss Miss Edi, einen Spaziergang zu unternehmen, der sie am Haus des Kindes vorbeiführte. Das Mädchen fuhr auf seinem Fahrrad Runden ums Gebäude. »Als ich ein Kind war, haben wir Kästchenhüpfen gespielt«, sagte Miss Edi.

»Was ist denn das?«

»Wenn du ein Stück Kreide dahast, zeig ich es dir.«

Miss Edi wartete, während Jocelyn ins Haus ging, um Kreide zu holen. Damals hatte Miss Edi nur einen Stock zum Gehen gebraucht. Doch all die Jahre, die sie stehend mit Dr. Brenner und seiner Mannschaft zusammengearbeitet hatte, hatten ihre Beinmuskulatur geschädigt, und sie wusste, dass sie bald zwei Stöcke brauchen würde. Dann einen Rollator, und danach … Sie wollte lieber gar nicht erst daran denken.

Sie spürte, dass jemand sie beobachtete. Als sie sich umdrehte, erkannte sie Jocelyns Vater. Er hatte etwas an, was man in ihrer Generation als Unterhemd bezeichnet hatte, was hieß, dass Männer es eigentlich unter der Kleidung trugen. Außerdem war er von Kopf bis Fuß tätowiert und hatte sich offenbar seit Tagen nicht rasiert. Er schraubte an einem blauen Motorrad herum und drehte ständig am Lenker, damit es lauter wurde. Die Nachbarn hatten aufgehört, sich zu beschweren. Allerdings nicht, weil er Hausbesitzer in einer bewachten Wohnsiedlung war, denn in diesem Fall hätte ihn die Eigentümerversammlung zum Auszug zwingen können. Doch Gary Minton war noch immer Hausmeister, der Mann also, der auch mitten in der Nacht erschien, wenn die Toilette überlief und das Bad zu überfluten drohte. Er hatte auch schon ein Kind aus einem Pool gerettet und war auf einen Baum geklettert, um einen verängstigten kleinen Jungen herunterzuholen. Also war Motorradlärm etwas, was man hinnehmen konnte.

Nun aber betrachtete er Miss Edi abschätzend, als wolle er feststellen, ob seine Tochter Umgang mit ihr pflegen solle. Miss Edi wandte sich ab. Umgekehrt wäre die Frage angebrachter gewesen.

Wenig später kehrte Jocelyn mit der Kreide zurück, und Miss Edi zeigte ihr, wie man die Kästchen auf die betonierte Einfahrt malte, einen Kieselstein warf und auf einem Bein hinterherhüpfte. Das Kind war begeistert gewesen.

Als Edi einige Tage später ihre Haustür öffnete, sah sie das magere, schlecht angezogene kleine Mädchen auf der Vordertreppe sitzen. Das blonde Haar hing ihr ins Gesicht, und sie weinte bitterlich. Edi war nicht überrascht.

»Entschuldigen Sie«, stammelte das Mädchen und sprang auf. »Ich wollte nicht …« Offenbar wusste sie nicht, was sie sagen sollte.

Edi sah die Kante eines Plastikkoffers hinter einem Hibiskusbusch hervorlugen und schloss daraus, dass Jocelyn von zu Hause weglaufen wollte.

Am ersten Tag behielt Edi das Kind fast drei Stunden bei sich. Sie sprachen über Bücher und über das Bioreferat, das sie gerade für die Schule vorbereitete. Edi wollte ihrem Vater eine Lektion erteilen. Er sollte sich Sorgen machen und besser auf sein Kind aufpassen.

Als Edi Jocelyn nach Hause begleitete, war sie fest entschlossen, den erleichterten Eltern eine Standpauke zu halten, wenn sie an die Tür kamen. Doch zu ihrem Entsetzen war es Vater und Stiefmutter gar nicht aufgefallen, dass das Mädchen weggelaufen war. Und was noch schlimmer war: Als sie es ihnen erklärte, waren sie weder besorgt noch überrascht. Ihre Einstellung war, dass Jocelyn ohnehin tat, was sie wollte. Die Wünsche und Sehnsüchte ihrer Tochter waren ihnen völlig fremd.

Noch am selben Abend rief Edi Alex an und teilte ihm mit, die Lage des Kindes sei noch kritischer, als er gedacht habe. »Sie ist ausgesprochen intelligent und wissbegierig. Du hättest ihr Gesicht sehen sollen, als ich ihr Vivaldi vorgespielt habe. Es ist, als müsste Shakespeare mit den Dorftrotteln zusammenwohnen. Habe ich dir schon von ihren widerlichen Stiefschwestern erzählt?«

»Ja«, erwiderte Alex. »Aber du kannst es gern noch mal tun.«

Am nächsten Wochenende erschien das Mädchen, wie Edi gehofft hatte, auf dem Gehweg vor ihrem Haus und tat so, als käme sie nur zufällig vorbei. Edi bat sie herein und rief dann ihren Vater an, um ihn zu fragen, ob sie Jocelyn bei den Hausaufgaben helfen dürfe. Dass er sich nicht nach der Natur dieser Hausaufgaben und auch nicht danach erkundigte, wie lange sie bleiben würde, bestätigte nur ihren schlechten Eindruck von ihm. »Ja«, sagte der Vater am Telefon. »Ich habe von Ihnen gehört und weiß, wo Sie wohnen. Klar kann Joce bei Ihnen bleiben. Falls Sie viele Bücher haben, ist sie glücklich. Da ist sie ganz wie Ihre Momma.«

»Kann ich Sie also den Nachmittag lang hier behalten?«, fragte Edi und klang dabei noch steifer als sonst, weil sie Mühe hatte, sich ihren Widerwillen gegen diesen Mann nicht anmerken zu lassen.

»Klar können Sie. Wir fahren zu einem Autorennen und kommen erst spät nach Hause. Hey! Kann sie bei Ihnen übernachten? Ich wette, Joce findet das gut.«

»Vielleicht«, erwiderte Edi und hängte auf.

Jocelyn übernachtete bei Edi. Die beiden kamen so gut miteinander zurecht, dass das Kind bis Sonntagabend blieb. Als die Kleine sich zum Gehen anschickte, drehte sie sich noch einmal um, lief auf Edi zu und schlang ihr die Arme um die Taille. »Du bist die netteste, klügste und wundervollste Frau, die ich je getroffen habe.«

Edi hatte zwar vorgehabt, Distanz zu wahren, war aber machtlos gegen das Bedürfnis, die Umarmung zu erwidern.

Danach verbrachte Jocelyn die Wochenenden und auch die meisten Feiertage bei Edi. Sie waren beide einsame Menschen, die einander brauchten und froh waren, sich gefunden zu haben. Bald spielte sich ein fester Ablauf ein – Ausflüge am Samstag, Kirchgang am Sonntag, und geruhsame Stunden im Garten.

Was ihren Vater betraf, den Edi zunächst als gleichgültig eingestuft hatte, stellte sie fest, dass er seine Tochter genauso liebte wie damals ihre Mutter und dass er nur ihr Bestes wollte. »Ich kann ihr nicht geben, was sie gehabt hätte, wenn ihre Mutter noch leben würde«, meinte er zu Edi. »Aber vielleicht können Sie das. Joce darf so oft zu Ihnen kommen, wie sie will, sagen Sie mir einfach Bescheid.« Er warf einen Blick auf seine Frau und seine Stieftöchter, die im Auto auf ihn warteten. »Die sind wie ich, wir passen zusammen. Doch Joce ist … anders eben.«

Edi wusste, wie es war, anders zu sein. Jocelyn war ein Fremdkörper in ihrem Zuhause, so wie Edi es früher auch oft gewesen war.

Die Jahre mit Jocelyn wurden die glücklichsten in Edis Leben. Es machte sie so glücklich, den Verstand eines jungen

Menschen zu schulen und ihm die Welt zu zeigen. Als Jocelyns Familie nach Disney World fuhr, flog Edi mit ihrem Schützling nach New York und besuchte mit dem Mädchen die Metropolitan Opera. Während ihre Stiefschwestern knappe Shorts anzogen, um ihre langen Beine zu betonen, trug Jocelyn Edis Perlenkette zu einem Twinset.

In dem Sommer, als Joce sechzehn wurde, reisten sie und Miss Edi zusammen nach London, Paris und Rom. Das Reisen strengte Miss Edi an, denn wegen ihrer Beine und ihres Alters hatte sie nicht mehr viel Kraft. Doch Jocelyn bummelte den ganzen Tag durch die Städte und machte Fotos. Am Abend erzählte sie Miss Edi dann von ihren Erlebnissen und lauschte den Geschichten von früher.

In London hatte Edi Joce gezeigt, wo sie einem Mann namens David begegnet war, den sie geliebt und verloren hatte. Seinen Nachnamen erwähnte sie nicht. »Er war der Einzige, der für mich in Frage kam«, sagte sie mit einem wehmütigen Blick auf das große Gebäude aus weißem Marmor.

Jocelyn hatte die Geschichte schon Dutzende von Malen gehört, konnte allerdings nicht genug davon bekommen. »Die einzig wahre Liebe«, »ewige Liebe«, »die Liebe aller Zeiten« – Worte, die in ihren Ohren klangen wie Musik.

»Warte auf die wahre Liebe, lass dir Zeit«, pflegte Miss Edi zu sagen, und Jocelyn hatte diese Ansicht geteilt. Die wahre Liebe.

Abgesehen davon, dass sie gern ihre Zeit miteinander verbrachten, half Jocelyn Miss Edi oft bei der Verwaltung der verschiedenen Wohltätigkeitsorganisationen, für die sie zuständig war. Joce recherchierte und suchte hin und wieder die Geschäftsstellen auf. Dreimal kam sie Betrugsfällen auf die Spur und freundete sich im Rahmen der Ermittlungen mit einigen Polizisten an.

Allerdings verriet Miss Edi ihr nie, dass das Geld, das sie verteilte, nicht ihres war. Sie verheimlichte ihr mit Bedacht, dass die Mittel von Alexander McDowell aus Edilean, Virginia, stammten. In all den Jahren ihrer Freundschaft fiel weder sein Name noch der des Städtchens.

Als Jocelyn das Studium an einem kleinen College in der Nähe aufnahm, fühlte Edi sich zunächst ohne sie einsam. Anfangs war Jocelyn so mit Geldverdienen und Studieren beschäftigt, dass sie nicht einmal Zeit für einen Anruf hatte. Sie schrieben sich zwar häufig Mails oder SMS – Miss Edi liebte technische Neuerungen –, doch es war trotzdem nicht dasselbe.

Nach dem ersten Semester fing Miss Edi an, die Studiengebühren zu bezahlen, damit Jocelyn mehr Zeit zu Hause verbringen konnte. Ihr Vater und die »Stieflinge«, wie sie die beiden gertenschlanken blonden Zwillinge nannten, erfuhren davon nichts. Edi glaubte zwar nicht, dass der Vater etwas dagegen einzuwenden haben würde, doch sie wollte es lieber nicht riskieren. Und insbesondere wolle sie vermeiden, dass die Zwillinge sie als Geldquelle entdeckten. Obwohl die Mädchen allgemein als Schönheiten galten, teilte Edi diese Ansicht nicht. Hin und wieder schneiten die beiden bei Edi herein, wenn Jocelyn nicht da war, und sahen sich im Haus um, als versuchten sie den Wert des Inventars abzuschätzen. Edi verabscheute sie ebenso, wie sie Jocelyn liebte.

Jocelyn machte ihren Abschluss in englischer Literatur und ergatterte eine Teilzeitstelle als Hilfsdozentin am selben College. Durch die Vermittlung eines Freundes von Miss Edi arbeitete sie außerdem freiberuflich und recherchierte für Autoren, die eine Biografie schreiben wollten. Jocelyn erwies sich in beiden Bereichen als äußerst fähig und verbrachte ihre Zeit am liebsten damit, in Bibliotheken alte Unterlagen zu durchwühlen.

Als Edi klar wurde, dass das leichte Stechen in der Brust nicht nur ein Alterszipperlein war, begann sie, sich Gedanken um Jocelyns Zukunft zu machen. Wenn Edi starb und Jocelyn alles vererbte, was ihr Plan war, würden die Stieflinge sicher alles in ihrer Macht Stehende tun, um ihr das Erbe abspenstig zu machen.

Edi wollte Jocelyn viel mehr hinterlassen als nur ihr Hab und Gut. Sie wollte, dass sie eine Zukunft hatte. Nein. Was sie wirklich wollte war, ihr zu einer *Familie* zu verhelfen. Jocelyn hatte den Großteil ihres Lebens mit alten Menschen, erst ihren Großeltern, dann Miss Edi, verbracht. Nun überdachte Edi alles, was sie über Jocelyn wusste, und steckte dann viel Zeit und Arbeit in die Beantwortung der Frage, wie Jocelyn bekommen konnte, was sie brauchte.

Sie klappte das Buch mit den Erinnerungen zu und schleppte sich mühevoll in die Küche. Welche kulinarische Zumutung hatte die Pflegerin ihr wohl zum Abendessen mitgebracht? Vermutlich etwas, auf dessen Verpackung das Wort *Taco* stand. Als sie hörte, wie der Kurierdienst in die Einfahrt einbog, um das Päckchen für Helen abzuholen, lächelte sie.

Edi öffnete den Kühlschrank, froh, weil sie nicht mehr dabei sein würde, wenn Jocelyn herausfand, dass sie ... Tja, gelogen hatte sie eigentlich nicht, nur ziemlich viel unter den Tisch fallen lassen.

Da Jocelyn Edi gerne über ihr langes Leben ausfragte, war es nicht leicht gewesen, Jahre zu überspringen und die Wahrheit zu schönen. Doch sie hatte es geschafft.

Sie holte den großen Salat, den die Pflegerin für sie eingekauft hatte, aus dem Kühlschrank und stellte ihn auf den Tisch. Jocelyn würde sich gar nicht freuen, wenn sie gewisse Dinge erfuhr. Doch Edi war sicher, dass sie sich auf die Suche nach den Antworten machen würde.

Schmunzelnd dachte Edi daran, dass ihre Pläne für Jocelyns Leben die beiden übergroßen, überschlanken, halb nackten Stiefschwestern ausschlossen. Dass die beiden »prominent« geworden waren – ein Begriff, den Miss Edi verabscheute –, sagte doch schon genug über die moderne Welt aus.

Jocelyn glaubte, dass Edi es nicht wusste, doch das Mädchen hatte viel geopfert, um für eine alte Frau da zu sein, und Edi wollte sie dafür entschädigen. Jocelyn sollte die Wahrheit erfahren. Allerdings wollte sie ihr nicht einfach alles erzählen.

Jocelyn sollte danach suchen, es sich erarbeiten, etwas, was sie sehr gut konnte.

»Und bitte verzeih mir«, flüsterte Edi. Dass Jocelyn ihr die jahrelange Heimlichtuerei vergab, war ihre größte Hoffnung. »Ich habe ein Versprechen gemacht, einen Eid abgelegt«, flüsterte sie. »Und ich habe mich daran gehalten.«

Sie begann, in Gedanken den Brief zu formulieren, den sie ihrem Testament beilegen wollte.

1

Jocelyn betrachtete sich ein letztes Mal im Spiegel ihres Hotelzimmers. Jetzt ist es so weit, dachte sie. Der Moment ist gekommen. Am liebsten hätte sie wieder ihr Nachthemd angezogen und sich ins Bett gelegt. Was mochte wohl tagsüber im Kabelfernsehen laufen? Gab es in diesem Hotel überhaupt Kabelfernsehen? Vielleicht sollte sie sich ja eines suchen, das welches hatte.

Sie holte tief Luft, schaute noch einmal in den Spiegel und straffte die Schultern. Was hätte Miss Edi gesagt, wenn sie gesehen hätte, dass sie sich so gehen ließ. Beim Gedanken an Miss Edi traten ihr wieder die Tränen in die Augen. Obwohl seit der Beerdigung inzwischen vier Monate verstrichen waren, vermisste sie ihre Freundin manchmal noch so sehr, dass sie kaum wusste, wie sie den Tag überstehen sollte. Immer wieder hatte sie das spontane Bedürfnis, Miss Edi anzurufen, um ihr von einem Ereignis zu erzählen, nur um erneut feststellen zu müssen, dass sie für immer fort war.

»Ich werde es schaffen«, sagte Joce und blickte wieder in den Spiegel. »Ich werde es ganz sicher schaffen.« Sie war konservativ mit einem Rock und einer gebügelten weißen Baumwollbluse bekleidet, wie Miss Edi es ihr beigebracht hatte. Ihr schulterlanges, dunkelblondes Haar wurde von einem Haarband zusammengehalten, und sie war nur sehr dezent geschminkt. Über das Städtchen Edilean, Virginia, wusste sie nur, dass Miss Edi dort aufgewachsen war. Deshalb wollte Jocelyn nicht in Jeans und Stretchoberteil dort erscheinen und die Einheimischen vor den Kopf stoßen.

Sie griff nach dem Autoschlüssel, nahm den Henkel ihres großen schwarzen Koffers und rollte ihn zur Tür. Heute würde sie in ihrem eigenen Haus schlafen, einem Haus, das sie noch nie gesehen, ja, von dessen Existenz sie erst durch einen Anwalt erfahren hatte. Und dennoch hatte Joce es geerbt. Es gehörte ihr.

Erst vor wenigen Tagen hatte sie in einer Anwaltskanzlei in Boca Raton, Florida, gesessen, ganz in Schwarz gekleidet und mit den Perlen um den Hals, die Miss Edi ihr geschenkt hatte. Seit der Beerdigung waren zwar schon einige Monate vergangen, doch in ihrem Testament hieß es, es solle am 1. Mai nach ihrem Todestag verlesen werden. Wäre Miss Edi an einem 1. Juni gestorben, hätte das bedeutet, dass man elf Monate hätte warten müssen. Doch sie war in der Neujahrsnacht friedlich im Schlaf verschieden, weshalb Jocelyn Zeit zum Trauern gehabt hatte, bevor sie sich der Tortur einer Testamentseröffnung hatte stellen müssen.

Neben ihr saßen ihr Vater, seine Frau und die Stieflinge, Belinda und Ashley, inzwischen besser als Bell und Ash bekannt. Dank der unermüdlichen Bemühungen ihrer Mutter waren sie Models geworden, und die Medien waren begeistert, weil es sie gleich in doppelter Ausführung gab. In den letzten zehn Jahren hatten sie die Titelseiten aller Zeitschriften von Rang und Namen geziert, die ganze Welt bereist und die Kreationen sämtlicher Modeschöpfer vorgeführt. Wenn sie durch ein Einkaufszentrum schlenderten, wurden sie von jungen Mädchen verfolgt, die sie ehrfürchtig anstarrten, und von Männern aller Altersgruppen lüstern begafft.

Doch Berühmtheit hin oder her, für Jocelyn hatten sich die Stieflinge seit ihrer gemeinsamen Kindheit nicht verändert. Damals hatten sie Joce wegen erfundener Schandtaten bei ihrer Mutter verpetzt, worauf Louisa ihre Stieftochter böse angesehen hatte. »Warte nur, bis dein Vater nach Hause kommt«, hatte sie gesagt. Aber Gary Minton hatte nur den Kopf geschüttelt und sein Möglichstes getan, um sich aus allem herauszuhalten. Er wollte ein angenehmes Leben führen, nicht für seine drei Kinder den Schiedsrichter spielen. Also verschwand er in seiner Hobbywerkstatt, wohin ihm seine Frau und seine hochgewachsenen Stieftöchter früher oder später folgten, während Jocelyn sich zu Miss Edi verdrückte.

»Und was hat dir die alte Hexe hinterlassen?«, fragte Bell und reckte den langen Hals, um Jocelyn über die lange Stuhlreihe hinweg anzusehen.

Für Joce war es nie schwierig gewesen, die Zwillinge auseinander zu halten. Bell war die klügere der beiden, die Anführerin, während Ash, die Zurückhaltendere, tat, was ihre Schwester von ihr verlangte. Da das normalerweise bedeutete, eine gehässige Bemerkung zu machen, um ein paar Lacher zu ernten, war Ash diejenige, der man besser aus dem Weg ging.

»Ihre Liebe«, entgegnete Jocelyn und wich dem Blick ihrer Stiefschwester aus. Bell war mittlerweile bei Ehemann Nummer drei angelangt, und ihre Mutter deutete an, dass sich bereits die Trennung abzeichnete. »Die Arme«, sagte sie. »Die Männer verstehen mein kleines Schätzchen einfach nicht.«

»Sie verstehen nur nicht, warum sie sich berechtigt fühlt, Affären zu haben, obwohl sie verheiratet ist«, murmelte Jocelyn.

»Was war das?«, zischte Louisa und klang fast, als wolle sie ein »Warte nur, bis dein Vater nach Hause kommt« hinzufügen. Offenbar begriff sie einfach nicht, dass ihre »Schätzchen« in diesem Jahr dreißig werden würden und den Höhepunkt ihrer Karriere bereits überschritten hatten. Erst letzte Woche hatte Joce gelesen, dass zwei Achtzehnjährige schon als »die neue Bell und Ash« gehandelt wurden.

Jocelyn neidete den Stieflingen ihren Ruhm nicht – und auch nicht das Vermögen, das sie inzwischen zum Fenster hinausgeworfen hatten. In ihren Augen hatten sie sich seit ihrer Kindheit nicht verändert: immer schlecht gelaunt, eifersüchtig auf alles und jeden und voller Verachtung für Menschen, über die nicht allwöchentlich in den Klatschzeitschriften berichtet wurde. Als Kinder waren sie ausgesprochen neidisch auf Jocelyn gewesen, weil sie so viel Zeit »bei der reichen alten Schachtel« verbrachte. Sie konnten einfach nicht glauben, dass Miss

Edi Joce nicht Woche für Woche mit Geld überschüttete. »Warum gehst du sonst hin, wenn sie dir nichts schenkt?«

»Weil ich sie mag«, hatte Joce wieder und wieder beteuert. »Nein, ich *liebe* sie.«

»Ahhh«, antworteten sie nur in vielsagendem Ton.

Joce machte ihnen einfach die Zimmertür vor der Nase zu oder flüchtete sich zu Miss Edi.

Aber nun war Miss Edi für immer fort, und Jocelyn musste bei der Testamentseröffnung anwesend sein. Der Anwalt, ein Mann, der noch älter zu sein schien als Miss Edi, kam zu einer Seitentür herein und wirkte überrascht, fünf Personen im Raum vorzufinden. »Ich habe nur mit Miss Jocelyn gerechnet«, sagte er mit einem kurzen Blick auf sie und sah dann ihren Vater an, als erwarte er eine Erklärung von ihm.

»Ich … äh …«, begann Gary Minton. Die Zeit war gnädig mit ihm gewesen, sodass er noch immer ein attraktiver Mann war. Mit seinem dunklen Haar, den nur leicht ergrauten Schläfen und den dunklen Brauen wirkte er viel jünger, als er eigentlich war.

»Unsere Familie hält zusammen«, verkündete seine Frau. Es war fast, als hätten sich die Jahre, die man Garys Gesicht nicht ansah, in das seiner Frau eingegraben. Sonne, Zigarettenrauch und Wind hatten ihre Haut gegerbt, sodass sie beinahe an eine Mumie erinnerte.

»Es stört Sie doch nicht, dass wir hier sind, oder?«, wandte sich Bell zuckersüß an den Anwalt. Beide Zwillinge trugen ultrakurze Miniröcke und streckten ihre berühmten langen Beine so weit aus, dass sie fast seinen Schreibtisch berührten. Ihre knappen Oberteile standen beinahe bis zur Taille offen.

Mr Johnson musterte sie über den Rand seiner Lesebrille hinweg und runzelte leicht die Stirn. Vermutlich hätte er sie am liebsten aufgefordert, sich anständig anzuziehen. Dann betrachtete er wieder Jocelyn, nahm ihr schlichtes schwarzes Kostüm und die Perlenkette zur Kenntnis und lächelte ihr zu. »Falls Miss Jocelyn einverstanden ist, können Sie bleiben.«

»Ach herrje«, höhnte Ash. »*Miss* Jocelyn. Unsere hoch studierte Miss Jocelyn. Liest du uns jetzt ein Buch vor?«

»Es würde dir sicher nicht schaden«, entgegnete Jocelyn, ohne den Blick von dem Anwalt abzuwenden. »Sie können bleiben. Sie werden sowieso alles herausfinden.«

»Also gut.« Er beugte sich über die Papiere. »Edilean Harcourt hat Sie, Jocelyn Minton, mehr oder weniger zu ihrer Alleinerbin erklärt.«

»Und wie viel ist das?«, fragte Bell wie aus der Pistole geschossen.

Mr Johnson wandte sich zu ihr um. »Es steht mir nicht zu, mehr darüber zu sagen. Es ist Miss Jocelyns Entscheidung, was sie Ihnen anvertrauen will, von mir erfahren Sie nichts. Wenn Sie mich jetzt entschuldigen würden, ich habe zu tun.« Er griff nach einer braunen, von einer Schnur zusammengehaltenen Mappe und reichte sie Jocelyn über den Schreibtisch hinweg. »Hier steht alles drin. Sie können sich die Unterlagen ansehen, wenn Sie Zeit dazu haben.« Als er stehen blieb, stand Jocelyn ebenfalls auf. »Danke«, erwiderte sie und nahm die Mappe entgegen. »Ich lese es später.«

»Ich würde vorschlagen, dass Sie das allein tun. Ungestört. Edilean hat einige Dinge geschrieben, die meiner Ansicht nach nur für Sie bestimmt sind.«

»Sie kriegt alles?«, fragte Ash, die endlich begriffen hatte, was geschehen war. »Aber was ist mit uns? Wir haben die alte Frau doch dauernd besucht.«

Mr Johnsons Gesicht verzog sich zu einem leichten Lächeln.

»Wie konnte ich das vergessen?« Er zog einen Schlüssel aus der Tasche und öffnete eine Schreibtischschublade. »Das hat sie Ihnen hinterlassen.«

Er hielt ihnen zwei kleine blaue Satinbeutel hin, die etwas Schweres zu enthalten schienen. Schmuck vielleicht?

»Ohhh«, riefen Bell und Ash im Chor. »Für uns? Wie reizend von ihr. Das wäre doch nicht nötig gewesen. Wir haben wirklich nicht damit gerechnet.«

Mit einem Strahlen in ihren so oft fotografierten Gesichtern machten sie die Beutel auf und sahen den Anwalt dann verdattert an. »Was ist das?«

Ash kippte sich den Inhalt ihres Beutels auf die Handfläche. Es waren etwa zwanzig kleine schwarze Gegenstände, einige davon im Smaragdschliff, andere geformt wie Diamanten. »Was ist das? Solche Steine habe ich noch nie gesehen.«

»Sind das schwarze Diamanten?«, erkundigte sich Bell.

»In gewisser Weise schon«, entgegnete Mr Johnson und ging, immer noch schmunzelnd, zur Tür, wo er, die Hand am Knauf, stehen blieb. Kurz drehte er sich zu Jocelyn um, zwinkerte ihr zu und verließ den Raum.

Joce hatte Mühe, ernst zu bleiben. Die »schwarzen Diamanten«, die Miss Edi den Stiefschwestern vermacht hatte, waren in Wirklichkeit Kohlestückchen.

Sie sagte kein Wort, als sie aus der Kanzlei traten. Auf der Heimfahrt saß sie hinten neben Bell und Ash, die die Kohlestückchen ans Licht hielten, ihre Schönheit bewunderten und debattierten, wie sie sie fassen lassen wollten.

Joce schaute aus dem Fenster, um ihr Grinsen zu verbergen. Dass Miss Edi ihren neidischen und habgierigen Stiefschwestern Kohle vererbt hatte, um sich einen Scherz mit ihnen zu erlauben, ließ sie ihre Freundin noch schmerzlicher und sehnsüchtiger vermissen. Miss Edi war für sie gleichzeitig Mutter, Großmutter, Freundin und Mentorin gewesen.

Als Joce aufblickte, stellte sie fest, dass ihr Stiefvater sie im Rückspiegel finster ansah. Sie merkte ihm an, dass er wusste, worum es sich bei den »Steinen« handelte. Sicher graute ihm schon vor dem Tobsuchtsanfall, wenn auch die Stieflinge dahinterkamen. Doch ihr war das gleichgültig. Wenn die Zwillinge erkannten, was es mit den schwarzen Steinen auf sich hatte, würde sie schon längst nicht mehr hier sein. Ihre Taschen standen gepackt im Kofferraum ihres Autos. Sobald sie zu Hause ankamen, würde sie wieder zu der Universität fahren, wo sie beschäftigt war.

Erst in ihrer winzigen Wohnung öffnete Jocelyn das Päckchen, das Miss Edis Testament enthielt. Obwohl sie versuchte, sich innerlich zu wappnen, war sie beim Anblick der geliebten Handschrift überwältigt.

Für meine Jocelyn, stand da.

Mit zitternden Händen nahm sie den Brief heraus und begann zu lesen.

Meine liebe, liebe Jocelyn,

ich verspreche Dir, nicht sentimental zu werden. Ich weiß zwar nicht, ob seit meinem Fortgang Tage oder Monate vergangen sind, aber da Du ein weiches Herz hast, trauerst Du sicher immer noch. Ich weiß nur zu gut, wie es ist, einen geliebten Menschen zu verlieren. Schließlich musste ich mit ansehen, wie die meisten Menschen, die ich geliebt habe, gestorben sind. Ich war als eine der Letzten übrig.

Nun aber zum Geschäftlichen. Das Haus in Boca gehört mir nicht, und dasselbe gilt auch für den Großteil der Möbel. Inzwischen ist sicher alles ausgeräumt und versteigert worden. Aber keine Sorge, mein Kind, meine besten Besitztümer, also die, die ich aus Edilean Manor mitgenommen habe, werden wieder dorthin zurückgebracht.

Jocelyn ließ den Brief sinken. »Edilean Manor?«, wiederholte sie laut. Sie hatte noch nie davon gehört. Nachdem die erste Verwirrung sich gelegt hatte, fühlte sie sich ein wenig betrogen. Sie hatte viele Jahre ihres Lebens mit Miss Edi verbracht, war mit ihr gereist, hatte viele Menschen aus ihrer Vergangenheit kennengelernt und Hunderten von Geschichten aus ihrer Zeit mit Dr. Brenner gelauscht. Doch Edilean Manor hatte Miss Edi nie erwähnt. Sicher hatte das Haus eine Bedeutung in ihrem Leben, da es nach Miss Edi benannt war – oder sie nach dem Haus.

Jocelyn wandte sich wieder dem Brief zu.

Ich weiß, dass Du zornig und gekränkt bist, Liebes. Das erkenne ich an Deiner finsteren Miene. Ich habe Dir so viel über mein Leben erzählt, allerdings nie von Edilean, Virginia. Wie Du aus dem ungewöhnlichen Namen schließen kannst, »gehörte« das Städtchen früher meiner Familie – zumindest haben wir uns so gefühlt. Vor vielen Jahrhunderten kam einer meiner Vorfahren aus Schottland, mit einer eleganten Ehefrau und einer Wagenladung voller Gold. Er kaufte einen Quadratkilometer Land am Rand von Williamsburg, Virginia, ließ einen Dorfplatz anlegen und benannte das Städtchen nach seiner jungen Frau. Der Familienlegende zufolge entstammte seine Frau einer viel höheren Gesellschaftsschicht als er, doch als ihr Vater seiner Tochter verbot, den Stallburschen zu heiraten, brannte der mit dem Mädchen und einem Batzen Geld des alten Herrn durch. Es ist nicht bekannt, ob sie entführt wurde oder freiwillig mitgegangen ist.

Sicher war die Geschichte in Wahrheit bei Weitem nicht so romantisch. Aber jedenfalls baute Angus Harcourt um 1770 herum ein großes Backsteinhaus, in dem meine Familie wohnte, bis ich mit der Tradition brach. Mein Vater hatte das Haus mir allein vermacht, weil mein Bruder Bertrand nicht mit Geld umgehen konnte. Wenn er zehn Cent hatte, zog er los und kaufte etwas, was fünfundzwanzig kostete.

Ich war sicher, dass ich in Edilean Manor leben würde, und zwar mit David Aldredge, dem Mann, mit dem ich verlobt war. Ich würde eine wunderschöne, glückliche und gesunde Familie haben. Doch leider hat das Schicksal die Neigung, in unser Leben einzugreifen. In meinem Fall war es ein Krieg, der alles und alle veränderte. Als ich Edilean verließ, erlaubte ich meinem Bruder zwar, das Haus zu bewohnen, behielt ihn aber streng im Auge. Bertrand ist schon vor langer Zeit gestorben, und nun steht das Haus seit vielen Jahren leer.

Liebe Jocelyn, ich vermache Dir ein Haus, von dem Du noch nie gehört hast, in einer Stadt, die ich absichtlich nie erwähnt habe.

Jocelyn ließ den Brief sinken und starrte einen Moment ins Leere. Ein Haus aus dem Jahr 1770? In einem Vorort des idyllischen Williamsburg? Sie sah sich in ihrer schäbigen kleinen Wohnung um. Mit ihrem jämmerlichen Gehalt hatte sie sich nichts Besseres leisten können. Aber ein ganzes Haus! Und noch dazu ein altes!

Sie beugte sich wieder über den Brief.

Da ist noch etwas, was ich Dir mitteilen möchte. Erinnerst Du Dich, dass ich ein Händchen dafür hatte, vorherzusagen, wer in unserer Kirchengemeinde gut zusammenpassen und wer es kein halbes Jahr miteinander aushalten würde? Sicher weißt Du noch, dass ich immer recht behalten habe. Bestimmt erinnerst Du Dich auch noch, dass ich klug genug war, mich nicht in Dein Privatleben einzumischen – nachdem Du alt genug warst, um eines zu haben, versteht sich. Aber da Du jetzt nicht mehr böse auf mich werden kannst, werde ich Dir etwas verraten. Der ideale Mann für Dich lebt in Edilean. Er ist der Enkel zweier Freunde, mit denen ich auf der Highschool war, Alex und Lissie McDowell. Inzwischen leben sie beide nicht mehr, doch ihr Enkel sieht Alex so ähnlich, dass ich fast dachte, er sei nie gealtert. Auf einer meiner Reisen nach Edilean – ja, Kind, ich war heimlich dort – habe ich das zu Alex gesagt, worauf er einen Lachanfall bekommen hat. Es war schön, ihn wieder lachen zu sehen, denn es gab Zeiten in seinem Leben, in denen er sich über nichts mehr freuen konnte. Seine Frau Lissie war ein Engel. Ich kann es kaum erwarten, die beiden in einer besseren Welt wiederzusehen.

Jocelyn blickte auf. Ein Mann für sie? Bei dieser Vorstellung hätte sie gleichzeitig lachen und weinen können. Zweimal hatte Miss Edi versucht, sie mit jungen Männern aus der Kirchengemeinde zu verkuppeln, aber sie hatte sich geweigert, auch nur mit ihnen zum Abendessen zu gehen. Sie waren beide Langweiler, und sie bezweifelte, dass sie nur einen Funken Kreativität in sich hatten. Obwohl sie keine Gründe angegeben hatte, hatte Miss Edi sich ihren Teil gedacht. »Biertrinken ist keine olympische Disziplin«, hatte sie ruhig gesagt und war gegangen. Joce war feuerrot angelaufen. Vor zwei Wochen war Miss Edi an Jocelyns Haus vorbeigefahren, als sie mit zwei jungen Männern auf Motorrädern draußen gestanden und Bier aus der Dose getrunken hatte. Joce liebte zwar das Ballett, konnte sich aber manchmal dem Lebensstil ihrer Familie nicht entziehen.

»Wie meine Mutter«, sagte sie sich und widmete sich wieder dem Brief.

Er heißt Ramsey McDowell und ist Anwalt. Aber ich kann Dir versichern, dass noch mehr in ihm steckt. Meine letzte Bitte an Dich ist, dass Du dem jungen Mann eine Chance gibst, Dir zu zeigen, dass er der Richtige für Dich ist. Und vergiss nicht: Ich irre mich in diesen Dingen nie.

Was das Haus angeht, stehen einige Möbel darin, allerdings nicht viele, und die Seitenflügel sind vermietet. Die Mieterinnen sind zwei junge Frauen aus Familien, die ich schon seit Langem kenne. Sara ist in Edilean aufgewachsen und kann Dir helfen, Dich zurechtzufinden. Tess ist vor kurzem zugezogen, aber ich kannte ihre Großmutter besser, als mir recht war.

Das wäre alles, mein Kind. Ich weiß, dass Du aus Deinem Erbe das Beste machen kannst. Es tut mir leid, dass meine Haushälterin nicht mehr da sein wird, aber die Arme war älter als ich. Doch ich habe einen Gärtner, der Dir vielleicht helfen kann, falls Du etwas brauchst.

Ich wünsche Dir alles Glück dieser Welt, und bitte vergiss nicht, dass ich jede Minute Deines Lebens über Dich wachen werde.

Jocelyn brauchte den restlichen Abend, um den Brief zu verarbeiten. Er klang so nach Miss Edi, dass es fast war, als sei sie im selben Zimmer. Als sie schlafen ging, nahm sie den Brief mit ins Bett und hielt ihn in der Hand.

Am nächsten Morgen war ihr Kopf noch so voll von all den Informationen der letzten vierundzwanzig Stunden, dass sie sich kaum konzentrieren konnte. Außerdem fühlte sie sich inzwischen nicht mehr wohl an ihrem Arbeitsplatz an der Uni, denn sie hatte ein Jahr lang eine Beziehung mit einem Kollegen gehabt. Wenn sie nun zusammenarbeiten mussten, sah er sie nur finster an, was ihr sehr unangenehm war.

Er war der dritte Mann, der eigentlich ausgezeichnet zu ihr gepasst hätte. Und dennoch hatte sie bis jetzt jede Beziehung beendet. Jocelyn wusste, dass es an Miss Edi lag. Sie hatte Jocelyn von dem Mann erzählt, den sie geliebt hatte und der im Zweiten Weltkrieg gefallen war. Ihrer großen Liebe. Und das wollte Jocelyn auch.

«Er war mein Ein und Alles«, sagte Miss Edi in dem ganz besonderen Tonfall, den sie nur benutzte, wenn sie von ihm sprach. Sie besaß nur ein kleines Foto von ihm, das ihn in Uniform zeigte. Es steckte in einem Klapprahmen, der auf ihrem Nachttisch stand. Der junge Mann war außergewöhnlich attraktiv und hatte dunkelblondes Haar und ein markantes Kinn. Der Rahmen war oval. Auf der anderen Seite befand sich ein Foto von Miss Edi, ebenfalls in Uniform. Unter Davids Foto hatte sie einen winzigen Haarzopf in den Rahmen geschoben: ihr dunkles Haar, verschlungen mit seinem blonden. Wenn Miss Edi den Rahmen zur Hand nahm und den Namen »David« aussprach, traten ihr stets Tränen in die Augen.

So sehr Joce auch nachbohrte, Miss Edi verriet ihr nur, dass sie diesen Mann im Krieg kennengelernt hatte – dem grausamen Krieg, dem sie auch ihre Narben verdankte.

Joce hatte ihr nur entlocken können, dass er David Aldredge geheißen hatte und dass sie in Edilean, Virginia, verlobt gewesen waren. Der Krieg hatte alles beendet.

»Kein Wunder, dass sie es nicht ertragen konnte, Edilean zu erwähnen«, flüsterte Jocelyn.

Für Jocelyn war Miss Edis Liebe zu diesem Mann zu einer Legende geworden, zum Symbol für die Liebe, nach der sie sich sehnte. Nur, dass sie sie bis jetzt nicht gefunden hatte. Miss Edi wusste zwar nichts davon, doch Joce hatte bereits mit zwei jungen Männern zusammengelebt, ein Arrangement, das ihr recht gut gefiel. Es war schön, zu jemandem nach Hause zu kommen, ihm zu erzählen, wie der Tag gewesen war, und gemeinsam über Ereignisse zu lachen. Doch als die Männer angefangen hatten, über Ringe, Hauskredite und Babys zu sprechen, hatte Jocelyn stets die Flucht ergriffen. Sie wusste nicht genau, was ihr in diesen Beziehungen fehlte, aber es war einfach nicht da gewesen. Und deshalb würde sie abwarten, bis der Richtige kam.

Nun hatte Miss Edi ihr einen Weg eröffnet, ihr graues Leben zu ändern. Am Abend sah sie die juristischen Papiere durch, las alles sorgfältig und betrachtete den Schlüssel, der sich ebenfalls in dem Päckchen befand. Die Transaktion war von der Kanzlei McDowell, Aldredge und Welsch in Edilean, Virginia abgewickelt worden. Der Name Aldredge ließ sie innehalten. Lebten Nachfahren von Miss Edis David noch immer dort?

Es lag auch ein Brief bei, in dem es hieß, sie solle nach ihrer Ankunft in Edilean in der Kanzlei vorsprechen, um das Finanzielle zu erörtern. Das Schreiben war von Ramsey McDowell unterzeichnet.

Jocelyn warf einen Blick auf Miss Edis Brief und schüttelte den Kopf. »Du gibst wohl niemals auf, was?«, seufzte sie und verdrehte die Augen zur Decke. Doch es stimmte: Miss Edi hatte, was die Paare in der Kirchengemeinde anging, immer recht gehabt. Oft hatte Jocelyn sie dabei ertappt, wie sie ein junges Paar beobachtete, das sich mehr füreinander als für die Predigt des Pastors interessierte. Anschließend hatte sie dann Jocelyn – und nur ihr – erzählt, was sie von den beiden hielt. »Wahre Liebe«, verkündete sie manchmal, allerdings nicht sehr oft. »Reiner Sex«, sagte sie einmal, was Joce sehr zum Lachen brachte. In beiden Fällen hatte sie richtig gelegen.

»Ramsey McDowell«, murmelte Jocelyn und warf noch einen Blick auf den Brief. Es stand auch seine Privatnummer darauf, und es war erst sieben Uhr. Spontan griff sie zum Mobiltelefon und rief ihn an. Er hob nach dem dritten Läuten ab.

»Hallo?«

Er hatte eine angenehme dunkle, weiche Stimme. Wie Schokolade, dachte sie. »Spreche ich mit Mr McDowell?«

»Wenn ich das höre, denke ich immer an meinen Vater, aber Sie haben recht. Sind Sie Miss Minton?«

Sie zögerte. Woher wusste er das? »Rufnummernerkennung?«

»Ich könnte ohne nicht leben«, erwiderte er. »Sie wissen ja, wie wir Anwälte sind. Ständig müssen wir wegen unserer zwielichtigen Geschäfte die Massen abwehren. Kommen Sie bald her?«

»Ich weiß nicht«, antwortete Joce. Seine scherzhafte Art brachte sie zum Schmunzeln. »Das ist alles so überraschend. Bevor ich das Testament sah, hatte ich nie von Edilean, Virginia, gehört. Ich stehe noch immer ein wenig unter Schock.«

»Noch nie von uns gehört? Dann muss ich Ihnen mitteilen, dass wir die größte Kleinstadt in Virginia sind. Oder heißt das die kleinste Großstadt? Fragen Sie nur, ich erkläre Ihnen alles, was Sie wissen wollen. Oh! Moment! Ich muss noch eine Windel zukleben. So, das wäre geschafft. Also, was kann ich Ihnen über uns erzählen?«

»Windel? Sind Sie verheiratet?« Offenbar war ihr erschrockener Tonfall verräterisch, und als er zögerte, bevor er antwortete, verzog sie das Gesicht.

»Neffe. Ich habe eine sehr fruchtbare Schwester, die sich vermehrt wie die Kaninchen. Jetzt hat sie mir gerade die Zunge rausgestreckt. Doch das Baby hat sie getreten. Damit meine ich das in ihrem Bauch. Und das, das sie auf der Hüfte sitzen hat. Augenblick, Miss Minton, aber ich muss mit dem Telefon ins Nebenzimmer gehen, bevor meine Schwester anfängt, mich mit Gegenständen zu bewerfen.«

Grinsend wartete Joce ab. Sie hörte Schritte, eine zufallende Tür und schließlich Stille.

»Jetzt sitze ich in dem Zimmer, das ich als meine Bibliothek bezeichne, und bin nur noch für Sie da. Natürlich bloß im übertragenen Sinne. Also, was kann ich für Sie tun.«

»Das weiß ich nicht so genau. Ich hatte ja keine Ahnung, dass Miss Edi ein Haus besitzt, geschweige denn eine ganze Stadt.«

»Sie musste uns 1864 unsere Freiheit geben und …«

»Drei«, sagte Joce unwillkürlich und bereute es im nächsten Moment. »Verzeihung, ich habe Sie unterbrochen.«

»Ich verstehe … 1863. Die Abschaffung der Sklaverei. Können Sie mir auch den Tag verraten?«

»1. Januar«, antwortete sie zögernd, da sie befürchtete, jetzt als Besserwisserin dazustehen – oder noch schlimmer.

»1. Januar 1863. Nun, Miss Minton, ich sehe, wir werden uns großartig verstehen.« Sein Tonfall wurde ernster, als er vom scherzhaften Geplänkel zum Geschäftlichen überging. »Was kann ich Ihnen erzählen?«

»Ich habe gar keine Ahnung, wo ich anfangen soll. Ich möchte alles über das Haus, die Stadt und die Leute hören.«

»Das ist zu viel, um es am Telefon zu besprechen«, erwiderte er. »Ich würde vorschlagen, dass Sie nach Edilean kommen. Dann können wir uns zusammensetzen und alles persönlich erörtern. Was halten Sie davon, wenn wir gemeinsam zu Abend essen und uns ausführlich unterhalten? Sagen wir, nächsten Samstag um acht?«

Sie schnappte nach Luft. Das war ja schon in acht Tagen. »Ich weiß nicht, ob ich es so kurzfristig schaffe.«

»Soll ich Ihnen einen Wagen schicken?«

»Äh, nein, das ist nicht nötig, ich habe ein Auto. Muss das Dach instand gesetzt werden?«, platzte sie heraus.

»Eine praktisch veranlagte Frau«, stellte Ramsey fest. »Ich bin zwar nicht befugt, Ihnen die genaue Summe zu nennen, die Miss Edi Ihnen vermacht hat, aber ich kann Ihnen versichern, dass es genügt, um das Dach in einen tipptopp Zustand zu versetzen.«

Joce lächelte. Denn die Vorstellung, die Verantwortung für die Wartung für ein uraltes Haus zu tragen, die sie sich nicht leisten konnte, gefiel ihr gar nicht.

»Warum so zögerlich, Miss Minton? Das schöne Städtchen Edilean erwartet Sie. Außerdem noch ein prachtvolles altes Haus. Colonial Williamsburg ist nur einen Katzensprung entfernt. Was könnten Sie sich sonst noch wünschen?«

Sie wollte schon »Zeit« sagen, tat es aber nicht. Plötzlich hatte sie eine der Eingebungen, wie sie nur sehr selten vorkommen. Schlagartig wusste sie, was zu tun war: Sie würde ihr ganzes Leben umkrempeln. Seit Miss Edis Tod hatte Jocelyn nichts daran verändert. Sie saß noch auf demselben Arbeitsplatz, der ihr keine Freude mehr machte, lebte denselben Alltag und wohnte in derselben schäbigen, dunklen Wohnung. Hinzu kam, dass sie inzwischen von ihren Freunden mitleidige Blicke erntete, weil sie Single war. Es gab bereits Pläne, sie mit Blind Dates zu versorgen. Die einzige Veränderung in Jocelyns Leben war, dass sie ihre beste Freundin verloren hatte. Wenn sie nun »nach Hause« fuhr, dann zu ihrem Vater, wo vor dem Haus Motorräder parkten, drinnen im Fernsehen Autorennen liefen und ihre Stiefmutter sie bedauernd ansah. Arme Jocelyn. Sie hatte nichts und niemanden mehr.

Heute war Freitag. Wenn sie am nächsten Morgen ihre Stelle kündigte, würde sie einige Tage Zeit haben, alles zu erledigen, wie zum Beispiel das Wasser abzustellen und …

»Soll ich Ihnen Geld überweisen?«, fragte er, da er ihr Schweigen offenbar als Ausdruck eines finanziellen Engpasses deutete. »Nein, Moment, das ist keine gute Idee. Dann müssten Sie mir nämlich Ihre Bankdaten nennen, und das sollten Sie nicht. Schließlich kennen Sie mich ja nur als …« Er brach ab.

»Anwalt?«

»Richtig. Der größte Abschaum der Welt. Immerhin lernen wir im Studium jahrelang, wie man andere Leute über den Tisch zieht. Was halten Sie davon, wenn ich Ihnen per Nachtkurier einen Scheck schicke?«

»Ich habe genug für alles, was ich brauche«, antwortete sie. »Es ist einfach nur ein sehr großer Schritt.«

»Wenn Sie sogar das Datum der Unabhängigkeitserklärung kennen, interessieren Sie sich bestimmt für Geschichte. Wie also können Sie einem Haus aus dem achtzehnten Jahrhundert widerstehen? Nirgendwo Absperrkordeln. Sie können sich nach Herzenslust umschauen. Wussten Sie, dass die Stallungen vor Kurzem restauriert worden sind? Und der Keller ist in ausgezeichnetem Zustand. Auf dem Speicher gibt es Truhen voller alter Kleider und Tagebücher.«

»Mr McDowell, ich glaube, Sie haben den Beruf verfehlt. Sie sollten Kühlschränke an Eskimos verkaufen.«

»Nein, keine Kühlschränke. Ich verkaufe Miss Edis Zaubertrank. Er besteht aus Regenbögen und Goldstaub aus den Kesseln der Waldgeister und heilt garantiert alles, was Sie bedrückt. Haben Sie einen Freund?«

»Welche Wirkung hätte der Zaubertrank auf ihn?«

»Nein«, erwiderte er ernst. »Haben Sie einen?«

»Nicht mehr, seit er mich gebeten hat, ihn zu heiraten, worauf ich schreiend die Flucht ergriffen habe.«

»Aha«, stellte er fest.

Wie gerne hätte Joce die letzte Bemerkung zurückgenommen. »So schlimm war es nun auch wieder nicht. Eigentlich ist es ganz anders gelaufen. Er ist wirklich ein netter Mensch, und ich bin auch nicht grundsätzlich gegen die Ehe, aber …«

»Sie brauchen mir nichts zu erklären. Meine letzte Freundin hat mich zum Juwelier geschleppt. Sie mussten mich mit dem Krankenwagen abtransportieren.«

»Eine verwandte Seele also.«

»Klingt so. Und was ist jetzt mit dem Abendessen?«

»Vielleicht sollten Sie noch keinen Tisch reservieren«, meinte sie zögernd. »Nur für den Fall, dass ich nicht rechtzeitig hier wegkomme.«

»Wer hat denn von einer Reservierung gesprochen? Ich dachte eher an Wein und Spaghetti, serviert auf einem Tischtuch auf dem Fußboden Ihres neuen Hauses aus dem achtzehnten Jahrhundert. Zum Nachtisch würde es in geschmolzene Schokolade getauchte Erdbeeren geben.«

»Ach herrje«, sagte sie. »Sie lassen wohl niemals locker.«

»Natürlich nicht. Ich mag es, wenn ein Mädchen sich für Geschichte interessiert. Außerdem hat mir das Foto von Ihnen gefallen, das Miss Edi mir letztes Jahr geschickt hat. Haben Sie den roten Bikini noch?«

Jocelyn konnte sich ein Auflachen nicht verkneifen. »Das Ding hat sie der Hälfte aller Männer in unserer Kirchengemeinde gezeigt. Als ich sechsundzwanzig wurde und noch immer nicht verheiratet war, stand sie kurz davor, Abzüge davon mit meiner Telefonnummer darauf überall an die Baumstämme zu heften.«

»Von wann ist denn das Foto?«, erkundigte er sich mit leicht besorgtem Unterton. Sie konnte die unausgesprochene Frage beinahe heraushören: Wie viele Jahre sind seitdem vergangen?

»Ach, es ist schon ein paar Jährchen alt«, erwiderte sie grinsend. »Dann sehen wir uns also Ende der Woche?«

»Ich werde da sein«, entgegnete er. Allerdings klang seine Stimme nicht mehr so ausgelassen.

Jocelyn legte auf und begann, in Gedanken eine Liste aufzustellen, die mit »jeden Tag ins Fitness-Studio gehen« anfing. Das Bikinifoto stammte zwar aus dem letzten Sommer, aber während des Winters konnte unter den Kleidern alles mögliche passiert sein.

Das also war Ramsey McDowell, dachte sie, als sie aufstand, um in ihrem Wandschrank zu kramen. Morgen würde sie ihrem Professor einen Besuch abstatten und kündigen. Sie wusste, dass er kein Problem damit haben würde: Auf jede Stelle an der Uni kamen vier Bewerber.

Die Hand auf den Kleidern, hielt sie inne. Vielleicht konnte sie jetzt ja selbst ein Buch schreiben. Ein historisches Sachbuch, möglicherweise über die Geschichte des Städtchens Edilean. Sie würde mit dem Schotten beginnen, der einem Mann das Gold und die schöne Tochter gestohlen hatte und dann ins wilde Amerika geflohen war. Wie war Edilean im Jahr 1770 gewesen? Und wie war es jetzt dort?

Zehn Minuten später hatte sie die Stadt gegoogelt. Was sie las, deckte sich mehr oder weniger mit Miss Edis Schilderung. Sie war von einem Schotten namens Angus Harcourt gegründet worden, der erst ein großes Haus für seine schöne Frau gebaut und dann riesige Felder angelegt hatte. Doch seine Frau Edilean war einsam gewesen. Deshalb hatte sie die Straßen eines kleinen Städtchens mit acht Grünflächen dazwischen geplant und in die Mitte eine Eichel eingepflanzt, die noch vom Landgut ihres Vaters stammte. Der Baum war zwar im Laufe der Jahrhunderte dreimal ersetzt worden, doch jedes Mal mit einem Abkömmling des Originals.

Jocelyn las weiter, dass Miss Edi in den fünfziger Jahren vier Jahre lang gegen den Staat Virginia prozessiert hatte, der versucht hatte, die Einwohner umzusiedeln, da das umliegende Land zum Naturschutzgebiet erklärt worden war. »Weil Miss Edi, wie alle sie nennen« – las Joce – »den Rechtsstreit gewann, existiert das Städtchen Edilean bis heute. Es dürfen zwar keine neuen Häuser gebaut werden, doch die bereits vorhandenen werden instand gehalten, sodass man sich fühlt wie auf einer Zeitreise.

In der Stadt gibt es einige Läden, deren hochwertiges Sortiment auch Besucher aus Williamsburg anzieht. Das Kronjuwel aber ist Edilean Manor, von Angus Harcourt im Jahr 1770 erbaut und seitdem Wohnsitz der Familie. Leider sind Haus und Grundstück nicht für die Öffentlichkeit zugänglich.«

»Ein Glück«, sagte Jocelyn und rutschte näher an den Bildschirm heran, um die Fotos zu betrachten. Vor einem der hübschen weißen Häuser glaubte sie ein Schild zu erkennen. War das Ramseys Kanzlei? Wohnte und arbeitete er im selben Gebäude? Er hatte sie zwar gefragt, ob sie einen Freund hatte, aber hatte er eine Freundin?

Sie klickte Edilean Manor an, und da war es. Jocelyn starrte fassungslos hin. Die Fassade war makellos symmetrisch: zwei Stockwerke, fünf breite Fenster, Backstein. Links und rechts befanden sich zwei einstöckige Seitenflügel mit kleinen Veranden. »Vermutlich wohnen da meine Mieterinnen«, dachte sie und konnte noch immer nicht ganz begreifen, dass ihr dieses wundervolle alte Haus nun tatsächlich gehörte.

Fünf Minuten später fegte sie wie ein Laubblaser durch ihren Kleiderschrank. Sie würde alles wegwerfen, was sie nicht mehr anzog, und dann schauen, was übrig blieb. Nach einer Viertelstunde stand sie vor einem nahezu leeren Schrank. »Ich gehe einkaufen«, verkündete sie.

Die nächsten Tage flogen nur so dahin, weil sie eilig alles vorbereitete, um losfahren und ihr neues Leben beginnen zu können.

Und nun war sie in Williamsburg. Es war elf Uhr an einem Samstagmorgen, Zeit, das Hotelzimmer zu räumen. Alles, was sie besaß, war in ihrem kleinen Mini Cooper verstaut. Und nun würde sie zum ersten Mal »ihr Haus« sehen. Sie wusste nicht, ob sie sich freute oder Todesangst hatte. Eine neue Stadt in einem neuen Bundesstaat und lauter fremde Menschen. Und noch dazu hatte sie mit einem von ihnen heute Abend gewissermaßen ein Date.

»Du schaffst das«, sagte sie sich noch einmal und öffnete die Tür ihres Hotelzimmers.

2

Unterwegs hielt sie den Computerausdruck der Fahrtstrecke fest umklammert. Die Anweisungen waren recht einfach: »Verlassen Sie Williamsburg auf dem Highway 5, der zu den Plantagen führt. Nach einigen Kilometern erreichen Sie die McTern Road. Nach weiteren fünf Kilometern biegen Sie an der Edilean Road rechts ab.« Dann musste sie nur noch durch die Stadt fahren, bis sie vor ihrem neuen/alten Haus stand.

Die McTern Road war leicht zu finden, obwohl Joce erst glaubte, sich verfahren zu haben, denn die Straße schlängelte sich durch einen Wald, der schon seit Anbeginn der Welt dort zu stehen schien. Sie hatte zwar gelesen, dass Edilean mitten in einem Naturschutzgebiet lag, hätte aber nicht mit einem solchen Urwald gerechnet.

Sie fuhr rechts ran, als einige Männer in einem Pick-up, der ein Fischerboot mit zwei Außenbordmotoren zog, an ihr vorbeirasten. Sie winkten ihr zu, um sich dafür zu bedanken, dass sie sie hatte überholen lassen.

Die Edilean Road war gut ausgeschildert, und sie war erleichtert, dass es sich um eine ordentlich ausgebaute Straße handelte. Sie hatte schon befürchtet, es könnte ein Kiesweg mit einem Streifen Unkraut in der Mitte sein.

Etwa anderthalb Kilometer vor der Stadt wurde der Urwald von Eichen, Birken und riesigen Platanen abgelöst. Jocelyn sah auf den ersten Blick, dass dieses Land einmal zu einer großen Plantage gehört hatte.

Im Zentrum von Edilean angekommen, hielt sie kurz an, um sich zu orientieren. Die Webseite war ein wenig irreführend gewesen. Die Stadt war nur etwa halb so groß, wie sie auf den Fotos wirkte, dafür aber doppelt so idyllisch. Hohe Trauerweiden hingen über die Straße, sodass sich alle Parkplätze im Schatten befanden. Weit und breit war kein Neubau zu sehen, und die alten Häuser waren liebevoll gepflegt.

Links von ihr erhob sich die Kirche. Spontan bog Joce rechts ab, um durch den Ortskern zu fahren. Sie wollte die Grünflächen sehen, die die erste Edilean angelegt hatte, und sich außerdem die Eiche anschauen.

Eine Linkskurve brachte sie zur Hauptstraße, die Lairdton hieß. Joce hatte festgestellt, dass fast alle Straßen schottische Namen trugen. Da »ton« das alte Wort für »town« – Stadt – war, bedeutete das, dass Angus Harcourt die Straße Laird's Town genannt hatte – Stadt des Clanchefs. Vermutlich hatte der ehemalige Stallbursche Angus Harcourt sich damals selbst zu einem solchen ernannt und wollte der Welt mitteilen, dass alles hier ihm gehörte.

Jocelyn entdeckte eine Eisdiele, die aussah wie auf einem Filmset, und einen antiquarischen Buchladen. »Eine Goldmine«, sagte sie sich. Sie liebte alte Bücher.

Sie sah einen kleinen Lebensmittelladen mit einer Gemüseauslage davor. Die Frau im Laden trug einen langen Rock mit einem Fransengürtel, ein Stirnband und ein Batikhemd. »Ob die wohl in Woodstock war?«, murmelte Jocelyn.

Außerdem gab es die üblichen Antiquitätenläden und noch ein paar andere Geschäfte.

Und in der Mitte auf einer großen, kreisrunden Wiese ragte eine gewaltige Eiche in den Himmel. In ihrem Schatten standen sechs Bänke. Auf einer davon küssten sich, lauthals verspottet von einer Horde Kinder, zwei Jugendliche.

Die beiden letzten Häuser, bevor die Straße zwischen den sich darüber neigenden Bäumen verschwand, waren die aus dem Internet. Sie waren groß und weiß und machten einen einladenden Eindruck. Vor einem fegte eine Frau die Veranda. Sie hielt in der Arbeit inne und starrte Jocelyn an, als wisse sie, wer sie war.

Jocelyn war so damit beschäftigt, die Frau zu betrachten,

dass sie beinahe die Abzweigung am Ende von Lairdton verpasste. Ein Häuserblock weiter stand ein Schild mit der Aufschrift Tam Way. Als Joce in den Rückspiegel schaute, stellte sie fest, dass die Frau von der Veranda verschwunden war. Wahrscheinlich war sie ins Haus gegangen, um die Gerüchteküche in Gang zu setzen. Was würden die Leute sagen? Dass eine Fremde gekommen war, um das Haus ihrer geliebten Miss Edi zu übernehmen?

Langsam fuhr Jocelyn die Landstraße entlang. Sie kam nur an drei Häusern vorbei, die, wenn sie nicht alles täuschte, auch einmal zur Plantage von Edilean Manor gehört hatten, und stellte fest, dass die Häuser aus alten Teilen und neueren Anbauten bestanden.

Als sie einige von Ranken überwucherte Steinsäulen erreichte, wusste sie, dass sie am Ziel war. An einer Säule war eine kleine Marmorplakette angebracht, und sie konnte genügend Buchstaben erkennen, um zu wissen, was da stand.

»Da bin ich also«, dachte sie und bog in die Auffahrt ein. Es gab hier so viele hohe Bäume, dass sie nichts sehen konnte, und ihr schoss durch den Kopf, dass die Fotos, die sie kannte, vielleicht aus einer Zeit stammten, bevor das Haus abgerissen worden war. Aus ihren Forschungsarbeiten an der Universität wusste sie, dass man das Kleingedruckte unter den Bildern lesen musste, um zu wissen, ob es das betreffende Haus noch gab.

Plötzlich teilten sich die Bäume, und das Haus ragte vor ihr auf. Es sah genauso aus wie auf den Fotos. Da Jocelyn schon viele alte Häuser besichtigt hatte, erkannte sie sofort, dass dieses hier in ausgezeichnetem Zustand war. Es gab Häuser, die noch kein Jahr alt und dennoch nicht so gut in Schuss waren wie dieses hier. Alle Fenster, Läden und Regenrinnen waren tipptopp.

Zu beiden Seiten des Hauses befanden sich Gebäudeflügel mit jeweils einer eigenen Veranda. Kurz überlegte Jocelyn, ob sie anklopfen und um Erlaubnis bitten sollte, das Haus zu betreten. Aber das wäre albern gewesen.

Ohne den Blick von dem Haus abzuwenden, stieg sie aus, klappte den Kofferraum ihres Autos auf und wuchtete den Koffer heraus. Dann zog sie ihn hinter sich her und die Holzstufen hinauf zu der kleinen Veranda am Haupteingang.

Sie nahm den Schlüssel aus der Jackentasche und steckte ihn in das alte Schloss. Als er sich drehte, bekam sie Herzklopfen.

»Hallo? Ist da jemand?«, rief Jocelyn, während sie die schwere Tür öffnete, die offenbar noch das Original war – also über zweihundert Jahre alt. Joce ließ ihren großen schwarzen Koffer an der Tür stehen und trat langsam ein. Ihre Absätze klapperten auf den nackten Parkettböden.

Sie stand in der Eingangshalle, die, wie Joce gehofft hatte, durch das gesamte Haus verlief. Rechts von ihr befanden sich zwei geschlossene Türen, und links zu beiden Seiten der Treppe sah sie zwei weitere. Sie hoffte, dass das Haus nicht umgebaut worden war und dass sich hinter diesen Türen große Zimmer und keine kleinen Verschläge verbargen, die die Bewohner im Laufe der Jahrhunderte abgetrennt hatten.

Die Treppe war ein Traum, und Joce war sicher, dass das Geländer aus einem einzigen Stück Mahagoni bestand. Als sie nach oben schaute, entdeckte sie weitere geschlossene Türen. Genauso wie in der Eingangshalle war kein einziges Möbelstück zu sehen. Sie ging zum Ende der großen, leeren Eingangshalle und spähte aus dem Fenster. Draußen erhoben sich riesige Bäume, die vermutlich so alt waren wie das Haus selbst. Sie bekam Lust, darunter herumzuschlendern und sich auf einen der kleinen, weiß lackierten Eisenstühle zu setzen.

Während sie noch hinsah, kam eine junge Frau aus dem rechten Gebäudeflügel. Sie hatte etwas in der Hand, was wie ein in ein Handtuch gewickeltes Kleid aussah, und trug in der anderen einen Nähkorb. Joce traute ihren Augen nicht und fühlte sich, als sei sie in eine Zeitmaschine geraten. Wer nähte denn heute noch? Wer besaß noch einen riesigen Nähkorb, dessen Deckel ein Nadelkissen zu sein schien. Hatte Miss Edi sie an einen Ort gelockt, wo die Zeit stehen geblieben war?

Sie musste schmunzeln, doch ihr Lächeln verflog schlagartig: Ihre Freundin war zwar schon seit Monaten tot, doch Joce konnte sie noch immer nicht loslassen. Keine lustigen E-Mails mehr, keine stundenlangen Telefonate. Keine Miss Edi, die sie besuchen konnte, sobald sich die Gelegenheit ergab. Keine Gespräche mehr bei einer Kanne heißem Tee, in denen sie ihr ihre Sorgen, Ängste und Erfolge anvertraute. Niemals wieder würde sie den typischen Ausspruch hören: »Natürlich geht es mich nichts an, aber wenn ich an deiner Stelle wäre …«

Joce drängte die Tränen zurück und warf einen Blick auf die geschlossenen Türen, die von der großen Eingangshalle abgingen, und dann wieder auf die Frau, die im Schatten des Baumes saß. Sie musste die Zimmer erkunden, Lebensmittel einkaufen und schauen, wo sie ein Bett für die Nacht herbekam. Aber dann warf sie noch einen Blick auf die junge Frau – und ihre Entscheidung stand fest.

Joce schloss die Hintertür auf, trat in die frische Frühlingsluft hinaus und ging auf die Frau zu. Diese war so in ihre Näharbeit vertieft, dass sie nichts um sich herum wahrzunehmen schien, weshalb Joce Zeit hatte, sie zu betrachten. Sie war noch ziemlich jung, Anfang zwanzig, und sah aus wie der Inbegriff der Unschuld. Ihr Gesicht war makellos und oval, und sie hatte eine Haut wie Porzellan. Die blonden Strähnchen in ihrem braunen Haar schienen natürlich zu sein, und ihr Kleid hätte aus einer Zeichnung von Kate Greenaway stammen können.

»Hallo«, sagte Joce aus einigen Metern Entfernung, weil sie sie nicht erschrecken wollte. Doch die junge Frau nähte einfach weiter, ohne aufzublicken. Erst als Joce dicht vor ihr stand, stellte sie fest, dass sie Ohrstöpsel trug. Lächelnd zog Joce sich einen Stuhl heran und setzte sich ihr gegenüber.

»Hallo«, meinte die Frau, offenbar nicht überrascht, nahm die Ohrstöpsel heraus und schaltete den iPod aus.

»Lass mich raten«, sagte Joce. »Enya.«

Die hübsche junge Frau lächelte erstaunt. »Ach, ich verstehe. Da ich aussehe, als hätte ich mir noch nie einen schmutzigen Film angeschaut, höre ich bestimmt Engelsmusik.« Sie drehte einen Ohrstöpsel zu Joce hin. ZZ Top dröhnte. »Meine Mutter ist Hippie«, sagte sie. »Mein Vater ist Arzt und ein Spießer, wie er im Buche steht, aber meine Mutter steht auf Hard Rock und dreht die Anlage bis zum Anschlag auf – wenn mein Vater nicht da ist.«

»Und von den Nachbarn kommen keine Beschwerden.«

»Eine hat sich mal beschwert, doch meine Mom hat ihr eine Margarita gemixt, und als mein Dad nach Hause kam, haben die beiden zusammen getanzt. Seitdem war Ruhe.«

Lachend musterte Joce die hübsche junge Frau. »Wem siehst du denn ähnlicher, deiner Mutter oder deinem Vater?«

»Meiner Großtante Lissie, so heißt es wenigstens. Sie hat ihre Optik eingesetzt, um sich den reichsten Mann in der Stadt zu angeln, ein halbes Dutzend Kinder gekriegt und anschließend das ganze Geld ihres Mannes ausgegeben.«

Jocelyn ließ sich nicht anmerken, dass ihr der Name bekannt vorkam. Lissie war die Frau, die Miss Edi in ihrem Brief erwähnt hatte. Stattdessen sagte sie: »Eine Frau nach meinem Geschmack. Ist das ein Kleid für dich, das du da nähst?«

»Um Himmels willen, nein! So etwas könnte ich mir nie leisten.« Sie hielt das Kleidungsstück hoch, um es Joce zu zeigen. Es war mitternachtsblau, das Oberteil mit einem kunstvollen Muster aus Perlen und Kristallen bestickt. Allerdings hatten sich einige Reihen gelockert. »Ich habe ihr gesagt, dass sie vorsichtig damit sein soll. Keine Schäferstündchen bei Mondenschein, kein Rumgeknutsche im Auto. Dieses Kleid hat Tausende gekostet, und ich habe ihr erklärt, dass man es achtsam behandeln muss. Und hat sie auf mich gehört? Natürlich nicht.«

»Nach dem Aussehen zu urteilen, muss es ziemlich zur Sache gegangen sein.«

»Ich denke schon, und da sie mich heute Morgen um sechs rausgeklopft und mich angefleht hat, es bis heute Abend in Ordnung zu bringen, habe ich die Vermutung, dass der Zweite im Bunde nicht ihr Mann war.«

Joce lachte. »Bist du meine Mieterin?«

»Oh! Sorry. Ich habe mich gar nicht vorgestellt. Ich bin Sara Shaw«, erwiderte sie. »Ich wohne auf dieser Seite, und Tess Newland wohnt auf der anderen.«

»Ich bin …«

»Die ganze Stadt weiß, wer du bist. Alle warten schon seit dem Morgengrauen auf dich.«

»Die Frau im Lebensmittelladen hat mich angestarrt.«

»Meine Mutter«, antwortete Sara. »Sie hat mich schon angerufen und dich angekündigt.«

»Und die Frau mit dem Besen auf der Veranda?«

»Meine Tante Helen. Sie hat Mom angerufen. Aber es war besetzt, weil Mom ja mit mir telefoniert hat. Wahrscheinlich hat der Sheriff inzwischen schon dein Nummernschild überprüft.«

Jocelyn verschlug es die Sprache, und sie sah Sara nur verdattert an.

»Möchtest du einen Eistee?«, fragte Sara. »Ich habe gerade einen Krug voll gemacht.«

»Sehr gerne, aber …« Sie zögerte.

»Nur, wenn er nicht zur Hälfte aus Zucker besteht?«, fragte Sara. Sie stand auf, wickelte das Kleid sorgfältig in das große Handtuch und legte es auf den kleinen weißen Tisch.

Joce spürte, wie sie feuerrot anlief.

»Kein Problem. Wir im Süden sind hier Yankees gewöhnt.«

»Ich bin alles andere als ein Yankee. Ich komme aus Florida«, entgegnete Joce, als sie Sara in Richtung Haus folgte. »Das ist südlich von hier.«

»Hmm«, meinte diese, über die Schulter gewandt. »Wahrscheinlich ist Südstaatler sein eher eine Frage der Lebenseinstellung als der Geografie. Warum sonst würden so viele Leute aus dem Norden nach Florida ziehen?«

Joce konnte sich ein Schmunzeln nicht verkneifen. Inzwischen hatten sie die Fliegengittertür des Ostflügels erreicht. Wieder blieb sie stehen, um das Haus zu betrachten. Es gab weder seltsam geformte Fenster noch herausstehende Gebäudeteile, nichts also, was ein Haus im modernen Sinne interessant machte. Edilean Manor war ganz schlicht und gerade deshalb ein wunderschönes Haus.

Sie trat hinter Sara in deren kühle Wohnung. Die Küche sah aus, als sei sie um 1965 herum eingebaut worden. Sie war zwar gut in Schuss, aber eindeutig niemals modernisiert worden. »Ist das Resopal? Und das ist doch nicht etwa …?«

»Avocadogrün«, bestätigte Sara mit einem Blick auf den dunkelgrünen Kühlschrank. »Ich persönlich denke, dass das Smithsonian Museum Interesse daran haben könnte. Man sollte alles so, wie es ist, ins Museum stellen.«

Joce betrachtete das große weiße Emaillebecken unter dem Fenster und musste ihr zustimmen. Die Küche war nicht alt genug, um nostalgische Gefühle zu wecken, sondern einfach nur hässlich.

»Ich glaube, ich beschwere mich bei meiner Vermieterin«, verkündete Sara.

»Das solltest du tun«, antwortete Joce und musterte den alten Herd, der zu dem Kühlschrank passte. Im nächsten Moment hob sie den Kopf. »Oh! Warte mal. Ich bin deine Vermieterin.«

Lachend ging Sara zum Kühlschrank und holte einen großen Krug Eistee heraus. »Das hat aber gedauert.«

»Ich habe noch nicht ganz kapiert, dass ich jetzt Hausbesitzerin bin. Ich habe mich noch nicht einmal drinnen umgeschaut.«

»Dazu hast du noch genug Zeit. Es gibt außerdem einige alte Nebengebäude, doch das weißt du vielleicht.« Sara wies mit dem Kopf auf den kleinen Chromtisch, der an der Wand stand. Die Tischplatte war rot, und davor standen passende Chromstühle mit roten Sitzflächen und Rückenlehnen.

Joce setzte sich und sah zu, wie Sara zwei Gläser Tee einschenkte. Die Plätzchen, die sie auf einen Teller legte, waren offenbar selbst gebacken.

»Ich weiß fast überhaupt nichts. Das alles ist noch so schrecklich neu«, erwiderte sie. »Ich habe noch nicht ganz verarbeitet, dass … dass …«

»Miss Edi tot ist?«, erkundigte Sara sich leise.

Joce nickte. »Kanntest du sie?«

»Nein, ich bin ihr nie begegnet. Aber ich habe sehr viel über sie gehört.«

»Hast du das?« Joce trank einen großen Schluck Tee. Sie hatte gar nicht bemerkt, dass sie Durst hatte. Dann verschlang sie ein Plätzchen in zwei Bissen. Als sie sich über das zweite hermachte, bemerkte sie Saras erstaunten Blick. »Tut mir leid. Ich habe tagelang im Auto gesessen und anscheinend das Essen vergessen.« In Wahrheit hatte sie gestern vor lauter Aufregung das Abendessen nicht hinuntergebracht und heute das Frühstück ausfallen lassen.

»So etwas nenne ich Zielstrebigkeit!« Sara ging zum Kühlschrank, ohne etwas hinzuzufügen, holte eine Schüssel heraus, förderte grünen Salat, Mayonnaise und Brot zutage und stellte alles auf die Arbeitsfläche. »Schau! Yankee-Brot. In meinem Hause gibt es kein Weißbrot aus der Fabrik.«

»Ist Ananas drin?«

Sara sah sie verdutzt an.

»Keine Ananas, kein Brot. Zu Hause in Florida tun wir in alles Ananas. Oder Kokosnuss.«

Sara lachte auf. »Okay, ab jetzt spare ich mir die Stereotype. Es liegt nur daran, dass Edilean so nah bei Williamsburg liegt und wir von Touristen förmlich überrannt werden. Die glauben, dass wir uns ausschließlich von Frittiertem ernähren.«

»Und tut ihr das nicht?«

»Nicht, seit uns jemand erklärt hat, was *Cholesterin* ist.«

Joce nahm den Teller mit dem Sandwich entgegen. »Das wäre wirklich nicht nötig gewesen«, sagte sie. »Ich kann mir selbst etwas Essbares besorgen.«

»Eins musst du über uns Südstaatler wissen: Wir füttern unsere Mitmenschen. Wahrscheinlich ist es in unserer DNA angelegt«, erwiderte Sara. »Hast du was dagegen, das mit nach draußen zu nehmen, damit ich mit dem Kleid fertig werde?«

»Gerne«, antwortete Joce und folgte Sara mit Glas und Teller zurück zum Tisch. Nachdem sie sich gesetzt hatten und das Kleid ausgebreitet auf Saras Schoß lag, aß Joce den ersten Bissen. »Hast du den gemacht?« Es war ein Hühnersalat mit aufgeschnittenen Weintrauben und Äpfeln darin, der so lecker schmeckte, als käme er aus einem teuren Feinkostgeschäft.

»Nein, meine Mutter. Sie ist überzeugt, dass ich verhungern werde, wenn ich alleine wohne. Oder noch schlimmer, ich könnte etwas essen, was nicht selbst angebaut oder bio ist. Sie hat die Hühner gezüchtet, und die Äpfel sind von unseren Bäumen.«

Joce beäugte zweifelnd ihr Sandwich. »Du kanntest das Huhn?«

Sara zuckte die Achseln. »Als ich drei war, wusste ich, dass ich den Lebewesen bei uns zu Hause keine Namen geben darf. Mit Ausnahme meiner Schwestern. Die haben zwar Namen von mir gekriegt, aber im Topf gelandet sind sie trotzdem nicht.«

Joce erstickte fast vor Lachen. »Ach, mein Lieblingsthema! In Sachen Schwestern kann ich bestimmt die schlimmeren Horrorgeschichten erzählen.«

»Glaubst du? Meine beiden Schwestern haben ihren Abschluss an der Tulane University mit summa cum laude gemacht. Beide haben eine Woche nach dem Abschluss geheiratet – Ärzte natürlich. Und beide waren eine Woche nach der Hochzeit schwanger. Natürlich waren sie in ihrer Hochzeitsnacht noch Jungfrau.«

Joce trank einen Schluck und grinste Sara dann selbstzufrieden an. »Keine Chance. Meine Schwestern sind Stiefschwestern und eineiige Zwillinge. Wunderschön, naturblond und eins fünfundsiebzig groß. Und willst du wissen, wie sie mich nennen? Cindy.«

»Cindy?« Saras Augen weiteten sich. »Doch nicht etwa …«

»Doch. Abkürzung für Cinderella – Aschenputtel.«

Aber Sara gab sich noch nicht geschlagen. »Ich habe vier absolut perfekte Nichten und Neffen, jeweils zwei, die nie vergessen, bitte und danke zu sagen.«

»Schon mal von Bell und Ash gehört?«

»Die Models? Klar. Letzte Woche waren sie auf dem Titel von … Nein!« Sara schnappte nach Luft. »Das darf doch nicht wahr sein. Sie sind deine …?«

»Stiefschwestern«, beendete Jocelyn den Satz.

»Du hast gewonnen. Oder verloren. Ich weiß nicht, was es besser trifft. Ich glaube, ich rufe meine Schwestern an und sage ihnen, ich bin froh, dass ich sie habe.« Sie musterte Joce forschend. »Wie hältst du das aus?«

»Ich beiße die Zähne zusammen«, erwiderte sie achselzuckend und sah Sara an. »Ich glaube, ohne Miss Edi hätte ich das nicht überlebt. Sie war meine Rettung.« Sie betrachtete ihr Sandwich. »Apropos Miss Edi: Sie sagte, du hättest dein ganzes Leben hier verbracht.«

»In der Stadt, nicht in diesem Haus.«

»Klar«, sagte Joce zögernd und aß noch einen Bissen, während sie überlegte, wie sie das Thema höflich anschneiden sollte. »Kennst du einen Mann namens Ramsey McDowell?«

»Natürlich«, entgegnete Sara, blickte aber nicht auf.

»Wie ist er denn so?«

»Gut aussehend, kultiviert und gebildet. Was genau interessiert dich an ihm?«

»Also ist er ein Herzensbrecher.«

Sara ließ sich mit ihrer Antwort Zeit, und ihr Tonfall wurde argwöhnisch. »Ja, einige Herzen hat er schon gebrochen.«

»Aber seines ist noch nie gebrochen worden?«

Endlich hob Sara den Kopf. »Ich glaube, ich sollte dir sagen, das Ramsey mein Cousin ist. Familiensolidarität eben. Ich müsste dich ein bisschen besser kennen, ehe ich dir mehr über ihn erzähle.«

»Die Sache ist nur, dass er heute zum Abendessen kommt,

und ich würde gern mehr über ihn wissen, als ich in dem einen Telefonat rauskriegen konnte. Er scheint …«

»Rams kommt hierher? Heute Abend? Wie hast du denn das geschafft?« Sara wirkte beeindruckt.

»Ich bin nicht ganz sicher«, entgegnete Joce. »Er erledigt den ganzen Papierkram wegen des Hauses, also …«

»Das ist Arbeit, und die macht er in seiner Kanzlei. Wie hast du ihn dazu gebracht, zu dir nach Hause zu kommen?«

»Keine … keine Ahnung. Nur, dass ich wusste, wann genau die Abschaffung der Sklaverei unterzeichnet wurde.«

»Das könnte es gewesen sein. Rams steht auf kluge Mädchen und interessiert sich für Geschichte.« Sara nahm eine Garnrolle aus dem Nähkorb und fädelte die Nadel ein. »Und das ist der Punkt, wo die Mädchen bei meinem Cousin einen großen Fehler machen.«

»Und der wäre?«

»Sie denken, dass Rams wie all die anderen Männer ist und auf tief ausgeschnittene Kleider steht. Das tut er zwar, doch Verstand ist ihm wichtiger. Außerdem hat Tess die Kleidertheorie endgültig widerlegt. Wenn du sonst noch etwas über Rams wissen willst, Frauen, Lieblingsessen, alles andere eben, kannst du Tess fragen. Sie kennt ihn besser als wir.«

»Tess? Ach ja, die andere Mieterin. Was hat sie mit Ramsey … Rams zu tun?«

»Sie managt sein Leben.«

Als Joce die Augenbrauen hochzog, schüttelte Sara den Kopf. »Nein, nicht wie du meinst. Tess managt seine Kanzlei und macht ihre Sache so gut, dass sie sein Leben auch gleich mit organisiert. Wenn Rams dir Blumen zum Geburtstag schenkt, sind sie vermutlich von Tess ausgesucht und verschickt worden.«

»Ach, eine von *den* Sekretärinnen. Die ihn bemuttert und ein bisschen in ihn verliebt ist? So etwa?«

Sara grinste. »Sie behauptet, dass sie ihn nicht ausstehen kann, und nimmt in dieser Hinsicht kein Blatt vor den Mund.«

»Warum arbeitet sie dann bei ihm und wohnt hier in Edilean?«

Sara zuckte die Achseln. »Keinen Schimmer. Tess ist für mich ein Mysterium, und soweit ich es beurteilen kann, geht es Rams genauso. Aber jedenfalls sagt sie es ihm klipp und klar, wenn er etwas tut, was ihr nicht gefällt.«

»Und was hat das mit tief ausgeschnittenen Kleidern zu tun?«

»Diese Geschichte soll Rams dir selbst erzählen.«

»Du, ich glaube, ich habe in irgendeinem Buch gelesen, dass man einen Mann beim ersten Date nicht fragen sollte, was seine Sekretärin und ein tief ausgeschnittenes Kleid gemeinsam haben.«

Sara lachte. »Da hast du sicher recht. Allerdings hatte Rams schon immer Selbstironie. Pass auf, nur ein kleiner Tipp: Wenn du Tess kennenlernst, bezeichne sie nicht als Sekretärin und sprich sie nicht auf das Kleid an. Sie kann die Story nicht mehr hören.«

»Einverstanden«, erwiderte Jocelyn und schob den leeren Teller weg. Die vielen neuen Eindrücke wurden ihr allmählich zu viel.

Offenbar hatte Sara ihre Gedanken gelesen. »Du schaffst das schon. Es sind eben alle neugierig auf dich. Doch ich muss dich warnen, dass alle in dieser Stadt, das heißt, alle, die wirklich hier wohnen, von dir erwarten werden, dass du ihnen von Miss Edi erzählst.«

»Das kann ich verstehen«, antwortete Joce. »Die Leute hier haben sie sicher sehr geliebt.«

»Geliebt?«, entgegnete Sara. »Offen gestanden sind nur noch wenige Menschen am Leben, die sie persönlich gekannt haben. Bis auf Tante Mary Alice, und die hat ja wohl nur wenig Grund sie zu lieben, findest du nicht?«

»Ich weiß nicht«, sagte Joce. »Warum hatte deine Tante Mary Alice wenig Grund Miss Edi zu lieben?«

»Ich dachte, ihr beide wärt Freundinnen gewesen. Du kennst doch sicher Miss Edis traurige Liebesgeschichte.«

Joce seufzte auf. »Bis vor ein paar Tagen hätte ich behauptet, fast alles über sie zu wissen. Aber inzwischen stelle ich fest, dass das nicht so ist. Sie hat Edilean, Virginia, oder dieses Haus nie erwähnt. Ich weiß nur, dass sie in einen jungen Mann von hier verliebt war, der im Zweiten Weltkrieg getötet wurde.«

»Getötet!«, rief Sara aus. »Wohl eher zur Strecke gebracht von der schlauen kleinen Mary Alice Welsch, die sich von ihm hat schwängern lassen und ihn dann gezwungen hat, sie zu heiraten. Als Miss Edi aus dem Krieg nach Hause kam, war der Mann, den sie liebte, mit einer anderen verheiratet.«

Wieder fühlte Jocelyn sich verraten. Das war nicht die Geschichte, die ihr erzählt worden war. Die große Liebe, von der Miss Edi gesprochen hatte, die große Liebe zu David Aldredge, hatte nicht mit seinem Tod geendet, sondern mit einer Muss-Ehe. Kein Wunder, dass Miss Edi Edilean nie erwähnt und den Tod ihres Liebsten erfunden hatte. Das war noch immer besser als Verrat.

Joce gab sich Mühe, sich gegenüber Sara nichts anmerken zu lassen. »Ist das nicht alles schon sehr lange her?«, meinte sie. »Bei dir klingt es, als wäre es gestern geschehen.«

»Hier in Virginia vergessen wir nicht so schnell. Meine Großmutter hat mir Geschichten aus dem Bürgerkrieg erzählt. Sie wusste, wer wen geliebt hat und wer verlassen worden ist. Jetzt erzähle ich eben Geschichten aus einem anderen Krieg. Jedenfalls habe ich Miss Edis Geschichte tausendmal gehört. Die Familie Harcourt hat die Stadt gegründet. Sie besaß das größte Haus und hat den Grundriss der Stadt angelegt. Selbst nachdem die Harcourts den Großteil ihres Vermögens verloren hatten, waren sie weiterhin tonangebend hier. Zur Zeit des Zweiten Weltkriegs waren die McDowells zwar reicher, genossen aber nicht das gleiche Ansehen.«

Während Joce ihren Tee austrank, versuchte sie, die wahren Ereignisse zu rekonstruieren. »Also kam Miss Edi aus dem Krieg zurück. Sie hatte die Beine voller Brandnarben und stellte fest, dass der Mann, den sie liebte, eine andere geheiratet hatte.«

»Richtig.«

»Und was hat sie getan?«, fragte Joce.

»Das Haus und das restliche Vermögen der Familie gehörte offiziell Miss Edi. Doch das Haus hat sie ihrem jüngeren Bruder überlassen. Was sie mit dem Geld gemacht hat, weiß ich nicht. Meine Großtante Lissie pflegte zu sagen, dass Bertrand kein richtiger Mann gewesen sei.«

»Was bedeutet das? Dass er nicht um Mitternacht mit seinem Pferd die Treppe hinaufgeprescht ist?«

»Aber, aber, da spricht wieder der Yankee in dir.«

»Sorry«, erwiderte Joce grinsend. »Offenbar habe ich zu viele Liebesromane gelesen.«

»Tun wir das nicht alle? Wie ich schon sagte, kam Miss Edi zurück, sah, dass ihr jemand den Mann ausgespannt hatte, übergab das Haus ihrem Faulpelz von einem Bruder und kehrte der Stadt den Rücken. Allerdings erst, nachdem sie sich von MAW einen fünfundvierzigseitigen Vertrag hat aufsetzen lassen, den ihr Bruder unterschreiben musste. Sie mag verletzt gewesen sein, doch sie war nicht auf den Kopf gefallen.«

»MAW?«, hakte Joce nach.

»Die Anwaltskanzlei am Ort. McDowell, Aldredge und Welsch.«

»Aldredge«, flüsterte Jocelyn und fügte dann lauter hinzu: »Immer dieselben Namen. Ziehen die Leute denn nie aus ihrer Heimatstadt weg, wie es in den restlichen USA üblich ist?«

»*Die* ziehen weg, *wir* bleiben.«

Joce nickte. »Richtig. Die Touristen. Die Auswärtigen. Die kommen und gehen, aber ihr bleibt«, sagte sie mit aufgesetztem Südstaatenakzent.

»Du sprichst das nicht richtig aus, also lass es lieber. Um das ordenlich hinzukriegen, muss man mindestens in der dritten Generation Südstaatler sein.«

»Ich werd's mir merken. Was ist aus Miss Edis Bruder geworden?«

»Der ist vor Jahren im Schlaf gestorben. Tante Lissie sagte, dieser Mann hat es geschafft, keinen Finger krummzumachen und sich einzureden, das sei Arbeit.«

»Ich glaube, den kenn ich«, meinte Joce. »Vielleicht bin ich sogar mal mit ihm gegangen.«

»Ich wusste ja gleich, dass wir beide eine Menge gemeinsam haben.«

Sie lächelten einander zu, zwei Frauen, die sich verstanden hatten. Dann saßen sie eine Weile schweigend da, während Joce den Blick über das Grundstück schweifen ließ. Sie hatte sich noch immer nicht ganz an den Gedanken gewöhnt, dass sie jetzt Hausbesitzerin war. Als sie die harmonische Schönheit des Hauses bewunderte, spürte sie, wie ihr ein kalter Schauder über die Arme lief.

Außerdem haderte sie weiter damit, dass die Frau, die für sie wie eine Mutter gewesen war, ihr entweder Einzelheiten aus ihrem Leben verschwiegen oder sie sogar belogen hatte. Jocelyn war seit ihrer Kindheit mit der Vorstellung von der »vollkommenen Liebe« aufgewachsen, die Miss Edi für einen gefallenen Soldaten empfunden hatte. Diese Liebe war ihre Richtschnur und der Maßstab gewesen, den sie an jede Beziehung anlegte. Wenn ein Mann eine feste Bindung eingehen wollte, hatte Jocelyn sich gefragt, ob sie ihn ebenso leidenschaftlich liebte wie Miss Edi ihren David. Doch noch nie hatte ein Mann auch nur im Entferntesten dem Ideal der wahren Liebe entsprochen, das Miss Edi ihr vermittelt hatte.

Und nun hatte Jocelyn gerade erfahren, dass Miss Edis große Liebe nichts weiter als ein schäbiger Betrüger gewesen war. Der Mann hatte sie wegen einer anderen Frau sitzen lassen.

»Und was hast du mit dem Haus vor?« Saras Frage holte Joce in die Gegenwart zurück. »Verkaufen? Es in Wohnungen aufteilen?«

Ihr beiläufiger Tonfall konnte Joce nicht täuschen. Deshalb war ihr sofort der rote Teppich ausgerollt worden, dachte sie. Hatte Sara Anweisung erhalten herauszufinden, was Miss Edis

Erbin mit dem alten Haus zu tun plante? »Wie viel, glaubst du, würde der alte Steinhaufen einbringen?«

Sie wartete darauf, dass Sara zu lachen anfangen würde. Doch diese beugte sich über ihre Perlenstickerei.

»Sara«, sagte Joce. »Ich bin Historikerin. Seit ich mit der Uni fertig bin, verdiene ich mein Geld damit, dass ich anderen bei historischen Recherchen helfe.«

Sara bedachte sie mit einem kühlen Blick. »Man könnte eine wunderbare Pension daraus machen.«

Joce stöhnte auf. »Das wäre nichts für mich. Ich bin eher introvertiert. Ich kann mit einem einzelnen Menschen reden, aber wenn man mich in einer Menschenmenge abwirft, verkrieche ich mich in mein Schneckenhaus.«

Sara sah sie weiter an und wartete offenbar auf Informationen, die sie an die anderen Einwohner der Stadt weitergeben konnte. Joce malte sich aus, wie die Telefondrähte heiß liefen, bis sie Feuer fingen. Vielleicht würde der gesteigerte Einsatz von Mobiltelefonen ja auch zu einem Ausfall des Fernsehempfangs führen.

Joce hielt Saras eindringlichen Blick nicht mehr aus. »Ich weiß nicht, was ich tun werde, wirklich nicht. Miss Edi hat mir das Haus und vermutlich auch etwas Geld hinterlassen, aber ich habe keine Ahnung, wie viel es ist.« Plötzlich wollte Jocelyn nicht mehr über sich preisgeben, als sie es bereits getan hatte. In ihrem Kopf ging es drunter und drüber, und sie hatte Mühe, einen klaren Gedanken zu fassen. Außerdem hatte sie nicht vor, jemandem zu verraten, dass sie vielleicht ein Buch über Miss Edi schreiben würde. »Hast du von irgendwelchen Stellenangeboten gehört?«

»Tess hat den letzten guten Job in der Stadt abgesahnt.«

Joce warf einen Blick auf den anderen Flügel des Hauses. Die Türen und Fensterläden waren geschlossen. »Was arbeitest du übrigens, wenn du nicht gerade Kleider reparierst?«

»Das ist mein Beruf«, erwiderte Sara und schnitt den Faden ab. »Meistens ändere ich Kleider für Damen, die Größe achtunddreißig kaufen und sich am fraglichen Abend nicht mehr hineinzwängen können.«

»Und davon kann man leben?«, erkundigte sich Joce.

Sara zuckte die Achseln.

Joce war sicher, dass sie noch andere Einkünfte hatte, über die sie nicht sprechen wollte. Joce hoffte nur, dass es nichts Illegales war und dass Sara nicht im Hinterzimmer Graspflanzen züchtete. Im nächsten Moment fragte sie sich, ob wohl alle Vermieter so dachten. Was sollte sie tun, wenn die Badewanne leckte? Oder wenn sich Termiten im Haus breitmachten? Miss Edi hatte einen Gärtner erwähnt. Wie viel verdiente der wohl im Monat?

Joce warf einen Blick auf das Haus und überlegte, wo sie heute Nacht schlafen sollte. Gab es dort ein Bett?

Sara nahm eine Mobiltelefon aus ihrem Nähkorb, klappte es auf und sah auf die Uhr. »Ich muss los. Dieses Kleid muss bei seiner Besitzerin sein, bevor der Göttergatte nach Hause kommt.« Hastig wickelte sie das Kleid in das Handtuch und griff danach. »Könntest du die Sachen für mich reinbringen?« Sie wies mit dem Kopf auf Geschirr und Nähkorb.

»Klar«, erwiderte Joce. »Wenn du mir vertraust.«

»Ich vertraue dir nicht nur, ich könnte dich sogar sympathisch finden. Bis später«, rief sie, während sie schon in Richtung Haus lief.

Jocelyn blieb sitzen, betrachtete das Haus und versuchte, all das zu verstehen, was sie seit ihrem Besuch beim Anwalt erfahren hatte. Als Jocelyn sechzehn gewesen war, war sie einmal aus der Schule nach Hause gekommen und hatte festgestellt, dass alle Stieflinge, Mutter und Schwestern, nicht da waren. Ihr Vater war allein in der Garage und schraubte an einem seiner Motorräder. Sie verbrachten nur sehr wenig Zeit zusammen, da seine »neue Familie«, wie Joce sie bei sich nannte, ihn voll und ganz in Anspruch nahm.

»Gehst du wieder zu Miss Edi?«, fragte er.

»Ja. Wir lesen Thomas Hardy.« Sie wusste, dass er dazu

nichts zu sagen hatte. Gary Minton war kein nachdenklicher Mensch.

»Schatz?«, sagte er, als sie an ihm vorbeiging. »Ich hoffe, dass du ihr nicht dein ganzes Leben gibst, sondern einen Teil davon für dich behältst.«

Sie mochte es, wenn er sie »Schatz« nannte, hörte ihm aber nur mit halbem Ohr zu. Wie immer war ihr einziger Gedanke, sich aus dem Staub zu machen, bevor die Stieflinge zurückkamen und das Kommando übernahmen. Ihr Lärm und ihre Forderungen beherrschten das ganze Haus, ihren Vater, einfach alles. Manchmal hatte sie das Gefühl, dass ihre Stiefschwestern sogar das Universum kontrollierten.

Joce sah auf die Uhr. Da Ramsey McDowell erst in einigen Stunden hier sein würde, wollte sie sich rasch das Haus anschauen und alles vorbereiten. Außerdem hatte sie sich ein Kleid gekauft, dass sich ausgezeichnet für ein Picknick in einem alten Haus eignete.

Ihr Haus, dachte sie lächelnd.

3

Luke beobachtete, wie sie – die neue Besitzerin von Edilean Manor – aus dem Haus kam und den Rasen überquerte, um sich zu Sara zu setzen. Er wusste, was sie empfand. Sara zog andere Menschen an. Das war schon seit ihrer Kindheit so. Sara hatte immer ein offenes Ohr für die Probleme ihrer Mitmenschen. Die meisten Frauen ließen Sara nur deshalb ihre Kleider ändern, weil sie einen Vorwand brauchten, mit ihr zu reden.

Im letzten Sommer waren einige Cousins, Charlie, Rams und Sara in Williamsburg beim Essen gewesen, als Charlie gesagt hatte, sie solle doch ein Praxisschild aufhängen und mit dem vielen Zuhören Geld verdienen.

»Ich habe keine Lust, jahrelang zu studieren«, hatte sie geantwortet.

»Wer hat denn etwas von Studium gesagt?«, meinte Rams. »Häng einfach ein Schild raus. Luke schnitzt oder malt dir sicher gerne eins.«

»Und du setzt einen Vertrag auf und kassierst dafür mehr ab, als sie im Jahr verdient«, gab Luke zurück.

»Wenn ihr beide euch heute Abend wieder ständig in den Haaren liegt, gehe ich«, warnte Sara. »Ich möchte in Ruhe und Frieden zu Abend essen, ohne dass ihr zwei euch dauernd kabbelt.«

Als alle drei Männer schwiegen und den Eindruck machten, als würde das auch so bleiben, schüttelte Sara den Kopf. »Also gut, nur zu, macht euch nur gegenseitig fertig. Charlie, bestellst du mir noch einen von diesen Drinks?«

»Bist du sicher?«, entgegnete Charlie. »Du verträgst doch sonst nicht viel.«

»Dann muss eben einer von euch meine Haare festhalten, wenn ich kotze, und der andere muss mich zum Auto tragen.«

Luke nahm einen Vierteldollar aus der Tasche und sah Ramsey an. »Bei Kopf kriege ich die Haare und du den Rest. So, wie die zugenommen hat, ist sie mir inzwischen zu schwer.«

»Ihr seid einfach entsetzlich«, schimpfte Sara lachend.

Nun schliff Luke die Klingen des Rasenmähers und schaute dabei durch das kleine, runde Fenster in der Backsteinwand nach draußen. Er befand sich im ehemaligen Stall des alten Hauses, der inzwischen zum Großteil eingestürzt war. Als der alte Bertrand noch hier gewohnt hatte, war das Haus auf Miss Edis Anweisung hin in Schuss gehalten worden. Doch die Nebengebäude hatte man verfallen lassen.

»Hast du die Instandsetzung nicht in den Vertrag geschrieben?«, hatte Luke Ramsey gefragt. »Steht da nur etwas über das Haus drin, nicht über das Grundstück?«

»Willst du behaupten, dass ich 1946 den Vertrag aufgesetzt habe?«

»Okay, dann eben dein Dad.«

»Der war damals ein Jahr alt.«

»Ganz gleich, wer es war, jedenfalls ist es deine Aufgabe, dich um den Laden zu kümmern«, sagte Luke, als er bei seiner Rückkehr nach Edilean festgestellt hatte, in welchem Zustand sich die Nebengebäude befanden.

»Vielleicht hättest du ja bleiben und ein Auge auf alles haben sollen«, entgegnete Ramsey, ohne sich vom Ärger seines Cousins aus der Ruhe bringen zu lassen. »Du hättest ja nicht abzuhauen, dich in der Weltgeschichte rumzutreiben und das zu tun brauchen, weshalb du jetzt so eine Mistlaune hast.«

Luke setzte zu einer Antwort an, überlegte es sich aber anders. »Ach, gib schon Ruhe, geh in deine Kanzlei und lass mich die Sache erledigen.«

Es hatte mehrere Monate gedauert, bis Luke die alten Gebäude wieder aufgebaut hatte. Mit den Ställen war er zwar noch nicht ganz fertig, aber er benutzte nur Materialien aus der Zeit, in der das Haus entstanden war. Er grub alte Backsteine aus und legte sogar einen Brunnen frei. Dieser war mit Backsteinen gefüllt, die man noch mit der Hand geformt und gebrannt hatte, als Edilean Manor das Haupthaus einer Plantage gewesen war.

Es war harte körperliche Arbeit gewesen, doch genau das hatte Luke damals gebraucht, und er hatte es genossen, bei der Arbeit allein zu sein. Damals war das Haus unbewohnt, denn der alte Bertrand war mittlerweile gestorben. Es kam zwar jeden Tag eine Haushälterin, doch die war schon so alt, dass sie kaum noch die Treppen steigen konnte. Als Luke sah, wie sie herumhumpelte und zu schwach war, um etwas zustande zu bringen, hatte er das Kommando übernommen. Er hatte ihr einen bequemen Sessel und ein Radio besorgt und sie sich im Wohnzimmer ausruhen lassen. Als Ramsey, der Anwalt, der für Miss Edis Besitz zuständig war, das bemerkt hatte, hatte er verkündet, er werde Miss Edi schreiben und ihr raten, die Haushälterin in den Ruhestand zu schicken. Doch dabei hatte er Luke forschend angesehen. Die beiden Cousins wussten, dass die Familie der Frau das Geld brauchte. Also behielt sie ihre Stelle, und Luke erledigte die Arbeit. Er versorgte das Haus, und als die Möbel geliefert wurden, kümmerte sich Luke darum, sie aufzustellen. Ein Samstag mit den Cousins bei Bier und Pizza genügte, um die schwereren Stücke nach oben zu schaffen.

Bis auf die Mieterinnen hatte das Haus in den letzten Jahren eigentlich Luke gehört. Er war derjenige, der das Dach reparierte, die tote Taube aus der Mauerritze barg und den Kamin wieder aufbaute, nachdem der Blitz eingeschlagen hatte.

Als Luke erfuhr, dass Miss Edi gestorben war und das Haus einem Mädchen vererbt hatte, das noch nie hier gewesen war, hatte er nicht übel Lust, es niederzubrennen. Er wollte es lieber zerstören, als es einer Fremden zu überlassen, die es nicht zu würdigen wusste.

»Vielleicht ist sie ja Historikerin«, wandte Ramsey ein.

»Oder Architektin – oder sogar Bauunternehmerin. Wir kennen sie doch noch gar nicht.«

Luke gefiel es gar nicht, dass sein Cousin sich für eine unbekannte Frau verwendete, die das Haus übernehmen sollte, das für die meisten Menschen hier das Herz von Edilean war. Seit er denken konnte, hatte er alle sagen hören, dass die Stadt kein Jahr überleben würde, sollte jemand den Charakter des Hauses beschädigen.

Doch Ramsey freute sich so auf die neue Besitzerin, dass Luke argwöhnisch wurde. Eines Tages nach der Arbeit stattete er Tess einen Besuch ab. Sie kam zwar an die Tür, bat ihn aber nicht herein. »Was findet er denn an der neuen Besitzerin?«, fragte er, ohne sich mit einleitenden Worten aufzuhalten. Er brauchte nicht zu erklären, wer »er« war.

Tess war eine Frau, die nicht lange um den heißen Brei herumredete. »Edilean Harcourt hat ihm ein Foto von ihr geschickt. Im Bikini.«

Luke verstand sofort. Schließlich kannte er seinen Cousin. Offenbar hatte Rams vor, sich an sie heranzumachen. Schließlich liebte er Edilean Manor fast so sehr wie Luke. »Kapiert«, erwiderte Luke.

Tess öffnete die Fliegengittertür. »Magst du ein Bier?«

»Gerne.«

Und jetzt war »sie« da. Luke beobachtete, wie sie sich setzte und mit Sara sprach. Sie war hübsch, allerdings keine Schönheit, ein wenig größer als der Durchschnitt, und ihr Haar sah aus wie bei vielen Mädchen im Sommer. Im Laufe der Monate würde es sich von braun zu blond gesträhnt verfärben, und er fragte sich, ob das ihre echte Haarfarbe war oder ob sie Stunden beim Friseur verbrachte.

Sie war genauso altmodisch gekleidet wie Sara, was ihn zum Schmunzeln brachte. Sara trug selbst im Hochsommer langärmelige Kleider, doch sie wusste, dass sie ihr standen. Sie war hübsch und so zart wie eine Blume. In einem grellroten ärmellosen T-Shirt und Jeans wirkte sie beinahe merkwürdig.

Luke bedauerte, dass er keine Kamera dabeihatte, um die beiden zu fotografieren. Sara, mit ihrem altmodischen Kleid mit dem Nähzeug auf dem Schoß. Und, ihr gegenüber, die fremde Frau, die angezogen war wie in *Alice im Wunderland.* Das Haarband rundete das Bild ab.

Eine prüde Spießerin, dachte er. Und so einer hatte Miss Edi das Haus vermacht. Einer Frau, die sicher als alte Jungfer enden und ihr ganzes Leben dem Haus widmen würde. Bestimmt würde sie sich große Mühe geben, Möbelstücke aus genau der richtigen Epoche aufzutreiben, und Edilean Manor innerhalb weniger Monate in ein Museum verwandeln.

Sein Bild von ihr stand schon nach wenigen Minuten fest, und wenn seine Mutter nicht gewesen wäre, hätte er das Handtuch geworfen. Soll Ramsey sie doch haben, dachte er. Soll er sie mit seinem Charme überschütten, bis sie auf ihn hereinfiel. Natürlich würde er sicher dasselbe tun wie immer: einen kleinen Fehler an ihr finden und sie in die Wüste schicken. Doch dieser Schuss konnte nach hinten losgehen. Womöglich würde sie so gekränkt sein, dass sie ging und das Haus verkaufte.

Ja, dachte er lächelnd. Vielleicht würde sie verkaufen.

Aber er hatte die Stimme seiner Mutter im Ohr, und deshalb blieb er in seinem Versteck im Stall, um Sara und die neue Besitzerin zu beobachten.

Er hatte gewusst, dass etwas im Busch war, als seine Mutter um sechs Uhr morgens mit einem abgedeckten Teller voller Blaubeerpfannkuchen vor seiner Tür stand. Luke schmunzelte. »Was hat Dad denn diesmal angestellt, dass du mir sein Frühstück bringst?« Lukes Vater war seit einem Jahr in Rente und trieb seitdem seine Frau fast in den Wahnsinn, weil er ständig am Haus herumbastelte.

»Nichts. Ich habe ihn überredet, zu einer Traktorenausstellung zu fahren.«

»Ohne dich?«

»Falls er nachfragen sollte, habe ich die schlimmsten Kopfschmerzen, die du je bei mir erlebt hast. Aber jetzt genug von mir. Miss Edis Mädchen kommt heute, und du musst mir versprechen, dass du nett zu ihr sein wirst.« Beim Sprechen wärmte sie für ihren Sohn die Pfannkuchen auf, machte seine Küche sauber und sorgte für Ordnung.

Luke stöhnte auf. »Was verlangst du denn diesmal von mir? Soll ich sie zum Abendessen einladen? Ihr die Sehenswürdigkeiten zeigen? Für die Seenlandschaft ist es noch zu früh im Jahr. Soll ich mit ihr zu einem Folk-Konzert gehen?«

»Ich will, dass du sie in Ruhe lässt. Sie gehört Ramsey.«

Lukes Augen weiteten sich.

»Ich warne dich«, sagte Helen und stellte die Pfannkuchen vor ihn hin. »Du wirst es nicht als sportlichen Wettkampf nehmen. Sie hat bereits mit Rams gesprochen, und sie mag ihn.«

»Der lässt nichts anbrennen, was? Allerdings habe ich gehört, dass ihm das Bikinifoto von ihr schon vor dem Gespräch gefallen hat.«

»Typisch Mann eben«, meinte Helen abfällig.

»Findest du?«, fragte Luke mit vollem Mund.

»Hast du mich verstanden? Sei nett, lass die Finger von ihr und kümmere dich um den Garten.«

»Was, wenn sie mir auch gefällt?« Er sagte sich, dass er ein erwachsener Mann war und dass es keine Rolle spielte, wenn seine eigene Mutter Partei für seinen Cousin ergriff. Aber ärgerlich war es trotzdem.

»Das wird sie nicht. Sie ist durch Miss Edis Schule gegangen, was bedeutet, dass sie Männer im Frack mag, nicht in …« Sie musterte seine zerschlissene Jeans und das schmutzige T-Shirt mit finsterer Miene. »Ist das klar?«

»Schon gut«, erwiderte Luke, der ganz und gar keine Lust auf eine weibliche Standpauke hatte. »Soll Ramsey sie haben. Dann können sie in Edilean Manor einziehen und ein Dutzend Kinder kriegen. Was interessiert mich das?«

Nur, dass Luke nun Sara und die Frau neugierig beobachtete. Wie hieß sie noch mal? Jocelyn. Ein altmodischer Name, der zu ihr passte. Als er den beiden weiter zusah, änderte sich sein Bild von ihr. Sie lachte viel, und was sie zu sagen hatte, weckte offenbar Saras Interesse. Eigentlich war es Sara, die die meiste Zeit redete. Das war sehr ungewöhnlich, denn normalerweise hörte Sara eher zu.

Luke stellte fest, dass Jocelyn zweimal zu dem Haus hinüberblickte. Begeisterung und Unglaube malten sich auf ihrem Gesicht, als könne sie noch nicht ganz fassen, dass es ihr gehörte. Aber das war doch unmöglich. Miss Edi hatte ihr sicher gesagt, dass sie ihr das Haus vererben würde.

Obwohl die Klingen des Rasenmähers inzwischen so scharf waren, dass man Salami damit hätte schneiden können, versteckte er sich weiter im Stall, um die beiden zu beobachten. Er öffnete eine Wasserflasche, trank, lehnte sich an die Wand und spähte weiter aus dem kleinen Fenster. Wenn er jetzt hinausging, würden sie ihn bemerken, was er vermeiden wollte. Sara wusste, dass er da war, hatte ihn jedoch nicht gerufen, um ihn der neuen Besitzerin vorzustellen. Das hieß sicher, dass die beiden ein ernstes Gespräch unter Frauen führten.

Plötzlich sprang Sara auf, griff nach dem Kleid, an dem sie gearbeitet hatte, und rannte ins Haus. Dass sie ihren kostbaren Nähkorb der Obhut dieser Fremden überließ, verriet Luke eine Menge. Sara mochte sie also.

Die Frau blieb noch eine Weile sitzen. Dann sammelte sie das benutzte Geschirr und den Nähkorb ein und brachte alles in ihren Teil des Hauses. Soweit Luke wusste, hatte sie es sich noch nicht einmal von innen angesehen. Er wusste, dass oben ein frisch gemachtes Bett mit sauberen Laken und einem neuen Kissen für sie bereit stand. Das hatte seine Mutter gestern erledigt. Nachdem sie fort war, war Luke hinaufgegangen, um die hübschen kleinen Seifen und die frischen Handtücher zu betrachten, die seine Mutter ihr hingelegt hatte. Ein Tamtam, als käme die Königin persönlich zu Besuch.

Luke wusste nicht, warum ihn das ärgerte, doch es war eben so. Was wussten sie schon über diese Frau. Außer, wie sie im Bikini aussah?

Als die Frau im Haus war, kam Luke aus dem Stall und räumte sein Werkzeug weg. Sein Pick-up stand hinter dem Haus, und er warf Schaufel und Rechen unter lautem Gescheppper auf die Ladefläche. Wenn sie jetzt erschien und irgendetwas sagte … ganz gleich, was … würde er einfach kündigen.

Er stieg ein, ließ den Motor an und steuerte auf die Straße zu, die hinter dem Grundstück zum Lieferanteneingang führte. Doch dann bog er spontan ab und fuhr zur Vorderseite des Hauses.

Gerade hatte er das Tor erreicht, als Ramsey in seiner schwarzen Mercedes-Limousine erschien und die Ausfahrt blockierte. Luke wollte einfach nur weg, ahnte jedoch, dass Rams ihn nicht vorbeilassen würde. Als sein Cousin das Fenster hinunterkurbelte, steckte Luke den Kopf aus dem Wagenfenster.

»Hast du sie schon gesehen?«

»Wen?«, fragte Luke.

»Miss Edis Geist. Du weißt genau, wen ich meine. Hast du sie gesehen?«

»Vielleicht.«

»Und wie sieht sie aus?«

»Zum Fürchten, einfach zum Fürchten. Sie ist so hässlich, dass jeder Spiegel zerspringen würde«, erwiderte Luke.

»So gut, was?«, meinte Ramsey. »Das habe ich gehofft. Ich war ein wenig in Sorge, sie könnte … Ach, nichts. Ich war überhaupt nicht in Sorge.«

»Könntest du möglicherweise deine Spritschleuder zur Seite fahren und mich vorbei lassen?«

»Ich brauche deine Hilfe«, entgegnete Ramsey. »Tante Ellie hat gesagt, dass Sara bei Jocelyn ist. Könntest du Sara bitten, Jocelyn noch zwanzig Minuten zu beschäftigen, während ich alles vorbereite?«

»Vorbereite?«, fragte Luke. »Wovon redest du? Willst du ein Feuerwerk veranstalten?«

»Vielleicht«, antwortete Ramsey grinsend. »Sie weiß, dass ich komme, und ich habe uns etwas zum Abendessen mitgebracht. Aber ich will nicht, dass sie sieht, wie ich das Zeug vom Auto ins Haus schleppe. Hey! Ich habe eine Idee. Ich rede mit Jocelyn, und du bereitest alles vor. Du weißt doch, wie man Champagner kaltstellt, oder?«

»Man legt ihn zu den Bierflaschen in den Bach«, entgegnete Luke, während er seinen Pick-up zurücksetzte. Was zum Teufel war nur los mit dieser Stadt?, fragte er sich. Erst wies seine Mutter ihn an, sich von dieser Frau fern zu halten, und dann verlangte Ramsey auch noch von ihm, dass er den Butler spielte.

Sie parkten ihre Autos neben Jocelyns silbernem Mini Cooper auf dem großen mit Kies bestreuten Platz vor dem Haus und stiegen aus. Ramsey trug eine schwarze Hose, ein weißes Hemd und eine blaue Krawatte, die er abnahm und auf den Beifahrersitz warf. »Was für ein Tag! Eigentlich wollte ich schon vor einer Stunde hier sein, aber der alte Segal hat mich beinahe in den Wahnsinn getrieben. Er hat sich schon wieder mit seinem Sohn gestritten und wollte zum hundertsten Mal sein Testament ändern.«

Ramsey öffnete die hintere Wagentür, holte einen riesigen Picknickkorb heraus und schaute hinauf zu den Fenstern des Hauses. »Glaubst du, sie beobachtet uns?«

»Warum fragst du mich? Offenbar kennst du sie besser als ich.«

»Welche Laus ist dir denn über die Leber gelaufen?«, fragte Ramsey. »Ärger mit deiner neuesten Flamme?«

»So weit lass ich es gar nicht erst kommen. Verrätst du mir vielleicht, was dich so an dieser Frau interessiert?«

»Ich denke, sie könnte die Richtige sein.«

»Nicht schon wieder«, stöhnte Luke.

»Das Mädchen hat den Großteil ihres Lebens mit Miss Edi verbracht. Sie ist am Wochenende ins Ballett gegangen. Sie kann Klavier spielen und Walzer tanzen. Und sie hat Verstand.«

»Das heißt, sie ist jemand, mit der du im Country Club und bei all den Wohltätigkeitsveranstaltungen in Williamsburg angeben kannst.«

»Falls du damit meinen solltest, dass ich gerne eine gebildete Frau kennenlernen möchte, die darüber hinaus auch noch schön ist, ja.«

Luke warf einen Blick hinauf zu den Fenstern. »Vielleicht sollte *ich* sie ja kennenlernen.«

Ramsey schnaubte verächtlich. »Du würdest ihr sicher einen Heidenschreck einjagen. Oder sie würde wegen deines Geruchs in Ohnmacht fallen.«

»Viele Mädchen stehen auf böse Buben.«

»Sei nicht so eingebildet. Böser Bube, verschon mich. Und jetzt geh zu Sara, klopf bei ihr an und bitte sie, Jocelyn etwa zwanzig Minuten lang abzulenken. Ich läute, wenn ich fertig bin. Glaubst du, du schaffst das?«

Luke wollte ihm schon sagen, dass Sara nicht da und dass Jocelyn bereits im Haus war, doch er schwieg. Seine Mutter hatte nur von ihm verlangt, nett zu der neuen Besitzerin zu sein. Sie hatte ihm nicht verboten, Ramsey zu ärgern, und seinem Cousin auf die Nerven zu fallen, war Lukes Lieblingsbeschäftigung.

»Klar«, antwortete er deshalb und setzte eine bemüht mürrische Miene auf, obwohl er am liebsten laut losgelacht hätte.

Ein Blick auf die kleine Uhr auf dem Nachttisch verriet Jocelyn, dass ihr bis zu Ramseys Eintreffen noch eine halbe Stunde blieb. Sie war bereits so nervös wie ein Schulmädchen vor dem ersten Date. Nachdem Sara fort war, hatte sie sich rasch im Haus umgesehen und festgestellt, dass nichts umgebaut worden war. Die wenigen Möbel stammten aus Miss Edis Haus in Florida, wie es in dem Brief geheißen hatte. Allerdings gab es keine Dekorationsobjekte, nur leere Schränke und Regale. Drei der Zimmer enthielten einen Teppich und vier oder fünf wertvolle antike Möbelstücke, sonst nichts. Die Küche stammte noch aus den fünfziger Jahren und war ein bisschen hübscher als die von Sara, doch nicht sehr viel. Jocelyn gefielen das große Spülbecken und der massive Tisch aus Fichtenholz, doch der Herd war ein Fall für den Schrotthändler.

Nach einer raschen Hausbesichtigung schleppte sie ihren Koffer die Treppe hinauf und bereitete sich auf den Abend vor.

Sie war froh, als sie das Bett mit den sauberen Laken sah und feststellte, dass es im Bad Handtücher und hübsche Seifen gab. Wenn sie erst wusste, wer das alles für sie vorbereitet hatte, würde sie sich bei demjenigen bedanken.

Joce duschte ausgiebig, wusch sich die Haare und föhnte sich. Dann packte sie ihr neues weißes Baumwollkleid mit der Battenbergspitze am Rocksaum aus, das sich ausgezeichnet für einen Abend wie diesen eignete. Noch im Bademantel, heizte sie ihr kleines Reisebügeleisen auf und machte sich dann daran, alle Knitterfalten in der Baumwolle zu glätten. Miss Edi hatte großen Wert auf gut gebügelte Kleidung gelegt und nichts von bügelfreien Stoffen oder Stricksachen gehalten. »Eine Dame erkennt man an der Qualität ihrer Kleidung und daran, wie gut sie gepflegt ist«, sagte sie immer wieder.

Und was mache ich jetzt?, fragte sich Jocelyn, nachdem sie sich angezogen hatte. Ihr fiel ein, dass sie ja nachsehen konnte, ob Sara schon zu Hause war. Saras Geschirr und der Nähkorb standen noch unten im Flur, und Joce beschloss, ihr die Sachen zurückzubringen.

Kurz darauf stand sie in Saras Wohnung. Die Hintertür stand zwar offen, aber Sara war noch nicht zurück. Gerade stellte Jocelyn das Geschirr ab, als es an der Vordertür klopfte. Sie war nicht sicher, ob sie aufmachen sollte. Schließlich war das hier Saras Wohnung. Aber andererseits war sie ja die Hausbesitzerin.

Als Jocelyn die Tür öffnete, stand sie vor einem hochgewachsenen, dunkelhaarigen Mann. Er trug Jeans und ein schmutziges T-Shirt und hatte sich seit Tagen nicht rasiert, was jedoch nicht verbarg, dass er ausgesprochen gut aussehend war. Er hatte dunkelgrüne Augen, eine Nase, die man nur als aristokratisch bezeichnen konnte, geschwungene Lippen und ein wohlgeformtes Kinn. Sara hatte ihn einen schönen Mann genannt, und sie hatte recht.

»Sie sind die neue Besitzerin.« Das war eine Feststellung, keine Frage.

Seine Stimme war so dunkel und sonor wie am Telefon, und Joce war sicher, noch nie einem anziehenderen Mann begegnet zu sein. »Ja, richtig. Und Sie sind Ramsey.«

»Ramsey? Herrje, nein! Er ist Anwalt. Sehe ich vielleicht wie ein Anwalt aus?«

»Oh«, erwiderte sie enttäuscht und wandte den Blick ab, damit er nicht bemerkte, wie gut er ihr gefiel. »Nein, wie ein Anwalt sehen sie eher nicht aus. Wollen Sie zu Sara? Sie ist nicht da.«

»Ich weiß. Ich habe beobachtet, wie sie wegging.«

Sie musterte ihn, während er weiter in der Tür stand. »Warum haben Sie dann geklopft, wenn Sie das wissen?«

»Ich bin Ihr Gärtner, Luke Connor.« Er betrachtete sie forschend.

»Verzeihung, aber Sie können nicht einfach so hier hereinplatzen …«, begann Jocelyn.

»Jetzt regen Sie sich wieder ab«, meinte er und schloss die Tür hinter sich.

»Das ist nicht mein Haus, und ich glaube, Sie sollten nicht hier sein.«

»Doch, ist es.«

»Was?«

»Ihr Haus.«

»Offiziell schon, aber dieser Teil ist an Sara Shaw vermietet. Sie …«

»Sie ist meine Cousine«, entgegnete er über die Schulter gewandt und ging in die Küche.

Jocelyn folgte ihm auf den Fersen. »Wenn Sie Saras Cousin sind, sind Sie dann Ramseys Bruder?«

Er öffnete den Kühlschrank und holte ein Bier heraus. Dann lehnte er sich an die Anrichte und betrachtete sie von Kopf bis Fuß, was Jocelyn noch nie hatte leiden können. Es war der typische Blick, den Männer, die wussten, wie gut sie aussahen, für Frauen übrig hatten. So, als könnten sie jede Frau haben, die sie wollten.

»Was läuft denn mit Ihnen und dem alten Cousin Rams? Habt ihr beide was miteinander?«

Sie wich einen Schritt zurück. Der Mann wurde ihr zunehmend unsympathisch. »Nicht, dass Sie das etwas angehen würde, aber ich bin ihm noch nie begegnet. Sara hat mir erzählt, er sei ihr Cousin, und da Sie auch ihr Cousin sind, habe ich angenommen, Sie seien mit Ramsey verwandt.«

»Bin ich auch. Doch wir sind alle Cousins, Sara, Rams, Charlie, Ken und ich. Wir haben dieselben Urgroßeltern.«

Er hatte etwas an sich, das ihr nicht gefiel. Es war, als lache er sie aus, obwohl sie keine Ahnung hatte, was sie Lustiges getan haben könnte. Soweit sie feststellen konnte, schien die ganze Stadt miteinander verwandt zu sein. »Was ist dann mit Ramseys Schwester? Ist sie auch eine Cousine?«

Er machte ein verdattertes Gesicht. »Natürlich ist sie das. Sie …« Er hielt inne, als ihm klar wurde, dass sie ihn auf den Arm nahm. Er hatte festgestellt, dass es Menschen, die nicht aus dem Süden stammten, oft amüsierte, wenn man seine Verwandtschaftsverhältnisse erwähnte. »Sind Sie ein …«

»Ich schwöre bei Gott, wenn Sie mich jetzt fragen ob ich ein Yankee bin, dann …«

»Dann was?«, erkundigte er sich mit neugierig hochgezogenen Augenbrauen.

»Dann schneide ich den Rosen die Köpfe ab. Keine Ahnung. Wie bestraft man denn einen Gärtner?«

Der Blick, den er ihr zuwarf, brachte sie beinahe zum Erröten. »Das ist die interessanteste Frage, die man mir heute gestellt hat.«

Ihr Widerwille gegen diesen Mann wuchs zusehends.

Jocelyn schaute auf die Uhr. »Ich muss gehen. Ich bin verabredet.«

»Ja, mit Rams. Der ist schon drüben und schuftet wie ein Sklave, um ein Märchenland für euch beide zu zaubern.«

»Das war gemein von Ihnen, ihm die Überraschung zu verderben.«

»Reine Zeitverschwendung, wenn Sie mich fragen.«

Sie bedachte ihn mit einem möglichst verächtlichen Blick. »Wahrscheinlich ist Ihre Vorstellung von einem Date eher ein Sechserpack Bier und eine Tüte Kartoffelchips.«

»Maischips«, entgegnete er. »Ich stehe auf Maischips, besonders die blauen. Wenn eine Frau mit blauen Maischips und einem Sechserpack Samuel Adams bei mir aufkreuzt, könnte sie Glück haben.«

»Ich nehme an, das sollte ein Witz sein.«

»Nur die Wahrheit.«

»Sie sind wie so viele Männer, denen ich begegnet bin und nie wieder begegnen möchte.« Sie steuerte auf die Hintertür zu, um zu gehen, doch er versperrte ihr den Weg.

»Sie können noch nicht weg. Rams hat gesagt, er würde läuten, wenn er fertig ist.«

»Er hat *Sie* geschickt, um mich hier festzuhalten?«

»So blöd ist nicht einmal er. Ich sollte Sara bitten, Sie abzulenken. Allerdings hat er vergessen, mich zu fragen, ob Sara da ist. Warum setzen Sie sich nicht und verhalten sich ruhig, damit Sie Ihr hübsches neues Kleid nicht zerknittern? Ich mache mir jetzt ein Sandwich. Ich würde Ihnen ja auch eins anbieten, aber Rams hat drüben genug zu essen, um die halbe Stadt durchzufüttern, also sollten Sie sich nicht den Appetit verderben.«

Sie stand am Ende von Saras Resopalanrichte und überlegte, was sie jetzt tun sollte. Bleiben und sich von diesem arroganten Schnösel wegen Dingen verspotten lassen, die sie nicht verstand? Oder verschwinden und Ramsey die Überraschung verderben? Sie beschloss, lieber zu Ramsey zu gehen, als diesen Mann noch länger zu ertragen.

Jocelyn drehte sich gerade in dem Moment um, als Luke anfing, die Zutaten für sein Sandwich aufzubauen. Ihr Arm stieß gegen seine Hand, sodass sich aus dem Plastikspender Senf über sie ergoss. Der grellgelbe Senf rann die Vorderseite ihres weißen Kleides hinunter.

»Das haben Sie absichtlich getan«, sagte sie.

»Nein, habe ich nicht«, protestierte er und klang dabei aufrichtig reumütig. »Ich schwöre.« Seine herablassende Art und sein hämisches Grinsen von vorhin waren schlagartig wie weggeblasen. »Es tut mir wirklich leid.«

Er drehte sich um, nahm ein sauberes Geschirrtuch vom Ständer über der Spüle und feuchtete es an. »Moment«, meinte er. »Ich helfe Ihnen.«

Sie hielt sich das Oberteil von der Brust weg, während sie überlegte, wie sie zurück ins Haus schlüpfen und sich umziehen sollte, ohne Ramsey zu begegnen. Aber er hatte gesagt, er würde das Picknick auf dem Boden anrichten. Falls er das in der Eingangshalle tat, gab es keinen Weg an ihm vorbei. Und das hieß, sie würde ihm mit Senf besudelt gegenübertreten müssen.

»Was zum Teufel machst du da?«

Als Jocelyn und Luke sich zur Tür umdrehten, stand da ein Mann, der offensichtlich Ramsey war. Er war etwa fünf Zentimeter kleiner als Luke und nicht ganz so schlank, hatte jedoch das gleiche dunkle Haar und die grünen Augen, und auch Nase und Kinn waren beinahe identisch. Die beiden waren wirklich zwei unverschämt attraktive Männer.

Jocelyn schaute von Ramsey zu Luke und stellte fest, dass Letzterer sich anschickte, sie mit einem feuchten Tuch zu bearbeiten. Sofort wich sie einen Schritt zurück. »Er hat mich mit Senf beschüttet«, sagte sie zu Ramsey.

Ramsey sah Luke drohend an.

Dieser breitete die Hände aus. »Unfall, ich schwöre. Sie gehört dir.« Die Hände immer noch erhoben, verließ er rückwärts den Raum, und sie hörte, wie sich die Vordertür öffnete und wieder schloss.

»Alles in Ordnung?«, fragte Ramsey.

»Bestens. Wirklich. Aber ich sehe zum Fürchten aus. Ich wollte bei unserer ersten Begegnung eigentlich einen guten Eindruck machen.

»Sie sehen hinreißend aus!«, verkündete Ramsey mit so viel Begeisterung, dass sie lächeln musste.

»Sehr nett von Ihnen.«

»Ich bin nicht nett, sondern Anwalt, schon vergessen? Was halten Sie davon, wenn wir jetzt zu Ihnen, also ins Haupthaus, gehen und etwas essen? Haben Sie Hunger?«

»Wie ein Wolf.«

Er ging den Flur entlang zur Vordertür und hielt sie ihr auf. »Ich muss mich für meinen Cousin entschuldigen«, sagte er, als sie neben ihm stand. »Luke ist …« Er zuckte die Achseln, als gäbe es keine Worte, um den Mann hinreichend zu beschreiben.

»Schon gut«, erwiderte Jocelyn. »Wir haben alle Verwandte.«

»Leider habe ich mehr als andere Leute.«

Als sie aus dem Haus traten, sah sie, wie Luke in einem zerbeulten alten Pick-up davonbrauste. Der Wagen erinnerte sie an die Autos, die ihr Vater in ihrer Kindheit gefahren hatte. So weit sie es feststellen konnte, gehörte Luke Connor zu der Sorte von Männern, vor denen Miss Edi sie gewarnt hatte. Und was noch schlimmer war: Jocelyns reizende, elegante, gebildete Mutter war auf genau so einen Mann hereingefallen. Nach der Hochzeit hatte Gary Minton sich zwar große Mühe gegeben, die Erwartungen zu erfüllen, die die Familie seiner kultivierten Frau an ihn stellte. Doch schon einen Monat nach ihrem Tod trug er wieder Lederkleidung, ließ sich einen Bart wachsen und saß auf einer Harley.

»Ist auch sicher alles in Ordnung?«, fragte Ramsey. »Hat Luke Sie so erschreckt?«

»Natürlich nicht«, antwortete Jocelyn lächelnd und kehrte in die Gegenwart zurück. »Geben Sie mir nur einen Moment zum Umziehen, dann ist alles wieder gut.«

»Heute Abend ist mir auch Ihr kleinster Wunsch Befehl«, antwortete Ramsey mit einer leichten Verbeugung.

»Dann, guter Sir, führt mich in mein Schloss, damit ich mich für Euch zurechtmachen kann.«

Grinsend bot Ramsey ihr den Arm, und sie gingen zusammen zur Vordertür von Edilean Manor.

4

»Wie wunderschön«, sagte Jocelyn, und das war ernst gemeint. Ramsey hatte sich mit dem Abendessen große Mühe gemacht, was sie auch zu schätzen wusste. Auf dem Boden in der Eingangshalle lagen ein alter weißer Quilt mit Kordelzugmuster und zwei große Kissen zu beiden Seiten. Es gab hauchdünne Spaghetti mit einer leichten Soße aus gedünsteten Tomaten und Basilikum und dazu Brot und Salat.

»Hast du das Gemüse bei Saras Mutter gekauft?«, fragte sie.

»Natürlich. Wenn ich meine Tomaten anderswo kaufen würde, würde sie wahrscheinlich eine Demo vor meiner Kanzlei veranstalten.«

Das Geschirr war von Limoges und mit einem Dekor versehen, das Joce besonders gut gefiel. Die Weingläser stammten sicher aus Colonial Williamsburg, denn sie waren mundgeblasen und im Stil des 18. Jahrhunderts gehalten.

Ramsey hatte sich Joce gegenüber auf einem Kissen ausgestreckt und sah bei Kerzenschein sogar noch attraktiver aus als bei ihrer ersten Begegnung. Offen gestanden machte er sie ein wenig nervös, denn er war so absolut perfekt, dass sie sich unzulänglich fühlte.

»Warum gibt es im Haus so wenige Möbel?«, fragte Joce, die aufrecht auf dem anderen Kissen saß. »Ich will ja nicht habgierig klingen, aber ich finde es seltsam, dass ein seit Generationen bewohntes Haus wie leer gefegt ist. Ich hätte vermutet, dass es hier von viktorianischen Kunstgegenständen nur so wimmelt.«

»Die Erklärung besteht nur aus einem Wort und lautet *Bertrand*«, erwiderte Ramsey. Er hatte seine Nudeln bereits aufgegessen und trank einen Schluck Weißwein. »Ich weiß nicht allzu viel über die Hintergründe, da mein Vater sich persönlich um Miss Edis Belange gekümmert hat, aber immer wenn der Name des alten Bertrand fiel, hat Dad leise vor sich hin geflucht. Ich glaube, er hatte Probleme mit Rennpferden.«

»Dein Vater ist Spieler?«, fragte Joce.

Ramsey musterte sie, um herauszufinden, ob das ein Scherz gewesen war. »Sorry, sollte ein Witz sein«, meinte sie. »Also hatte Bertrand eine Schwäche für das Glücksspiel.«

Ramsey betrachtete sie über den Rand seines Weinglases hinweg. »Irgendwas in dieser Richtung muss es gewesen sein. Jedenfalls glaube ich das. Ich kannte Miss Edi nicht sehr gut, aber nach dem, was man mir über sie erzählt hat, kam es mir immer eigenartig vor, dass sie ihm erlaubt hat, den Großteil des Mobiliars zu verkaufen. Ich war noch ein Kind, als ein riesiger Lastwagen hier vorfuhr.«

»Hat der denn durch das enge Tor gepasst?«

»Gutes Augenmaß«, antwortete er. »Nein, zwischen diesen Pfeilern kommt kein Lastwagen durch. Lukes Pick-up hat sich da schon öfter eine Schramme geholt.«

Ramsey trank noch einen Schluck Wein und stand dann auf, um die Reste von Nudeln und Salat wegzuräumen. Als Joce ihm helfen wollte, wies er sie an, sitzen zu bleiben. Sie wartete, während er die Teller in die Küche brachte. Als er zurückkam, hatte er ein kleines Gefäß bei sich, das wie ein Fonduetopf aussah. »Meine Schwester schwört, dass man mit diesem Ding prima Schokolade schmelzen kann. Sie sagt, in der Nacht, nachdem sie es gekauft hatte, wurde ihr zweites Kind gezeugt.« Er sah sie an. »Sorry, keine gute Geschichte für ein erstes Date.«

»Es sei dir verziehen, aber nur, wenn du mir weiter von dem Umzugswagen erzählst.«

»Oh, ja. Sie mussten auf der Straße parken und die Sachen mit einem kleineren Wagen hinausfahren. Es war Samstag, und wir Kinder haben die Möbelpacker zur Weißglut getrieben. Wir haben uns im Laster, im Haus und sogar in den Schränken versteckt, die sie tragen mussten. Am liebsten hätten sie uns im Teich versenkt.«

»Was haben eure Eltern gesagt? War das nicht gefährlich?«

»Die standen auch da und haben alles beobachtet. Und die Erwachsenen, die nicht dabei sein konnten, haben uns dafür bezahlt, dass wir ihnen jede Stunde Bericht erstatteten. Sara war die schnellste auf dem Fahrrad und hat deshalb die Nachrichten überbracht. Ich bin bis heute überzeugt, dass sie das Geld nicht gerecht aufgeteilt, sondern den Großteil für sich behalten hat.«

»Die Cousins«, meinte Joce schmunzelnd. »Alle für einen, einer für alle.«

Ramsey bröckelte Schokolade in den kleinen Topf, den er in die Steckdose gestöpselt hatte, und rührte die Stückchen um. »Als wir Kinder waren, war es lustig, aber inzwischen fühle ich mich davon ein wenig beengt. Wie heute zum Beispiel. Ich muss mich wirklich dafür entschuldigen, was ...«

Joce wollte kein Wort mehr über Luke und den Senf hören. »Was haben sie denn im Lastwagen mitgenommen?«

»Die guten Sachen.«

»Das gelbe Sofa, die Beistelltische, der große Schrank und die vier Esszimmerstühle«, zählte Joce auf. »Die standen alle in Miss Edis Haus in Florida. Ich glaube, sie hat alles, was sie nicht hierher zurückgeschickt hat, versteigern lassen.

»Das weiß ich.«

»Und das Geld ...?«

»Nichts da«, entgegnete Ramsey. »Heute Abend wird kein Wort übers Geschäftliche geredet, was heißt, dass du am Montagmorgen zu mir in die Kanzlei kommen musst, damit ich dir alles erzählen kann.«

»Ich wette, das Haus ist belastet, richtig?«

Ramsey schüttelte den Kopf. »Mich kannst du nicht reinlegen. Ich sage kein Wort.«

»Gut«, meinte sie und nippte an ihrem Wein. »Also hat Miss Edi die guten Möbel mitgenommen und den Schrott ihrem Bruder überlassen, damit er ihn verkaufen und seine Spielschulden bezahlen kann.

»Meine Mutter hat gesagt, ihrer Ansicht nach habe Miss Edi ihren Bruder dazu benutzt, das ganze Gerümpel zu entsorgen. So hat sie sich Geld gespart, und er hatte eine Aufgabe.«

»Das hätte zu ihr gepasst.«

»So«, verkündete Ramsey. »Die Schokolade ist fertig. Nimm eine davon.« Er hielt ihr eine kleine Schachtel mit langen Gabeln hin. »Und dann spießt du eine davon auf.« Er öffnete einen Behälter voller makelloser vollreifer Erdbeeren. »Und jetzt tauch sie ein.«

Sie gehorchte. »Lecker. Einfach ein Traum. Ich fühle mich schon ganz schwanger.« Als er schwieg, sah sie ihn an. »Ha, das war wieder einer von meinen schlechten Witzen.«

»Nein, mir gefällt das. Ich bin es nur einfach nicht gewöhnt, dass schöne Mädchen auch noch Humor haben.«

»Das haben sie meistens nicht nötig. Es reicht, wenn sie einfach dekorativ rumsitzen.«

»Ich meinte nur …«, setzte er an und grinste schließlich. »Bestimmt komme ich rüber wie der letzte Idiot. Ich möchte einfach nur, dass der Abend gelingt.«

Jocelyn wischte sich die Schokolade vom Kinn. »Auf mich wirkt er. Hey! Übrigens danke, dass du das Schlafzimmer hergerichtet hast.«

»Das Schlafzimmer?«

»Du weißt schon, Bettwäsche, Seife und so weiter. Wenn du das nicht getan hättest, hätte ich mir eine andere Bleibe suchen müssen. Du warst es doch, oder?«

»Ich fürchte, nein. Wahrscheinlich Damen von der Kirchengemeinde.«

»Apropos Kirche. Ich habe eine gesehen, als ich in die Stadt kam. Miss Edi und ich sind jeden Sonntag zum Gottesdienst gegangen. Das fehlt mir.«

»Kirche«, wiederholte Ramsey, als ob er es mit einem Fremdwort zu tun hätte. »Wenn du sonntags zur Kirche gehst, wird meine Mutter so begeistert von dir sein, dass sie uns gleich Eheringe kauft.«

»Ist es denn so schlimm?«

»Machst du Witze? Ich bin zweiunddreißig und habe immer noch kein Enkelkind geliefert.«

»Was ist mit deiner Schwester und den anderen Geschwistern?«

»Wir sind nur zu zweit«, erwiderte Ramsey. »Und meine Mutter ist mit der Horde, die Viv in die Welt gesetzt hat, noch nicht zufrieden. Sie will auch Enkel von mir.«

Als er sie ansah, wusste Jocelyn nicht, ob sie ihm in die Arme sinken oder ihn aus dem Haus schubsen und die Tür verriegeln sollte. »Ich habe Ringgröße fünf und fordere einen vierkarätigen rosafarbenen Diamanten im Smaragdschliff.«

Ramsey stöhnte auf. »Wenn du ihr das sagst, mache ich die Biege.«

»Näht Sara auch Hochzeitskleider? Wenn ja, hätte ich da schon gewisse Vorstellungen.«

Ramsey lachte.

»Nein, im Ernst. Glaubst du, Saras Mom könnte mir genug weiße Rosen beschaffen, um die Kirche zu füllen?«

»Hör auf!«, keuchte er lachend. »Wir dürfen dieses Thema wirklich nicht weiter erörtern, sonst erfährt meine Mutter irgendwie davon und steht hier sofort auf der Matte. Wenn du nur wüsstest, was ich durchmache …« Er hielt inne. »Was mich viel mehr interessiert, ist deine Freundschaft mit Miss Edi.«

»Wir waren verwandte Seelen«, erwiderte Jocelyn. Sie wollte schon anfangen, ihm ihre Lebensgeschichte zu erzählen, brach aber ab. Wenn sie heute schon alles verriet, würden sie beim zweiten Date ja kein Gesprächsthema mehr haben. Und sie hoffte wirklich, dass es ein zweites Date geben würde, denn er war ihr sehr sympathisch.

»Okay«, meinte Ramsey. »Behalte deine Geheimnisse nur für dich. Aber ich hol sie schon noch aus dir raus.«

Sie sah zu, wie er vom Kissen aufstand und sich streckte. Das Hemd spannte sich über den Muskeln an Brust und Armen, und Joce konnte den Blick nicht abwenden. Als er sie beim Hinschauen ertappte, wandte sie sich rasch ab, war allerdings zu ihrer großen Verlegenheit zu langsam.

»Spielst du Golf?«, fragte er.

»Was?«

»Ob du Golf spielst?«

»Nein.«

»Tennis?«, wollte er wissen.

»Sorry, kein Tennis, und bevor du weiterfragst, ich schwimme miserabel, ich spiele nicht Bridge, und ich bin keine Discotante.«

»Was machst du dann?«, erkundigte er sich. »Nein, warte, sag es mir nicht. Ich will es selbst rausfinden. Schließlich musst du dich ja noch mit anderen Dingen beschäftigen als damit, von deiner Hochzeit zu träumen.«

»Nicht sehr viel.«

Schmunzelnd fing er an, das Geschirr abzuräumen. Diesmal half Joce ihm dabei. »Und wie hast du dir den Bräutigam vorgestellt?«

»Blond und blauäugig«, antwortete sie wie aus der Pistole geschossen, worauf Ramsey lachte.

»Das habe ich mir selbst eingebrockt.« Er stapelte das Geschirr auf dem großen Küchentisch und sah sich um. »Die Küche möchtest du doch sicher modernisieren.«

An der Decke hingen drei nackte Glühbirnen, die ein beinahe unheimlich wirkendes Licht verströmten. »Wie kannst du auch nur daran denken, etwas an diesem Raum verändern zu wollen?«, entgegnete sie in gespieltem Entsetzen.

»Was hältst du von einem Küchenblock mit Marmorplatte statt diesem Tisch?«, fragte er und sah sie an. »Und natürlich von einer neuen Spüle.«

Als sie einen Blick auf die Spüle warf, spürte sie, dass es ihr leidtun würde, sich davon zu trennen. Sie war riesig, stand auf Beinen und bestand aus zwei voluminösen Becken mit einer hohen Rückseite aus Porzellan und Abtropfbrettern auf beiden Seiten. Sie wandte sich ab. »Willst du wissen, ob ich kochen kann?« Ehe er etwas erwidern konnte, fügte sie hinzu: »Nein. Miss Edi hatte eine Haushälterin, die schon seit zwanzig Jahren bei ihr beschäftigt war und wundervoll gekocht hat. Und bei meinen Eltern … nun, darüber reden wir besser nicht. Aber ich kann Eclairs backen.«

»Eclairs?«

»Das war eine Hausaufgabe in der Schule. Miss Edi hat mich ihre Küche benutzen lassen. Ich kann sogar mit einer Zuckergussspritze umgehen.«

»Ausgezeichnet«, antwortete er, doch sein Tonfall war zweifelnd, und eine Weile herrschte Schweigen zwischen ihnen. Jocelyn unterdrückte ein Gähnen. Es war ein sehr langer Tag gewesen.

»Ich glaube, ich gehe jetzt besser«, sagte er. »Es ist schon spät. Soll ich dich morgen zur Kirche abholen?«

»Wenn wir beide zusammen eine Kirche betreten, werden die uns für den Rest unseres Lebens verkuppeln.« Das war zwar ein Scherz gewesen, aber er lachte nicht.

»Ich kann mir Schlimmeres vorstellen.«

»Ja, ich auch«, erwiderte sie, wich jedoch seinem Blick aus. »Was hältst du davon, wenn wir uns dort treffen? Um zehn, richtig?«

»Wenn man die Sonntagsschule ausfallen lässt, was ich normalerweise tue.«

»Langschläfer?«

»Nachtarbeiter«, antwortete er. »Ich muss heute Nacht noch etwa drei Stunden an den Schreibtisch.«

»Wirklich?«

»Ja«, sagte er.

»Kann ich dir helfen?«

Er warf ihr einen verdatterten Blick zu, als sei er nicht sicher, ob das wieder ein Scherz gewesen war. »Danke, nein. Wir haben gerade mit einem komplizierten Scheidungsfall zu tun, und ich bin momentan auf der Suche nach verschwundenem Geld. Wie kann ein Mann drei Millionen Dollar für ein Haus in Cash hinblättern, obwohl er nur sechzigtausend im Jahr verdient? Das würde seine Frau nämlich gerne wissen.«

»Mit Geld kenne ich mich nicht gut aus«, entgegnete sie. »Aber ich könnte … ich habe viel Erfahrung im Recherchieren. Wenn du dabei also Hilfe brauchst, gib mir Bescheid.«

»Und Eclairs«, meinte er schmunzelnd. »Wir dürfen die Eclairs nicht vergessen.«

»Das würde ich niemals tun«, meinte sie, doch ihr Lächeln war gezwungen. »Lass einfach alles stehen, ich mache morgen sauber«, sagte sie, als er nach einem Teller griff. »Geh lieber an die Arbeit, damit du so viel wie möglich erledigt kriegst und es morgen pünktlich in die Kirche schaffst.«

»Danke«, erwiderte er und schien nicht zu wissen, was er hinzufügen sollte. »Dann sehen wir uns also in der Kirche?«

»Wenn du dich aus dem Bett wuchten kannst«, frotzelte sie.

Als er auf die Tür zusteuerte, folgte sie ihm. Er öffnete, hielt inne, und einen Moment glaubte sie schon, dass er sie küssen würde. Doch er trat auf die kleine Veranda hinaus.

»Danke für alles«, sagte sie. »Ich hatte wirklich großen Spaß.«

»Ja«, meinte er und ging schon die Stufen hinunter. »Ich auch.«

Jocelyn schloss die Tür und lehnte sich dagegen. Was, um alles in der Welt, stimmte nur nicht mit ihr? Sie hatte gerade ein sehr romantisches Date mit dem Mann hinter sich, der laut Miss Edi die Liebe ihres Lebens werden könnte. Aber sie hatte es auf rätselhafte Weise vermasselt. Sie wusste zwar nicht, wie, doch es war so. Natürlich waren ihre schlechten Witze über das Heiraten nicht gerade hilfreich gewesen. Ein Wunder, dass er nicht davongelaufen war. Was hatte er noch mal am Telefon gesagt? Dass man einen Krankenwagen habe rufen müssen, als eine Frau zuletzt mit ihm über die Ehe geredet hatte?

Sie sah auf die Uhr. Es war erst halb zehn. So viel zum Thema Date. Sie gähnte, obwohl es noch ziemlich früh war. Vielleicht lag es ja an ihrer Erschöpfung. Die vielen neuen Bekanntschaften, ein eigenes Haus und ein Date an nur einem einzigen Tag, das war einfach zu viel für einen Menschen.

Sie ließ das schmutzige Geschirr auf dem Tisch stehen, schaltete die scheußliche Küchenbeleuchtung aus und wollte schon nach oben und zu Bett gehen. Doch als sie an der Hintertür vorbeikam, hörte sie ein Klicken, sodass ihr Herz vor Schreck einen Satz machte. Jemand war an der Tür! Ein Einbrecher!

Jocelyns Gedanken überschlugen sich, während sie fieberhaft überlegte, wo ihr Mobiltelefon war. Oben. Oder unten? Sie konnte sich nicht erinnern. War das Festnetztelefon schon angeschlossen? Sie war den ganzen Tag so beschäftigt gewesen, dass sie sich gar nicht um das Telefon gekümmert hatte.

Als jemand an der Tür rüttelte, drückte Jocelyn sich an die Wand. Das Herz klopfte ihr bis zum Halse. Sie duckte sich und kroch unter dem Fenster neben der Tür durch, damit der Eindringling sie nicht bemerkte. Wenn sie die Vordertür vor ihm erreichte, konnte sie fliehen.

An der Tür angekommen, sah sie einen Schatten, der im Mondlicht Gestalt annahm. Der Mann war groß. Er hatte dunkles Haar. Er …

Joce richtete sich auf. Es war Ramsey. Sicher hatte er etwas vergessen. Sie griff nach dem Türknauf, zog daran – und stand vor Luke.

»Was machen Sie da?«

Er schien noch überraschter zu sein als sie. »Ich kontrolliere die Türen«, sagte er. »Ich dachte, Sie hätten vielleicht vergessen abzuschließen, und da …«

»Sara schließt auch nicht ab. Ich dachte, in einem Städtchen wie diesem tut das niemand.«

»Machen Sie sich keine Illusionen«, entgegnete er und wich einen Schritt zurück. »Tut mir wirklich leid. Da alles dunkel war, dachte ich, Sie wären schon im Bett.«

»Haben Sie das Haus beobachtet?«

»Das ist meine Aufgabe«, antwortete er. »Mein Job, schon

vergessen? Hat man Ihnen nicht von mir erzählt? Oder sind Sie noch sauer wegen des Senfdebakels?«

Joce wurde versöhnlicher. »Nein, ich weiß, dass das ein Unfall war. Möchten Sie reinkommen und einen Schluck Tee trinken?«

»Mit Ihnen und Ramsey?«

»Als ob Sie nicht mitgekriegt hätten, dass er vor zehn Minuten gegangen ist«, erwiderte sie.

Er grinste sie schief an und trat ein. Quilt und Kerzenleuchter waren noch auf dem Boden. Ebenso der Schokoladentopf und ein paar Erdbeeren. »Also haben Sie ihn rausgeschmissen?«

»Nein, habe ich nicht. Er musste gehen, weil er noch zu arbeiten hat.«

Er beugte sich vor, tunkte den Finger in den noch warmen Topf und steckte ihn dann, mit Schokolade bedeckt, in den Mund. »Das ergibt Sinn. Deshalb hat er Tess einen Besuch abgestattet, nachdem er bei Ihnen war.«

Joce blieb stehen und starrte ihn an. Er hatte den Topf in der Hand und rührte mit einer Erdbeere darin herum. »Er hat was getan?«

»Seine Assistentin Tess besucht. Sie wohnt nebenan und managt sein Leben.«

»Das habe ich auch schon gehört. Ist er noch dort?«

»Klar«, erwiderte Luke und sah sie an. »Wer hat Ihnen von Tess erzählt? Rams sicher nicht.«

»Was hat das zu bedeuten?« Sie steuerte auf die Küche zu. »Ach, komm schon mit«, seufzte sie, über die Schulter gewandt. »Das Ding kannst du mitbringen, wenn du willst.«

»Danke«, antwortete er. Als er ihr folgte, zog er das Kabel des Topfes hinter sich her. »Ich dachte, wir könnten morgen vielleicht darüber reden, was du mit dem Garten anfangen willst.«

»Von Gärten habe ich keine Ahnung.« Sie öffnete Schranktüren und suchte eine Teekanne, Teebeutel, irgendetwas.

»Du sollst dir mit dem Tee keine Mühe machen. Echt, ich

wollte dich nicht stören. Ich besorge mir auf dem Heimweg etwas zu essen. Drüben in Williamsburg gibt es ein paar Imbissläden. Am Highway, das ist nicht weit. Nur ein paar Stunden.«

Sie konnte sich ein Lachen nicht verkneifen. »Schon gut, setz dich«, forderte sie ihn auf, holte den Behälter mit den restlichen Nudeln aus dem alten Kühlschrank und schob ihn in die vorsintflutliche Mikrowelle.

»Was bringt dich auf den Gedanken, dass Rams mir nichts von seiner Sekretärin erzählt hat?«, erkundigte sie sich betont beiläufig und benutzte seinen Spitznamen, damit es sich anhörte, als seien sie gut befreundet.

»Ich nehme an, dass du Tess noch nicht kennengelernt hast«, erwiderte Luke, stand auf, ging zu den Hängeschränken und griff über ihren Kopf hinweg, um einen Teller herauszuholen. Dann nahm er Besteck aus einer Schublade.

Da Jocelyn noch nicht in die Schränke geschaut hatte, hatte sie keine Ahnung, was wo zu finden war. »Nein, aber ich habe von ihr gehört.«

»Von Sara? Hat sie dir auch von dem roten Kleid erzählt?«

»Was ist nur los mit dieser Frau und dem tief ausgeschnittenen roten Kleid?«, fragte Joce und öffnete die Mikrowelle.

»Willst du das wirklich wissen?«

»Ich bin schon erwachsen und nicht so leicht zu schockieren. Was war jetzt mit der Sekretärin und dem Kleid?«

Luke nahm die Schale mit den Nudeln entgegen, kippte den Inhalt auf den Teller und stellte ihn auf den Tisch. »Möchtest du etwas?«

»Nein, danke, ich habe schon gegessen. Mit Ramsey, erinnerst du dich?«

»Oh, ja, er war so kurz hier, dass ich das Date fast vergessen habe. Es war doch ein Date, oder?«

Joce würdigte ihn keiner Antwort. Stattdessen schenkte sie sich ein Glas Wein ein und nippte daran. »Tut mir leid, aber das ist der Letzte«, meinte sie, doch ihr Tonfall verriet Luke, dass es ihr überhaupt nicht leidtat. Was hatte dieser Mann nur an sich, das sie in schlechte Laune versetzte? Oder lag es daran, dass Ramsey ihr das Gefühl vermittelt hatte, dass aus ihnen beiden etwas werden könnte, nur um dann nach nebenan zu einer anderen Frau zu gehen?

Luke holte sich ein Bier aus dem Kühlschrank.

»Du scheinst dich ja bei mir wie zu Hause zu fühlen.«

»Da ich oft hier bin, gewöhnst du dich besser an mich.« Er kostete die Nudeln. »Schmeckt lecker. Hat Rams das gekocht? Er war schon immer ein guter Koch. Er kann sogar Sandförmchenkuchen mit Würmern. Du solltest ihn dazu bringen, dir davon zu erzählen.«

»Bevor oder nachdem du mir verraten hast, was mit dem roten Kleid ist?«

»Ach, das«, erwiderte Luke mit vollem Mund. »Tess mag es nicht, wenn man ihr Anweisungen gibt. Sie ist der Ansicht, dass sie nur ihre Arbeit zu machen braucht, und damit basta. Alles andere ist ihre Privatangelegenheit.«

»Geht uns das nicht allen so?«, erkundigte sich Joce und setzte sich ihm gegenüber.

»Nicht in dem Maße, wie es bei Tess der Fall ist. Allerdings war Rams schon immer ein bisschen zickig.«

»Ich verstehe«, entgegnete Joce mit einem kühlen Lächeln. »Er kann kochen, und er ist zickig. Was kommt als Nächstes? Dass er früher eine Frau war?«

»Nicht, dass ich wüsste«, antwortete Luke mit Unschuldsmiene. »Hat er gesagt, dass er gerne eine wäre? Heutzutage gibt es für sowas wirklich gute Kliniken. Nicht, dass ich mich damit auskennen würde, aber ich wette, der gute alte Rams ist voll im Bilde.«

Joce konnte ein Lachen nicht unterdrücken. »Du bist schrecklich. Jetzt mach schon endlich den Mund auf.«

Luke aß noch ein paar Bissen. »Eigentlich war es ganz einfach«, verkündete er dann. »Rams hat Tess mitgeteilt, er sei mit ihrem Kleid nicht einverstanden.«

»Sie hat es daraufhin doch nicht etwa ausgezogen?«

»Tun das etwa die Sekretärinnen in Floridas Anwaltskanzleien? Wenn ja, wohne ich im falschen Bundesstaat.«

Sie sah ihn finster an.

»Nein, ausgezogen hat sie nichts. Es passierte kurz nachdem sie bei MAW angefangen hatte. Das ist …«

»Ich weiß. Weiter.«

»Du hast ja schon eine Menge mitgekriegt. Jedenfalls war Tess erst seit sechs Wochen dort, hatte aber schon die ganze Kanzlei auf den Kopf gestellt. Sie hat zwei Sekretärinnen rausgeschmissen und die beiden, die bleiben durften, dazu gebracht, tatsächlich etwas zu arbeiten. Für meinen Cousin Rams war das eine echte Erleuchtung: Eine Frau, die tatsächlich die Ärmel hochkrempelt, um ihren Lebensunterhalt zu verdienen.«

»Weiß er, dass du so über ihn redest?«

»Wie redet er denn über mich?«

»Ich kann dir zu meiner Freude mitteilen, dass dein Name den ganzen Abend lang kein einziges Mal gefallen ist.«

»Anderthalb Stunden lang.« Luke gestikulierte mit seiner Gabel. »Ich meine, streng genommen war es ja kein ganzer Abend. Nur anderthalb Stunden. Ein ziemlich kurzes Date, oder? Wenn ich mich mit einer Frau verabreden würde …«

»Ja, ich weiß, du würdest auf einem Haufen blauer Maischips über sie herfallen. Jetzt erzähl mir schon endlich die Geschichte von Ramsey.«

»Sex auf einem Bett aus blauen Maischips? Das habe ich noch nie ausprobiert. Sprichst du aus persönlicher Erfahrung?«

»Meine Erfahrungen gehen dich nichts an. Also, was hat Ramsey getan?«

»Getan hat er gar nichts. Er redet lieber, als etwas zu tun. Ich hingegen … Okay, schau mich nicht so an. Jedenfalls waren alle Männer in der Kanzlei mit Tess hoch zufrieden. Schließlich ist sie klug und schlagfertig … ach, hat derjenige, der dir von ihr erzählt hat, auch erwähnt, dass sie hinreißend gut aussieht?«

»Nein«, erwiderte Jocelyn, führte es jedoch nicht weiter aus.

»Tut sie. Sie haut einen echt um. Wenn sie durch den Garten geht, muss ich manchmal den Rasenmäher abschalten, mich hinsetzen und sie bewundern. Aber Rams war nicht mit dem zufrieden, was er hatte. Typisch, er will immer noch mehr. Immer mehr. Also hat er sie zu einem Bewertungsgespräch zu sich ins Büro zitiert und ihr eröffnet, ihre Leistungen seien zwar ausgezeichnet, doch ihm gefiele ihr Kleidungsstil nicht. Er möge ihre Jeans und Hemden nicht und verabscheue ihre Cowboystiefel. Dann hat er ihr mitgeteilt, er erwarte, dass sie in Zukunft in einem Kleid zur Arbeit käme, nicht mehr in Hosen.«

Jocelyn lehnte sich mit weit aufgerissenen Augen zurück. »Und was hat sie getan?«

»Ein Kleid angezogen. Ist noch was von dem Knoblauchbrot da?«

Jocelyn stand auf und reichte ihm den Brotkorb. »Sara sprach von einem tief ausgeschnittenen und du von einem roten. Wie sah das Kleid denn aus?«

»Ich war an diesem Tag nicht in der Stadt und habe es deshalb nicht zu Gesicht gekriegt, aber … Moment.« Er kippte seinen Stuhl zurück und zog sein Mobiltelefon aus einem kleinen Etui an seinem Gürtel. »Das muss ich immer bei mir haben, weil ich bei der freiwilligen Feuerwehr bin.« Er drückte ein paar Tasten. »Aha, hier ist es. Das hat mein Cousin Ken mir geschickt. Er ist das W bei MAW.«

Jocelyn nahm das Telefon und betrachtete das Foto. Es zeigte eine Frau in einem roten Kleid, nur dass dieses praktisch nicht vorhanden war. Es war kürzer als der kürzeste Mini, den die Stieflinge zu bieten hatten, und außerdem seitlich und vorne bis zur Taille geschlitzt. Die Frau hatte das Gesicht abgewandt, und langes, kastanienbraunes Haar fiel ihr in dichten Locken über die Schultern. Sie hatte eine Traumfigur.

»Ich verstehe.« Joce gab ihm das Telefon zurück.

»Ja, das haben alle an diesem Tag gsagt. ›Ich verstehe.‹ Das Schlimmste war, dass Rams gerade Besuch von ein paar Honoratioren aus Williamsburg hatte. Sie haben Tess in dem Kleid gesehen. Aber Ken hat berichtet, dass sie es ziemlich gut weggesteckt haben. Als sie die Münder nicht mehr zukriegten, hat Tess ihnen erklärt, Ramsey sei mit ihrer üblichen Kleidung nicht einverstanden und habe sie angewiesen, ein Kleid zu tragen, was sie hiermit täte. Danach musste sich Rams viele Frotzeleien gefallen lassen.«

»Und jetzt macht Tess vermutlich, was ihr gefällt.«

»Tess macht immer, was ihr gefällt, und niemand käme je auf den Gedanken, etwas anderes von ihr zu verlangen.«

»Und dorthin ist Ramsey gegangen, nachdem er hier weg ist.«

»Das ist sein üblicher Weg«, erwiderte Luke. Er hielt das Kabel des Schokoladentopfes hoch. »Hättest du was dagegen das Ding einzustöpseln.«

Vergeblich sah sie sich nach einer Steckdose um, und als sie keine entdecken konnte, nahm sie ein Verlängerungskabel aus einer Schublade und stöpselte es an der Deckenlampe ein. Das herabbaumelnde Kabel war zwar kein schöner Anblick, erfüllte aber seinen Zweck.

»Willst du auch eine?«, erkundigte er sich, während er eine Erdbeere in die Schokolade tauchte. Doch sie schüttelte den Kopf. Dabei fragte sie sich, was Ramsey wohl nebenan trieb.

»Denkst du an den alten Rams?«, wollte Luke wissen. Als sie nicht antwortete, fügte er hinzu: »Also, was läuft zwischen dir und meinem Cousin? Gehörst du auch zu den Frauen, die es auf ihn abgesehen haben und planen, bis Ende des Jahres Mrs McDowell zu sein?«

»Nein, ich habe es nicht auf ihn abgesehen. Was für ein abgedroschener Satz. Hast du die Erdbeeren aufgegessen? Es ist spät, und ich würde gern ins Bett gehen. Ich möchte morgen in die Kirche.«

»Holt Rams dich ab?«

Plötzlich fühlte Jocelyn sich ziemlich unbehaglich. Sie wollte morgen nicht in die Kirche spazieren und von den Leuten angestarrt werden, so als wüssten alle, dass sie an einem Abend gleich Besuch von zwei Männern gehabt hatte. Und was noch wichtiger war: Sie wollte nicht in das verwickelt werden, was sich offenbar zwischen den beiden Cousins tat. Dass Luke sich nur deshalb für sie interessierte, weil er Ramsey an den Karren fahren wollte, lag doch auf der Hand.

»Weißt du, ich glaube, ich habe jetzt genug über mein Privatleben geredet. Wenn du weiterhin hier arbeiten möchtest, sollten wir beide einige Dinge klarstellen. Von nun an kontrolliere ich selbst meine Schlösser. Also brauchst du dich nicht spätnachts um mein Haus herumzudrücken.«

»Ist es jetzt für dich spät?«

Sie ging nicht auf seine Frage ein. »Zweitens möchte ich nicht, dass du deine Nase in mein Leben steckst. Das hier ist eine kleine Stadt, und wenn du und ich …« Sie wedelte mit der Hand, um anzuzeigen, dass sie hier allein in ihrer dämmrigen Küche saßen. »Ich glaube, das hier sollte sich nicht wiederholen.«

»Klar«, erwiderte er, schwang seine langen Beine um den Stuhl herum und stand auf. »Tut mir leid, wenn ich dich gestört habe.«

Jocelyn hatte nicht so unfreundlich sein wollen. Und sie wollte sich ganz bestimmt keinen Menschen zum Feind machen, der für sie arbeitete und den sie täglich sehen würde. Doch andererseits wollte sie der Gerüchteküche keinen Stoff liefern.

Sie folgte ihm zur Hintertür, um sie hinter ihm abzuschließen. Auf der Schwelle blieb er stehen.

»Verrat mir eines, liebe Jocelyn«, begann er. »Heute hattest du ein Date mit meinem Cousin, doch ich frage mich, was du wohl sagen würdest, wenn ich dich bitten würde, mit mir auszugehen.«

Sie wich zurück ins Haus. »Luke, du bist ein sympathischer Mensch, und nach dem wenigen, was ich vom Garten gesehen habe, glaube ich auch, dass du etwas von deinem Job verstehst.

Aber ich denke nicht, dass du und ich … tja, ich meine … wir sind nicht …«

»Ich verstehe«, antwortete er, senkte den Kopf und machte einen untertänigen Diener. »Gute Nacht, gnädige Frau«, sagte er, ging die Stufen hinunter und verschwand in der Nacht.

Jocelyn schloss die Tür ab und lehnte sich dagegen. Was für ein Tag!, dachte sie. Zu viel, zu schnell.

Sie stieg die Treppe hinauf in ihr Schlafzimmer, wo sie lächelnd das frisch gemachte Bett betrachtete. Morgen in der Kirche musste sie in Erfahrung bringen, wer es für sie vorbereitet hatte, und sich dafür bedanken.

Sie konnte der Versuchung nicht widerstehen, aus dem Fenster hinunter auf die Einfahrt zu schauen. Ramseys Auto stand noch dort, also war er bei Tess. Der hinreißend schönen Tess.

Jocelyn wusch sich das Gesicht, cremte sich ein, zog ihr Nachthemd an und legte sich ins Bett. Ihr erster Gedanke galt Luke. Sie war nicht so naiv zu glauben, dass die Ereignisse des heutigen Abends nicht Ergebnis eines Hahnenkampfes zwischen den beiden Cousins war. Luke sorgte dafür, dass sie sich wie eine Hirschkuh fühlte, die von zwei brünftigen Hirschen umworben wurde. Soweit sie es beurteilen konnte, waren Ramsey und Luke schon ihr Leben lang Konkurrenten.

Und anscheinend war sie nun die neueste Trophäe. Fremd in der Stadt, Außenstehende und außerdem die Besitzerin des größten Hauses am Platz. Ja, sie war der Preis, um den es sich zu kämpfen lohnte.

Luke beteiligte sich zwar an dem Wettbewerb, doch die Frage war, ob Ramsey das ebenso tat. Ramsey gefiel ihr eindeutig besser. Er hatte sich große Mühe gemacht, ein Abendessen für sie vorzubereiten und in ihrem kahlen, leeren Haus eine romantische Atmosphäre zu schaffen.

Luke hingegen hatte ihr vorgeschwindelt, er müsse die Schlösser überprüfen, um sich spätnachts Zutritt zu ihrem Haus zu verschaffen. Und dann hatte er sich mehr oder weniger an dem von Ramsey mitgebrachten Essen bedient.

Soweit sie es beurteilen konnte, war Ramsey ein Mensch, der gab, und Luke einer, der nahm.

Sie schlief schon fast, als ihr einfiel, was Luke beim Abschied gesagt hatte. Er hatte doch nicht ernsthaft mit ihr ausgehen wollen. Sie stellte sich vor, wie er in einer Kneipe seinen fünfzig oder noch mehr Cousins erzählte, wie er Ramsey das Mädchen ausgespannt hatte. Beinahe konnte sie ihn reden hören: »Der alte Rams wusste nicht, wie ihm geschah. Ich habe sie ihm einfach vor der Nase weggeschnappt.«

Diese Vorstellung machte sie so wütend, dass sie mit der Faust aufs Kissen schlug. Dann starrte sie hinauf zur Decke. Wenn Ramsey sie »rumgekriegt« hätte, würde er dann das gleiche auf einer Cocktailparty tun? Sie stellte sich Ramsey vor, wie er in einem Country Club sein Glas Single Malt erhob und sich an die anwesenden Männer wandte: »Trinken wir darauf, dass ich meinem Cousin wieder eins ausgewischt habe.«

Als Joce hörte, wie Ramseys Wagen ansprang und sich entfernte, dachte sie: »Und da wäre noch ein Problem.« Diese Tess stand Ramsey für Joces Geschmack viel zu nah. Und als Luke ihr vorhin das Foto gezeigt hatte, war sie richtiggehend eifersüchtig gewesen. Eifersüchtig! Was für ein Schwachsinn! Eifersüchtig worauf? Wegen eines Mannes, den sie gerade erst kennengelernt hatte? Eines Mannes, der sie womöglich nur benutzte, um einen albernen Wettstreit mit seinem Cousin auszufechten?

Als das Auto fort war, spürte Joce, wie sie sich endlich entspannte – und das ärgerte sie noch mehr. Sie war innerlich verkrampft gewesen, weil sich ein Mann, den sie kaum kannte, in der Wohnung einer anderen Frau aufhielt?

Okay, Jocelyn, dachte sie. Du brauchst eine Aufgabe im Leben. Bevor du auch nur daran denkst, dir einen Mann zu suchen, such dir erst mal eine *Lebensaufgabe.*

Es war still im Zimmer, und bald war sie eingeschlafen.

5

Ich hab's vermasselt«, verkündete Ramsey, sobald Tess die Tür öffnete. »Ich hab mir fast ein Bein ausgerissen, um Eindruck zu schinden, aber ich hab's vermasselt. Sie hat Witze gemacht, und ich habe sie nur mit offenem Mund angestarrt, ohne zu verstehen, wovon sie überhaupt redet.«

»Das stelle ich dir in Rechnung«, entgegnete Tess. »Mit dem anderthalbfachen Stundensatz.«

»Egal«, erwiderte er und ließ sich in den großen Sessel in ihrem Wohnzimmer sinken. »Wein, Erbeeren mit Schokohülle. Alles nur, weil ich wirklich wollte, dass sie … keine Ahnung, was ich erreichen wollte, aber es hat nicht geklappt.«

»Du wolltest, dass sie dich für einen Mann von Welt hält, obwohl du in diesem Provinznest lebst. Wer hat das Ganze eigentlich für dich vorbereitet?«

»Meine Mom und Viv.« Er sah sie an. »Was bringt dich auf den Gedanken, dass ich das selbst hingekriegt hätte?«

»Du schaffst es ja kaum, dich selbst zu ernähren? Hast du dieses Nudelgericht für sie gekocht?«

»Klar. Was sonst? Das ist das Einzige, was ich zustande bringe.« Er betrachtete sie. »Was hast du denn da an?«

»Die Sachen, in denen ich schlafe«, antwortete Tess mit einem Blick auf ihr weißes Seidennachthemd mit dem passenden spitzenbesetzten Morgenmantel.

»Dann zieh dir was Richtiges an.«

»Falls dich das anmachen sollte und du es nicht mehr aushältst, schlage ich vor, dass du dir abgewöhnst, mitten in der Nacht bei mir hereinzuplatzen.«

»Kriege ich fürs Angemachtsein jetzt auch eine Rechnung?«, fragte Ramsey missmutig.

»Nein, aber es wäre ein Gedanke.«

»Hast du was zu trinken da?«

»Ja, doch du kriegst nichts. Du musst noch Auto fahren, schon vergessen? Außerdem erwarte ich Besuch.«

»Wen?«, gab er zurück.

»Einen deiner Cousins.«

»Der Himmel steh mir bei. Wenn es Luke ist, werde ich …«

»Was wirst du?«, entgegnete sie. »Es mir verbieten? Luke sieht besser aus als du und hat keinen Rettungsring, weil er nicht den ganzen Tag am Schreibtisch rumsitzt. Außerdem habe ich allmählich den Verdacht, dass er klüger ist als du.«

Ramsey starrte zu Boden. »Dann heirate ihn. Ich wünschte, du würdest es tun.« Er hielt inne. »Ich mag diese Frau wirklich.«

»Welche?«, meinte Tess und setzte sich ihm gegenüber. Sie hatte ein Whiskeyglas in der Hand und nippte daran, während sie ihn musterte.

»Das weißt du genau«, antwortete er. »Jocelyn, Miss Edis Protégée.«

»Ach, die. Ist es ihr Haus, was dir an ihr gefällt? Auf die Männer in Colonial Williamsburg würde es sicher Eindruck machen, wenn du in einem Haus wohnst, das aussieht, als hätten die Gründerväter es gebaut. Vielleicht würde es dir mehr Mandanten einbringen. Und damit mehr Geld.«

»Manchmal bist du einfach zum Totlachen. Ha, ha, ha. Ich krieg mich nicht mehr ein.« Er stand auf und ging zu einem Schrank am anderen Ende des Zimmers. »Sag nichts. Ich trinke nur Tonicwater. Hast du Eis da?«

»Du weißt, wo die Küche ist.«

»Du hast wirklich ein Talent dafür zu sorgen, dass ein Mann sich willkommen fühlt.«

»Wenn derjenige eingeladen ist, schon«, rief sie ihm nach, als er in der Küche verschwand.

Kurz darauf kam er mit einer Schüssel voll Eis zurück. »Deine Küche ist echt das Hinterletzte«, meinte er. »Noch schlimmer als die von Sara. Oder die von Joce.«

»Dann bau mir eine neue ein«, entgegnete sie und strich sich das Haar aus den Augen.

»Und dann? Soll ich sie vielleicht von der Steuer absetzen? Vielleicht, wenn du meine Geliebte wärst …« Er betrachtete sie über den Rand seines Glases hinweg. Bis jetzt hatte er sie noch nicht im Nachthemd gesehen, und sie war noch attraktiver als sonst – falls das überhaupt möglich war. Ihre mandelförmigen Augen waren stark geschminkt, und sie hatte Lippenstift aufgetragen.

»Wenn du mich weiter so anglotzt, schmeiß ich dich raus. Apropos: Warum gehst du jetzt nicht besser?«

Ramsey setzte sich wieder und wandte den Blick ab. »Ich kenne sie.«

»Was?«

»Ich kenne Jocelyn. Ich habe es nie jemandem verraten, aber Opa hat mich die Briefe lesen lassen, die er und Miss Edi sich geschrieben haben.«

»War das nicht eine dieser Südstaatenfehden oder irgendso ein Mist, deine Mutter gegen alle anderen?«

»Meine Mutter kam aus Oregon«, erwiderte Ramsey. »Und nein, meine Eltern waren nicht in irgendeine Fehde verwickelt. Die Ereignisse fanden in der Generation meiner Großeltern statt. Wie immer bringst du alles in dieser Stadt durcheinander.«

»Diese Bemerkung kostet dich eine Stunde extra. Also, wo liegt das Problem? Und vergiss nicht, die Uhr läuft. Du hast ein paar alte Briefe gelesen, na und?«

»Miss Edi hat gern und viel geschrieben. Ich glaube, sie hat mit Menschen auf der ganzen Welt korrespondiert, und einer davon war mein Großvater. Er hat sie einige Male besucht, und ich glaube, meine Großmutter war ein bisschen eifersüchtig. Sie sagte, er habe ständig einen Vorwand gesucht, um nach Florida zu fliegen und ein paar Tage mit Miss Edi zu verbringen.«

»Und?«, fiel Tess ihm ins Wort. »Könntest du dich bitte kürzer fassen? Ich habe doch gesagt, dass ich ein Date habe.«

»Es ist zehn Uhr abends, alles ist geschlossen, und außerdem bist du im Nachthemd. Warum also solltest du …« Er hielt inne, und seine Augen weiteten sich. »Oh.«

»Weißt du, du könntest dir mal von deiner Schwester erklären lassen, wo die kleinen Kinder herkommen. Oder wenigstens, wie die Menschen üben, bis es so weit ist.«

»Ich versuche gerade, dir etwas Wichtiges zu sagen, etwas, was ich bis jetzt noch niemandem anvertraut habe, und du machst dich über mich lustig.«

»Habe ich dich gebeten, spätabends herzukommen und mit mir über dein vermasseltes Date mit der kleinen Spießerin zu reden?«

»Kennst du sie denn?«

»Nein, aber ich habe sie gesehen, und Luke hat mir von ihr erzählt.«

»Ist er es, den du erwartest?«

»Ich erwarte die Football-Mannschaft von der Highschool.«

»Tess, du könntest dir von Jocelyn ein bisschen damenhaftes Verhalten abschauen.«

»Wenn ich eine Dame wäre, würde ich dich nachts nicht reinlassen, damit du über deine neue Freundin jammern kannst.«

»Genau das ist ja das Problem. Sie ist nicht meine Freundin, und wenn ich mich im Vergleich zu heute Abend nicht steigere, wird sie es auch nie sein.«

Tess füllte ihr Glas nach und setzte sich ihm wieder gegenüber. »Offenbar werde ich dich erst los, nachdem du dich so richtig in dein Bier ausgeheult hast.«

»Bier? Das ist eine gute Idee. Hast du welches da?«

»Luke bewahrt einen Sechserpack in meinem Kühlschrank auf.«

Verzweifelt hob Ramsey die Hände, stand auf und ging in die Küche. Als er nicht ins Wohnzimmer zurückkehrte, folgte sie ihm.

»Was hast du in meinem Kühlschrank zu suchen? Ich habe nichts Essbares für dich hier.«

»Da sind Eier.«

»Nur, weil Sara sie mir gegeben hat. Sie haben eine blaue Schale«, fügte sie erstaunt hinzu.

»Ameraucanas.«

»Was?«

»Ameraucanas sind die Hühnerrasse, die Saras Familie züchtet. Sie legen blaue und grüne Eier«, erklärte Ramsey geduldig und nahm dabei eine Schüssel mit Eiern und eine Butterdose aus dem Kühlschrank, auf der »Shaw Farms« stand. »Ich verhungere. Lust auf Toast und Rührei?«

»Ich dachte, du könntest nur Nudeln.«

»Rührei zählt doch nicht als Kochen.«

»Wenn ich Rührei machen könnte, würde ich Fernsehköchin werden.«

Ramsey warf einen Blick auf sie und holte eine Pfanne aus dem Schrank. Zum letzten Weihnachtsfest hatte er ihr einen kompletten Satz Töpfe und Pfannen geschenkt. Als sie die Sachen einen Monat später noch immer nicht ausgepackt hatte, hatte er das erledigt, alles gespült und weggeräumt. Während die anderen Männer in der Kanzlei Tess aus Dankbarkeit mit Wertgegenständen überhäuften, schenkte Ramsey ihr nützliche Dinge. Allerdings war er der Einzige, der ihre Wohnung kannte und wusste, was dort fehlte. Der Großteil seiner Geschenke blieb in der Küche, da es sich um Messer, Geschirr, Gläser und kleine Geräte handelte. Luke behauptete, dass Ramsey einen Vorwand brauchte, um sie zu besuchen und die Sachen auszupacken, doch das stimmte nicht. Er wollte nur, dass es ihr an nichts fehlte und dass sie dem Städtchen Edilean nicht den Rücken kehrte. Seit sie hier war, lief sein Leben um einiges reibungsloser, und außerdem war sie eine Freundin, mit der er reden konnte. Eine echte Freundin, keine Verwandte. Eine wichtige Eigenschaft von Tess war, dass sie für sich behielt, was man ihr erzählte. Er konnte ihr die vertraulichsten Dinge beichten und sich darauf verlassen, dass sie sie nicht weitertratschen würde.

»Also?«, fragte er. »Willst du jetzt Eier oder nicht?«

»Werde ich dich schneller wieder los, wenn ich etwas esse?«

»Ja«, erwiderte er mit einem schiefen Grinsen. »Was wird denn der Typ, mit dem du verabredet bist, denken, wenn er mich hier antrifft?«

»Dass wir arbeiten müssen«, entgegnete sie und setzte sich an den kleinen Tisch, der an der Wand stand.

»Okay, du brauchst es mir nicht zu verraten«, meinte er, schlug die Eier in einer Schüssel auf, rührte mit einer Gabel um und gab sie in die Pfanne.

»Dein Ego ist wirklich unerschütterlich. Ganz gleich, was ich auch sage, du bist und bleibst davon überzeugt, dass ich auf dich stehe.«

»Tess, auch wenn es dir nicht gefällt, wir sind Freunde.« Er hielt inne und kramte einen Pfannenwender aus der Schublade. »Du brauchst Topflappen und neue Geschirrtücher. Ich bringe dir welche von Williams-Sonoma mit.«

Tess schüttelte den Kopf. »Für wen hältst du mich? Bin ich etwa deine alleinstehende Tante, um die du dich kümmern musst? Würdest du mir jetzt sagen, was du auf dem Herzen hast, und dann verschwinden. Ich habe …«

»Ja, eine Verabredung mit einem mysteriösen Typen, der immer noch nicht da ist, obwohl wir schon nach zehn haben.« Er verteilte die Eier auf zwei Teller und stellte einen vor sie hin. »Iss«, befahl er. »Ich finde, du wirst zu dünn.«

»Beim Sex verbrennt man viele Kalorien. Apropos: Ich nehme an, du bist bei der kleinen Alice nicht gelandet.«

»Alice?«

»Luke sagt, sie läuft rum wie in *Alice im Wunderland.*«

»Wann hast du ihn gesprochen?«

»Vor ein paar Stunden. Eifersüchtig?«

Ramsey schnaubte abfällig. »Auf Luke? Soll das ein Scherz sein? Wie ich gerade sagte, hat mein Großvater mich als Jugendlicher Miss Edis Briefe lesen lassen. Sie hat viel über die kleine Jocelyn Minton geschrieben, die sie mit großgezogen hat.«

»Und jetzt lass mich raten. Du hast dich wegen der Briefe in sie verliebt, willst sie jetzt heiraten und mit ihr glücklich sein bis an euer Lebensende. Sehr gut! Jetzt ist es auf dem Tisch. Du kannst gehen.«

»Iss deine Eier«, befahl Ramsey, als sie aufstand. »Ich verstehe nicht, warum du immer so zynisch bist.«

»Könnte daran liegen, dass ich tagein, tagaus mit Anwälten zusammen bin. Irgendwann sieht man die Welt als ein einziges langes Gerichtsverfahren.«

»Ich finde, dass ich den Menschen helfe.«

»Ja, wie bei der Scheidung der Berners? Du und ich wissen, dass der Mann sein Geld versteckt, um zu verhindern, dass seine Frau alles zum Fenster hinauswirft. Er hat ihr ein großes Haus gekauft, dass er sich nicht leisten konnte, nur um ihr eine Freude zu machen. Doch sie nörgelt immer weiter. Wenn du ein Gewissen hättest, würdest du ihr mitteilen, dass sie nichts bekommt und sich Arbeit suchen soll. Aber nein, dank deiner Gerissenheit wird sie alles absahnen, während er auf den Schulden sitzen bleibt und frühestens mit siebzig wieder saniert ist.«

»Dann ist das vielleicht kein gutes Beispiel.«

»Und was wäre dann eines?«

»Was ist mit Miss Edi?«, fragte er.

»Eine reiche alte Frau, die deiner Kanzlei ein Vermögen bezalt hat. Was bist du doch für ein Held! Bist du etwa hier, um mich zu bitten, dir zu helfen, dich an die neue Hausbesitzerin ranzumachen? Mit welchem Ziel? Hochzeit? Eine scharfe Affäre?«

»Was hast du denn gegen sie?«

Tess schob den leeren Teller weg. »Keine Ahnung, der Grund könnte sein, dass heute zwei – nicht nur einer, sondern gleich zwei – Männer bei mir waren und nur über sie sprechen wollten. Was ist ihr Geheimnis? Ich habe sie gesehen. Eine Schönheit ist sie ja nicht. Ein großes Genie scheint sie auch nicht zu sein. Welche Macht hat sie also über euch Männer?«

Ramsey starrte sie entgeistert an. »Du bist eifersüchtig auf Jocelyn, richtig?«

Tess sprang händeringend auf. »Jetzt reicht's. Ich möchte, dass du gehst. Und nur damit du es weißt: Ich bin weder auf sie eifersüchtig noch auf sonst jemanden. Wenn ich dich oder Luke haben wollte, könnte ich das jederzeit.«

Ramsey schnaubte. »Ich kenne dich zu gut, um romantische Gefühle für dich zu entwickeln. Ist das dein Problem? Dass ein Mann dich spätnachts besucht und nicht von deiner Schönheit hingerissen ist?«

»Du bist doch krank im Kopf!« Sie marschierte zur Tür und riss sie auf. »Fahr nach Hause. Sofort.«

»Schon gut«, erwiderte Ramsey. »Ich entschuldige mich. Ich dachte, es würde ein toller Abend mit Jocelyn werden, aber …«

»Aber was?«, fragte sie ungeduldig und hielt die Fliegengittertür weit auf.

»Uns sind die Gesprächsthemen ausgegangen.«

Bei diesen Worten war Tess' Ärger wie weggeblasen. Wenn Ramsey McDowell eines konnte, dann war das reden. Sie schmunzelte unwillkürlich. »Hast du dich erkundigt, was sie nun aus ihrem Leben machen will, als Fremde in einer Stadt, in der nicht nur jeder jeden kennt, sondern auch noch alle miteinander verwandt sind? Wenn deine Cousins sich keine Partner von außerhalb suchen würden, würden sie nur Geistesschwache in die Welt setzen. Hast du sie nach ihren Zukunftsplänen gefragt?«

»Nein«, antwortete Ramsey. »Ich bin einfach nicht auf den Gedanken gekommen. Edilean ist mein Zuhause, also …« Er hob den Kopf. »Sie bäckt gerne Eclairs.«

»Eclairs. Ist das alles, was du beim ersten Date über sie herausgefunden hast? Dass sie gerne Eclairs bäckt?«

»Ganz so blöd bin ich nun auch wieder nicht. Wir haben auch über andere Dinge geredet.«

»Über was denn?«

»Zu deiner Information: Wir haben über die Ehe gesprochen.«

Kopfschüttelnd schloss Tess die Augen. »Wie hast du nur das Jurastudium geschafft? Du hast keinen Funken Verstand.«

Er stand in der Tür, sodass die Moskitos ungehindert ins Haus fliegen konnten. Doch sie wusste, dass er erst verschwinden würde, wenn sie ihm einen Rat gab. »Sorge für eine Eclair-Krise.«

»Eine was?«

»Erfinde etwas, wozu sofort Eclairs gebraucht werden, und nur sie kann sie backen.«

»Wie können Eclairs eine Krise auslösen?«

»Keine Ahnung. Frag deine Schwester. Kinder und Eclairs passen zusammen. Viv soll sich etwas einfallen lassen. Und von nun an kannst du über dein Liebesleben reden mit wem du willst, nur nicht mit mir. Kapiert?«

»Vielleicht«, erwiderte er.

Tess merkte ihm an, dass sie ihm Stoff zum Nachdenken geliefert hatte. Also schob sie ihn zur Tür hinaus und schloss sie hinter ihm.

Samstagabend, dachte sie. Samstagabend in einer Kleinstadt. Während sie so tat, als warte sie auf einen Mann, der nicht erschien, musste sie sich mit einem liebeskranken Chef herumärgern, der nicht wusste, über was er sich mit seiner neuen Freundin unterhalten sollte. »Was erwartet der denn von mir?«, murmelte Tess. »Dass ich ihm Händchen halte, zuhöre und ihm dann Tipps gebe, wie er die Frau rumkriegt?«

Wie sollte sie das auch tun? Schließlich kannte Tess diese Jocelyn Minton ja überhaupt nicht. Sara mochte sie, und Luke schien von ihr hingerissen zu sein, auch wenn das nicht viel zu sagen hatte.

Wenn Tess ehrlich mit sich war, musste sie zugeben, dass sie die Frau nicht leiden konnte. Vielleicht hatte Ramsey ja doch recht, und sie war eifersüchtig. Allerdings nicht in dem Sinne, wie er annahm. Tess hatte die Dokumente in der Kanzlei gelesen und wusste, dass Jocelyn alles im Leben in den Schoß gefallen war. Als Kind war sie der Schützling einer reichen alten

Frau gewesen, die ihr ihr gesamtes Vermögen hinterlassen hatte. Es war wie aus einem Roman von Charles Dickens.

Wenn Tess also eifersüchtig war, dann deshalb, weil Jocelyn im Gegensatz zu ihr alles bekommen hatte. Tess' Eltern waren gestorben, als sie noch ein kleines Kind gewesen war, und so war sie bei einer Großmutter aufgewachsen, die Verbitterung für eine der vier Nahrungsmittelgruppen hielt und auf eine volle Portion täglich bestand. »Sie haben mein Leben ruiniert«, pflegte sie zu jammern. »Edilean Harcourt und all die anderen haben mir mein Leben weggenommen. Ich hätte etwas aus mir machen, etwas werden können, doch diese Stadt hat alles zerstört, was ich hatte. Wenn sie mir das nicht angetan hätten, wäre ich jetzt reich und würde ein Leben im Luxus führen. Die McDowells und die Harcourts haben mir alles gestohlen.«

Tess schüttelte den Kopf, um die zornige Stimme der alten Frau zu vertreiben. Sie zahlte ihrer Großmutter alles zurück, was sie in Form von Essen, Kleidung und einem Dach über dem Kopf erhalten hatte. Warum hatte sie dann trotzdem dauern ihre Stimme im Ohr?

Tess stellte das Geschirr in die Spülmaschine, schaltete die grelle Deckenbeleuchtung ab und ging ins Schlafzimmer. Dort zog sie das kratzige weiße Seidennachthemd und den Morgenmantel aus und schlüpfte in das weite T-Shirt, in dem sie normalerweise schlief. Das neue Nachthemd hatte sie erst angezogen, als sie Ramsey hatte ankommen sehen. Nach dem, was Luke ihr heute erzählt hatte, hatte sie nämlich vermutet, dass es mit Jocelyn und Ramsey nicht sehr gut laufen würde.

Während Ramsey mit der neuen Hausbesitzerin picknickte, hatte Luke Tess einen Besuch abgestattet. »Er ist nicht in Form, wenn er nervös ist«, verkündete er, legte die langen Beine auf den Couchtisch und trank Bier aus der Flasche. Luke hatte ihr, anders als Ramsey, nie nützliche Haushaltsutensilien geschenkt. Er machte überhaupt keine Geschenke. Tess war überzeugt, dass es eine Menge zu bedeuten haben würde, wenn Luke Connor einer Frau auch nur ein Gänseblümchen schenkte.

Nachdem er gegangen war, hatte sie sich gefragt, ob er sie davor hatte warnen wollen, dass sich Ramseys Date wahrscheinlich als Reinfall entpuppen würde. Und in diesem Fall würde er, wie sie beide wussten, danach sicher bei Tess auf der Matte stehen. Er würde der Mischung aus Enttäuschung und Tess' Nähe nicht widerstehen können.

Also hatte Tess sich auf Ramseys Ankunft vorbereitet. Sie hatte das weiße Negligee angezogen, das ein Wochengehalt gekostet hatte, und sich geschminkt.

Sie wusste nicht genau, warum sie sich so verhielt. Lag es daran, dass die ganze Stadt nur noch über Jocelyns Ankunft redete? Tess hatte so getan, als ahnte sie nichts von Ramseys geplantem Picknick, doch in Wahrheit hatten ihr drei Frauen Ramseys Aktivitäten in allen Details geschildert. »Seine Mutter hat sich meinen Quilt ausgeliehen«, berichtete die eine. »Viv hat sich meine besten Kerzenleuchter geborgt, du weißt schon, die, die meine Mutter mir vermacht hat.«

Als es Samstag wurde, war Tess genau über den Ablauf des Abends im Bilde. Und all das Theater veranstaltete Ramsey wegen einer Frau, der er noch nie begegnet war.

Am Nachmittag hatte Tess den Garten betrachtet und bedauernd daran gedacht, dass er nun nicht mehr nur ihr, Sara und Luke gehörte. Sie waren ein gutes Team, was hieß, dass sie einander in Ruhe ließen und die Privatsphäre des anderen achteten. Und damit war es jetzt aus und vorbei, denn die neue Besitzerin würde nicht nur das Haus, sondern auch den Garten beanspruchen. Alles würde sich verändern.

Als Tess sich in Richtung Haus wandte, sah sie »sie« zum ersten Mal. Sie ging über den Rasen zu Saras Wohnung und hatte Saras Nähkorb in der Hand. Dass Sara der Frau ihren kostbaren Nähkorb anvertraute, war wieder ein Schlag gegen Tess, der sie das Ding nie überlassen hätte. Auch wenn man gerechtigkeitshalber einräumen musste, dass es jederzeit zu einer Katastrophe bei MAW kommen konnte, weil Ken seine Gerichtsunterlagen nicht fand oder der Kopierer staute. Dann musste Tess sofort loslaufen, was hieß, dass Saras Nähkorb womöglich im Regen stehen blieb.

Kurz darauf kam Luke aus seiner Werkstatt und war so offensichtlich schlechter Laune, dass er Tess nicht bemerkte, obwohl sie nur wenige Meter trennten. Sie sah zu, wie er in seinen Pick-up stieg. Doch anstatt wie sonst die rückwärtige Straße zu nehmen, bog er links ab und fuhr zur Vorderseite des Hauses.

Tess verharrte reglos und beobachtete Jocelyn, die durch den Garten ging. Sie hatte ein weißes Kleid an, das auch eine Nonne problemlos hätte tragen können. Es wies keine einzige Falte auf. Setzt sie sich denn nie hin?, fragte sich Tess.

Sie konnte nicht anders, als ums Haus herumzulaufen, um zu sehen, was sich vorne tat. Luke und Ramsey standen in der Einfahrt und stritten sich wieder einmal. In ihrer ersten Zeit in Edilean war Tess der ewige Konkurrenzkampf der beiden mächtig auf die Nerven gefallen, aber inzwischen hatte sie sich daran gewöhnt. Sie verstand zwar nicht, was sie redeten, konnte es sich allerdings denken: Der eine sagte dem anderen, was er tun sollte, und holte sich eine Abfuhr.

Tess war erstaunt, als Luke zu Saras Wohnung ging und anklopfte. Er musste doch wissen, dass sie nicht zu Hause war.

Tess stand unter den Bäumen und sah zu, wie Luke mit der neuen Hausbesitzerin sprach und sich praktisch in die Wohnung drängte. Wenn er das bei Tess versucht hätte, hätte sie ihm einen kräftigen Schubs verpasst. Interessant, dachte sie.

Wenig später läutete Ramsey die kleine Glocke, die an der Hauswand hing. Sie war schon längst durch eine moderne Türklingel ersetzt worden, doch die Familie schien an alten Dingen zu hängen und benutzte lieber die Glocke.

Als niemand reagierte, ging Ramsey ins Haupthaus, während Tess sich tiefer zwischen den Bäumen versteckte. Sie hörte, wie sich die Hintertür öffnete, und vermutete, dass Ramsey Jocelyn in Saras Wohnung abholen wollte. Sie brauchte nicht lang zu warten. Luke kam aus dem Haus gestürmt und schien inzwischen vor Wut zu kochen. Alle wussten, dass Luke recht aufbrausend sein konnte, aber sie hatte noch nie erlebt, dass er ernsthaft zornig auf Ramsey war. Gut, die beiden kabbelten sich gerne und spielten dann die beleidigte Leberwurst, was sich jedoch nie lange hielt. Doch nun war Luke wirklich verärgert, als er in seinen Pick-up sprang und davonraste.

Ramsey kam, den Arm um Jocelyns Schulter gelegt, aus Saras Wohnung. Ihr unschuldiges weißes Kleid war mit etwas beschmutzt, das nach Senf aussah. Tess fragte sich, ob Luke wohl der Übeltäter war. Geschieht ihm recht!, dachte sie.

Als Ramsey und Jocelyn im Haus waren, zog Tess sich in ihre eigene Wohnung zurück. Etwa eine halbe Stunde später stand Luke zum zweiten Mal an diesem Tag vor ihrer Tür. Noch immer malte sich Zorn auf seinem gut geschnittenen Gesicht. »Ist er noch drin?«, fragte er. Wie immer sparte er sich die Mühe auszuführen, wer »er« war.

»Soweit ich weiß, schon«, erwiderte Tess und wies aufs Sofa. Er setzte sich, während sie ihm ein Bier holen ging. »Warum hast du dich nicht mit ihr verabredet, wenn sie dir so gut gefällt?«

»Weil mir gesagt worden ist, dass sie Ramsey gehört.«

»Warum sollte jemand so etwas sagen?« Als Luke nur verstockt schweigend dasaß, breitete sie die Hände aus. »Gut, dann erklär es mir eben nicht. Ich will es sowieso nicht wissen. Vermutlich steckt diese alte Frau, von der alle reden, diese Edi, hinter …«

»Miss Edi«, unterbrach Luke. »Ein bisschen mehr Respekt, wenn ich bitten darf.«

Danach hatte Luke den Großteil des Gesprächs bestritten.

Zuerst hatte er vom Garten erzählt und gemeint, er wolle gern ein Kräuterbeet anlegen, weil das zum Haus passte. »Aber ich weiß nicht, ob sie damit einverstanden wäre.«

Als Luke unablässig über Jocelyn redete und jedes Detail, angefangen von ihrer Kleidung bis hin zur Haarfarbe, schilderte, knirschte Tess mit den Zähnen. War das wieder nur ein Wettstreit mit seinem Cousin, oder steckte mehr dahinter?«

Tess stellte ihm eine Schale mit blauen Maischips hin.

Etwa eine halbe Stunde später ging Luke, und Tess hatte so eine Ahnung, dass Ramsey ihr nach dem Treffen mit Jocelyn einen Besuch abstatten würde, ganz gleich, wie viel Uhr es auch war.

Nun schminkte Tess sich ab und betrachtete ihre Haut in dem vierfach vergrößernden Spiegel. Nachdem sie sich vergewissert hatte, dass seit gestern alles beim Alten geblieben war, cremte sie sich ein und ging zu Bett. Ramsey war ein Idiot! Wie konnte sie nächtlichen Herrenbesuch empfangen, ohne dass die ganze Stadt davon erfuhr? Zumindest Besuch von anderen Männern als denen, die heute bei ihr gewesen waren? Doch die gehörten ja zur Familie, wie es in der Stadt hieß. Manchmal fühlte sie sich, als arbeite sie für die Mafia.

Gut!, dachte Tess. Sollten sie sich doch um jemand anderen kümmern als um sie. Wenn all ihre Aufmerksamkeit um diese Jocelyn kreiste, würden sie nicht mitbekommen, was Tess so trieb.

Kurz vor dem Einschlafen fragte sie sich, ob diese Jocelyn wohl wusste, dass ihr Date danach bei Tess gewesen war. Und wusste sie auch, dass Luke sie heute Nachmittag besucht hatte?

Zornig schlug sie mit der Faust aufs Kissen. Jocelyn hatte das Haus geerbt, während Tess … Was? Sie konnte es noch nicht genau sagen.

Bevor ihr endgültig die Augen zufielen, dachte sie an Eclairs. Etwas Langweiligeres gab es doch wohl nicht! Vielleicht hatten Jocelyn und Ramsey einander ja verdient.

6

Zehn Minuten nach ihrer Ankunft in der Kirche hätte Jocelyn am liebsten ihre Sachen in ihr kleines Auto geworfen und die Flucht ergriffen. Alle waren ja so nett zu ihr, doch sie hörte die unausgesprochenen Fragen so deutlich, als hätte man sie ihr entgegengeschrien.

Was haben Sie vor?, schien die wichtigste Frage zu sein. Damit meinten sie ihr kostbares Haus. Die Leute gebärdeten sich, als befürchteten sie, dass am Montag ein Abrissunternehmen auf der Matte stehen würde.

Die kleine Kirche war brechend voll. Jeder Platz war besetzt. Als der Pastor anmerkte, der Herr greife zu allen Mitteln, um die Menschen zum Kirchgang zu bewegen, bemühte Jocelyn sich vergeblich, nicht rot anzulaufen. Sie wusste, dass viele nur gekommen waren, um sie zu sehen.

Sie setzte sich in die Mitte der linken Bankreihe, und als Sara neben ihr Platz nahm, wäre sie ihr beinahe um den Hals gefallen. »Keine Sorge, es kann nur noch schlimmer kommen«, sagte Sara, als das sechste Paar den Mittelgang entlangschritt und Jocelyn anstarrte.

»Bring mich nicht zum Lachen.« Joce schaute sich um, um festzustellen, ob sie jemanden erkannte. Die Frau vom Lebensmittelladen winkte Sara zu.

»Deine Mutter, richtig?«

»Sehr gut. Ich habe sie gewarnt, dass ich Insektengift kaufe und irgendetwas damit besprühe, falls sie sich neben dich setzt und dich nach deiner Meinung zu Biolebensmitteln fragt.«

»Wie kannst du nur so grausam sein?« Als Jocelyn eine weitere Frau erkannte, beugte sie sich zu Sara hinüber. »Die habe ich mit einem Besen auf der Veranda gesehen.«

»Das ist Lukes Mutter. Sie hat dein Schlafzimmer hergerichtet.«

»Ich dachte, das wäre Ramsey gewesen«, entgegnete Joce. »Ich habe mich sogar dafür bei ihm bedankt.«

»Er hat doch nicht etwa behauptet, dass er es war?«, fragte Sara tadelnd.

»Nein, er war ehrlich. Er hat gesagt, das hätte vermutlich eine Dame von der Kirchengemeinde erledigt. Ich muss mich bei ihr bedanken.«

»Und bei Luke. Er hat Bett und Matratze nach oben geschleppt und ihr beim Umräumen geholfen.«

Jocelyn war nicht sicher, ob es ihr gefiel, dass Luke ihr Bett gemacht hatte. »Ich kann nicht feststellen, ob Luke mich mag, mich verabscheut oder mich nur benutzt, um Spielchen mit Ramsey zu treiben.«

»Wahrscheinlich alles drei«, meinte Sara, während sie den Leuten zunickte, die in die Kirche strömten. »Ich weiß, dass er sich Sorgen macht, du könntest das Haus vernachlässigen. Dein Haus hat für diese Stadt eine große Bedeutung. Die Menschen betrachten es gewissermaßen als ihr Eigentum und fragen sich, was du wohl damit vorhast.«

»Ob ich es abreiße und die Ziegelsteine einzeln verkaufe?«

»Dass du das nicht tun kannst, weißt du ja, oder? Selbst wenn du es verkaufst, hätte die Denkmalschutzbehörde ein Vorkaufsrecht.«

Jocelyn verkniff sich die sarkastische Antwort, die ihr auf der Zunge lag. Diese Leute kannten sie nicht. Doch sie war sicher, dass Miss Edi sie richtig eingeschätzt und ihr deshalb das Haus vermacht hatte. Also beschloss sie, das Thema zu wechseln. »Ist Tess hier?«

»Tess in der Kirche?« Sara lachte leise auf. »Da würde vermutlich das Kirchendach einstürzen.«

»Ich bin nicht sicher, ob ich sie kennenlernen will.«

»Sie kann ziemlich … Haare auf den Zähnen wäre wohl der richtige Ausdruck.«

»Ein richtige Ziege also?«, erwiderte Jocelyn und senkte die Stimme. »Jetzt komme ich wahrscheinlich nicht mehr in den Himmel.«

»Du hast doch nur über Nutztiere geredet«, erwiderte Sara mit Unschuldsmiene, worauf Joce grinsen musste. Als die Musik einsetzte, griff sie nach ihrem Gesangbuch.

Ramsey rutschte neben Jocelyn in die Sitzreihe. »Entschuldige die Verspätung. Welche Seite?«

Jocelyn zeigte sie ihm. Doch anstatt sich selbst ein Gesangbuch zu nehmen, hielt er eine Seite von ihrem fest und schaute gemeinsam mit ihr hinein. Er hatte eine angenehme Singstimme und schien die Texte beinahe auswendig zu können.

»Fertig mit der Arbeit?«, flüsterte sie, als sie sich wieder setzten.

»Fast.«

»Hat Tess dir geholfen?«, erkundigte sie sich beiläufig.

»Nicht bei der Arbeit. Ich habe mit ihr über dich gesprochen.«

Mit diesen entwaffnenden Worten wandte er seine Aufmerksamkeit dem Pastor zu.

Nach dem Gottesdienst wurde Jocelyn von Sara und Ramsey getrennt, da jeder ihr etwas zu sagen zu haben schien.

Sie erhielt unzählige Einladungen zum Essen und zu Grillabenden und Aufforderungen, verschiedenen Vereinen beizutreten oder einfach auf einen Besuch vorbeizuschauen. Drei Frauen aus Colonial Williamsburg fingen sie auf der Vordertreppe ab und redeten auf sie ein, sie solle sich doch dem Denkmalschutzkomitee anschließen, als Sara ihr zuraunte: »Gib mir deine Handtasche.«

Den Blick weiter auf die Frauen gerichtet, steckte Joce Sara ihre kleine Handtasche zu. Als sie ein paar Minuten später aufblickte, saß Sara in Joces Auto, öffnete die Beifahrertür und winkte. »Tut mir leid, aber ich muss los«, sagte Jocelyn. »Es ist wirklich wichtig, sonst würde ich gerne bleiben.«

»Wir geben Ihnen unsere Visitenkarten, dann können Sie uns anrufen«, meinte die eine Frau.

Joce nahm die drei Visitenkarten entgegen und eilte über Gehweg und Rasen zu ihrem Auto.

»Schnell, mach die Tür zu!«, rief Sara, als sie, gefolgt von einer Kieswolke, vom Parkplatz brauste. »Nächsten Monat wird hier geteert«, verkündete sie. »Dann wird eine Flucht weniger effektvoll.«

Joce nahm den Hut ab, zog die Haarnadeln heraus und ließ ihr Haar offen im Wind wehen.

»Was für eine Quälerei. Ich habe mich gefühlt wie ein Tier im Zoo.«

»Mütter haben Söhne, Leute brauchen Jobs, und Wohltätigkeitsorganisationen sind auf der Suche nach ehrenamtlichen Helfern und Geld. Also bist du Freiwild.«

»Bitte nicht.« Joce legte den Kopf in den Nacken. »Sag, dass das nicht so ist.«

»Doch, ist es. Hast du Hunger?«

»Ja«, antwortete Joce. »Können wir einkaufen fahren? Ich habe nichts im Haus. Ich glaube, ich besitze nicht einmal einen Kochtopf.«

»Ich glaube, Essen wird nicht das Problem sein, wenigstens nicht in den nächsten Tagen.«

»Wovon redest du?«

»Wart's ab«, entgegnete Sara mit geheimnisvoller Miene und bog in die Auffahrt von Edilean Manor ein. »Oh-oh.«

»Was ist?«

»Sie haben Tess aufgeweckt.«

Die hinreißend schöne Tess stand in der Auffahrt. Das Foto auf dem Mobiltelefon war ihr nicht gerecht geworden. Sie war hochgewachsen und attraktiv, machte im Moment jedoch einen verärgerten Eindruck.

Sara parkte Joces Auto und stieg aus. »Wie schlimm war es?«, fragte sie Tess.

»Wann ist sie in die Kirche gefahren?« Tess wies mit dem Kopf auf Joce, die noch im Auto saß.

»Früh«, erwiderte Sara, ohne bei Jocelyn nachzufragen.

Joce ging zu den beiden Frauen hinüber, die sie beide nicht ansahen.

»Um acht kamen die ersten«, verkündete Tess. »Obwohl sie wussten, dass die verdammte Tür nicht abgeschlossen war, hat sie das nicht daran gehindert, bei mir anzuklopfen, damit ich ihnen das bestätige. Irgendwann habe ich die Haupttür einfach sperrangelweit offen gelassen. Doch auch das hat ihnen nicht gereicht. Sie haben immer noch bei mir geklopft.« Tess drehte sich zu Jocelyn um. »Ich verstehe nicht, warum sich alle deinetwegen eine solche Mühe machen.« Ihre mandelförmigen Augen blickten argwöhnisch drein, und ihre Lippen waren zu einem höhnischen Lächeln verzogen.

»Du musst Tess sein«, antwortete Joce mit einem gezwungenen Lächeln. »Ich bin …«

»Alle wissen, wer du bist«, zischte Tess. »Hier und auch in Williamsburg. Du bist reich und du besitzt ein großes Haus. Ja, ich würde sagen, du bist der große Star hier in der Gegend.«

»Tess, bitte«, wandte Sara flehend ein.

Tess musterte Joce von Kopf bis Fuß und befand sie offenbar als ungenügend. »Da du ja jetzt im Geld erstickst, könntest du ja ein bisschen mehr aus dir machen.«

Saras Augen weiteten sich, doch sie schwieg. Offenbar hatte ihr Tess' gehässige Bemerkung die Sprache verschlagen.

Joce lächelte. »Du bist schön, aber ich bin nett und habe gewonnen. Daran sieht man, was die Leute mehr zu schätzen wissen, oder?«

Sara und Tess starrten sie sprachlos an.

»Hast du nicht mehr zu bieten?«, fuhr Joce mit ruhiger Stimme fort. »Komm schon, du hast doch sicher noch was drauf. Eine alte Frau hat mir Geld und ein Haus vererbt. Also muss ich etwas Böses getan haben. Dieses Thema ließe sich doch prima ausschlachten, findest du nicht?«

Sara machte ein Gesicht, als würde sie gleich in Ohnmacht fallen. Würden die beiden jetzt eine Prügelei anfangen? Sich an den Haaren ziehen und die Krallen ausfahren?

Tess sah Jocelyn neugierig an. »Wo hast du gelernt, so auszuteilen?«

»Ihre Schwestern sind …«, begann Sara, aber Joce brachte sie mit einer Handbewegung zum Schweigen.

»Ich höre zu und lerne daraus«, entgegnete Joce und wandte sich dann Sara zu, ohne Tess eines weiteren Blickes zu würdigen. »Was hast du vorhin gemeint, als du Essen erwähnt hast?«

»Die ganze Stadt wollte dich begrüßen und hat dir deshalb etwas zu essen mitgebracht«, erklärte Sara, als wäre das eine allgemein übliche Sitte. »Tante Martha, das ist Ramseys Mutter, hat den Leuten gesagt, sie sollen dich gestern noch verschonen. Also haben sie heute Morgen das Haus gestürmt. Aber du warst vor der Kirche nicht da.«

»Ich war …« Joce hielt inne. Sie wollte sich gar nicht erst angewöhnen, darüber Rechenschaft abzulegen, wo sie sich aufhielt. »Nein, ich war nicht da. Ich bin früh weg.«

»Also haben sie bei mir geklopft und mich um Erlaubnis gefragt, das Haupthaus zu betreten«, sagte Tess und betrachtete Joce von oben bis unten, als sei sie nicht sicher, wen sie da vor sich hatte.

»Kommt«, meinte Sara. »Wir wollen schauen, was sie dir mitgebracht haben.« Als Tess in der Auffahrt stehen blieb, drehte sie sich zu ihr um. »Was ist?«

Jocelyn betrachtete Tess, deren traumhaft kastanienbraunes Haar in der Sonne schimmerte, und hätte sie am liebsten gebeten, draußen zu bleiben, denn sie erinnerte sie zu sehr an die Welt der Stieflinge. »Komm schon«, meinte sie. »Vielleicht können Sara und ich ja später deine Haaransätze nachfärben.«

»Die sind echt«, entgegnete Tess, ohne nachzudenken.

»Meine auch«, gab Joce zurück.

»Nun, meine nicht«, sagte Sara. »Und falls ihr beide vorhabt, euch zu prügeln, trommle ich ein paar Cousins zusammen. Die würden es mir nie verzeihen, wenn sie das verpassen.«

Joce machte Platz, um Tess ins Haus zu lassen. Es wird nicht einfach werden, diese Frau zu mögen, dachte sie und sah Sara sehnsüchtig an. Warum konnte in der zweiten Wohnung nicht auch jemand wie Sara leben? Ob sie eine andere Unterkunft für Tess suchen sollte? Vielleicht in einer Männerumkleide. Dort würde sie sich sicher wie zu Hause fühlen.

Als Jocelyn in die Küche kam, traute sie ihren Augen nicht. Tisch und Arbeitsflächen waren mit schätzungsweise Hunderten von Behältern voller Essen bedeckt.

Sara öffnete den Kühlschrank, wo sich weitere Teller und in Folie gewickelte Päckchen befanden.

Da waren Aufläufe, verschiedene Hühnergerichte, ein Schinken, Körbe voller Gebäck, Kuchen und Tüten mit Obst und Gemüse aus dem Garten.

»Das kann ich unmöglich alles essen«, flüsterte Jocelyn und betrachtete ehrfürchtig die gewaltige Menge an Lebensmitteln.

Tess stand da und beobachtete, wie die beiden anderen das Angebot begutachteten. Offenbar hatten sie nicht die geringste Ahnung, was sie mit so viel verderblichem Essen anfangen sollten. Die Situation erinnerte sie an MAW, wo die Männer meistens auch völlig ratlos waren. Tess hingegen besaß die Fähigkeit, stets eine Lösung im Blick zu haben, nach Ansicht der Anwälte eine seltene Gabe.

Sara hörte auf, den Tisch zu umrunden, und sah Tess an. »Was machen wir jetzt?«

Jocelyn blickte zwar nicht auf, nahm aber an, dass die Frage an sie als Hausbesitzerin gerichtet war. »Morgen habe ich einen Termin mit Ramsey. Wenn er mir etwas Bargeld gibt, kaufe ich einen Gefrierschrank …« Sie hielt inne, als sie bemerkte, dass Sara sich an Tess wandte.

»Oder hast du einen besseren Vorschlag?«, erkundigte sie sich, wobei sie nicht verhindern konnte, dass ihr Tonfall feindselig klang. Würde ihr Verhältnis zu dieser Frau immer ein gespanntes bleiben?

»Ich würde sagen, wir schlagen uns die Bäuche voll. Dann

packen wir den Rest ins Auto und verschenken ihn. Die Teller und Behälter musst du aufbewahren, da die Frauen sie sicher zurückhaben wollen, doch das Essen können wir spenden. Ich weiß auch schon, wo.« Sie sah Joce an. »Vorausgesetzt, dass du dich davon trennen kannst.«

Offenbar erwartete auch Sara, dass Joce eine Entscheidung fällte.

»Das ist eine ausgezeichnete Idee«, sagte Jocelyn. Nach einem Blick auf Sara öffnete sie den Schrank, wo Luke am Vorabend einen Teller herausgenommen hatte. Er war leer. Im Geschirrspüler stand zwar noch ein Teller, aber sie brauchten mehr. »Wisst ihr, ob ich irgendwelches Geschirr besitze?«

»Luke ist draußen. Frag ihn«, meinte Tess.

»Soll ich ihn etwa hereinbitten und mir sein Gemecker über Ramsey anhören?«, erwiderte Jocelyn.

»Du begreifst schnell«, stellte Tess erstaunt fest.

»Ich stimme dafür, gar niemanden einzuladen, sondern uns allein ein Festmahl zu gönnen. Nur für Frauen«, verkündete Sara, machte einen Schrank an der gegenüberliegenden Wand auf und entnahm ihm drei Teller. »Bertrand hat fast alles verhökert. Meine Mutter hat ihm ein wundervolles Wedgwood-Service abgekauft.«

»Wenn du einmal heiratest, schenkt sie es dir«, erwiderte Tess.

Jocelyn sah Sara neugierig an.

»Und wo soll ich jemanden kennenlernen?«, fragte Sara. »Ich komme ja nie aus dieser Stadt raus, außer, um bei irgendeiner Frau ein Kleid abzugeben.«

»Haben die denn keine Söhne?«, erkundigte sich Jocelyn.

»Keine, die ich auch nur mit der Kneifzange anfassen würde.«

»Sara ist in der ganzen Stadt als die wählerischste Frau im Bundesstaat bekannt«, meinte Tess. »Schau sie doch nur an. Der Traum jedes Mannes. Wunderschön und jungfräulich.«

»Stimmt nicht ganz«, entgegnete Sara.

»Es kommt auf den äußeren Eindruck an«, beharrte Tess, während sie sich einen Teller vollhäufte. »Du siehst unschuldig aus, und ich, als hätte ich alles schon erlebt.«

»Und jeden«, fügte Joce hinzu und bediente sich ebenfalls. »Sorry, ich wollte dir nur zustimmen. Und was ist mit mir? Auf mich trifft ja wohl keins von beidem zu.«

»Ehefrau«, sagte Tess. »Du siehst aus wie eine Ehefrau und Mutter. Warum hast du eigentlich keinen Mann und keine drei Kinder?«

»Tess …«, protestierte Sara.

»Ich musste Verantwortung tragen«, antwortete Joce, machte Platz auf dem Tisch und setzte sich. »Ich musste in der Nähe von … von dem bleiben, was sich in meinem Leben getan hat.«

»Die alte Frau«, stellte Tess fest.

Anstelle einer Antwort zuckte Jocelyn die Achseln. Sie wollte dieser Frau nicht mehr über sich verraten, als sie ohnehin schon wusste.

Die drei ließen sich, umgeben von Essensbehältern, am Tisch nieder. Eine Weile herrschte Schweigen.

»Ich habe gehört, dass du Eclairs backen kannst.« Bei Tess klang das wie ein Vorwurf – oder eine Zweideutigkeit.

Joce sah Sara an. »Bilde ich es mir nur ein, oder hat alles, was sie sagt, einen gehässigen Unterton?«

»Du hast recht«, erwiderte Sara und warf Tess einen Blick zu. »Entschuldige, aber es ist so. Normalerweise sparst du dir deine spitzen Bemerkungen doch für die Männer in der Kanzlei auf. Was hast du nur gegen Jocelyn?«

Tess schaute sich nur in der Küche um.

»Aha«, verkündete Sara.

»Was hat das zu bedeuten?«, fragte Joce. »Habe ich was verpasst?«

»Du hast dieses Haus geerbt. Außerdem noch … wie viel ist es, Tess? Millionen?«

»Das darf ich nicht sagen.«

Die beiden Frauen starrten sie abwartend an.

Achselzuckend biss Tess in eine Hühnerkeule. »Wenn du Rams verrätst, dass du es von mir hast, zünde ich das Haus an, und zwar mit dir drin.«

»Klingt wie ein Vorschlag«, meinte Joce.

»Das Geld ist an das Haus gebunden. Wenn du hier bleibst, gehört alles dir. Aber wenn du wegziehst, fallen Haus und Geld an irgendeine Stiftung.«

»Die Todsünde«, erwiderte Jocelyn. »Wenn ich gehe, könnten Fremde nach Edilean kommen. Wie werden die Menschen in dieser Stadt das ertragen?«

»Wenigstens hätten sie dann Leute, mit denen sie sich fortpflanzen könnten«, entgegnete Tess. »Abwechslung im Genpool.«

»Lass das«, protestierte Sara. »Edilean ist ein hübsches Städtchen, wo man angenehm lebt, nur damit du es weißt.«

»Ja, seit sie in Williamsburg ein Outlet-Center gebaut haben.«

»Outlet-Center?«, hakte Joce nach. »Warum habt ihr mir diese lebenswichtige Information vorenthalten?«

»Weil du die ganze Zeit mit den attraktivsten Männern in diesem Provinznest beschäftigt warst«, sagte Tess.

»Ach herrje«, seufzte Sara.

»Du bist nur neidisch, weil wir etwas mit den Männern hier anfangen können und du nicht. Sie sind nämlich alle mit dir verwandt.«

»Und was ist jetzt mit dir und Ramsey?«, erkundigte sich Joce bei Tess. »Ich habe das Foto von dir im roten Kleid gesehen.«

Tess schmunzelte. »Das war ein Tag! Ich war in Hochform, und dieser Idiot wollte mir vorschreiben, dass ich mich konservativer anziehen soll. Hat er vielleicht geglaubt, ich wüsste nicht, dass mich die Männer auf Schritt und Tritt angaffen? Ich kann mir schon denken, was die täten, wenn ich anfangen würde, Kleider zu tragen.«

Joce sah sie fragend an.

»Etwas auf den Boden fallen lassen und mir bei Aufheben unter den Rock schauen.«

»Ich hoffe, du übertreibst«, erwidere Joce. »Sie würden doch bestimmt nicht …«

»Vielleicht nicht direkt, aber sie würden es sich überlegen, und darauf hätte ich keine Lust.«

»Okay, so sind Männer eben. Jedenfalls hast du es ihnen so richtig gezeigt.«

Tess zuckte die Achseln. »Mag sein. Doch ich habe dafür bezahlt, denn Fotos von mir wurden überall im Internet gepostet. Ken wollte das Bild auch auf die Werbebroschüre der Kanzlei setzen, aber seine Frau hat es nicht erlaubt.«

»Woher hat er denn seine Frau?«, erkundigte sich Joce.

»Massachusetts«, entgegnete Tess. »Aus dem Katalog.«

»Ihr seid entsetzlich«, schimpfte Sara. »Man könnte glauben, dass es euch hier nicht gefällt.«

»Wie soll ich das beurteilen?«, erwiderte Joce. »Ich bin ja gerade erst angekommen. Bis jetzt habe ich einen Anwalt kennengelernt, der für mich ein sehr romantisches Picknick auf dem Fußboden vorbereitet hat, aber nach anderthalb Stunden wieder gegangen ist. Und dann habe ich noch einen muffigen Gärtner, der unangemeldet bei mir aufkreuzt und sich von mir durchfüttern lässt.«

»Luke«, riefen Sara und Tess im Chor.

»Was hat der denn für ein Problem?«

Tess und Joce sahen Sara an.

»Was wollt ihr von mir? Ich habe keine Ahnung. Ja, ich bin mehr oder weniger mit ihm aufgewachsen, doch ich kannte ihn nicht sehr gut, weil er ein paar Jahre älter ist als ich. Tolle Highschool-Supersportler interessieren sich nämlich nicht unbedingt für ihre kleinen Cousinen, die noch in der Grundschule sind. Nach der Highschool hat er die Stadt verlassen …« Achselzuckend hielt sie inne.

»Und jetzt macht er Karriere, indem er anderen Leuten den

Rasen mäht? Er scheint intelligent zu sein. Warum hat er keinen richtigen Job?«

Sara blickte zu Boden und antwortete nicht.

»Warum bist du nur Hilfsdozentin und hast jetzt gar keinen Job mehr?«, fragte Tess. »Wo wärst du jetzt, wenn Miss Edi dir kein Vermögen hinterlassen hätte?«

»Ist es wirklich ein Vermögen?«, wich Joce der Frage aus.

»Das interessiert mich auch«, meinte Sara zu Joce. »Was würdest du jetzt machen, wenn du Miss Edi nicht kennengelernt hättest?«

»Ich habe wirklich nicht die leiseste Ahnung«, erwiderte Joce. »Und ich versichere euch, dass ich gründlich darüber nachgedacht habe.«

»Was ist mit dir, Tess?«, erkundigte sich Sara. »Du arbeitest bei MAW, aber kannst die Typen nicht ausstehen. Was würdest du am liebsten tun?«

»Von einer alten Dame ein paar Millionen erben.«

»Das ist unfair«, widersprach Sara. »Du solltest …«

»Nein, lass sie reden«, meinte Jocelyn. »Okay, nehmen wir also an, du hättest ein großes altes Haus und ein Vermögen geerbt. Was würdest du den ganzen Tag lang tun? Eine von diesen feinen Damen werden, die sich zum Mittagessen treffen?«

»Oh, Gott, nein! Ich würde durchdrehen. Ich …«

»Was?«, hakte Jocelyn nach. »Ich würde wirklich gern hören, was du vorhast.«

»Keine Ahnung. Eine eigene Firma vielleicht«, antwortete Tess.

»Was für eine?«, wollte Sara wissen.

Jocelyn musterte Sara nachdenklich. »Du hast etwas, was du gern tust, richtig? Das merke ich an deinem Tonfall.«

Tess nahm eine Olive und lutschte die rote Paprikafüllung heraus. »Hast du ihre Kleiderentwürfe gesehen?«

»Du hast mir gar nicht erzählt, dass du Kleider entwirfst«, meinte Joce ein wenig gekränkt.

»Ich habe bis jetzt ein einziges Gespräch mit dir geführt. Ich konnte dir ja schlecht alles erzählen.«

»Eine Boutique wäre eine Geschäftsidee«, erwiderte Joce nachdenklich. »Nicht schlecht. Und du, Tess?«

»Schau mich nicht so an. Ich besitze nicht die Spur von Kreativität, sondern habe eher ein Händchen für Zahlen und fürs Organisatorische.«

»Du kannst sicher gut mit Männern umgehen«, sagte Joce. »Deshalb besuchen dich so viele.«

»Tun sie das?«, gab Tess zurück, als sei sie noch nie auf diesen Gedanken gekommen.

»Tess«, wandte Sara ein. »Sei ehrlich. Ramsey und Luke waren gestern beide bei dir.«

»Und woher weißt du das? Sie haben es dir erzählt, richtig? Also, was redet Ramsey über mich?«, fragte Tess.

»Nichts. Ich habe mit Luke gesprochen«, entgegnete Sara.

»Wann hast du den denn gesehen?«

»Heute Morgen. Er hat im Garten gegraben. Er würde gern ein Kräuterbeet anlegen, aber jetzt braucht er die Erlaubnis der Besitzerin, bevor er irgendetwas verändern kann.«

»Das hat er mir auch gesagt«, erwiderte Tess.

Die beiden sahen Jocelyn erwartungsvoll an.

»Er kann mit dem Garten machen, was er will«, entgegnete Joce. »Was kümmert es mich?«

»Du trägst jetzt die Verantwortung für dieses Haus«, verkündete Tess. »Und du bist es dieser Stadt, dem Bundesstaat und dem ganzen Land schuldig, seine historische Bedeutung zu bewahren, und dir stets dessen bewusst sein, welchen Wert es für das amerikanische Volk besitzt. Du musst …«

Als Joce ein Stück Brot nach ihr warf, fingen alle zu lachen an.

7

Hallo«, sagte Jocelyn zu Luke, der gerade eine Schaufel voll Erde auf einen Haufen schippte. Er sah sie zwar an, schwieg aber. »Was soll das? Redest du nicht mehr mit mir?«

»Ich rede, wenn ich etwas zu sagen habe.« Er wuchtete einen großen Sack Mulch auf die Ladefläche seines Pick-ups.

Obwohl sie die Vermutung hatte, dass er lieber in Ruhe gelassen werden wollte, tat sie ihm den Gefallen nicht. Es war später Sonntagnachmittag, und sie fühlte sich von den Ereignissen der letzten beiden Tage überwältigt. »Hast du das Essen in meiner Küche gesehen?«

»Ich war nicht mehr in deinem Haus, seit du mich gestern Nacht rausgeworfen hast. Und die Türen und Fenster habe ich auch nicht überprüft.«

»Danke, dass du Sara nicht erzählt hast, dass wir beide letzte Nacht allein im Haus waren. Ich weiß, dass du mit ihr über deinen Besuch bei Tess gesprochen hast, aber nicht über mich.«

»Tess kann also ruhig einen schlechten Ruf haben, aber du nicht?«

»Ich glaube, Tess würde einen schlechten Ruf bekommen, wenn sie nur reglos dasteht. Wer sie anschaut, kriegt lüsterne Gedanken.«

Obwohl Luke sich rasch abwandte, bemerkte sie, dass er grinste.

»Das habe ich gesehen! Wenn du über meine Witze grinst, heißt das, dass du nicht wirklich wütend auf mich bist.

»Hast du Rams in der Kirche getroffen?«

»Er hat sich neben mich gesetzt und mir einen Heiratsantrag gemacht, und ich habe angenommen.«

»Herzlichen Glückwunsch. Ihr beide seid ein hübsches Paar.

Nächstes Jahr um diese Zeit wirst du wahrscheinlich nur noch über Vorhänge reden wollen.«

»Falls du zufällig der Zukunft begegnest, kannst du sie ja fragen, was ich tun soll.«

Luke fing wieder an zu schaufeln. »Was meinst du mit *tun?*«

Joce sah sich vergeblich nach einer Sitzgelegenheit um und ließ sich schließlich im Gras nieder. »Miss Edi …«, begann sie.

»Was ist mit ihr?«

»Sie war ein sehr wichtiger Mensch in meinem Leben.«

»Jeder von uns hat so einen Menschen.«

»Ja? Und wer ist das bei dir?«

Luke hielt einen Moment im Schaufeln inne. »Die üblichen Verdächtigen: Eltern, Freunde, Verwandte. Mein Großvater war mir sehr wichtig, bevor er gestorben ist.«

»Und jetzt ist er dir nicht mehr wichtig?«, fragte Joce leise.

Ein Lächeln huschte über Lukes Gesicht. »Manchmal glaube ich, dass er mir jetzt wichtiger ist als in meiner Kindheit. Ich war ein bisschen … Sagen wir mal, dass ich als Kind ein bisschen störrisch war.«

»Uneinsichtig, stur, immer den eigenen Kopf durchsetzen, richtig?«

»Warst du meine Lehrerin in der ersten Klasse? Die, die mich den halben Tag hat in der Ecke stehen lassen?«

»Nein, aber die Frau hat mein vollstes Verständnis«, erwiderte Joce. »Und wie war dein Großvater so?«

»Er war ein Eigenbrötler und am liebsten allein, so wie ich.«

»Wenn das ein Wink mit dem Zaunpfahl sein soll, dass du in Ruhe gelassen werden möchtest, kannst du es vergessen. Dieses Haus ist zu groß, zu leer und zu … Jedenfalls ist es nett hier draußen. Erzähl mir von dir.«

»Da gibt es nicht viel zu erzählen. Mein Großvater und ich waren uns eben sehr ähnlich. Er war gern allein und ich auch, und so waren wir oft zusammen allein.«

»Zusammen allein. Bei mir und Miss Edi war es ganz genauso. Meine Mitschüler hielten mich für verrückt, weil ich so viel Zeit mit einer alten Frau verbrachte, die Narben an den Beinen hatte. Sie haben Geschichten erfunden, wie sie zu diesen Narben gekommen ist, und …«

»Und was war passiert?«, erkundigte sich Luke.

»Zweiter Weltkrieg«, antwortete Joce. »Sie saß in London in einem von mehreren Autos, die von einer Bombe getroffen wurden. Ihre Seite des Autos explodierte, und sie …« Joce zögerte. »Sie hat gebrannt. Von den Knien abwärts war nicht viel von ihren Beinen übrig.« Joce zuckte die Achseln. »Niemand glaubte, dass sie überleben würde, und sie haben sie von einem Krankenhaus ins andere verlegt und darauf gewartet, dass sie stirbt. Doch sie hat es überstanden. Durch schiere Willenskraft hat sie nicht nur überlebt, sondern auch wieder Gehen gelernt. Nach dem Krieg hat sie für einen Arzt gearbeitet und mit ihm die ganze Welt bereist. Als sie wieder zurück waren, hat er sie oft besucht. Er hat wundervolle Geschichten erzählt. Ich konnte ihm stundenlang zuhören.«

Nachdenklich hielt sie einen Moment inne. »Miss Edi hat mit mir über Dr. Brenner gesprochen, und ich hatte ihn auch auf vielen Fotos gesehen. Ich dachte immer, dass die beiden ein romantisches Verhältnis haben. Ich wusste zwar, dass er verheiratet war und zwei Töchter hatte, habe aber trotzdem an eine große unerfüllte Liebe zwischen ihnen geglaubt. Doch schon wenige Minuten nachdem ich ihn kennengelernt hatte, war mir klar, dass da nichts war. Die beiden waren ein eingespieltes Team. Er hat sofort gemerkt, wenn ihr die Beine wehtaten. Ohne zu reden aufzuhören, hat er sie aufs Sofa gelegt, zugedeckt und ihr eine Tasse Tee gekocht. Und umgekehrt war es genauso. Gegen Ende hatte er Herzbeschwerden. Sie hat dafür gesorgt, dass er seine Medikamente nahm und sich schonte.«

Jocelyn hielt inne, um ihre aufgewühlten Gefühle zu beruhigen. »Doch meinen Mitschülern war das egal. Sie fanden einfach nur, dass ihre Beine komisch aussahen. Obwohl sie sogar im Sommer blickdichte schwarze Strumpfhosen trug, konnte man die Narben sehen. Und als sie älter wurde, brauchte sie zum Gehen zwei Stöcke.«

Luke hörte auf zu graben und musterte sie forschend.

»Warum schaust du mich so an?«

»Du hast dieses kleine College besucht und dort eine Stelle als Hilfsdozentin angenommen, um in ihrer Nähe zu sein, richtig?«

»Nein, ich mochte das College und meinen Beruf. Ich habe …« Als er sie weiter beobachtete, brach sie ab. »Ja, du hast recht, aber ich habe es ihr nicht gesagt.«

»Und sie ist auch nie dahintergekommen. Dazu war sie nämlich zu beschränkt, was?«

Jocelyn lachte auf. »Wahrscheinlich hat sie etwas geahnt, doch wir haben nie darüber gesprochen. Wenn man so alt ist wie Miss Edi weiß man vermutlich, dass es eine Zeit nach … Nachdem die Menschen, die man liebt, tot sind, hat man noch genug Zeit, um weiterzustudieren oder sich eine richtige Stelle zu suchen.« Sie betrachtete das Haus und dachte an Miss Edis Vorfahren, die dort gewohnt hatten. Beinahe sah sie vor sich, wie Miss Edi als Kind zur Hintertür herausgelaufen kam.

»Und du hast von ihr bekommen, was du wolltest, richtig? Sie hat dir dieses Haus und eine Menge Geld vermacht.«

»Ich bin nicht bei ihr geblieben, weil ich etwas von ihr wollte!«, protestierte Jocelyn und sprang auf. »Sondern weil ich sie geliebt habe. Vielleicht kapierst du das ja nicht, aber …« Zornig funkelte sie ihn an. »Was grinst du so?«

»Ich habe nur verhindern wollen, dass du zu weinen anfängst.«

Jocelyn brauchte einen Moment, um sich zu beruhigen und zu verstehen, was er getan hatte. »Du hinterhältiger Mensch.«

»Das ist eben mein Charakter.«

Sie setzte sich wieder und sah ihm eine Weile bei der Arbeit zu. Er hatte ein großes Rechteck vom Gras befreit und die Grassoden angehäuft und grub nun die nackte Erde um. »Was machst du da eigentlich?«

»Das nennt man umgraben. Ich lege einen Kräutergarten an. Als ich dich gefragt habe, hast du nicht widersprochen. Also habe ich einfach angefangen. Wenn du nicht sagst, was du willst, darfst du bei der Gestaltung nicht mitreden.«

»Du hast einen Kräutergarten mit keinem Wort erwähnt. Gestern Nacht hast du nur über Ramsey geredet und … ja, über Ramsey natürlich. Ich hatte keine Ahnung, dass du überhaupt weißt, was ein Kräutergarten ist.«

»Soll das heißen, dass du den ganzen Tag mit Sara und Tess verbracht hast und die es dir nicht ausgerichtet haben?«

»Ausgerichtet?«, wiederholte Joce. »Sie haben nur erzählt, du hättest ihnen gesagt, dass du einen Kräutergarten anlegen willst. Ich hatte keine Ahnung, dass das als Mitteilung an mich gedacht war.«

»Wen soll ich denn sonst fragen? Dir gehört der Laden hier.«

»Wirklich?«, entgegnete Joce. »Du buddelst in meinem Garten herum, und ich darf nicht einmal mitreden. Wem also gehört der Laden?«

»Also gut«, erwiderte Luke, rammte die Schaufel in den Boden und lehnte sich darauf. »Würde dir ein Kräutergarten im Stil des 18. Jahrhunderts gefallen oder nicht? Oder eher etwas Viktorianisches? Oder hättest du lieber ein Arrangement mit einem Brunnen aus Chrom und Glas in der Mitte? Der würde gut zum Haus passen. Gib mir einfach Bescheid, dann erledige ich das. Schließlich bin ich nur der Gärtner und führe die Befehle der Hausherrin aus.«

Jocelyn wollte ihm schon eine patzige Antwort geben, aber es fiel ihr keine ein. »Sag deiner Mom, dass ich mich fürs Bettenbeziehen bedanke.«

»Wird gemacht.« Wieder musste Luke sich abwenden, um sein Schmunzeln zu verbergen.

»Und danke für das Kräuterbeet.«

»Gern geschehen«, sagte er.

Sie schwiegen eine Weile, und Joce sah ihm bei der Arbeit zu. Seine Muskeln spielten unter dem T-Shirt, und die Jeans klebte an seinen kräftigen Schenkeln. Man merkte Lukes Körper an, dass er viel im Freien arbeitete.

Sie zwang sich, den Blick abzuwenden. »Weißt du, was Sara, Tess und ich heute Nachmittag gemacht haben?«

»So wie ihr Mädels gekichert habt, dachte ich, ihr raucht Gras und esst dazu Schokolade.«

»Glaubst du, dass Saras Mom in ihrem Lebensmittelladen Gras verkauft?«

»Wenn ja, ist es sicher bio.«

Joce lächelte. »Nachdem wir uns so vollgestopft hatten, dass wir kaum noch laufen konnten, haben wir das restliche Essen eingepackt und es zu verschiedenen Kirchen gebracht. Keine Ahnung, wo wir überall waren. Tess hat uns mit etwa hundert Sachen hinkutschiert, und dann haben wir die Tische mit Essen vollgestapelt. Es hat Spaß gemacht. Erzähl mir von Tess.«

Luke schnaubte leise. »Was ich über Tess weiß, lässt sich in einem Wort zusammenfassen: nichts.«

»Aber Sara hat gesagt, du hättest sie gestern besucht.«

»Dich habe ich auch besucht, doch das bedeutet nicht, dass ich dich kenne. Ich habe Bier bei ihr im Kühlschrank stehen und schaue bei ihr vorbei, wenn ich Lust zum Reden habe.«

»Über Gärten?«

»Sie kennt sich mit Gärten noch schlechter aus als du. Meistens rede ich mit ihr über Ramsey.«

»Natürlich«, erwiderte Joce. »Ramsey.«

Er bedachte sie mit einem forschenden Blick. »Ganz gleich, welche Zukunftspläne du mit meinem Cousin verfolgst, solltest du wissen, dass du ihn mit Tess wirst teilen müssen.«

»Im Büro«, meinte Joce.

»Nein, überall. Rams …« Luke machte eine wegwerfende Handbewegung. »Ich werde nicht über Ramsey und Tess sprechen. Da musst du sie schon selbst fragen. Bist du hier, weil du von mir den neuesten Klatsch hören willst?«

»Ich wollte nur schauen, was du in meinem Garten machst.«

Luke breitete die Arme aus. »Das, was du hier siehst.«

»Und warum ein Kräutergarten?«

»Warum nicht?«

Jocelyn stöhnte auf. »Liegt deine Einsilbigkeit daran, dass du als Kind ein Einzelgänger warst, oder haben die Leute einen Bogen um dich gemacht, weil du ihre Fragen nicht beantwortest?«

»Wahrscheinlich trifft ein bisschen von beidem zu. Was hat Sara über mich erzählt?«

»Was bringt dich auf den Gedanken, dass wir über dich geredet haben?«

Er zog die Augenbraue hoch.

»Gut, meinetwegen. Sie hat gesagt, du wärst viel, viel älter als sie, hättest in der Highschoolmannschaft gespielt, und sonst wisse sie nicht viel über dich.«

»Ich liebe dieses Mädchen«, meinte Luke.

»Also hat sie gelogen?«

»Sie ist dir ausgewichen. Also, was soll ich hier pflanzen?«

»Kräuter«, meinte Jocelyn rasch.

»Das habe ich mir selbst eingebrockt. Was für Kräuter?«

»Keine Ahnung«, erwiderte sie. »Für Pizza und Spaghetti?«

»Dafür nimmt man dieselben. Was sonst noch?«

»Für …« Sie hob den Kopf. »Jetzt hab ich's. Ich hätte gern Lavendel.«

»Was für einen Lavendel?«

»Gibt es Lavendel, den man essen kann?«

»Gibt es«, antwortete Luke und machte ein Gesicht, als sei er zufrieden mit ihr. »Intermedia gilt als die beste essbare Sorte. Er ist besser unter dem Namen provencalischer Lavendel bekannt.«

»Klingt wunderbar. Kannst du etwas davon hier pflanzen?«

»Kommt darauf an, wie viel du essen willst.«

»Ich weiß nicht …«, meinte sie zögernd.

»Willst du Lämmer darauf weiden lassen, damit das Fleisch besser schmeckt, oder möchtest du nur ein paar Dutzend Kekse backen?«, fragte er ungeduldig.

Sie sah ihn finster an. »Ich möchte eine Voodoo-Puppe basteln, die dich darstellt, und sie dann mit Lavendelspießchen spicken.«

Er lachte auf. »Komm, ich zeige dir, wo wir den Lavendel pflanzen können.« Er legte die Schaufel weg und nahm ein Handtuch von der Ladefläche seines Pick-ups, um sich das verschwitzte Gesicht abzuwischen.

»Ich habe mir den Garten noch gar nicht richtig angeschaut«, sagte sie und spähte durch die hohen Bäume.

»Du warst beschäftigt …«

»Sprich es nicht aus!«, befahl Joce.

»Was?«, gab Luke mit Unschuldsmiene zurück.

»Dass ich zu sehr mit Ramsey beschäftigt war.«

»Ich wollte sagen, dass du zu sehr damit beschäftigt warst, Leute kennenzulernen, um deine Zeit im Garten zu verbringen. Aber wenn deine Gedanken immer nur um Ramsey kreisen, will ich dir dabei nicht im Wege stehen.«

»Hat dir schon mal jemand gesagt, dass du eine Landplage bist?«

»Von einer Frau habe ich das noch nie gehört. Von meiner Mutter, ja. Von meinen Cousins, häufig. Sogar von einigen meiner Onkel. Aber Frauen bezeichnen mich nie als Landplage.«

»Schon gut«, erwiderte Jocelyn grinsend. »Du hast übrigens Erde im Gesicht.«

»Dann wisch sie weg.«

Er beugte sich vor, bis sein Gesicht dicht an ihrem war. Als sie leicht mit der Hand über seine Wange strich, rührte sich der Erdschmierer nicht. Sie rieb fester. »Ist das Zeug angeklebt?«

»Zieh dein Hemd aus und rubble kräftig«, schlug er mit ernster Miene vor.

Kopfschüttelnd wich Joce einen Schritt zurück. »Wisch sie doch selbst weg.«

Als er sich mit dem Unterarm übers Gesicht fuhr löste sich die Erde. »Besser?«

Jocelyn betrachtete ihn. Mit seinem dunklen Haar und den grünen Augen war er wirklich ein gut aussehender Mann. »Wann hast du dich eigentlich das letzte Mal rasiert?«

»Zur gleichen Zeit wie House.«

Es dauerte einen Moment, bis ihr klar wurde, dass er Dr. House aus dem Fernsehen meinte, eine ihrer Lieblingsserien. Lächelnd folgte sie ihm, als er durch die Bäume voranging.

Als sie den Blick über das Grundstück schweifen ließ, konnte sie sich des Gedankens »alles meins« nicht erwehren. Alles, was sie hier sah, gehörte ihr. »Kannst du mir die Grundstücksgrenzen zeigen?«

»Gerne«, erwiderte er.

Er führte sie über die sieben Hektar, die sie nun besaß, der Rest der vierhundert, die ein junger Mann aus Schottland einst für seine entführte Braut gekauft hatte. Luke kannte sich sehr gut aus und zeigte ihr, wo die alten Hütten, das Brunnenhaus und der Taubenschlag gestanden hatten. Auf einer Lichtung hielt er inne und verkündete, hier sei früher die Schmiede gewesen.

»Als Kinder sind wir oft hergekommen und haben gegraben. Wir haben handgeschmiedete Eisenstücke gefunden. Charlie hat sogar drei Hufeisen entdeckt.«

»Was ist mit Sara? Hat die auch was gefunden?«

»Sie war gut im Aufspüren von Pfeilspitzen. Sie sagte, das 19. Jahrhundert sei ihr zu modern. Deshalb hat sie sich nicht mit Hufeisen abgegeben.«

»Spannend, dass du das über sie weißt, während sie behauptet, fast nichts über dich zu wissen.«

Schmunzelnd ging Luke tiefer in den Wald hinein. »Hier war der alte Ziegeleiofen. Schau.« Als er ein paar Büsche beiseite schob, sah sie eine alte Backsteinmauer. »Ich habe die Steine wieder freigelegt, damit man das Fundament erkennen kann.« Er breitete die Arme aus. »Hier könnten wir deinen Lavendel pflanzen. Der Boden ist sandig, und Lavendel mag das. Außerdem kriegt er viel Sonne.«

»Ich kann mir beinahe vorstellen, wie es früher hier war. Vielleicht sollte ich alles wieder restaurieren.«

»Das wäre zu teuer. Außerdem haben die das in Colonial Williamsburg besser hinbekommen, als wir es könnten.«

Es gefiel ihr, dass er »wir« gesagt hatte, denn es vermittelte ihr das Gefühl, dazuzugehören.

»Dieses Haus steht gern hier«, sagte Luke. »Es freut sich an den vielen Generationen, die darin gelebt haben. Vermutlich hat es erleichtert aufgeatmet, als der alte Bertrand starb.«

»Wahrscheinlich war es froh, dass er es nicht mehr geschafft hat, auch noch die Türknäufe zu verkaufen.«

»Er hatte es vor, aber Rams hat ihn daran gehindert.«

»Hast du ihm dabei geholfen?«, erkundigte sich Joce.

»Ich war nicht da«, erwiderte Luke rasch. »Was hältst du davon, wenn wir deinen Lavendel hier anpflanzen?«

»Mir gefällt die Stelle, aber ich kenne mich nicht aus mit solchen Sachen. Heißt das, dass du in dieser Woche verreist warst? Oder hast du damals nicht in Edilean gewohnt?«

»Erzähl mir doch mehr von Sex auf blauen Maischips.«

»Schon kapiert«, entgegnete sie. »Keine persönlichen Fragen. Ob Miss Edi ihrem Bruder erlaubt hat, so viel zu verkaufen, weil sie das Haus für die nächste Familie frei räumen wollte?«

»Das behauptet Rams, aber ich glaube, sie wollte den alten Krempel einfach nur loswerden. Auf dem Speicher steht immer noch jede Menge rum. Warst du schon oben?«

»Nein. Ich bin die Treppe raufgegangen, doch die Tür ist abgeschlossen, und ich habe keinen Schlüssel.«

»Rams wird dir einen geben, wenn er dir das Testament erklärt.« Als Luke sich wieder in Bewegung setzte, folgte sie ihm.

»Wie viel weißt du über die Bedingungen, die an das Haus geknüpft sind?«

»Wenn du bleibst, bekommst du alles. Wenn du gehst, ist das Geld an das Haus gebunden.«

»Das habe ich auch schon gehört«, meinte Jocelyn. »Aber ist das nicht streng geheim?«

Luke zuckte die Achseln. »Jemand hat das Diktat aufgenommen. Jemand hat die Urkunde getippt. Es gibt immer undichte Stellen.«

»Ich habe den Verdacht, dass du diese Stelle genau kennst, es mir allerdings nicht verraten wirst.«

»Kluges Mädchen.«

»Unterscheidet mich das von den meisten Frauen, denen du begegnet bist?«

Anstelle einer Antwort deutete Luke auf ein lang gestrecktes, niedriges Backsteingebäude in einiger Entfernung. »Das habe ich wieder aufgebaut.«

»Es sieht aus, als ob es alt wäre.«

»Danke«, erwiderte Luke. »Das ist ein Kompliment. Ich musste alte Backsteine ausgraben und sauber machen, bevor ich sie wieder verwenden konnte.«

Als sie vor dem Gebäude standen, bemerkte sie, dass Luke mit der Hand über die Mauer strich. »Du hast viel Herzblut in diese Arbeit gesteckt, richtig?«, erkundigte sie sich.

»Mehr oder weniger.«

»Wolltest du schon immer Gärtner werden?«

Er warf ihr einen merkwürdigen Blick zu und setzte zu einer Antwort an, überlegte es sich dann jedoch anders. »Nein, da bin ich erst später draufgekommen. Ich habe herausgefunden, dass es für einen Mann nichts Schöneres, Befriedigenderes und Angenehmeres gibt, als draußen in der Natur zu arbeiten.«

»Liegt es an deinen Vorfahren? Stammst du von Farmern ab, die schon seit Generationen ihre Äcker bestellen?«

»Nicht, dass ich wüsste«, meinte Luke. »Mein Dad hat Büros voller Vertriebsleute gemanagt, und mein Großvater war Arzt.«

»Wie Saras Vater.«

»Richtig«, erwiderte Luke, der sich offenbar freute, dass sie das wusste. »Onkel Henry hat jahrelang mit meinem Großvater zusammengearbeitet, bevor der sich zur Ruhe gesetzt hat.«

»Um mit dir zum Angeln zu gehen«, sagte Joce. »Nur ihr beide ganz allein.«

»Das war mein anderer Großvater.«

»Oh«, entgegnete sie.

Als Luke die Tür des Backsteingebäudes öffnete, erkannte Joce sofort, dass sie sich in seiner Werkstatt befanden. Es war gemütlich da drin. Über der mit Werkzeugen bedeckten Werkbank gab es ein rundes Fenster. Sie stellte sich auf die Zehenspitzen, um hinauszuspähen, und bemerkte, wie nah das Haus war. Wenn sie den Kopf drehte, hatte sie die gesamte Rückseite des Hauses und die Hintertüren im Blick. Ebenso den kleinen weißen Tisch, an dem Sara und sie gesessen und geredet hatten.

Sie wandte sich zu Luke um, der demonstrativ einige Werkzeuge auf einem alten Schrank an der gegenüberliegenden Wand sortierte. »Von hier aus kann man alles beobachten, was auf der Rückseite des Hauses vor sich geht.«

»Kann man das?«, erwiderte er. »Das ist mir noch gar nicht aufgefallen.«

Sie sah ihn so lange finster an, bis er sich umwandte und sie mit einem schiefen Grinsen bedachte. Jetzt hatte sie also wieder etwas über ihn in Erfahrung gebracht. Sie beschloss, es auszunützen, dass er wegen seiner Neugier offenbar ein schlechtes Gewissen hatte, um ihm weitere Informationen zu entlocken. »Mit wem hat Tess denn heute telefoniert?«

Luke ging zur Werkstatttür. »So gegen drei?«

Jocelyn nickte.

»Ihrem Bruder. Sie spricht jeden Sonntagnachmittag mit ihm, ganz gleich, was passiert. Und wenn man sie auf ein Rockkonzert mitnehmen oder hypnotisieren würde, sonntags ruft sie ihren Bruder an.«

»Du klingst beinahe eifersüchtig.«

»Du bist ein Einzelkind wie ich. Bist du denn nicht eifersüchtig auf Leute, die Geschwister haben, denen sie sich anvertrauen können?«

»Einzelkind«, meinte Joce. »Eine wundervolle Vorstellung. Ich habe …« Sie hielt inne. Dass sie ihm verriet, wer ihre Stiefschwestern waren, kam überhaupt nicht in Frage. »Ja, ich habe oft davon geträumt, Schwestern zu haben, die lieb und nett sind und mich tatsächlich mögen.«

Er zog die Augenbraue hoch. »Bin ich jetzt ins Fettnäpfchen getreten?«

»Vielleicht kann Ramsey das ja für seine Kochexperimente gebrauchen.«

»Bei dem reicht es nur für Sandförmchenkuchen mit Matschkruste und untergemengten Würmern«, antwortete er. »Als er sieben und Sara ein knappes Jahr alt war, hat er sie beinahe dazu gebracht, einen zu essen. Aber ihre Mutter hat ihn erwischt und …« Er sah sich um, als befürchte er, belauscht zu werden. »Wir haben nie erfahren, was passiert ist, aber Tante Elli – das ist Saras Mutter – hat ihn mit ins Haus genommen. Als er wieder rauskam, war er ziemlich grün im Gesicht und hat nie wieder einen Würmerkuchen gemacht.«

»Ich weiß nicht, ob ich es bedauere oder erleichtert bin, dass ich meine Kindheit nicht in dieser Stadt verbracht habe.«

»Wie war es denn so, bei Miss Edi zu wohnen? Nachmittagstee und am Wochenende ins Konzert?«

»Ich habe nicht …«, begann Jocelyn, verstummte aber. Sollte er doch glauben, dass sie bei Miss Edi gelebt hatte. Es war einfach zu kompliziert, ihm zu erklären, dass ihre elegante Mutter sich in einen Mann verliebt hatte, der ein Airbrush-Bild auf dem Benzintank einer Harley für hochkarätige Kunst hielt. Es war zu umständlich vom Tod ihrer Mutter, von der zweiten Ehe ihres Vaters und davon zu erzählen, dass sie mit Menschen aufgewachsen war, die sich so von ihr unterschieden, als stammten sie von einem anderen Planeten. Bis Jocelyn Miss Edi begegnet war, hatte sie keine andere Welt gekannt.

»Was hast du nicht?«, fragte er.

Sie wollte schon etwas erfinden, als sein Mobiltelefon läutete.

Er klappte es auf und sagte viermal »ja«, bevor er ihr das Telefon reichte. »Für dich.«

»Mich? Aber wer …« Lukes Blick sprach Bände: Ramsey.

»Hallo«, meldete sie sich. »Alles in Ordnung?«

»Also schaust du dir mit Luke den Garten an«, meinte Ramsey. »Wenn ich gewusst hätte, dass du ihn sehen willst, hätte ich ihn dir gezeigt.«

»Ich hätte auch allein gehen können«, erwiderte sie. »Luke arbeitet hier, schon vergessen?«

»Wie könnte ich das. Schließlich unterschreibe ich seine Gehaltsschecks.«

»Wirklich?«, hakte Joce interessiert nach. »Ich hasse es, Rechnungen zu bezahlen. Können wir das so weitermachen?«

»Jocelyn, ich mache mit dir weiter, wie du willst. Heute nach der Kirche haben alle nur darüber geredet, wie hübsch du in deinem rosafarbenen Kleid warst. Der Hut hat ihnen auch gefallen.«

Luke starrte sie an, als wolle er jedes Wort mithören. Sie kehrte ihm den Rücken zu.

»Kannst du morgen in die Kanzlei kommen?«, fragte Ramsey. »Damit wir über das Haus reden können?«

»Heißt das, du willst tatsächlich über Geschäftliches mit mir sprechen?«

»Nichts lieber als das«, antwortete er, und sie erkannte an seinem Tonfall, dass er lächelte. »Und möchtest du anschließend mit mir essen gehen?«

»Du lädst mich ein?«

»Wir können auch zu mir gehen und wieder Spaghetti essen. Übrigens brauche ich Vivs Schokoladentopf zurück.«

»Ist ihr Baby schon da?«

Ramsey lachte laut auf. »Nein, ist es noch nicht, und sie plant im Moment auch kein neues. Sie braucht den Topf für ein Fest für eines der Kinder, die sie schon hat. Gehst du mit mir hin?«

»Klar. Wann findet es denn statt?«

»Am Dienstagnachmittag so gegen eins. Soll ich dich abholen? Oder glaubst du, es sieht zu sehr danach aus, als wären wir ein Paar, wenn wir gemeinsam auf einer Party aufkreuzen?«

»Vielleicht sollten wir Luke mitnehmen, damit es nicht zu offensichtlich ist.«

»Er verabscheut Kinder und Feste. Wir lassen ihn besser zu Hause. Was hältst du davon, um elf in die Kanzlei zu kommen. Anschließend gehen wir dann essen? Klingt das gut?«

»Klingt wundervoll. Bis dann also.«

Sie klappte das Telefon zu und gab es Luke zurück.

»Wieder ein Date?«

»Ein Geschäftstermin, anschließend Mittagessen und am Dienstag ein Fest bei seiner Schwester.«

»Was für ein Fest?«, erkundigte Luke sich rasch.

»Ramsey sagte, für eines der Kinder seiner Schwester. Ein Geburtstagsfest?«

»Momentan hat keines der Kinder Geburtstag. Es ist …« Er brach ab und verzog kurz das Gesicht. Dann sah er sie an. »In diesem Fall sollte ich wohl besser einen Termin machen, wenn ich möchte, dass du morgen mit in die Gärtnerei fährst, um die Kräuter auszusuchen. Was hältst du von morgen Nachmittag? Das heißt, wenn du dich nach dem Mittagessen von Ramsey loseisen kannst.«

»Warum soll ich zum Kräuterkaufen mitkommen? Ich kann doch eines nicht vom anderen unterscheiden.«

»Okay, dann pflanze ich eben Schierling und Bilsenkraut.«

Sie hatte Ramseys Bemerkung, dass Luke Kinder nicht ausstehen könne, für einen Scherz gehalten, war sich nun jedoch nicht mehr sicher. »Nichts Giftiges.«

»Schauen wir mal. Erst hast du behauptet, dir wäre egal, welche Kräuter ich pflanze. Und dann hast du gesagt, dass du Lavendel und nichts Giftiges möchtest. Was ist mit Minze?«

»Minze ist gut«, erwiderte sie zögernd. Er führte etwas im Schilde, sie wusste nur noch nicht, was.

»Okay, soll ich den ganzen Garten nur mit Minze vollpflanzen?«

»Nein, nicht alles, nur ein bisschen.«

»Nur zu deiner Information: Minze gehört zu den durchsetzungsfähigsten Pflanzen, die es gibt. Wenn du also Minze in deinen Kräutergarten setzt, macht sie alles andere nieder. Willst du also Minze oder nicht? Moment! Ich hole etwas zu schreiben. Deine Liste, was du willst und was nicht, wird allmählich zu lang für mich.«

»Also gut«, zischte sie. »Morgen Nachmittag fahre ich mit dir zum Pflanzenkaufen. Ich weiß zwar nicht, welche, aber wir kaufen einfach das, was wir deiner Ansicht nach brauchen. Warum willst du unbedingt, dass ich mitkomme? Nur, damit Ramsey sich ärgert?«

»Du musst nicht mitkommen«, sagte er leise. »Du kannst Ramsey erzählen, dass du den ganzen Nachmittag mit ihm zu Mittag essen wirst, weil du nichts anderes zu tun hast. Oder du sagst ihm, du müsstest weg, weil du mit mir in die Gärtnerei fährst.«

Jocelyn starrte ihn kurz an und lächelte dann. »Kluger Junge.«

»Das findet meine Mom auch. Mein Dad ist da nicht so sicher.«

»Wann willst du aufbrechen?«

»Um Punkt zwei. Ich warte auf dich vor dem Restaurant.«

»Woher weißt du, wo er mit mir hingeht?«

Luke schnaubte verächtlich. »Ins Trellis. Dahin schleppt er die Frauen immer zum zweiten Date. Wenn es denn eines gibt. Es ist in Colonial Williamsburg. Er wird das Tagesgericht bestellen und dich dann bitten, ein Stück Schokoladenkuchen mit ihm zu teilen. Der Kuchen ist spitzenklasse, der allerbeste. Allerdings wirst du bis halb drei brauchen, um das viele Essen zu schaffen.«

Inzwischen waren sie wieder beim Kräuterbeet, wo Lukes Pick-up stand. »Also soll ich ihm sagen, dass ich um zwei weg muss?«, fragte sie und dachte dabei über seinen Vorschlag nach. Eigentlich gefiel er ihr. »Wenn ich nicht so zynisch wäre, würde ich fast glauben, dass du mir in Sachen Ramsey helfen willst.«

»Er ist mein Cousin«, erwiderte Luke achselzuckend, wandte sich jedoch ab, damit sie sein Lächeln nicht bemerkte.

»Wie nett von dir«, meinte sie, jedoch ein wenig zögernd. Sie schlug nach einem Moskito an ihrem Arm und beschloss, dass es Zeit war, ins Haus zu gehen. »Ich glaube, ich mache Schluss für heute. Arbeitest du noch lange?«

»Nein, ich räume nur auf und fahre dann nach Hause.«

Sie wollte ihn schon fragen, wo er wohnte, fand dann jedoch, dass das zu persönlich war.

»Hat Tess dich genug Essbares für heute Abend behalten lassen?«, erkundigte er sich, während er mit einem Spachtel die Schaufel abkratzte und sie auf die Ladefläche des Pick-up legte.

»Ja, aber ich brauche Küchenutensilien«, entgegnete sie. »Außerdem muss ich Lebensmittel einkaufen.«

»Kein Problem«, antwortete er, während er eine Heugabel verstaute. »Vielleicht können wir ja morgen …«

»Zeig mir einfach, wo alles ist, dann erledige ich das selbst«, meinte sie und wandte sich in Richtung Haus. »Bis morgen um zwei.«

Als sie das Haus betrat, erschien ihr die Stille beinahe unheimlich. Es war ein Haus, das von Menschen bevölkert werden musste. Sobald mehrere Personen anwesend waren, erwachte es zum Leben und schien beinahe zu lächeln. Doch wenn Jocelyn allein hier war, hätte sie sich am liebsten in ihr Schlafzimmer geflüchtet und die Tür hinter sich zugemacht.

Sie ging in die Küche und nahm sich ein paar Orangen aus einer Schale. Auf dem Tisch standen die sauberen Geschirrteile, in denen die Willkommensgerichte gewesen waren. Sara hatte gesagt, dass die Frauen im Laufe der Woche vorbeischauen würden, um alles abzuholen und ein wenig zu plaudern. »Die Leute waren schon seit Jahren nicht mehr hier und sind schrecklich neugierig darauf, wie es jetzt im Haus aussieht«, hatte sie gemeint.

Jocelyn hatte aufgestöhnt, da ihr vor der Vorstellung graute, Horden von Menschen durchs Haus führen zu müssen.

»Keine Sorge«, beruhigte sie Sara. »Sie werden in Gruppen kommen, damit du nicht so viel Arbeit hast.«

Joce lächelte zweifelnd. Nun machte sie das Licht aus, überprüfte in der großen Eingangshalle, ob beide Türen abgeschlossen waren, ließ eine kleine Lampe im Vestibül brennen und stieg die Treppe hinauf. Genau wie unten gab es hier einen breiten Flur, von dem mehrere Zimmer abgingen. Auf der einen Seite befand sich ein riesiges Elternschlafzimmer mit einem großen Bad, auf der anderen zwei kleinere, ebenfalls mit eigenen Bädern.

Sie duschte, cremte sich von Kopf bis Fuß ein und legte sich ins Bett. Dann jedoch spähte sie spontan durch einen Spalt im Vorhang nach draußen. Lukes Pick-up stand mit laufendem Motor in der Einfahrt. Wartete er auf Tess?, fragte sie sich. Sie schaltete die Nachttischlampe aus. Als es im Zimmer dunkel war, rollte Luke langsam zum Tor hinaus. Offenbar hatte er gewartet, bis sie das Licht ausmachte.

Eigentlich wollte Jocelyn das Licht wieder einschalten und noch eine Weile lesen. Doch ehe sie wusste, wie ihr geschah, fiel ein Sonnenstrahl durch die Vorhänge. Es war Morgen.

8

Die Hände hinter dem Kopf verschränkt, blieb Jocelyn noch eine Weile im Bett liegen und betrachtete die Schlafzimmerdecke. Das Haus gehörte zwar ihr, aber sie hatte seit ihrer Ankunft kaum Zeit für sich gehabt.

Ein Blick auf die Uhr neben dem Bett verriet ihr, dass es erst kurz vor sieben war. Ihr Termin in der Kanzlei war um elf, was hieß, dass sie noch genug Zeit hatte, sich gründlich im Haus umzuschauen.

Rasch wusch sie sich, zog sich an, sparte sich jedoch die Mühe, sich die Haare zu föhnen, und band sie einfach zu einem Pferdeschwanz zusammen. Als sie feststellte, dass ihre Haut glänzte, überlegte sie, ob sie sich schminken sollte, entschied sich aber dagegen. Miss Edi, eine Anhängerin von Estée Lauder, hatte die Ansicht vertreten, dass eine Frau ausnahmslos perfekt geschminkt sein sollte. Bis zu ihrem Tod hatte Miss Edi sich stets elegant gekleidet und dezentes Make-up getragen.

An diesem Morgen klang Miss Edis Stimme allerdings weiter entfernt als sonst, und Jocelyn hatte keine Lust »Kriegsbemalung« aufzulegen, wie ihr Vater das zu nennen pflegte.

Stattdessen schlenderte sie durchs Obergeschoss, um eine Bestandsaufnahme durchzuführen. Ihr Schlafzimmer war der Raum mit den meisten Möbeln darin. In dem zweiten Schlafzimmer standen nur ein Bett und ein kleiner Tisch, das dritte Zimmer war leer.

Am Ende des Flurs befand sich ein Fenster mit einer Tür daneben. Joce hatte bereits festgestellt, dass sie zu einer schmalen, steilen Treppe führte. Die Tür an ihrem Ende war abgeschlossen. Der Speicher. Wie Ramsey ihr erzählt hatte, verbargen sich dahinter Truhen mit alten Kleidern und Tagebüchern.

Sie fragte sich, ob die wahre Geschichte von Miss Edis David wohl irgendwo aufgeschrieben war.

Sie ging nach unten und ins Wohnzimmer, wo sie eine Weile die vertrauten Möbelstücke betrachtete und sich in Erinnerungen verlor. So viele Nachmittage hatten sie und Miss Edi auf diesem gelben Sofa verbracht. Als es neu aufgepolstert werden musste, hatten sie viel Spaß bei der Begutachtung der Stoffmuster gehabt und sich schließlich für einen Bezug mit aufgedruckten Bienen entschieden. Sie hatten gelacht, geredet und dort gesessen …

Jocelyn floh aus dem Zimmer, als die Erinnerungen übermächtig wurden. Im Esszimmer wurden dringend ein Tisch und zusätzliche Stühle gebraucht. Unten gab es noch eine Gästetoilette und einen kleinen Salon, wo nichts als eine Kommode mit zwei Lampen darauf stand.

In der Küche setzte sie sich an den Tisch und blickte sich um. Das große Spülbecken und der massive Holztisch begeisterten sie, doch der Herd war ein Schandfleck. Sie hob die Hand, formte mit den Fingern ein Quadrat und stellte sich einen großen Edelstahlherd mit sechs Platten vor. »Und zwei Backröhren«, sagte sie.

Aber war es nicht albern, sich so einen teuren Herd einbauen zu lassen?, fragte sie sich. Schließlich konnte sie nicht kochen. Dass sie oft Eclairs und Plätzchen für Miss Edis Wohltätigkeitstees gebacken hatte, zählte nicht. Doch seit Luke von einem Kräutergarten erzählt hatte, dachte Joce an die Lavendelkekse von früher, an eine Küche und … ja, an ein Zuhause.

Als sie einen Blick in den Kühlschrank warf, entdeckte sie Eier, Milch, Orangensaft und Brot. Erstaunt schüttelte sie den Kopf. Offenbar hatte jemand ihren Kühlschrank aufgefüllt, während sie gestern mit Luke unterwegs gewesen war. Sara? Ramsey? Dass es Tess gewesen war, konnte sie sich nicht so recht vorstellen.

Sie nahm eine der vom Vortag übrig gebliebenen Pfannen, machte sich Rührei mit Toast und schaute sich beim Essen weiter in der Küche um. Was würde sie tun, falls sie wirklich das Geld für eine neue Küche hatte. Alles rauswerfen und Granitplatten und versenkte Strahler einbauen? Beim bloßen Gedanken erschauderte sie.

Ehe sie sich's versah, war es schon nach zehn, und sie musste sich für ihre Verabredung mit Ramsey umziehen.

Jocelyn hatte schon vom Restaurant Trellis gehört und wusste, dass es ziemlich elegant war. Deshalb zog sie ihre neue beige Leinenhose und einen hellrosafarbenen Baumwollpulli an. Offenbar gefiel Ramsey ihr konservativer und femininer Kleidungsstil.

Ihr Koffer stand noch halb ausgepackt auf dem Boden. Der Deckel war mit einem Seitenfach versehen, dem sie ein gerahmtes Foto von sich und Miss Edi entnahm. Es war das einzige, das sie besaß. Bell hatte es eines sonnigen Tages mit der neuen Digitalkamera gemacht, die sie zum Geburtstag bekommen hatte. Die Stieflinge waren zwar nie bei Miss Edi eingeladen gewesen, aber oft unangemeldet hereingeplatzt, offenbar in der Hoffnung, Zeuginnen von etwas Ungehörigem zu werden. »Was bringt es dir denn, jeden Tag dort rumzuhängen?«, fragten sie ständig. »Das Haus ist langweilig, und die alte Schachtel ist ein Drachen. Es gibt dort nichts zu tun.«

Jocelyn hatte nicht darauf geantwortet, was die beiden noch mehr auf die Palme gebracht hatte. Warum versuchen, zwei Mädchen, bei denen sich alles nur um ihre Optik drehte, etwas zu erklären?

Jocelyn war zu klug gewesen, um um das Foto zu bitten. Die Stieflinge wären nie so nett gewesen, es ihr einfach zu schenken. Bestenfalls hätten sie sie gezwungen, dafür in Form von Arbeit zu bezahlen, zum Beispiel, indem sie für sie ein paar Hausaufsätze schrieb. Und im schlimmsten Fall hätten sie das Foto einfach aus reinem Mutwillen gelöscht.

Also hatte Joce gewartet, bis die Zwillinge nicht zu Hause waren, die Karte aus der Kamera geholt, das Foto auf ihren Laptop überspielt, und die Karte wieder eingelegt. Später hatten die Stieflinge versucht, sie mit dem Foto zu ärgern, da sie wussten, wie viel ihr daran lag. Doch Jocelyn hatte nur die Achseln gezuckt. Natürlich hatten sie das Bild gelöscht, wie vorauszusehen gewesen war.

Nun stellte sie es auf den Nachttisch. Sie und Miss Edi standen nebeneinander vor einem Rosenstrauch von der Sorte Mr Lincoln. Das kräftige Rot der Rosen bildete einen wundervollen Kontrast zu Miss Edis weißem Leinenkleid. Sie lächelte Jocelyn liebevoll an, und Joce erwiderte das Lächeln. Beim Anblick des Fotos war Jocelyn endgültig klar geworden, warum die Stieflinge sie so beneideten. Nicht einmal ihre eigene Mutter sah sie so an wie Miss Edi Jocelyn.

Nach einem weiteren Blick auf die Uhr zog Joce sich hastig an. Dann eilte sie die Treppe hinunter und zur Tür. Als sie sie aufriss, schnappte sie erschrocken nach Luft. Drei Frauen standen auf der Schwelle. Sie hätte sie beinahe umgerannt.

»Tut uns leid, wenn wir Sie erschreckt haben«, sagte eine der Frauen.

»Sie wollen doch zu Ramsey, oder?«, fragte die zweite. Sie trug Jeans und ein T-Shirt und wirkte zu jung für ihre grauen Haare.

»Tut mir leid, ich muss weg. Ich bin sowieso schon zu spät dran«, erwiderte Jocelyn.

»Schon gut, der wartet auf Sie«, meinte die dritte Frau. »Wir wollten nur unser Geschirr abholen und schauen, wie es Ihnen geht. Hat Ihnen mein Kürbisauflauf geschmeckt?«

»Ich … äh …«, stammelte Jocelyn, die sich nicht mehr an die einzelnen Gerichte erinnern konnte.

»Achten Sie nicht auf sie«, verkündete die Frau in Jeans. »Wir wissen alle, was Sie mit dem Essen gemacht haben. Das war Tess' Idee, richtig? Wirklich eine großzügige Geste von euch Mädchen.«

»Ja«, bestätigte die erste Frau. Ihr Haar war in einem Rotton gefärbt, der ihr gut stand, und nach ihrem Bäuchlein zu urteilen, war sie keine Freundin von Fitness-Studios. »Wir alle wissen ja, wie edelmütig Tess ist.« Beim Reden verdrehte sie die Augen und sah aus, als würde sie gleich loslachen.

Als Joce hörte, wie sie über Tess sprachen, dankte sie im Geiste Luke dafür, dass er seinen Besuch nach dem Date mit Ramsey nicht erwähnt hatte. Schließlich wollte sie nicht, dass diese Frauen ihretwegen die Augen verdrehten. »Das Geschirr steht auf dem Küchentisch«, sagte sie und steuerte auf ihr Auto zu. »Bedienen Sie sich. Ich danke Ihnen allen sehr. Sie haben dafür gesorgt, dass ich mich wie zu Hause fühle. Ich weiß gar nicht, wie ich mich je erkenntlich zeigen soll.« Sie öffnete die Autotür und stieg ein.

Während sie zum Tor hinausfuhr, winkte sie noch einmal aus dem Fenster. Die Frauen standen auf der Vordertreppe und blickten ihr nach. »Wahrscheinlich halten sie mich jetzt für die unhöflichste Yankee-Zicke, die ihnen je untergekommen ist«, murmelte sie.

Kurz darauf hielt sie vor Ramseys Kanzlei. Er saß vor dem Haus am Straßenrand auf einer gefalteten Steppdecke. Neben ihm stand ein gewaltiger Picknickkorb. Als er sie bemerkte, stand er auf und griff nach Decke und Korb, stieg auf der Beifahrerseite ein und legte die Sachen auf die Rückbank.

»Größer, als er aussieht«, meinte er und musterte das Wageninnere.

»Ich wette, das sagst du zu allen Frauen.«

»Nur zu manchen«, erwiderte er mit belegter Stimme.

»Und wo fahren wir hin?«, fragte sie, während sie in die Straße nach Williamsburg einbog.

»Nein«, widersprach Ramsey. »Fahr rechts.«

»Aber …«

»Aber was?«, wollte er wissen.

»Nichts«, antwortete sie. »Ich dachte, wir fahren nach Williamsburg.«

»Ich habe es mir überlegt, doch das können wir auch noch ein andermal nachholen. Ich dachte, wir könnten ein bisschen zusammen allein sein.«

»Zusammen allein sein«, wiederholte sie leise.
»Was?«
»Nur so ein Satz, den ich gehört habe und der mir gefallen hat. Zusammen allein sein.«
»Bieg hier ab«, sagte Ramsey, als sie ein Schild mit der Aufschrift erreichten, dass sie nun das Naturschutzgebiet verließen. »Außer du möchtest, dass ich fahre.«
»Nein, alles bestens.«
»Und wie viele Damen hattest du heute Morgen?«, fragte er.
»Erstaunlich wenige. Als ich ging, standen sie zu dritt vor der Tür. Ich hätte sie beinahe umgerannt.«
»Und wer war es?«
Sie sah ihn an.
»Aha«, meinte er schmunzelnd. »Du hast keine Ahnung. Beschreib sie.«
»Dunkelrotes Haar. Gefärbt. Nicht sehr sportlich.«
»Nicht sehr sportlich. Wie diplomatisch ausgedrückt. Kens Mutter. Den kennst du noch nicht, oder?«
»Ich dachte, ich würde ihn heute kennenlernen, aber du hast ja draußen auf mich gewartet.«
»Tess' Idee. Sie meinte, alle würden dich anstarren. Wenn ich also wirklich mit dir reden wollte, sollte ich mit dir wegfahren.«
»Aha«, entgegnete Joce.
»Das klingt nicht sehr erfreut. Was genau bedeutet ›aha‹?«
»Luke hat erzählt, dass Tess dein Leben managt. Genau genommen sagen das alle.«
»Und sie macht ihre Sache gut«, erwiderte Ramsey. »Bitte antworte jetzt, dass du furchtbar eifersüchtig bist und ihr am liebsten jedes Haar einzeln ausreißen würdest.«
Joce lachte auf. »Tut mir leid, nein. Sie ist zwar ziemlich direkt und hat die Bescheidenheit nicht erfunden, aber irgendwie mag ich sie auch.«
»Dann gehörst du zu den einzigen beiden Frauen in dieser Stadt. Du und Sara. Die Mädchen in der Kanzlei haben eine

Todesangst vor ihr. Sie verbunkern sich so oft auf der Toilette, um über sie zu reden, dass Tess einen Warnruf ausstößt, damit sie rechtzeitig den Mund halten, wenn sie mal aufs Klo muss.«

»Das ist doch kein Grund, sie zu verabscheuen«, wunderte sich Joce.

»Ich kapiere es auch nicht«, meinte Ramsey schmunzelnd. »Bieg hier in diese Schotterstraße ein. Hier wären wir! Park unter dem Baum da.«

Sie stoppte unter einer großen Eiche und stieg aus. Ramsey folgte ihrem Beispiel und klappte den Sitz vor, um Korb und Decke herauszuholen.

»Erträgst du ein zweites Picknick?«, fragte er.

Die Landschaft war idyllisch. Sie waren von Bäumen mit herabhängenden Ästen umgeben, und in der Ferne rauschte Wasser. »Wenn die Picknicks hier stattfinden, jederzeit.«

»Dann komm.« Ramsey ging los, und sie folgte ihm einen Weg hinunter, der zu einer von Wildblumen strotzenden Wiese führte.

Während sie die Wiese überquerten, wuchs Jocelyns Gewissheit, dass Ramsey ihr etwas Wichtiges mitzuteilen hatte – etwas, was er in der Öffentlichkeit, in einem Restaurant zum Beispiel, nicht aussprechen wollte. Sie hoffte nur, dass es nichts war, was sie zum Weinen bringen würde.

»Es ist wunderschön hier«, sagte sie, als er sich umdrehte, verriet aber nicht, was sie gerade gedacht hatte.

»Selbst an einem schlechten Tag ist es in Virginia noch immer am allerschönsten.«

»Ist das eine wissenschaftliche Erkenntnis?«

»Ja. Und außerdem absolut objektiv.« Er marschierte vor ihr her über die Wiese. Das Sonnenlicht brachte sein Haar und sein blaues Hemd zum Schimmern. »Wenn du mich weiter so anschaust, schaffen wir es nie zurück in die Kanzlei«, witzelte er.

»Ich habe keine Ahnung, wovon Sie reden, Mr McDowell.«

An einer Baumreihe angekommen, wurde er langsamer und

wartete, bis sie ihn eingeholt hatte. »Mein Großvater hat diese Bäume gepflanzt«, erklärte er, als sie im Schatten standen.

»Heißt das, dieses Land gehört dir?«

»Mir und meiner Schwester. Sie und ihr Mann bauen auf der anderen Seite der Wiese ein Haus.«

»Möchtest du auch hier bauen?«

»Vielleicht«, antwortete Ramsey. Inzwischen waren sie an einem kleinen Bach, wo die Trauerweiden ins Wasser hingen. »Gefällt es dir hier?«

»Sehr«, erwiderte sie. »Wo würdest du dein Haus hinstellen?«

Er sah sie argwöhnisch an. »Du befürchtest, dass ich irgendein Betonmonstrum in die Landschaft klotzen könnte, was?« Er breitete die Decke im Schatten aus.

»Ich habe an diese Möglichkeit gedacht.«

»Weiter oben gibt es eine Stelle, wo ein altes Haus abgebrannt ist. Die Bäume sind fort, es ist eine freie Stelle. Ich würde dort bauen und alles hier so lassen, wie es ist.« Er wies auf den hübschen kleinen Bach, stellte den Korb auf die Decke und klappte ihn auf. »Keine Ahnung, was da drin ist. Tess …« Er brach ab.

»Tess hat ihn gepackt«, ergänzte Jocelyn. »Ich verstehe. Allmählich blicke ich durch. Sicher hast du gehört, was wir mit dem ganzen Begrüßungsessen bei mir zu Hause gemacht haben.«

»Ja«, meinte Ramsey lächelnd. »So ist Tess eben. Sie denkt immer an die Menschen, die weniger haben als sie.«

Jocelyn musterte ihn und fragte sich wieder einmal, was genau zwischen ihm und Tess lief.

»Fang du nicht auch noch an«, sagte er, während er einen Laib Brot aus dem Korb holte. Offenbar hatte er ihre Gedanken gelesen. »Wenn der aus Tante Ellis Laden ist, gehe ich jede Wette ein, dass er zur Hälfte aus Zweigen und zu einem Drittel aus Rinde besteht.«

»Magst du das Brot nicht?«

»Ich liebe es!«, rief er aus und fügte dann mit gesenkter Stimme hinzu: »Wenn ich unterwegs bin, genehmige ich mir manchmal ein Thunfischsandwich auf Weißbrot. Kein Vollkorn, sondern ganz normales Weißbrot. Allerdings rechne ich beim Essen jeden Moment damit, dass Tante Elli zur Tür hereinkommt und mir einen Vortrag darüber hält, wie ich durch diesen Ernährungsfehler meine Verdauung schädige.«

»Sag ihr, Weißbrot passt gut zu Tequila.«

Ramsey lachte auf. »Du hast schon viel über die Leute hier mitgekriegt.«

»Das eine oder andere.« Sie kniete sich hin, schob seine Hände weg und fing an, den Korb auszupacken. Er war voller Sachen, die sie gerne aß: Brie, Kräcker, Oliven, drei Sorten Beeren, eine offenbar hausgemachte Pâté, Krautsalat und Flaschen mit Saft. »Lecker.«

»Wahrscheinlich hat Tess gestern beobachtet, was du gegessen hast, es sich gemerkt und den Korb dementsprechend bestückt.«

»Wie voraussehend«, meinte Jocelyn, während sie alles auf der Decke ausbreitete. Die Teller lagen ganz unten. Als sie eine Saftflasche öffnete und etwas davon in einen Pappbecher gießen wollte, nahm er die Flasche, und sie sah zu, wie er sie an die Lippen setzte und trank. Es gefiel ihr, dass er nicht den ganzen Rand des Flaschenhalses in den Mund steckte, sondern die Oberlippe darüber stülpte.

Joce betrachtete den Fluss. »Könntest du jetzt vielleicht endlich mit der Sprache rausrücken und mir verraten, wovor es dir so graut?«

Er warf ihr einen erstaunten Blick zu und schüttelte den Kopf. »Ich muss mir merken, dass ich nie mit dir Poker spielen darf. Womit habe ich mich verraten?«

»Keine Ahnung. Dein Blick ist heute irgendwie ernst. Und soweit ich informiert bin, ist es untypisch für dich, mich zum zweiten Date hierher mitzunehmen.«

»Das ist der Fluch, wenn man in einer Stadt lebt, wo alle

einen kennen«, erwiderte er, allerdings ohne zu lächeln. »Ich war die ganze Nacht auf. Mein Vater und ich haben zusammengesessen, und er hat mir erzählt, was ich inzwischen als das große Familiengeheimnis betrachte.«

»Und jetzt musst du es mir weitererzählen? Ist es denn so schlimm?«

»Vielleicht«, antwortete Ramsey und wandte den Blick ab. »Kommt drauf an, wie du es aufnimmst.«

»Dann mach schon den Mund auf«, sagte sie.

Er füllte einen Teller mit Essen und ließ sich mit seiner Antwort Zeit. »Miss Edi und mein Großvater waren eng befreundet und haben sich bis zu seinem Tod geschrieben. Ich war noch klein, als er angefangen hat, mir die Briefe vorzulesen, und als er älter wurde, habe ich sie ihm vorgelesen. Miss Edi hat viel über dich geschrieben. Sie war stolz auf deine Intelligenz, hat aber nie erwähnt, was für eine gute Beobachterin du bist.«

Jocelyn musterte ihn forschend. Wenn er Miss Edis Briefe kannte, wusste er sicher viel über sie, Jocelyn. Diese Erkenntnis war ein ziemlicher Schock, und sie hatte Mühe, ihr klopfendes Herz zu beruhigen. Hatte er etwa eine Hiobsbotschaft für sie? »Um die Stieflinge zu überleben, musste ich beinahe zur Hellseherin werden.«

Ramsey schmunzelte. »Mein Dad und ich haben ihre Karriere verfolgt«, meinte er. »Von den ersten Katalogfotos bis nach Mailand. Sind sie wirklich so zickig, wie Miss Edi geschrieben hat?«

»Noch viel schlimmer«, entgegnete Jocelyn ungeduldig. »Ist das, was du mir mitzuteilen hast, so schrecklich, dass du es nicht aussprechen kannst?«

»Es ist kein Geld da«, stieß er hervor.

»Kein Geld?«

»Letzte Nacht hat mein Vater mir anvertraut, dass du zwar das Haus kriegst, dass aber kein Geld vorhanden ist. Kein einziger Penny.«

»Das verstehe ich nicht«, meinte sie. »Natürlich habe ich

nicht mit Millionen gerechnet, doch Miss Edi hat immerhin ein recht angenehmes Leben geführt. Ernähren kann ich mich selbst, doch das Haus muss unterhalten werden.«

»Ich weiß«, erwiderte Ramsey leise, »und ich … das heißt, meine Familie, wir werden dir dabei helfen. Denn Geld ist da keines. Was Miss Edis Lebenshaltungskosten angeht …« Er zuckte die Achseln.

»Wie lange hatte sie kein Einkommen mehr?«

»Bis zu ihrem Umzug nach Florida war sie finanziell unabhängig. Danach wurden das Haus in Edilean und alles, was sie für die Stadt getan hat, fremdfinanziert. Bertrands Lebensunterhalt ebenfalls.«

»Und wer hat das Haus in Florida und ihr wohltätiges Engagement dort bezahlt?«

»Mein Großvater.«

»Und das war?«

»Alexander McDowell.«

Jocelyn blickte eine Weile ins Wasser und ließ alles Revue passieren, was sie in den letzten Tagen gehört hatte. »Lissies Mann?«, fragte sie leise.

»Hat Miss Edi dir von ihm erzählt?«

»Kein Wort. Sie hat weder Edilean noch die Menschen hier jemals erwähnt. Ich wusste nicht, dass sie ein großes Haus besaß, und auch nicht …« Sie musste tief durchatmen, um sich zu beruhigen. »Miss Edi hat in dem Brief, der ihrem Testament beilag, etwas über Alex und Lissie McDowell geschrieben. Außerdem hat Sara von einer Lissie gesprochen, die den reichsten Mann der Stadt geheiratet hat. Also habe ich eins und eins zusammengezählt.«

»Ihre Großtante«, flüsterte Ramsey.

»Was?«

»Lissie war Saras Großtante. Sie hat meinen Großvater am Anfang des Zweiten Weltkriegs geheiratet, und wie ich es rekonstruiere, fing die ganze Sache kurz davor an.«

»Was fing an?«, fragte Joce. Als sie ihn ansah, erkannte sie an seiner Miene, wie schwer es ihm fiel, ihr all das zu erzählen. Also lächelte sie ihm zu. »Komm schon, nimm es nicht so schwer! Ich war gestern arm wie eine Kirchenmaus, und heute bin ich es immer noch. Na und? Ich habe keine finanzielle Belohnung von Miss Edi erwartet. Also bin ich auch nicht enttäuscht.«

Als er sich zu ihr umwandte, machte er so ein erleichtertes Gesicht, dass sie ihm einen Becher Saft einschenkte und ihn ihm reichte. »Schade, dass es kein Wein ist.«

»Finde ich auch.«

Er prostete ihr mit dem Becher zu. »Auf dich, Miss Jocelyn, eine wahre Dame, wenn es je eine gegeben hat.«

Jocelyn lachte auf. »Was hast du denn erwartet? Dass ich einen Anfall kriege? Eine Frau dafür beschimpfe, dass sie mir kein Geld vererbt hat?«

»Wie hätten deine Stiefschwestern reagiert?«

»Das haben wir schon hinter uns«, antwortete Jocelyn und erzählte ihm von den Kohlestückchen, die Miss Edi in Edelsteinform hatte schleifen lassen, um sie ihnen zu vererben. »Ich war schon wieder an der Uni, als sie es rausgekriegt haben, und bin einfach nicht rangegangen, wenn sie anriefen. Aber sie haben einige ziemlich gehässige Nachrichten auf meinem Anrufbeantworter hinterlassen. Ich habe sie immer wieder abgespielt und mich so diebisch gefreut wie noch nie in meinem Leben.«

Als Ramsey sie ansah, wurde ihr klar, dass ihn noch immer etwas belastete.

»Jetzt erzähl mir schon die ganze Geschichte«, forderte sie ihn auf. »Warum hat dein Großvater eine Frau, mit der er nicht verwandt war, finanziell unterstützt?«

»Keine Ahnung. Mein Dad weiß es auch nicht. Wir können nur nachvollziehen, dass Miss Edis Familie zwar die angesehenste in der Stadt war, doch die McDowells hatten mehr Geld. Etwas Schlimmes … Schreckliches muss 1941 geschehen sein, und Miss Edi hat meinem Großvater Alex aus der Patsche geholfen. Aber Einzelheiten sind uns nicht bekannt. Den Großteil ihres Lebens hat Miss Edi …«

»Sich für Verbrennungsopfer auf der ganzen Welt engagiert«, ergänzte Jocelyn.

»Richtig. Und sie hat ihren Bruder durchgefüttert und den Unterhalt von Edilean Manor finanziert. Als sie sich zur Ruhe gesetzt hat, ist sie nach Boca Raton gezogen.«

»In ein Haus gleich bei uns nebenan.« Jocelyn hatte die Knie angewinkelt und die Arme darum geschlungen und hörte ihm aufmerksam zu. »Ein Haus, das deinem Großvater gehörte.«

»Ja. Sie hat zwar ihren Bruder unterstützt, das Haus instand gehalten und an Bedürftige gespendet, besaß aber selbst keinen Cent. Mein Großvater hat das Haus gekauft, und sie musste keine Miete bezahlen.«

»Warum ist sie nicht nach Edilean zurückgekehrt?«, fragte Joce.

»Das gehört auch zu dem großen Geheimnis«, erwiderte Rams. »Dad sagte, Bertrand wollte nach Florida übersiedeln und bei ihr wohnen. Doch Miss Edi hat darauf bestanden, dass er in Edilean blieb und sich um das Haus kümmerte. Er sollte es für die Zukunft bewahren. Allerdings waren beide unverheiratet und hatten keine Erben.«

»Also hat er das Familienvermögen gar nicht verspielt?«, fragte Joce.

»Nein«, antwortete Ramsey. »Laut Aussage meines Dad war es Bertrand lieber, dass die Leute ihn für einen Spielsüchtigen hielten, der sein Geld beim Pferderennen verwettete. Keiner sollte wissen, dass er einfach nur pleite war.«

»Also hat Miss Edi mir eine große Illusion hinterlassen.«

»Mehr oder weniger. Doch die gute Nachricht ist, dass das Haus dir gehört und dass du es verkaufen kannst, wenn du möchtest. Es würde vermutlich etwa eine Million einbringen.«

»Etwa eine Million?« Reglos saß sie da und umfasste weiter ihre Knie. »Was ist mit Luke? Du hast doch gesagt, dass du seine Gehaltsschecks unterschreibst. Hätte ich dir das Geld nicht aus meinem Erbe ersetzen müssen?«

Ramsey zuckte die Achseln. »So viel verdient er nicht, also bezahle ich es …«

»Aus eigener Tasche«, fiel Joce ihm ins Wort.

»Schau, mach dir keine Sorgen um Luke. Er ist kein armer Mann. Er hat … andere Einkünfte.«

»Was bedeutet das?«

»Ich werde dir nichts über die Privatangelegenheiten meines Cousins erzählen. Sagen wir nur, dass Luke zwar kein einfaches Leben hinter sich, aber auch keine finanziellen Sorgen hat.«

Ihr war klar, dass Ramsey das nicht weiter ausführen würde. »Ich verstehe nur nicht, wovon Miss Edi gelebt hat, wenn sie kein eigenes Geld hatte. Wir waren in der Oper. Wir haben Wohltätigkeitsveranstaltungen besucht, und ich weiß, dass sie gespendet hat. Ich war immer dabei. Wie konnte sie das ohne Geld tun?«

»Das war ihr Job«, entgegnete Ramsey. »Mein Großvater hat einen Treuhandfonds eingerichtet, den Miss Edi verwaltet hat. Da er wusste, dass sein Sohn, mein Vater, keine Geduld für all diese Versammlungen gehabt hätte, hat er es Miss Edi überlassen.«

»Von einem Haus in Boca Raton aus?«, wunderte sich Joce. »Kommt dir das nicht seltsam vor?«

»Ja und nein. Ich glaube, mein Großvater hat Miss Edi mehr vertraut als jedem anderen. Und da sie nicht zurück nach Edilean wollte, wo die Leute sich immer noch die Mäuler darüber zerrissen, dass sie eine alte Jungfer war, war das die beste Lösung. Außerdem sagt Dad, dass sie nicht mit ihrem Bruder zusammenwohnen wollte.«

»Und die Kälte hat ihr in den Beinen wehgetan.«

»Ich bin sicher, dass es Tausende von Gründen gab. Wahrscheinlich haben mein Großvater und Miss Edi alles so geplant, dass es zu ihrer beider Vorteil war. Mein Dad findet, dass sie den Treuhandfonds ausgezeichnet verwaltet hat.«

»Sie hat viel Geld für mich ausgegeben«, wandte Joce leise ein.

»Gestern Nacht hat mein Dad mir erklärt, dass mein Großvater und deine Großeltern Freunde waren. Wahrscheinlich hat er deshalb das Haus gekauft, damit sie in deiner Nähe sein konnte.«

Jocelyn seufzte auf. »Wieder eine Lüge. Oder zumindest eine Heimlichkeit. Miss Edi hat mir nie verraten, dass meine Großeltern mit einem Freund von ihr befreundet waren.« Sie atmete tief durch. »So viele Geheimnissse.« Sie sah ihn an. »Wusste die ganze Stadt, dass die Familie Harcourt pleite war?«

»Nein.« Ramsey verzog das Gesicht. »Es war so streng geheim, dass sogar ich es erst letzte Nacht erfahren habe. Mein Dad sagte, er habe Bertrand zweimal im Jahr besucht. Dann hätten sie fünfzig Jahre alten Brandy getrunken und Witze über die verarmte Familie Harcourt gerissen. Du musst mir glauben, Jocelyn, dass ich keine Ahnung hatte. Ich habe mich auf die Unterlagen verlassen und war überzeugt, dass du etwa drei Millionen Dollar und das Haus erbst. Als du mich, noch bevor du herkamst, am Telefon gefragt hast, habe ich dir alles erzählt, was ich wusste. Ich hätte niemals …«

Sie erkannte seinen flehenden Tonfall. Offenbar war es ihm sehr wichtig, dass sie nicht schlecht über ihn dachte. Obwohl das ohnehin nicht der Fall war, glaubte sie, ihm eine Demütigung zu ersparen, indem sie nicht weiter darauf einging. »Wie hat sie es geschafft, dass dein Großvater sie und ihren Bruder so viele Jahre lang unterstützt hat?«

»Keine Ahnung. Dad hat auch keine Erklärung. Letzte Nacht hat er mir anvertraut, dass er seinem Vater dieselbe Frage gestellt hat, als dieser ihm die Akte Harcourt übertrug. Doch Opa habe nicht mit der Sprache herausgerückt. Er sagte nur, dass Edi, anders als alle anderen, an ihn geglaubt habe und dass sein Leben anderenfalls ruiniert gewesen wäre. Alles, was er besäße, habe er nur Miss Edi zu verdanken.«

»Was hat das zu bedeuten?«, fragte Joce. »Hat sie ihm geraten, amerikanische Stahlaktien zu zehn Cents das Stück zu kaufen? Er hat es getan, die Kurse stiegen, und, voilà, er war ein reicher Mann? Vielleicht ist es ja so gelaufen.«

»Nein, so einfach war es sicher nicht. In diesem Fall hätte Opa den Fonds offiziell für sie einrichten können. Es wäre eine Legende in der Stadt geworden, und alle wären sich einig gewesen, dass er ihr etwas schuldig war. Nein, die Angelegenheit war geheim. Ganz gleich, was Miss Edi auch für ihn getan haben mag, es wusste niemand in der Stadt davon.«

»In dieser Stadt? Am Samstagabend hatte Tess Besuch von zwei Männern, und am nächsten Morgen war es allgemein bekannt.«

»Genau. Aber etwas ist passiert, etwas Wichtiges. Und nachdem Miss Edi im Ruhestand war, hat mein Vater sie und ihren Bruder unterstützt.«

»Allmählich habe ich das Gefühl, dass sie mich nach Strich und Faden belogen hat.«

»Dass sie dich geliebt hat, war keine Lüge. Sie hat Opa geschrieben, du seist ein Geschenk Gottes in ihrem hohen Alter, Jocelyn«, sagte Ramsey und legte ihr die Hand auf den Arm. »Ich verspreche, dir zu helfen.«

»Das heißt, dass du so wohltätig sein wirst wie dein Großvater? Dass Edilean Manor in Wirklichkeit deiner Familie gehört?«

»Dann würde Luke ja für mich arbeiten?« Ramseys Tonfall war so schadenfroh, dass Jocelyn lachen musste.

»Was würde der wohl sagen, wenn er wüsste, dass du sein Gehalt bezahlst?«

»Wahrscheinlich würde er mir eine verpassen. Er hat einen ausgesprochen gefährlichen linken Haken. Ich glaube, ich hatte fast meine ganze Kindheit lang ein blaues Auge.«

»Und was hat er abgekriegt?«

»Nichts«, erwiderte Ramsey. »Ich habe die andere Wange hingehalten.«

Wieder musste sie lachen, diesmal herzhaft. Sie schaute aufs Wasser. »Okay, also muss ich mir einen Job suchen. Hey! Ich habe eine Idee. Warum schmeißt du Tess nicht raus und gibst mir die Stelle?«

Als Ramsey sie aus schreckgeweiteten Augen ansah, grinste sie.

»Warum nicht? Ich wäre bereit, Kleider anzuziehen. Der Saum würde bis ans Knie reichen, und ich besitze keine Cowboystiefel.«

»Wenn du nicht damit aufhörst, verpetze ich dich bei Tess.«

Jocelyn hob schützend die Hände. »Soll ich dir verraten, was sie bei unserer ersten Begegnung zu mir gesagt hat?«

»Nein«, erwiderte er, »aber man hat mir deine Antwort zugetragen. Etwas in der Richtung, dass man mit Honig mehr Fliegen fängt als mit einem hübschen Gesicht?«

»Gute Zusammenfassung.« Sie fing an, das Picknick einzupacken. Doch Ramsey rührte sich nicht von der Stelle.

»Ich muss dir noch etwas sagen.«

Jocelyn setzte sich wieder auf die Decke. »Was kommt jetzt noch? Dass ich Schulden habe? Bitte erzähl mir jetzt nicht, dass ich Schulden geerbt habe und dass ich im Schuldturm lande, wenn ich sie nicht bezahle.«

Er sah sie erstaunt an. »Liest du dieselben Bücher wie Sara?«

»Mehr oder weniger. Also, was ist?«

»Eigentlich wollte ich es geheim halten.« Er holte Luft. »Die Wahrheit ist, dass ich das alles arrangiert habe, und ich wollte es dir nicht sagen. Doch als ich gestern Abend erfahren habe, welche Lügen man dir aufgetischt hat, wollte ich, dass nicht einmal die kleinste Lüge dazukommt.«

»Eine gute Idee«, meinte sie, allerdings ohne zu lächeln.

»Pass auf«, meinte Ramsey. »Dir soll heute Nachmittag ein Streich gespielt werden.«

»Ja, ich weiß.«

»Du weißt es?«

»Luke hat es mir erzählt. Er holt mich um zwei ab. Das heißt, eigentlich wollte er mich abholen. Er hat mir erzählt, das du mit Frauen zum zweiten Date immer ins Trellis gehst, und er wollte dort auf mich warten.«

Ramsey schnaubte. »Der will dir nur einreden, dass ich ein

Spießer bin, der alle Frauen nach demselben Programm abarbeitet. Die Wahrheit ist, dass ich da keinen festen Ablauf und außerdem nicht viele Dates habe. Doch ich rede jetzt nicht von Luke. Der Streich hat mit Eclairs zu tun.«

»Ein Eclair-Streich? Ist das ein Südstaatenausdruck, den ich noch nicht kenne?«

»Nein, es liegt daran, dass ich den Mund nicht halten kann. Nachdem ich am Samstag bei dir war, bin ich nach nebenan zu Tess gegangen.«

»Um über mich zu sprechen«, ergänzte Jocelyn. »Das hast du mir schon erzählt.

Ramsey sah sie forschend an, als versuche er zu ergründen, wie sie das gemeint haben könnte. »Ich habe ihr gesagt …« – er machte eine wegwerfende Handbewegung – »der Grund spielt keine Rolle. Ich habe ihr gesagt, dass du gerne Eclairs bäckst, und da hat sie vorgeschlagen, ich sollte eine Eclair-Krise heraufbeschwören.«

»Und was ist eine Eclair-Krise?«

»Dass ich jemanden dazu bringen soll, so zu tun, als brauche er ganz dringend Eclairs, und nur du könntest sie backen.«

Joce betrachtete ihn verständnislos. »Ich blicke da nicht ganz durch. Warum sollte jemand wollen, dass ausgerechnet ich Eclairs backe?«

»Willst du die Wahrheit hören?«

»Das wäre nett.«

»Als Methode, damit ich dich besser kennenlerne und mehr Zeit mit dir verbringen kann. Nach unserem ersten Date hatte ich das Gefühl, dass uns …«

»Die Gesprächsthemen ausgingen?«

»Genau«, meinte er.

»Also bist du anschließend zu Tess, um sie als Frau um einen Tipp zu bitten, wie wir beide uns näherkommen können?«

»Ja«, antwortete er verlegen. »Tut mir leid …«

Sie unterbrach ihn, indem sie sich über die Decke beugte und ihn auf den Mund küsste. Es war zwar kein leidenschaftlicher Kuss, teilte ihm aber dennoch mit, dass sie ihm nicht böse war.

»Wow«, sagte er und starrte sie verdattert an. »War das, weil … Weil ich ehrlich zu dir war?«

Sie wollte ihm nicht verraten, warum sie ihn geküsst hatte. Vielleicht nur aus Erleichterung, weil er mit Tess wirklich nur über sie gesprochen hatte. Sie wusste, dass es albern war, doch laut Miss Edi war Ramsey der Richtige für sie, und sie hatte das Gefühl, dass das stimmte.

Sie legte sich auf die Decke und betrachtete die Baumkronen über sich. »Und was ist das jetzt für eine Eclair-Krise?«

Ramsey rutschte näher an sie heran. »Ich würde mich lieber übers Küssen unterhalten.«

»Nein, nicht jetzt«, meinte sie und sah ihn aus dem Augenwinkel an. »Ich glaube, ich muss noch einiges im Leben erledigen, bevor ich mich ernsthaft aufs Küssen einlasse.«

Mit einem demonstrativen Seufzer legte sich Ramsey auf die andere Seite des Picknickkorbs. »Tess hat alles arrangiert. Das heißt, die Eclair-Krise.«

»Also wusste sie schon, dass ich eine Beschäftigung brauche, bevor sie mich überhaupt kannte.«

»Ja«, erwiderte Ramsey, verschränkte die Hände hinter dem Kopf und spähte ins Geäst hinauf. »Allerdings ahnt sie das mit dem Geld nicht. Bestimmt haben dir alle erzählt, dass Tess …«

»Mich gewarnt, dass Tess …«

»Gut, dich gewarnt, dass Tess mein ganzes Leben regelt. Doch das ist nicht richtig. Ja, ich habe gelernt, mich dumm zu stellen, damit sie die ganze Arbeit macht. Sie ist ein Arbeitstier. Allerdings gibt es vieles, was sie nicht über mich weiß. Und auf dieser Liste stehst du ganz oben. Sicher hat es damit zu tun, dass ich schon seit meiner Kindheit von dir gehört habe. Mir ist klar, dass es noch ein bisschen früh dafür ist, aber ich mag dich sehr, Jocelyn, und ich bin gern mit dir zusammen. Ich fühle mich in deiner Gegenwart wohl. Reicht das, damit etwas zwischen uns entstehen könnte?«

»Ja.« Mit jedem seiner Worte wuchs ihre Erleichterung. Eigentlich hatte sie nicht eifersüchtig auf Tess sein wollen, aber es war trotzdem schön, die Bestätigung zu bekommen, dass es dafür auch keinen Grund gab.

Sie setzte sich auf und schaute in den Korb. »Hast du die ganze Pâté aufgegessen?«

»Bis auf den letzten Bissen.« Er legte sich auf die Seite, stützte den Kopf in die Hand und blickte sie zärtlich an.

Sie musste sich zwingen, die Augen abzuwenden. Zu früh, dachte sie. Viel zu früh. Miss Edi hatte gesagt, dass eine Frau, die sich zu schnell auf einen Mann einließ, es ihr ganzes Leben lang bereuen würde, dass ihr nicht richtig der Hof gemacht worden war. Sie hatte erzählt, David habe ihr »leidenschaftlich« den Hof gemacht. »Das war lange Zeit, bevor ich einverstanden war … seine Freundin zu sein.« Sie errötete, als sie dieses Wort aussprach.

Jocelyn wollte lieber nicht daran denken, was aus dieser Leidenschaft geworden war. Miss Edi war, die Beine über und über voller Narben, aus dem Zweiten Weltkrieg zurückgekehrt und hatte feststellen müssen, dass ihr geliebter David mit einer anderen verheiratet war.

»Jetzt erzähl mir endlich, was es mit den Eclairs auf sich hat«, meinte Jocelyn, während sie einen Kräcker mit Käse bestrich.

»Die Einzelheiten kenne ich nicht. Jemand, vermutlich meine Schwester, wird dich anrufen, aller Wahrscheinlichkeit nach noch heute Abend, und wird dich fragen, ob du weißt, wie man Eclairs bäckt.«

»Und zwar für das Kinderfest, zu dem du mich eingeladen hast.«

Ramsey nahm den Kräcker von ihr entgegen. »Ja.«

»Hast du meine Küche gesehen?«

»Klar«, erwiderte er kauend. »Sie ist …« Er betrachtete Joce. »Sie ist leer. Wie also bäckt man Eclairs, ohne … ohne die Sachen, die man eben dazu braucht?«

»Ich dachte, du kannst kochen?«

»Meine Schwester hat mir das Spaghettigericht beigebracht. Es ist das Einzige, was ich beherrsche.«

Jocelyn machte sich selbst einen Kräcker zurecht und verspeiste ihn, während sie nachdachte. »Wahrscheinlich veranstaltet deine Schwester das ganze Theater, um ihren armen, ledigen Bruder mit einer Frau zu verkuppeln, von der sie glaubt, dass sie reich ist und die im größten und ältesten Haus der Stadt wohnt.«

»Klar. Meine Mutter hat die Hoffnung aufgegeben, dass ich je heiraten könnte, und meine Schwester ist anscheinend auch kurz davor.«

»Also bin ich deine letzte Chance?«

»Meine allerletzte.« Sein Grinsen wurde immer breiter. »Ich habe so ein Gefühl, dass du etwas ausheckst.«

»Kennst du den neuesten Trend bei Kinderlebensmitteln?«

»Man färbt die Sachen lila?«

»Das ist absolut altmodisch«, entgegnete sie. »Nein, heutzutage kippt man pürierten Spinat in die Schokolade.«

In Ramseys Blick malte sich ein solches Entsetzen, dass sie zu lachen anfing. »Das hört sich schlimmer an, als es ist. Eigentlich schmeckt es recht gut. Außerdem mischt man Kürbis unter die Makkaroni mit Käsesauce und schmuggelt Zucchini in die Hotdogs. Natürlich wachsen die Kleinen auf, ohne jemals wissentlich ein Stück Brokkoli gegessen zu haben, aber das macht nichts. Der springende Punkt ist, dass sie gesund groß werden. Wenn sie dann aufs College gehen, ist es ihre eigene Entscheidung.«

»Da entsteht eine Generation von Kindern, die nicht weiß, wie echte Schokolade schmeckt«, murmelte Ramsey und machte noch immer ein Gesicht, als hätte er noch nie etwas so Schreckliches gehört.

»Hat deine Schwester Geld? Wenn sie zu eurer Familie gehört, ist sie doch sicher reich.«

»Was?« Ramsey musterte sie, als traue er seinen Ohren nicht.

»Wenn deine Schwester mich heute Morgen angerufen hätte, um mich zu bitten, ein paar Dutzend Eclairs für ein Kinderfest zu backen, hätte ich es kostenlos getan. Aber da habe ich ja noch geglaubt, dass ich neben dem Haus auch ein Vermögen geerbt habe, kein Fass ohne Boden, das mein gesamtes Einkommen verschlingen wird, bloß um die Termiten in Schach zu halten. Mich interessiert nur, ob deine Schwester es sich leisten könnte, mich für die Eclairs zu bezahlen.«

»Ja, könnte sie. Ihr Mann arbeitet bei Busch und verdient gut.«

»Und natürlich ist da noch der Treuhandfonds von deinem Großvater.«

»Ja, da ist der Treuhandfonds von meinem Großvater«, sagte Ramsey schmunzelnd. »Was tut sich da gerade in deinem hübschen kleinen Köpfchen?«

»Eigentlich möchte ich nicht für den Rest meines Lebens Eclairs backen, aber im Moment fällt mir nichts Besseres ein. Laut Sara gibt es in Edilean keine guten Jobs.«

»Nicht, dass ich wüsste. Die Leute arbeiten entweder außerhalb oder besitzen ihr eigenes Geschäft. Vielleicht kannst du ja zusammen mit Sara etwas eröffnen.«

»Eine Boutique, in der ich den Kundinnen Eclairs serviere? Lieber nicht. Wenn ich außerdem das Backen zu meinem Beruf machen und damit Geld verdienen würde …«

»Hättest du sofort das Gewerbeaufsichtsamt am Hals«, ergänzte Ramsey.

»Richtig. Manchmal vergesse ich fast, dass du Anwalt bist.«

»War das ein Kompliment?«

Jocelyn betrachtete den Bach und überlegte angestrengt. »Okay, also habe ich eine Gelegenheit, der Welt, das heißt, Edilean und der näheren Umgebung, zu beweisen, was ich kann. Wenn ich es richtig hinkriege, kann ich vielleicht genug verdienen, um mich durchzuschlagen, bis … bis …«

»Ich habe ein schlechtes Gewissen«, sagte Ramsey. »Schließlich habe ich dich überrumpelt, weshalb du deinen Job aufgegeben hast und hergekommen bist. Ich habe dir weisgemacht, dass du nicht nur das Haus, sondern auch Geld geerbt hast.«

»Sehr gut. Ich könnte darauf zurückkommen, wenn ich ein Darlehen brauche.« In der Ferne hörte sie eine Sirene tuten. »Wie spät ist es?«

Ramsey verzog das Gesicht. »Ich weiß auch ohne Uhr, dass es zwei ist. Warum hast du dich mit Luke verabredet?«

Sie warf die Sachen in den Korb. »Pflanzen. Wir müssen Lavendel kaufen.«

»Wozu?« Er nahm das eine Ende der Decke, Jocelyn das andere.

»Kekse. Die kann ich nämlich auch.«

»Dass du pleite bist, scheint dich nicht sehr zu stören.«

»Ich fühle mich, als hätte jemand unter mir ein Feuer angezündet.« Als die Sirene wieder tutete, sah sie ihn an.

»Geh nur«, meinte er. »Ich kümmere mich um die Sachen.«

»Danke«, erwiderte sie und steuerte auf den Pfad zu, wo sie sich noch einmal umdrehte. »3,52.«

»Was?«

»Das verlangen sie in New York für ein gutes Eclair. 3,25 Dollar pro Stück.«

»Aber klar doch«, antwortete er und verzog angesichts des Preises erschrocken das Gesicht. »Gut. Ich werde meinen Schwager überreden, den Preis zu bezahlen, und Werbung für dich machen. Aber wenn die Eclairs missraten, stehe ich da wie ein Idiot, und du wirst in der Stadt nie wieder einen Auftrag kriegen.«

»Du wirst stolz auf mich sein«, erwiderte sie, als die Sirene wieder tutete. »Mein Autoschlüssel ist im Korb.« Als er nickte, rannte sie los.

9

Jocelyn hastete über die Wiese zu Lukes Pick-up, der neben ihrem Auto unter der Eiche stand. Er stieg nicht aus, um ihr die Tür aufzuhalten, sondern wartete einfach nur mit laufendem Motor. Sie öffnete die Tür, setzte den Fuß aufs Trittbrett und sprang hinein. Luke fuhr los, noch ehe sie die Tür wieder geschlossen hatte.

»Bist du sauer, weil du dich geirrt hast?«, fragte sie.

»Ich bin weder sauer, noch habe ich mich geirrt, weshalb also sollte ich sauer sein, wenn es so wäre?«

»Deshalb weil Ramsey mit mir, anders als du gedacht hast, nicht nach Williamsburg gefahren ist.«

Luke zuckte die Achseln. »Offenbar hat Tess ihn anderswo hingeschickt.«

Jocelyn schwieg, denn er war der Wahrheit gefährlich nah gekommen. Allerdings hatte Ramsey ihr etwas Wichtiges mitzuteilen gehabt, und sie war froh, dass sie dabei allein gewesen waren. Sie fand, dass sie ihr Entsetzen gut verborgen hatte. Dass sie nun nicht mehr das Geld besaß, um das alte Haus in Schuss zu halten, war zwar ein Problem, aber kein unlösbares. Es gab für denkmalgeschützte Immobilien doch sicher staatliche Fördergelder.

Was sie viel mehr belastete, war all das, was sie über Miss Edi herausgefunden hatte. Allmählich hatte sie das Gefühl, jede Stunde einer neuen Unwahrheit auf die Spur zu kommen. Seit ihrer Kindheit hatte sie jede freie Minute mit einer Frau verbracht, von der sie alles Wichtige im Leben gelernt hatte. Für Jocelyn war Miss Edi die weiseste Frau der Welt gewesen. Nun aber hatte sie erfahren müssen, dass Miss Edi ihr etwas vorgemacht hatte. Obwohl sie sich sagte, dass sie das Recht gehabt hatte, ihr Einzelheiten aus ihrem Leben zu verschweigen, war sie dennoch gekränkt.

»Hey!«, meinte Luke leise. »Was schaust du so finster? Haben du und Rams euch gestritten?«

»Nein«, erwiderte sie, lehnte den Kopf ans Beifahrerfenster und betrachtete die Straße. »Hast du jemals einem Menschen hundertprozentig vertraut und dann erkennen müssen, dass die Person in Wirklichkeit ganz anders war?«

»Ja«, entgegnete er. »Hast du etwas über Ramsey erfahren?«

»Nein, ich meine, ja. Er ist ein sehr anteilnehmender Mensch, oder?«

Luke sah sie an und nahm eine Kurve. »Wahrscheinlich schon. Woran nimmt er denn Anteil.«

»An allem. Jedem.« Sie richtete sich auf. »Wo fahren wir hin?«

»Gärtnerei, schon vergessen?«

»Das kann ich mir nicht mehr leisten«, antwortete sie, ohne nachzudenken.

Im nächsten Moment wendete Luke das Auto und kehrte um.

»Was machst du da?«

»Ich bringe dich nach Hause, und dann setzen wir uns hin und du erklärst mir, was du da gerade gesagt hast.«

Ramsey hatte sie nicht gebeten, es geheim zu halten, doch Jocelyn fand, dass das ein Versäumnis von ihm war. Was vor so vielen Jahren zwischen Miss Edi und seinem Großvater vorgefallen war, war so viele Jahre unter Verschluss gehalten worden, dass man es jetzt nicht herumtratschen sollte. »Nur juristisches Zeug«, meinte sie. »Äh, das Testament eben. Es dauert eine Weile, bis ich an das Geld herankomme, das Miss Edi mir für den Unterhalt des Hauses hinterlassen hat. Also muss ich warten. Bis dahin bin ich auf meine Ersparnisse angewiesen, und das ist nicht viel. Aber Ramsey hat mir für morgen Arbeit bei seiner Schwester vermittelt. Ich soll Eclairs backen, obwohl ich nicht einmal ein Eclair-Blech oder Backförmchen habe. Doch wenn ich es schaffe, wird alles gut. Glaube ich. Hoffe ich.«

Luke bog in die Einfahrt von Edilean Manor ein, schaltete

den Motor ab, ging ums Auto herum und öffnete die Beifahrertür. »Raus«, sagte er, als sie einfach sitzen blieb. »Wenn du nicht willst, dass ich dich trage, steigst du jetzt aus.«

Sie tat es, lief zur Tür und suchte in ihrer Tasche nach dem Schlüssel. »Der Hausschlüssel hängt am Autoschlüssel, und den hat Ramsey.«

Luke griff an ihr vorbei und machte die Tür auf. »Wer schließt in diesem Nest seine Tür ab?«

»Aber du hast doch gesagt …« Sie sparte sich die Mühe, den Satz zu beenden. Als er auf die Küche zusteuerte, folgte sie ihm. Er zog einen Stuhl unter dem großen Tisch hervor, wartete, bis sie sich gesetzt hatte, und stellte dann einen Teekessel auf die Herdplatte.

»Wo kommt der denn her?«, fragte sie.

»Von meiner Mutter. Als ich ihr erzählt habe, dass du gerne Tee trinkst, hat sie mir einen Karton mit Sachen für dich mitgegeben. So, und jetzt raus mit der Sprache.«

»Testamensvollstreckung«, beharrte sie. »Ramsey sagt …«

»Ramsey hat nichts dergleichen gesagt, und wenn du nicht aufhörst, mich anzulügen, fange ich an rumzubrüllen. Und ich kann ziemlich laut brüllen. Das liegt an den vielen Jahren Mannschaftssport.«

»Nicht brüllen«, bat sie und stützte den Kopf in die Hände. »Warum machst du das? Ich dachte, wir fahren in eine Gärtnerei und …« Ihre Stimme erstarb.

»Du siehst aus, als wärst du von einem Güterzug überrollt worden«, stellte er fest, während er den Kessel vom Herd nahm und Wasser in eine hübsche Teekanne goss, die Joce noch nie gesehen hatte. »Ich will wissen, was mein Cousin getan hat, dass du jetzt so drauf bist.«

»Nichts, was deinen rechten Haken nötig machen würde.«

»Links.«

»Was?«

»Linker Haken. Ich werde Ramsey nicht vermöbeln, aber meine Meinung sag ich ihm trotzdem. Was hat er dir getan, dass du jetzt ausssiehst, als wäre ein Vampir über dich hergefallen?«

»Du übertreibst. Er hat mir nur ein paar juristische …« Als sie seinen finsteren Blick bemerkte, verstummte sie. »Okay, ich habe mir nicht anmerken lassen, wie sehr mich seine Mitteilung getroffen hat. Ich habe sogar getan, als wäre ich guter Laune. Strotzend vor Lebenskraft. Die gute, alte Jocelyn lässt sich nicht unterkriegen.«

»Und dann bist du in meinen Pick-up gestiegen und hast ein Gesicht gezogen …«

»Schon gut«, sagte Jocelyn. »Wie von einem Güterzug überfahren oder von einem Vampir ausgesaugt. Du kannst einem Mädchen tolle Komplimente machen.«

Er stellte die Kanne mit passender Tasse und Untertasse vor sie hin und holte Milch aus dem Kühlschrank. »So, jetzt ist alles fertig. Und du erzählst mir, was los ist.«

»Ich kann nicht. Es … ist privat.«

»Alle wissen, dass du etwa drei Millionen Dollar erbst. Ist es das, was dich belastet? Zu viel Geld auf einmal?«

»Stimmt nicht ganz.« Sie trank einen Schluck Tee. »Der ist gut. Du solltest auch welchen trinken.«

»Nein danke.« Er nahm sich ein Bier aus dem Kühlschrank und setzte sich neben sie. »Wenn es nicht zu viel Geld war, war es dann zu wenig? Hattest du dir mehr erwartet?«

»Es geht nicht ums Geld!« Sie schrie beinahe. »Da ist kein Geld, über das ich mir Gedanken machen müsste!« Sie schlug die Hand vor den Mund. So viel hatte sie eigentlich nicht preisgeben wollen.

»Nun«, meinte Luke und lehnte sich zurück. »Also kein Geld.«

»Schau, ich darf nicht mehr sagen. Ich brauche nur mehr Zeit, um darüber nachzudenken. Und darf ich dich bitten, es niemandem weiterzuerzählen?«

»Glaubst du, ich laufe hier raus und verbreite es in der ganzen Stadt?« Seine Augenbrauen bildeten eine beinahe gerade Linie.

Plötzlich hielt sie es nicht mehr aus. Sie schlug die Hände vors Gesicht und fing an zu weinen.

»Pssst«, flüsterte Luke und zog sie an sich, bis ihr Kopf an seiner Schulter ruhte. »Ich wollte nicht, dass du dich aufregst.«

»Das ist nicht deine Schuld. Es liegt an dem, was Ramsey mir gesagt hat.«

»Dass da kein Geld ist? Hat er dir das mitgeteilt?«

»Ja, nein«, schluchzte sie. »Alles war eine Lüge. Ich habe erfahren, dass alles, was ich über eine Frau wusste, die ich so geliebt habe, eine Lüge war. Wer sie war, woher sie kam, selbst, wen sie geliebt hat. Alles nur Lüge. Warum hat sie so viel gelogen? Hat sie mir nicht vertraut? Ich verstehe das nicht.«

Luke zog eine Papierserviette aus einem Ständer auf dem Tisch und gab sie ihr. Sie setzte sich auf und putzte sich die Nase. Luke erhob sich. »Hast du was dagegen, dass ich mir ein Brot mache? Ich hatte keine Zeit zum Mittagessen.«

»Entschuldige, dass ich so aufdringlich bin. Ich wollte nicht ... als ich mich von Ramsey verabschiedet habe, ging es mir gut, aber ...«

»Bei meinem Anblick bist du zusammengebrochen«, meinte er belustigt.

»So war es nicht. Ramsey ist ... du weißt schon, also wollte ich mir bei ihm keine Blöße geben.«

»Ich habe keine Ahnung, was ›du weißt schon‹ bedeutet. Was ist mit Ramsey?«

»Er ist ein Mann, der mich interessiert«, erwiderte sie. »In einer ganz bestimmten Weise.«

»Ich verstehe«, entgegnete Luke. »Also beherrschst du dich in seiner Gegenwart und vergießt keine Träne, damit er dich nicht mit einer Rotznase sieht.«

»Ja«, sagte Jocelyn und putzte sich noch einmal die Nase. »Ich habe gar nicht gemerkt, wie elend ich mich fühle, solange ich in seiner Nähe war. Er ist immer so nett zu mir. Auf Schritt und Tritt trägt er mir das Essen nach, und er überhäuft mich mit Komplimenten. Er findet mich amüsant und klug und ...«

Sie schnäuzte sich noch einmal kräftig. »Was für ein Sandwich wird das?«

»Schinken und Käse. Magst du eins?«

»Hast du Essiggurken da?«

»Keine Ahnung. Es ist dein Kühlschrank.«

»Es ist ein magischer Kühlschrank, denn er ist immer voll, obwohl ich noch nicht beim Einkaufen war.«

»Das wird sich Ende der Woche legen. Dann haben sich die Leute hier an dich gewöhnt und werden sich keine Mühe mehr machen, dich kennenzulernen. Insbesondere, wenn sie wissen, dass du kein Geld hast.«

»Ha, ha, ha«, erwiderte sie. »Du erzählst es doch nicht weiter, oder?«

Er war gerade dabei, vier Scheiben Brot mit Senf zu bestreichen, hielt jedoch inne. »Hast du Angst, dass dich niemand mehr mag, wenn du nicht reich bist?«

»Die Leute sollen nicht erfahren, dass ihre geliebte Miss Edi kein Geld hatte! Sie dürfen nicht schlecht über sie denken.«

»Also ist es dir egal, wenn sie wissen, dass *du* arm bist?« Obwohl er ihr den Rücken zukehrte, war sie sicher, dass er grinste.

»Nein, natürlich nicht«, meinte sie, als sie den Teller mit dem dicken Sandwich entgegennahm. »Das sieht aber lecker aus.«

»Wie kommt es, dass du Hunger hast, obwohl du gerade mit Ramsey beim Mittagessen warst?«

»Ich konnte mich doch schlecht vor seinen Augen vollstopfen.«

»Wie Miss Scarlett in *Vom Winde verweht*«, sagte er leise.

»Wovon redest du?«

»Das Grillfest«, erwiderte Luke. »Ashley findet es gut, dass sie einen gesunden Appetit hat.«

»Oh, ja, ich glaube, ich erinnere mich. Das schmeckt echt gut. Was ist denn das für ein Senf?«

»Keine Ahnung. Frag Tante Ellie. Ich finde, du solltest mir erzählen, was Ramsey dir gesagt hat. Und wenn du noch einmal auch nur andeuten solltest, dass ich es überall herumtratschen werde, bestrafe ich dich so, wie es nur ein Gärtner kann.«

Die Anspielung auf ihr erstes Gespräch brachte sie zum Lächeln. »Wo soll ich anfangen? Vor oder nach dem Zweiten Weltkrieg?«

Lukes Augen weiteten sich. »Spannend! Fang vorher an.«

»Ramsey hat mir erzählt, dass 1941, kurz vor dem Eintritt der USA in den Zweiten Weltkrieg, etwas Schreckliches geschehen ist. Und zwar etwas, weshalb Alexander McDowell Miss Edi so dankbar war, dass er sie, nachdem sie in den Ruhestand ging, kostenlos in einem teuren Haus in Boca Raton wohnen ließ und sie damit beauftragt hat, einen beträchtlichen Teil seines Geldes zu verwalten. Ich bin zwar kein Finanzgenie, aber sogar ich kann erkennen, dass das ziemlich ungewöhnlich ist. Neben ihrem wohltätigen Engagement hat sie das Geld verwendet, um mir mehr zu bieten als das staatliche Schulsystem, und hat außerdem ihren arbeitsscheuen Bruder unterstützt. Weshalb könnte er ihr das Geld gegeben haben?«

»Was fragst du mich?«, meinte Luke. »Ich höre das zum ersten Mal. Hat Rams dir nicht verraten, was Miss Edi für seinen Großvater getan hat?«

»Weder er noch sein Vater wissen es. Wahrscheinlich haben die beteiligten Personen die Geschichte mit ins Grab genommen.«

»Was hat die Geschichte mit dem Geld zu tun?«

»Ganz gleich, was auch geschehen ist, Alex McDowell hat viel Geld investiert. Ich kann mir nicht vorstellen, warum. Hat er es freiwillig getan?«

»Freiwillig?« Luke verspeiste den Rest von seinem Sandwich. »Du glaubst doch nicht etwa, dass Miss Edi ihn erpresst hat?«

»Ich hatte diesen Gedanken«, flüsterte sie.

»Schlag ihn dir aus deinem perversen kleinen Köpfchen«, meinte Luke und stellte die beiden leeren Teller ins Spülbecken. »Du kanntest Alex McDowell nicht, aber ich. Er hat nicht nur uns Kinder halb zu Tode geängstigt, sondern auch die meisten Erwachsenen. Ihn als mürrisch zu beschreiben, wäre noch milde ausgedrückt. Er hat seine Mitarbeiter angebrüllt und auf allem, worin sein Geld steckte, den Daumen drauf gehabt. Wenn jemand versucht hätte, ihn zu erpressen, hätte er ihn am Kragen gepackt und quer durchs Zimmer geschmissen.«

»Und trotzdem war er mit einer Frau verheiratet, die genau so engelsgleich aussah wie Sara.«

»Sie war so reizend wie er sauertöpfisch. Niemand hat verstanden, was die zwei aneinander fanden. Doch der alte Alex hat sie vergöttert. Er hat sie einfach angehimmelt. Es war nah an der Götzenverehrung.«

»Das wäre eine Erklärung«, meinte Jocelyn und schenkte sich noch eine Tasse Tee ein. Er war zwar nicht mehr heiß, aber trotzdem lecker. »Wenn ein Mann mich so anbeten würde, würde ich mir auch Mühe geben, seine Fehler zu übersehen.«

»Dann heirate Ramsey«, sagte Luke. Er stand an der Spüle und kehrte ihr den Rücken zu.

»Findest du es nicht ein bisschen früh, um sich darüber Gedanken zu machen? Schließlich kenne ich ihn erst seit ein paar Tagen.«

»Du verheimlichst ihm deine wahren Gefühle, deine Sorgen und sogar, wie viel du in Wirklichkeit isst. Klingt wie der Anfang einer großen Liebe.«

»Ich habe ihn nicht belogen!«

Er drehte sich um und sah sie an.

»Gut, dann habe ich ihm eben die Tapfere vorgespielt, aber gelogen habe ich nicht. Ich mag ihn. Er hat alles, was ich mir von einem Mann wünsche.«

»Dann los, heirate ihn. Er ist reich. Soll er dich und dieses Haus doch finanzieren. Dann wären alle deine Probleme gelöst.«

»Nur zu deiner Information: Ramsey hat mir noch nicht ansatzweise einen Heiratsantrag gemacht. Außerdem wäre ich ihm für immer zu Dank verpflichtet, wenn ich ihn jetzt heiraten würde. Wenn ich mich über ihn ärgere, müsste ich den Mund halten, weil ich ihm für den Rest meines Lebens etwas schuldig wäre, denn er hat mich ja gerettet. Dann würde ich Magengeschwüre kriegen und jung sterben, wenn die alle platzen.«

Luke brauchte eine Weile, um diese Masse an Informationen zu verarbeiten. »Es freut mich zu hören, dass du noch nicht auf den Gedanken gekommen bist, meinen Cousin zu heiraten.«

»Eigentlich hatte ich keine Zeit, über irgendetwas nachzudenken. Weißt du, was das Absurde an der ganzen Sache ist? Eigentlich habe ich gar nicht damit gerechnet, überhaupt etwas von Miss Edi zu erben. Ein Erinnerungsstück vielleicht, aber sonst nichts. Da sie sich für viele Wohltätigkeitsorganisationen engagiert hat, dachte ich, dass die das Geld kriegen. Warum hat sie mir das angetan?«

»Das ist bis jetzt die interessanteste Frage, die du gestellt hast. Sie wusste, dass sie kein Geld besitzt. Und dennoch hat sie dir ein Haus vermacht, das – und das kannst du mir glauben – vefallen wird, wenn man nicht alle sechs Monate ordentlich Geld reinsteckt.«

»Ich weiß nicht, ob ich mich im Moment damit beschäftigen kann. Jeden Moment wird Ramseys Schwester anrufen und mir sagen, dass sie Eclairs braucht. Und ich muss mir etwas einfallen lassen, um sie zu backen. Glaubst du, das Backrohr da funktioniert?« Sie wies auf den hässlichen weißen Herd an der Wand.

Luke sah sie verdattert an, verstand dann jedoch, dass das Thema für sie abgeschlossen war. Aber das störte ihn nicht, denn er hatte auch einige Fragen, denen er selbst auf den Grund kommen wollte. »Keine Ahnung«, meinte er deshalb und drehte an dem großen Knopf, mit dem man den Herd einschaltete. »Was hältst du vor?«

»Schokolade mit püriertem Spinat, und bevor du auch nur ein Wort sagst – Ramsey hat mir schon mitgeteilt, dass er die

Idee miserabel findet. Doch ich werde dafür sorgen, dass sie lecker werden.«

»Hat Miss Edi dir einen Zauberstab hinterlassen?«

»Schön wärs. Ich habe Rams erklärt, dass ich 3,25 pro Stück verlange, also muss die Qualität entsprechend sein. Aber ich brauche Küchenutensilien. Gibt es hier irgendwo einen Laden?«

Luke öffnete das Backrohr und schob die Hand hinein. »Bis jetzt ist es noch kalt. Warum leihst du dir die Sachen nicht?«

»Wer wird mir schon eine Mixmaschine und Zuckerspritzen leihen?«

»Hast du vergessen, dass du in einer Baptistenkirche warst? Baptisten legen großen Wert auf gutes Essen. Die Frauen in dieser Stadt haben alles in ihren Küchen stehen, was du brauchst. Mach eine Liste, und ich bitte Mom, dir die Sachen zu besorgen. In etwa anderthalb Stunden ist deine Küche komplett.«

Jocelyn setzte sich und sah ihn erstaunt an. »Aber ich hatte den Anruf doch noch gar nicht.«

Luke nahm das Mobiltelefon aus dem Lederetui und drückte auf eine Taste. »Mom?«, fragte er. »Glaubst du, Dad könnte Joce mit ein paar Eclairs helfen?« Er hielt inne. »Ja, ich glaube schon. Natürlich kann ich mit ihm reden. Warum fragst du nicht Viv?« Er lauschte grinsend. »Das täte sie bestimmt gern, aber sie könnte Geld dafür verlangen.« Sein Lächeln wurde breiter. »Weil dieser Plan dafür sorgen könnte, dass dir Dad eine ganze Woche lang nicht auf den Wecker fällt, das ist der Grund. Gut, aber ich gebe ihr weiter, dass du das gesagt hast. Willst du es ihm erzählen, oder soll ich? Feigling! Ich bin in einer Viertelstunde da.« Er lauschte wieder, und sein Lächeln verflog. »Ja, ich benehme mich. Du kannst sie ja fragen, wenn du mir nicht glaubst.«

Luke hielt Joce das Telefon hin. »Meine Mom möchte wissen, ob ich dich angebaggert habe.«

»Kein einziger Mann in dieser Stadt hat mich angebaggert«,

rief sie. »Kein zweideutiges Wort ist gefallen. Ich werde zwar gemästet, bis ich platze, aber keine Anmache.«

Luke musterte Jocelyn einen Moment lang und hielt sich dann wieder das Telefon ans Ohr. »Keinen Schimmer«, sagte er. »Frag Rams. Okay, ich bin in ein paar Minuten da. Aber kein Wort zu Dad. Ich erkläre ihm alles.« Er klappte das Telefon zu und sah Jocelyn an. »Was sollte das eben?«

»So was verstehen nur Frauen. Und was hat deine Mutter gesagt?«

»Das mit den 3,25 wussste sie schon. Wahrscheinlich hat Rams es jemandem in der Kanzlei erzählt, denn die ganze Stadt ist bereits im Bilde. Mom findet es absurd, mitten in der Woche ein Kinderfest mit Eclairs zu veranstalten. Sie möchte, dass mein Vater mitmischt und eine große Sache daraus macht, zu der halb Williamsburg eingeladen ist.«

»Halb ...«, wiederholte sie mit schreckgeweiteten Augen. »Was erwartet sie von mir? Dass ich eine Großbäckerei eröffne?«

»Wenn du mehr über Miss Edi rauskriegen willst, und dir scheinen ja wirklich einige Fragen unter den Nägeln zu brennen, musst du die Leute hier kennenlernen. Ich sorge dafür, dass Mom ein paar von den älteren Einwohnern einlädt, die sie noch persönlich erlebt haben. Klingt das nach einer guten Idee?«

»Der allerbesten.« Sie blickte ihn dankbar an.

»Ich werde dich das noch mal fragen, nachdem du eine Woche lang mit meinem Vater zu tun hattest.«

»Ist er so schlimm?«, fragte sie leise, bereit, sich Lukes Sorgen anzuhören.

»Das Grauen. Er ist in Rente.«

»Was bedeutet das?«

»Wart's ab«, entgegnete Luke. »Wenn man ihm ein Projekt anvertraut, hält er sich für den Weltherrscher. Er wird dich und die anderen Damen herumkommandieren, bis ihr in den Streik tretet.«

»Andere Damen? Wer bäckt denn noch Eclairs?«

»Willkommen in Edilean«, erwiderte Luke grinsend. »Ich muss los.« Er überprüfte noch einmal den Herd. »Kalt wie eine Tropfsteinhöhle.«

»Ich kann mir keinen neuen leisten …«

Luke unterbrach sie mit einer Handbewegung. »Da soll sich mein Dad drum kümmern. Er wird begeistert sein.« Er ging zur Tür, blieb aber noch einmal stehen und drehte sich um. »Nur damit du es weißt«, sagte er leise. »Ramsey ist kurz vor einem Heiratsantrag. Er fährt nur mit Frauen, die er heiraten will, zu seinem Baugrundstück.« Luke sah sich in Joces Eingangshalle um. »Oder zu einem gemeinsamen Wochenende.«

»Und von wie vielen Frauen reden wir?«

Er schmunzelte. »Ich würde ja gerne Dutzende sagen, aber bis jetzt war es nur eine.«

»Und warum hat er sie nicht geheiratet?«

»Diese Frage darf ich dir nicht beantworten.«

»Genau das gleiche hat Ramsey über dich gesagt.«

»Und was wolltest du von ihm über mich wissen?«

Sie wollte es ihm schon anvertrauen, hielt jedoch den Mund. Wenn Luke nicht ahnte, dass Ramsey sein Gehalt bezahlte, sollte er es nicht von ihr erfahren. »Nichts.«

»Gut.« Luke musterte sie von Kopf bis Fuß. »Geh duschen und zieh die schicken Sachen aus. Ich glaube, du wirst die nächsten Tage mit Backen verbringen.«

Sie blickte seinem davonfahrenden Wagen nach, schloss die Tür, lehnte sich kurz dagegen und dachte über die letzten Tage nach. Es war so viel geschehen, dass die Eindrücke miteinander verschwammen. Dann hastete sie nach oben in ihr Badezimmer. Als sie in den Spiegel schaute, stellte sie fest, dass ihre Wimperntusche völlig verschmiert war. Offenbar hatte sie den Großteil der Zeit, die sie mit Luke verbracht hatte, so ausgesehen. Lächelnd stellte sie sich unter die Dusche und dachte an ihren Wortwechsel mit Lukes Mutter. Gegenüber Ramseys Mutter hätte sie sich damenhafter verhalten, aber mit Lukes Mutter konnte sie witzeln.

Sie duschte und zog Jeans und ein T-Shirt an. Als sie gerade fertig war, bog ein Auto in ihre Auffahrt ein. Sie spähte aus dem Fenster und sah einen Mann aussteigen. Selbst von oben konnte sie feststellen, dass er eine ältere Version von Luke war: attraktiv, grauhaarig und hochgewachsen, offenbar ein Mann, der es gewöhnt war, die Ärmel hochzukrempeln. Schnell lief sie die Treppe hinunter und öffnete, bevor er anklopfen konnte.

»Sie sollen mir also Ordnung beibringen«, meinte sie mit ernster Miene.

Er blieb ernst. »Wenn Sie nicht spuren, werde ich sehr böse.«

»Und wenn ich mich benehme?«

»Dann sorge ich dafür, dass Luke den Kräutergarten, den er Ihnen aufgeschwatzt hat, kostenlos anlegt.«

Bei diesen Worten verbeugte sie sich tief. »Ihr Wunsch sei mir Befehl, mein Gebieter.«

Seine Augen weiteten sich. »Mein ganzes Leben warte ich schon darauf, diese Worte aus dem Mund einer Frau zu hören. Wollen Sie mich heiraten?«

»Ich setze Sie auf meine Liste«, erwiderte sie grinsend und ging voran in die Küche. »Kommen Sie und schauen Sie sich meinen Herd an. Er ist so alt, dass ich ihn bei eBay für eine Million Dollar versteigern könnte.«

»So alt ist er nun auch wieder nicht. Ich habe ihn Miss Edis Bruder vor etwa vierzig Jahren verkauft.«

»Sie handeln mit Küchengeräten?«

»Bis vor etwa drei Jahren. Ich kann Ihnen auf alles tolle Rabatte besorgen.«

»Wollen Sie Geld oder Sex?«, erkundigte sie sich feierlich.

»Da muss ich zuerst mit meiner Frau sprechen.« Schmunzelnd folgte er ihr in die Küche.

10

Luke brauchte zwei Stunden, um alles in die Wege zu leiten. Seine Mutter übernahm den Telefondienst und rief Leute in zwei Landkreisen an, um ihnen von dem Fest am Samstag zu erzählen. Bei ihr klang es, als sei Jocelyn eine international gefeierte Konditorin und gerade aus Brüssel eingetroffen.

Bei seinem Vater genügten sechs Worte, und schon war er zur Tür hinaus, glücklich dass es etwas zu organisieren gab. Seit sein Beruf ihn nicht mehr fünfzig Stunden die Woche in Anspruch nahm, wusste er nicht mehr, was er mit sich und seiner Zeit anfangen sollte. Luke musste nur sagen, dass Jocelyns alter Herd den Geist aufgegeben hatte, und schon zückte Jim Connor sein Mobiltelefon. Luke fragte sich, ob Joce innerhalb der nächsten vierundzwanzig Stunden wohl einen Herd von Wolf oder von Viking bekommen würde.

Bevor Luke das Haus verließ, erinnerte er seine Mutter daran, Rams Schwester Viv anzurufen und ihr von dem Fest zu erzählen, da es schließlich bei ihr stattfinden sollte. Sie würde sicher überrascht sein, dass sie am Samstag eine Feier für eine noch unbekannte Anzahl von Gästen veranstalten würde.

Dann fuhr Luke nach Hause, zog ein frisch gebügeltes Hemd und eine Khakihose an und holte den BMW aus der Garage. Er wollte seinem Großvater David einen Besuch abstatten und wusste, dass er mehr von ihm erfahren würde, wenn er etwas anderes als Jeans und ein schmutziges T-Shirt trug.

Großvater Dave hielt Luke gerne Vorträge darüber, warum er es trotz all seiner Bildung nicht schaffte, sich sauber anzuziehen. »Wenn du schon Gärtner sein musst, sieh wenigstens aus wie ein Landschaftsarchitekt«, pflegte er zu sagen.

Oma Mary Alice meinte dann zwar stets zu ihrem Mann, er solle damit aufhören, doch das nützte nichts. Opa Dave war eben ein Gentleman der alten Schule und fand, dass man sich nicht gehen lassen durfte.

Mit seinem anderen Großvater, dem Vater seines Vaters, hatte Luke sich stets wunderbar verstanden, obwohl die meisten Menschen lieber eine Bogen um ihn machten. Seine ständige schlechte Laune wirkte abschreckend auf die Leute, nicht aber auf Luke. Bei seinem Großvater hatte er sich immer am wohlsten gefühlt, wenn sie zusammen angeln gingen, im Fernsehen Sportsendungen anschauten oder einfach nur in einem Pick-up herumfuhren. Opa Joe war es auch, der ihn vor Strafen bewahrte, wenn er sich in der Schule wieder einmal in Schwierigkeiten gebracht hatte. Luke war schon immer aufbrausend gewesen und konnte es nicht leiden, wenn man ihm Vorschriften machte. Seine Lehrer hatten verlangt, dass er ohne Widerworte gehorchte. Doch Luke hatte seinen Kopf durchgesetzt.

Einmal hatte Luke einen Streit mit seinem Football-Trainer gehabt, der daraufhin gedroht hatte, ihn aus der Mannschaft zu werfen. Sein Vater war so wütend, dass er Luke um zehn Uhr morgens auf sein Zimmer geschickt und ihm befohlen hatte, dort zu bleiben, bis er sich eine gebührende Strafe überlegt habe. Gegen Mittag war Opa Joe am Fenster von Lukes Zimmer im Obergeschoss erschienen. Auf einer Leiter. Wortlos hatte er Luke die Sprossen hinuntergeholfen, und dann waren sie zusammen zum See gefahren, um zu angeln. Um sechs Uhr abends war Luke wieder in seinem Zimmer, und als Lukes Vater hereingekommen war, hatte er nicht geahnt, dass sein eigener Vater Luke befreit hatte.

So war es immer mit Opa Joe gewesen, ganz anders als mit dem Vater seiner Mutter. Opa Dave war nicht nur Arzt, sondern außerdem Diakon in der Kirche, Freimaurer und überall beliebt.

Aber Lukes Verhältnis zu ihm war nie so eng gewesen wie zu seinem anderen Großvater.

Luke fuhr auf dem Highway 5 nach Williamsburg und von dort aus nach Governor's Land bei Two Rivers. Es war eine teure, rings um einen Country Club angesiedelte Gemeinde, deren Einwohner 60 Prozent des Landes nutzen durften. Vor allem gab es hier einen großen Golfplatz, wo sein Großvater fast täglich spielte. Wie erwartet traf Luke ihn dort am fünften Tee an.

»Ich habe mich schon gefragt, wann du mich mal besuchst«, meinte David Aldredge und betrachtete das Green. »Und wie ist sie so?«

»Wer?«, entgegnete Luke.

David holte aus, der Ball flog genau in die gewünschte Richtung. »Wenn du Spielchen mit mir treiben willst, wird sich das ziemlich in die Länge ziehen. Wollen wir noch einmal anfangen? Wie ist sie so?«

Als sein Großvater sich in Bewegung setzte, schulterte Luke die Golftasche. Sein Großvater war kein Anhänger von Golfkarren oder Caddys, sondern hielt das Tragen von Golftaschen für die Pflicht junger, gesunder Enkelsöhne. »Ich nehme an, dass du von Jocelyn sprichst«, sagte Luke.

»Ich habe gehört, dass sie so heißt, aber seit ich nicht mehr in Edilean wohne, schnappe ich weniger Gerüchte auf als früher. Einige Leute behaupten, du würdest sogar deine Nächte bei ihr verbringen.«

»Die Leute reden zu viel und außerdem Unsinn.«

»Also schläft Ramsey mit ihr.«

»Tut er nicht!«, protestierte Luke. »Rams hat nur …« Nach einem Blick auf seinen Großvater brach er ab. »Ich glaube, es gibt da ein elftes Gebot, das es Großeltern verbietet, ihre Enkel zu verhöhnen.«

»Ich verrate dir ein kleines Geheimnis. An dem Tag, an dem das erste Enkelkind zur Welt kommt, kriegen wir ein Handbuch, in dem steht, dass wir mit dem Kleinen machen können, was wir wollen, nur um unseren eigenen Kindern eins auszuwischen.«

»Ich kann es kaum erwarten, das Buch zu lesen.«

»Du bist wahrscheinlich schon zu alt, um Kinder zu kriegen, geschweige denn Enkel.«

»Opa, du kannst einen wirklich aufmuntern.«

»Gern geschehen«, erwiderte David und blieb dort stehen, wo sein Ball gelandet war. »Und warum bist du heute so schlechter Laune?«

Luke steckte die Hände in die Hosentaschen. »Bin ich gar nicht. Ich dachte nur, ich schaue mal bei dir vorbei.«

David schlug kräftig nach dem Ball, sah seinen Enkel an und ging weiter. »Okay, dann erzähl mir, wie sie ist.«

»Meinst du Jocelyn?«

»Ja, Rams Freundin. Wie ist sie?«

»Sie ist nicht …« Wieder holte Luke tief Luft. »Erinnere mich daran, dir wieder eine Krawatte zu Weihnachten zu schenken. Und zwar eine richtig scheußliche. Jocelyn ist nett.«

»Mehr nicht? Einfach nur nett? Wo ist die Leidenschaft? Willst du denn nicht mit ihr ins Bett?«

»Von vulgären Großeltern wird mir ganz schummerig.«

»Ach, richtig. Deine Generation ist ja sexuell aufgeklärt, ganz im Gegensatz zu meiner. Nur damit du es weißt: Deine Großmutter und ich …«

Luke unterbrach ihn mit einer Handbewegung. »Wehe, wenn du mir jetzt erzählst, was du und Mary Alice Welsch getan habt. Die Leute reden noch fünfzig Jahre später darüber.«

»Vierzig«, sagte David.

»Dreiundsechzig, aber wir wollen ja nicht pedantisch sein.«

David lehnte sich auf seinen Golfschläger und musterte seinen Enkel. »Okay, was belastet dich so, dass du aufgehört hast, im Boden zu wühlen, um den ganzen weiten Weg nach Williamsburg zu fahren?«

»Es sind nur fünfzehn Kilometer.«

»Fünfzehn Kilometer, die du nicht oft zurücklegst«, entgegnete David, während er wieder nach dem Ball schlug. Ein formvollendeter Treffer. »Hat sie dich schon nach mir gefragt?«, erkundigte er sich leise.

»Noch nicht. Aber heute war sie ziemlich aufgewühlt. Offenbar hat Miss Edi ihr kein Geld hinterlassen.«

»Ich weiß. Alex hat sie unterstützt. Oder besser, er hat Bertrand durchgefüttert und Miss Edi Geld zum Verschenken gegeben.«

»Das hat Rams' Dad ihm auch erzählt. Rams ist für den juristischen Papierkram zuständig, wusste aber nicht, dass da kein Geld ist.«

»Tja, wir haben alle beschlossen, die zweite Generation anzulügen. Ben hätte die Wahrheit von seinem Vater erfahren sollen, bevor er starb.«

»Ich glaube, er hat ihn gefragt, aber Onkel Alex ist nicht mit der Sprache rausgerückt.« Beim Gehen sah Luke seinen Großvater argwöhnisch an. »Und was ist jetzt die Wahrheit?«

»Es gibt Dinge, über die ich nicht sprechen werde. Manches lässt man besser auf sich beruhen.« Als Luke protestieren wollte, unterbrach er ihn mit einer Handbewegung. »Die Ereignisse von damals haben nichts mit heute zu tun.«

»Nur, dass Jocelyn jetzt kein Geld hat.«

»Na und? Das geht uns allen in dem Alter so.«

»Sie muss ein riesiges Haus in Schuss halten, das ein Fass ohne Boden ist.«

»Dann soll sie Ramsey heiraten. Der ist reich.«

»Aber …« Luke beendete den Satz nicht.

»Aber was?«, hakte sein Großvater nach. »Findest du nicht, dass die beiden füreinander bestimmt sind? Ramseys Geld und das Haus der Harcourts. Das ist doch die beste Lösung.«

»Ich bin nicht sicher, ob sie und Ramsey zusammenpassen.«

»Soweit ich gehört habe, sind sie ein Traumpaar. Ihre Perlenketten, seine Krawatten. Sie werden das Haus so repräsentativ herrichten, dass es, was Perfektion angeht, selbst in Williamsburg seinesgleichen sucht.«

»Wer will denn Perfektion?« Luke steckte die Hände in die Taschen, während sein Großvater wieder einen Ball schlug. »Bestimmt bauen sie einen Pool ein und erlauben ihren Kindern nicht, im Teich zu schwimmen.«

»Der Teich war schon immer ein widerlicher Dreckstümpel«, entgegnete David und ging weiter. »Am Grund liegt die Entenkacke sicher einen Meter hoch.«

»Ja? Dann sollte ich ihn vielleicht ausbaggern und als Dünger benutzen.«

»Genau, was ich sagen wollte. Wer lässt seine Kinder denn im Dung schwimmen?«

»Mir hat es nicht geschadet«, erwiderte Luke. Er fand selbst, dass er trotzig klang.

»Du warst ein Außenseiter, mein lieber Junge. Und am liebsten draußen.«

»Ramsey auch, als er ein Kind war.«

»Nein, der hat die Natur eben hingenommen. Ramsey war immer sauber und ordentlich. Wenn du im Matsch gespielt hast, bist du reingesprungen und hast dich darin gewälzt, während Ramsey …«

»Ordentliche kleine Matschkuchen gemacht hat.«

»Sag ich doch. Er und Jocelyn passen ausgezeichnet zusammen, und ihre Kinder werden sauber und wohlerzogen sein.«

»Warum hört sich das für mich nur so schrecklich an?«, murmelte Luke.

»Keine Ahnung.«

Luke musterte seinen Großvater forschend. »Lachst du mich etwa aus?«

»Ich könnte mich krümmen und mir den Bauch halten. Und all das auf deine Kosten. Ich habe mich schon lange nicht mehr so amüsiert.«

»Danke, Opa, du bist echt in Ordnung. Du hast meinen Tag gerettet.«

»Gern geschehen. Falls du dich wieder mal zum Narren machen willst, gib mir Bescheid. Ich freue mich über jede Gelegenheit, mal so richtig herzhaft zu lachen.«

Er steckte seinen Golfschläger in die Tasche, die Luke noch immer trug. »Genug für heute. Jetzt gehen wir zum Mittagessen und reden miteinander.«

»Reden? Wenn ich dir noch länger zuhöre, musst du mir Antidepressiva verschreiben. Außerdem ist es schon nach vier und zu spät zum Mittagessen.«

David sah seinen Enkel tadelnd an. »Falls du weiter so frech bist, nehme ich dich mit nach Hause zu Mary Alice und sage ihr, dass du depressiv bist. Dann wird sie dir so lange zusetzen, bis du ihr von deinen Kindheitstraumata und von Ingrid erzählst.«

Als Luke diesen Namen hörte, erbleichte er sichtlich und wich einen Schritt zurück.

David bat einen anderen Golfspieler, sie zum Clubhaus mitzunehmen. Unterwegs sprach Luke kein Wort, bis sie an einem Tisch in der Ecke saßen und sein Großvater eine Kanne Tee, einen Teller mit Sandwiches und zwei Jack Daniel's bestellt hatte.

»So«, begann David. »Und jetzt erzählst du mir den wahren Grund, warum du hergekommen bist, um mit mir zu sprechen.

»Zwischen dem Bild, das die Leute von Miss Edi haben, und der Wahrheit scheint eine gewaltige Lücke zu klaffen.«

»Meinst du das verschwundene Geld oder die Tatsache, dass wir unsere Verlobung gelöst haben, bevor wir beide in den Zweiten Weltkrieg gezogen sind?«

Luke starrte seinen Großvater mit offenem Mund an. »Eure Verlobung gelöst?«, flüsterte er.

»Warum überrascht es euch junge Leute so, dass die Menschen früher auch Geheimnisse hatten? Hast du vergessen, dass ich der Arzt in der Stadt war? Damals, in den Sechzigern, hatten wir mal eine Tripperwelle, und ich wusste genau, wer wen angesteckt hatte. Aber ich habe geschwiegen. Und dann war da noch …«

»Wie war Miss Edi *wirklich?*«, fiel Luke seinem Großvater ins Wort, denn er wollte nicht noch mehr über das Privatleben anderer Leute hören.

»Perfekt«, erwiderte David. »Niemals eine zerzauste Frisur. Niemals ein Wort, das sie später hätte bereuen müssen. Sie war stark und durchsetzungsfähig, und sie wusste, was sie wollte.«

»Das klingt nicht, als hättest du sie sehr gemocht.«

»Ich habe sie angebetet. Als wir Kleinkinder waren, hat mir Alex McDowell immer die Spielsachen weggenommen – bis Edi ihn mit einem Bauklötzchen auf den Kopf geschlagen hat. Von da an hat er mich in Ruhe gelassen. Sie war ihr ganzes Leben lang eine Dame. Dir ist ja bekannt, dass sie sich für Verbrennungsopfer engagiert hat.«

»Das habe ich gehört.«

»Sie hat sich mehr ins Zeug gelegt, als du dir vorstellen kannst. Sie hat sich mit Dr. Nigel Brenner zusammengetan und ist mit ihm um die Welt gereist. Edi hat alles organisiert. Zweimal hat sie das ganze Team aus Ländern rausgeholt, die über Nacht zu Kriegsgebieten geworden waren. Beide Male haben Nigels Krankenschwestern die Nerven verloren, aber Edi hat immer einen kühlen Kopf bewahrt und alle in Sicherheit gebracht.«

»Doch du hast Oma Mary Alice geheiratet«, stellte Luke fest.

David lächelte. »Die kecke, schlagfertige und anziehende Mary Alice Welsch. Bevor Edi nach Übersee ging, hatte ich sie gar nicht wahrgenommen. Als ich mit einer verwundeten Schulter aus dem Krieg zurückkam und die Gefahr bestand, dass ich den Arm verlieren würde, war sie für mich da. Und weißt du, was ihre beste Medizin war?«

»Wenn du jetzt Sex sagst, haue ich ab«, erwiderte Luke.

»Lachen. Sie hat mich zum Lachen gebracht, insbesondere über mich selbst.«

»Bis zum heutigen Tage glauben die alten Leute …«

»Dass Mary Alice mich verhext hat und eine Art Hure war,

die mich Edi ausgespannt hat? Das gefällt ihr. Ich wollte den Menschen immer die Wahrheit sagen, aber Mary Alice findet es lustig, dass sie alle für eine Verführerin halten. Sie meint, sie würde dadurch sexy und wie ein Filmstar wirken.«

Luke musste lachten. So ein Ausspruch passte zu seiner Großmutter. Sie war eine Frau, die Plätzchen buk und immer für Hilfsbedürftige da war – alles andere als eine skrupellose Verführerin also. Ja, er konnte sich gut vorstellen, dass seine Großmutter sich in der Rolle des männermordenden Vamps gefiel.

»Verrätst du mir jetzt, was Edis Vergangenheit mit dir zu tun hat, oder muss ich noch mehr von diesen kleinen Sandwiches bestellen?«, fragte David.

»Es liegt an diesem Mädchen …« Luke blickte in sein noch beinahe volles Glas.

»Du magst sie, richtig?« Davids Tonfall war ernst geworden.

»Ja. Sie ist auf ein drittklassiges College gegangen, nur um in Miss Edis Nähe zu bleiben. Tess hat sich über Joces Vergangenheit kundig gemacht. Mit ihren Noten hätte sie sich überall bewerben können, aber sie hat es nicht getan.«

»Gegen Ende ihres Lebens hatte Edi niemanden mehr«, sagte David leise. »Ihr Bruder war tot, doch die beiden haben sich ohnehin nie sehr nah gestanden. Also war da niemand übrig.«

»Warum hat sie in Boca Raton gewohnt und ist nicht nach Edilean zurückgekehrt?«

»Ich bin nicht sicher, würde aber vermuten, dass die Leute hier zu viel über sie wussten. Sie war oft hier und hat eine Menge für die Stadt getan, wie dir sicher bekannt ist. Doch sie hat lieber in Florida gewohnt.«

Luke betrachtete seinen Großvater. »Was ist 1941 geschehen?«

David lehnte sich zurück, und seine Miene wurde plötzlich verschlossen, als hätte jemand eine Tür zugemacht. »Es gibt Dinge, über die man nicht reden sollte. Ganz gleich, wie oft du noch nachbohrst, ich werde es dir nicht erzählen.«

»Aber ich bin sicher, dass es etwas mit heute zu tun hat. Miss

Edi hat Jocelyn belogen oder ihr zumindest viel verheimlicht. Mir wäre das ja nicht so wichtig, doch Joce leidet darunter. Soweit ich es feststellen kann, hatte Joce eine schreckliche Jugend. Miss Edi war ihr einziger Lichtblick. Doch nun hat die Frau ihr übel mitgespielt, indem sie ihr zwar ein altes Haus vererbt hat, allerdings kein Geld, um es zu unterhalten. Miss Edi hätte etwas von Alex McDowells Treuhandfonds dazu verwenden können, eine Stiftung für ein denkmalgeschütztes Haus einzurichten, aber sie hat es nicht getan. Und warum hat sie Joce das Haus überhaupt vermacht, obwohl sie sich solche Mühe gegeben hat, ihr die Existenz von Edilean zu verheimlichen? Das ergibt einfach keinen Sinn.«

David ließ sich mit seiner Antwort Zeit. »Die Edi, die ich kannte, tat nie etwas ohne Grund. Vermutlich wollte sie, dass deine Jocelyn diesen Grund selbst herausfindet.«

»Fang nicht schon wieder an. Sie ist nicht meine Jocelyn.«

David ging nicht auf den zornigen Tonfall seines Enkels ein. »Hast du Edis Briefe an Alex gelesen?«

»Briefe?«, wiederholte Luke, als hörte er das zum ersten Mal.

»Ja, Briefe. Alex und Edi haben während des gesamten Krieges und auch noch später korrespondiert. Ramsey muss sie haben.«

Luke überlegte einen Moment. Wenn es einen Schriftwechsel zwischen Edi und Alex gab, hatte Ramsey ihn sicher gelesen – und geheim gehalten. Kein Wunder, dass Rams so versessen auf Jocelyn war. Picknickkörbe, Erdbeeren in Schokolade, Ratschläge von Tess … Plötzlich fiel es ihm wie Schuppen von den Augen. Lukes Mutter hatte Alex McDowell oft besucht. Hatte sie die Briefe auch gelesen? Hatte sie sich mit ihm verbündet, um Rams und Jocelyn miteinander zu verkuppeln?

Luke sah seinen Großvater an. »Was ist mit dir?«

David suchte Blickkontakt mit der Kellnerin, um sich die Rechnung bringen zu lassen. »Was soll mit mir sein?«

»Briefe«, entgegnete Luke. »Haben du und Miss Edi euch geschrieben?«

»Eine Weile«, antwortete David mit kaum hörbarer Stimme.

Luke starrte seinen Großvater an, während dieser die Rechnung unterschrieb und aufstehen wollte. Luke blieb sitzen und musterte ihn weiter.

Widerstrebend nahm David wieder Platz. »Ja, gut, wir haben uns ein paarmal geschrieben, aber …«

Luke musterte das Gesicht seines Großvaters. »Oma Mary Alice weiß nichts davon, richtig?«

»Oh, doch, aber sie hat mir das Versprechen abgenommen, sie zu verbrennen, und das habe ich getan.«

Enttäuschung malte sich auf Lukes Gesicht. »Du hast nicht zufällig irgendwelche anderen Briefe verbrannt, oder?«

»Nein. Deine Großmutter war sehr tolerant, hatte es jedoch satt, immer mit Edi verglichen zu werden. Sie stand neben mir, als ich jeden einzelnen Brief ins Feuer geworfen habe.«

Luke starrte auf seinen Teller. David schwieg einen Moment.

»Allerdings …«, begann er.

»Allerdings was?«

»Miss Edis Briefe waren nicht sehr interessant. Sie hat nur geschildert, wo sie war und was sie während des Krieges getan hat. Die Briefe waren eher so was wie Pflichtübungen. Aber die, die sie Alex geschrieben hat … Nun, die waren etwas völlig anderes.«

»Du meinst die, die Ramsey jetzt hat?«

»Nein, nicht die. Ich spreche von den Geschichten, die sie geschrieben hat, während sie sich von ihren Verbrennungen erholte. Sie hat Alex geschildert, was sie wirklich im Krieg gemacht hat. Und sie hat von einem Mann namens David geschrieben, in den sie verliebt war.«

»Hast du diese Geschichten noch?«, fragte Luke. Seine Augen leuchteten auf.

»Ja und nein.« David hielt inne. »Du weißt ja, wie Alex am Ende war. Ich habe die Geschichten nur durch Zufall gefunden und glaube, dass einige davon vernichtet worden sein könnten. Aber ich habe alle behalten, die ich in die Finger kriegen konnte.«

»Wo sind sie?«

»In einem Schließfach, von dem meine Frau nichts weiß.«

»Wann können wir sie holen?«

David betrachtete seinen Enkel. »Komm morgen Vormittag um zehn hierher. Dann fahren wir nach Richmond.«

»Ist Richmond nicht ein bisschen weit für ein Schließfach?«

»Sei froh, dass ich keins in Nevada gemietet habe. Also bis morgen um zehn. Wir fahren zusammen hin.«

»Ich freue mich schon«, meinte Luke.

»Auch wenn wir nicht gemeinsam angeln gehen, können wir wenigstens eine Spazierfahrt unternehmen«, sagte David, und Luke wusste, dass er damit auf Opa Joe anspielte. Luke wäre nie auf den Gedanken gekommen, dass Großvater Dave eifersüchtig auf ihn sein könnte.

»Vielleicht kannst du mir ja ein paar Tipps geben, wie ich ein aufgewecktes Mädchen dazu bringe, in mir nicht nur den besten Kumpel zu sehen.«

Im nächsten Moment kamen zwei hübsche Mädchen vorbei, die bei Lukes Anblick zu kichern anfingen und ihm zuzwinkerten.

»Was bringt mich nur auf den Gedanken, dass du das auch alleine hinkriegst? Komm, ich begleite dich zu deinem Pickup.«

»Ich bin mit dem BMW da.«

»Wenn ich geahnt hätte, dass du so sehr auf Informationen aus bist, hätte ich dich die Rechnung bezahlen lassen. Erzähl mal, was macht dein Vater denn zurzeit?«

Luke lachte auf.

»Er löst gerade eine Eclair-Krise.«

Als er noch etwas hinzufügen wollte, hob David die Hand. »Spar es dir für morgen auf. Du kannst es mir unterwegs erklären. Jetzt werde ich vor lauter Aufregung heute Nacht kein Auge zumachen.«

»Und du erzählst mir von deiner gelösten Verlobung mit Miss Edi.«

Inzwischen standen sie auf dem Parkplatz. Luke betrachtete seinen Großvater liebevoll. Er wusste aus Erfahrung, wie schnell Menschen diese Welt verlassen konnten.

»Schau mich nicht so an. Verschwinde!«, befahl David. »Wir sehen uns morgen.«

»Danke«, sagte Luke und stieg ein, nachdem er seinem Großvater rasch die Schulter getätschelt hatte.

11

Wenn ich ab jetzt nie mehr im Leben ein Eclair zu Gesicht kriege, wäre das keine Minute zu früh«, schimpfte Sara, drehte den kleinen Kuchen hin und her und versuchte, mit Zuckerguss eine Rose darauf zu malen.

»Ich dachte, dir macht so etwas Spaß«, erwiderte Tess, die gerade ein großes Gänseblümchen auf ein Eclair zauberte.

»Dir gefällt es nur, weil es besser ist, als in einer Anwaltskanzlei zu schuften«, entgegnete Sara. »Ich mag den Dreck nicht, ich mag den Geruch nicht, ja, ich mag nicht einmal den Zucker.«

»Du brauchst nicht zu bleiben«, meinte Jocelyn. Sie stand an dem großen, wunderschönen Ofen, den Jim, Lukes Vater, vor vier Tagen angeschlossen hatte. Inzwischen war er so ausgiebig benutzt worden, dass man ihn schon fast als Veteranen bezeichnen konnte.

»Geh nur!«, sagte Jim, der gerade mit Einkaufstüten beladen hereinkam. »Geh und näh schicke Sachen für Damen, die zu viel essen.«

Sara reichte Tess ihr Eclair und floh mehr oder weniger aus dem Raum.

Jim überprüfte die vielen Eclairs, die Tisch und Arbeitsflächen bedeckten, als käme er vom Gewerbeaufsichtsamt.

»Kontrolle bestanden?«, fragte Joce.

»Ich finde, dass sie gut aussehen, aber ich denke, Luke sollte das letzte Wort haben. Er kennt sich besser mit Blumen aus als ich.«

Tess legte die große Zuckergussspritze weg und lockerte ihre Arme. Die meisten ahnten nicht, wie viel Muskelkraft man brauchte, um den dicken, zähflüssigen Zuckerguss aus den

Tüten durch ein winziges Röhrchen zu quetschen und die Muster zu malen. »Ich glaube, ich schreibe einen Krimi, in dem die Mörderin Konditorin ist. Kein Mensch verdächtigt sie, weil der Täter über große Körperkraft verfügt haben muss. Und niemand vermutet, dass eine Frau, die Kuchen dekoriert, die Kraft von zehn Männern in den Unterarmen hat.«

Jim griff nach einem Eclair, das wie ein Marienkäfer aussah. Der Körper war rot mit schwarzen Punkten, und Tess hatte noch weiße Augen, eine rote Nase und ein breites weißes Lächeln hinzugefügt. Sie hatte auch eine grüne Schildkröte mit Beinen und einem Kopf aus Bonbons gebastelt. Doch ihr Meisterwerk war ein hellgelbes lächelndes Küken mit geschlossenen Augen und hübschen kleinen Flügeln, das aussah, als würde es gleich abheben.

»Du solltest das beruflich machen«, meinte Jim und nahm ein Eclair, das mit gelben und rosafarbenen Blümchen mit einem weißen Punkt in der Mitte verziert war.

»Nein«, antwortete Tess gedehnt. »Meine Stärke ist es, arbeitsscheue Männer herumzuscheuchen. Sie griff nach einem noch unglasierten Eclair. »Was meinst du? Soll ich es mit einer Hummel versuchen?«

»Ich glaube, es wird gut, ganz gleich, was du tust«, erwiderte Jim und warf einen Blick auf Jocelyn, die gerade pürierten Spinat abgoss. Seit Tagen buken sie nun schon Eclairs, und als größte Überraschung hatte sich entpuppt, wie begabt Tess im Verzieren war.

Am ersten Tag hatte Jim das Kommando übernommen. Als er und Joce Luke nicht im Garten antrafen, fuhren sie zu ihm, um seinen Pick-up auszuleihen. Jocelyn war neugierig, wie Luke wohnte, bekam aber nur das Äußere des Hauses zu Gesicht. Es war zwar nicht groß, hatte vorne jedoch eine große Veranda und war wunderschön. Sie wusste nicht, was sie erwartet hatte, doch man brauchte kein Fachmann zu sein, um zu erkennen, dass viel Geld in diesem Haus steckte. Die Fenster waren doppelt verglast und hatten Rahmen aus massivem

Hartholz. Das Dach war offenbar mit Schiefer gedeckt. Als sie um die Ecke spähte, bemerkte sie einen fantastisch angelegten Garten.

Sie drehte sich um und stellte fest, dass Jim sie beobachtete. »Offenbar warst du noch nie hier«, sagte er, während er einige Zahlen in ein Tastenfeld eingab, um die Garage zu öffnen.

»Nein. Wird in der Stadt etwas anderes geredet?«

»In dieser Stadt wird überhaupt viel geredet.« Das Garagentor ging auf. »Er hat den BMW genommen«, stellte er fest.

»Luke hat einen Pick-up und einen BMW?«

Jim sah sie fragend an, schwieg aber. »Dann ist er sicher nach Williamsburg zu seinem Großvater gefahren.«

»Ich dachte, sein Großvater sei verstorben.«

»Hat er dir das erzählt?«

»Ja«, erwiderte Joce zögernd und stieg auf der Beifahrerseite in den Pick-up. Rankte sich um Lukes Großvater etwa auch ein Geheimnis?

»Wahrscheinlich ist er bei seinem anderen Großvater, dem Vater meiner Frau.«

»Oh«, sagte Joce und verfiel dann in Schweigen. Wie sie vermutet hatte, standen vor dem Pick-up drei Motorräder: eine schlammbespritze Honda für Querfeldeinfahrten, eine alte Indian und eine schnittige rote Kawasaki zum Fahren auf der Straße. Sie hätte gern mehr über Luke gewusst, doch Jim schien nicht über ihn sprechen zu wollen. Überhaupt war der Mann offenbar nicht sehr redselig, weshalb sie eine Weile wortlos dahinfuhren. »Du kannst mir nicht erklären, was es mit diesen Kuchen auf sich hat, oder?«

»Keine Ahnung«, antwortete Jim. »Luke wollte, dass ich für Samstag eine Riesenparty organisiere, wo du Eclairs für fünfundzwanzig Dollar das Stück verkaufen kannst, oder so ähnlich. Hört sich gut an. Was brauchst du denn für eine Ausrüstung?«

»Eine kostenlose«, entgegnete sie spontan.

»Was hältst du davon, wenn ich Ratenzahlung mit einer Zahlpause von achtzehn Monaten für dich vereinbare?«

»Um solche Bedingungen herauszuschlagen, musstest du vermutlich deine Seele dem Teufel verkaufen.«

Jim kicherte. »Noch schlimmer als der Teufel – *I owe my soul to the company store*«, zitierte er aus einem bekannten Lied.

»*Sixteen tons, and whaddaya get*«, ergänzte Joce mit ernster Miene die Zeile.

Mit einem breiten Grinsen manövrierte Jim den Pick-up rückwärts aus der Garage. »Ein Mädchen, das Tennessee Ernie Ford zitieren kann, hat mein Herz schon erobert. Was hältst du von einem eins fünfzig breiten Herd mit sechs Platten, Grill und zwei Backröhren?«

»Wie viel Watt?«

»Mindestens fünftausend.«

»Kein Wunder, dass du so gut in deinem Job warst. Du beherrschst Porno für Frauen.«

Er fuhr mit ihr zu einem Lagerhaus am Stadtrand von Richmond und stellte ihr Hunderte von Männern vor, die er alle ausgebildet hatte und die ihn noch immer verehrten. Jim war Vertriebsleiter für den gesamten Südosten der Vereinigten Staaten gewesen und hatte die geforderten jährlichen Verkaufszahlen stets um mindestens 4 Prozent überboten.

Nun beschaffte er für Joce B-Ware mit Transportschäden. Der riesige Herd hatte einen Kratzer an der Rückseite, den kein Mensch sah, der aber dafür sorgen würde, dass kein Kunde mehr den vollen Preis bezahlen wollte. Der gewaltige Gefrierschrank hatte eine hellgelbe Farbe, die nicht mehr im Programm war. »Sieht aus wie Butter«, meinte sie.

»Genau das ist ja das Problem«, erwiderte Jim. »Heutzutage wollen die Leute nicht einmal mehr an Butter denken, sondern nur noch an grünen Salat.« Sein Tonfall löste bei Joce einen Lachanfall aus.

Als sie nach Edilean Manor zurückkehrten, standen drei Autos in der Auffahrt. »Offenbar tut meine Frau alles, um mich loszuwerden«, stellte Jim fest. »Vielleicht sollten wir beide zusammen eine Firma gründen.«

»Und was machen wir dann?«, fragte Joce.

»Das muss ich mir noch überlegen. Aber ich gebe dir Bescheid, sobald mir was eingefallen ist.«

»Was ist mit Luke? Vielleicht könntet ihr beide …«

»Wir würden einander in der ersten Woche den Schädel einschlagen. Er arbeitet lieber allein.«

»Als Gärtner verdient er sicher nicht sehr viel. Ich bin zwar keine Immobilienmaklerin, aber sein Haus scheint eine Stange Geld gekostet zu haben.«

»Er braucht nur Zeit, um seine Wunden zu lecken«, antwortete Jim beim Aussteigen. »Der wird schon wieder. Übrigens hat er dich sehr gern, so viel steht fest. Ich habe ihn schon seit Wochen nicht mehr so selten unglücklich gesehen.«

Jocelyn blieb im Pick-up sitzen und blickte Jim nach, als dieser ins Haus ging. Unglücklich? Warum war Luke unglücklich? Das war ihr bis jetzt noch gar nicht aufgefallen.

Im nächsten Moment kam die rothaarige Frau aus dem Haus, die letztens bei Joce vor der Tür gestanden hatte. Sie öffnete den Kofferraum ihres Autos und hob einen riesigen Mixer heraus. Joce sprang aus Lukes Pick-up. »Ich helfe Ihnen.« Sie schob den Arm unter den Mixbecher und nahm dann den anderen Karton, den die Frau ihr reichte.

»Ich habe Sie in der Kirche gesehen, aber Sie erinnern sich bestimmt nicht mehr an mich. Ich bin Mavis …«

»Kens Mutter.«

»Richtig«, erwiderte sie erfreut. »Wo waren Sie denn mit Jim?«

»Sachen kaufen. Sie sollten morgen geliefert werden.«

»Ha! Wie ich Jim Connor kenne, kommt das Zeug innerhalb der nächsten Minuten. Es ist schon ein Mann da, der die Gasleitung abklemmt. Wollen Sie wirklich in Edilean eine Eclair-Bäckerei eröffnen und Ihre Ware per Internet in den ganzen USA vertreiben?«

Jocelyn brauchte einen Moment, um das zu verarbeiten. »Nein, ich kann mir nichts Schlimmeres vorstellen, als für den

Rest meines Lebens Eclairs zu backen. Eigentlich wollte ich ein historisches Buch über Edilean schreiben. Ich habe so viele wundervolle Geheimnisse gehört, dass ich sie gerne der ganzen Welt mitteilen würde.«

Mavis lächelte Jocelyn zweifelnd zu und eilte dann in Richtung Haus. »An Ihrer Stelle würde ich das nicht herumerzählen, sonst könnten sie Arsen in Ihrem eigenen Eclair finden«, meinte sie, über die Schulter gewandt.

Joce folgte ihr ins Haus. Sehr interessant, dachte sie. Offenbar hatte sie mit ihrer Bemerkung einen Nerv getroffen.

Mavis behielt recht, denn die Küchengeräte wurden schon zwei Stunden später geliefert. Jim sah die Fahrer finster an und fragte, warum so ein simpler Auftrag so lange gedauert habe.

»Haben die ein Freudenfest veranstaltet, als er in Rente gegangen ist?«, raunte Joce Tess zu.

»Nein, sie haben bitterlich geweint. Er hat wirklich das Beste aus ihnen herausgeholt.«

»Wie du aus deinen Anwälten.«

Achselzuckend ließ Tess ein Drehtablett kreisen. »Hast du was dagegen, wenn ich dir helfe? Manchmal steht mir der Papierkram bis hier. Ich hätte mal Lust, etwas anderes zu tun.«

»Keine Ahnung, wie viel Arbeit das hier wird, aber ich habe so eine Vermutung, dass ich alle Hilfe brauchen werde, die ich kriegen kann.«

Bald kam sie zu dem Schluss, dass wahrere Worte nie gesprochen worden waren. Anfangs schauten noch einige Frauen von der Kirchengemeinde herein, die neugierig waren, was hier geschah. Hin und wieder versuchte sich die eine oder andere sogar am Dekorieren eines Eclairs, doch da Tess und Jim alle herumkommandierten, machten sie sich bald wieder aus dem Staub. »Jetzt siehst du mal, was ich aushalten muss«, hörte Jocelyn Lukes Mutter zu einer anderen Frau sagen, als die beiden die Flucht ergriffen.

Zu guter Letzt blieben Tess, Jim und Jocelyn allein in der Küche zurück. Jocelyn buk die Kuchen und fror sie ein. Tess verzierte sie, und Jim sorgte dafür, dass den Frauen das Material nicht ausging, und säuberte Schüsseln und Spritztüten. Da Tess mit den Tüten aus Pergamentpapier nicht zurechtkam, recherchierte Jim im Internet und beschaffte große Beutel aus Leinen für sie. Außerdem bestellten sie so viele Röhrchen, Halterungen, Lebensmittelfarben und Zuckerröschen, dass die Lieferung einen Karton von einem Quadratmeter Durchmesser in Anspruch nahm. Ganz unten lag eine DVD, die erklärte, wie man die Utensilien benutzte. Tess sah sie sich auf ihrem tragbaren DVD-Spieler an, und bald schwang sie die Glasurspritze, als hätte sie nie etwas anderes getan.

Am Nachmittag des zweiten Tages erschien Ramsey mit einem Aktenkoffer voller Papiere und einer Liste mit Fragen an Tess, von denen die meisten mit »Wo ist …?« anfingen.

Tess war gerade dabei, Schmetterlingsflügel auf Pergamentpapier zu spritzen. Als sie trocken waren, nahm sie sie ab, klebte sie zusammen und befestigte sie an einem Eclair. »Keine Ahnung«, antwortete sie Ramsey. »Bitte doch eines der Mädchen, die Sachen für dich zu suchen. Oder sind sie noch nicht mit ihrem Alphabetisierungskurs durch?«

»Tess, das ist nicht komisch. Um neun Uhr morgen früh muss ich bei Gericht sein, und ich habe keine Ahnung, was aus der eidesstattlichen Vernehmung geworden ist.«

»Hat die überhaupt schon jemand abgetippt?«, erkundigte sich Tess, ohne aufzublicken.

»Natürlich ist sie abgetippt worden. Bei der Mitschrift …« Seine Stimme erstarb. »Sag jetzt bitte nicht, dass sie noch auf Band ist.«

»Ich habe den Mädchen nicht die Anweisung gegeben, sie zu tippen. Wenn du es nicht selbst getan hast, habe ich die starke Vermutung, dass sie wirklich noch auf Band ist. Und das steckt im Diktiergerät. Hoffentlich hast du die Batterien überprüft. Hast du dich vergewissert, dass die kleinen Rädchen da drin sich auch brav drehen?«

»Ich muss los«, entgegnete Ramsey in einem Tonfall, als sei

er kurz davor, sich zu übergeben. Als er an Jocelyn vorbeihastete, blieb er stehen, da er sich offenbar verpflichtet fühlte, etwas zu ihr zu sagen.

»Lauf!«, meinte sie. »Schau dir das Diktiergerät an. Tu, was nötig ist.«

»Morgen, Tess!«, rief er auf dem Weg durch die Eingangshalle. »Morgen früh erwarte ich dich im Büro. Ich möchte, dass du mit mir zu Gericht gehst.« Sie hörten die Tür hinter ihm ins Schloss fallen.

Joce, die gerade in einem Topf herumrührte, drehte sich zu Tess um. »Ich verzichte zwar nur ungern auf dich, aber wenn du in der Kanzlei gebraucht wirst …«

»Ich habe nicht vor, auch nur einen Fuß in diese Kanzlei zu setzen, bevor Ramsey McDowell und seine Partner mir eine Gehaltserhöhung anbieten.«

»Und ein Auto«, verkündete Jim, der in der Tür stand.

»Und eine neue Küche«, ergänzte Jocelyn und sah Tess an. »Gut, dann keine neue Küche. Was hältst du von einer Firmen-Kreditkarte und vier Wochen bezahltem Urlaub?«

»Sehr viel«, antwortete Tess grinsend und hielt ein Eclair mit niedlichem Hummel-Dekor hoch. »Oder ich kündige wirklich und werde Konditorin.«

Das war zwar nur ein Scherz, doch Jim und Jocelyn wechselten einen Blick mit hochgezogenen Augenbrauen.

Es war der Tag vor dem Fest um vier Uhr nachmittags. Jocelyn war so müde, dass sie sich kaum noch auf den Beinen halten konnte, als Jim sagte: »Und was sollen die Erwachsenen essen?«

»Ich dachte, dafür würde gesorgt.«

»Ja«, erwiderte Jim. »Viv hat ein Büffet bestellt. Aber was ist mit Eclairs? Oder Keksen? Sicher werden sie etwas wollen, auf dem keine meterdicke Schicht Zuckerguss ist.«

»Was ist mit essbaren Blumen?«

Als sich die drei umdrehten, stand Luke in der Tür und hielt eine große Holzkiste voller Blumen hoch.

»Wo hast du denn gesteckt?«, platzte Joce heraus. »Ich habe dich tagelang nicht gesehen. Was hast du gemacht?«

Alle Blicke wandten sich Jocelyn zu, denn sie klang beinahe zornig.

»Schön, dass man mich vermisst hat«, entgegnete er und stellte die Kiste auf der Tischkante ab.

»Entschuldige, ich, äh …« Jocelyn war nicht sicher, was sie sagen sollte, doch ihr Ausbruch war ihr eindeutig peinlich. »Wir hätten deine Hilfe gebrauchen können.«

»Wenn mich nicht alles täuscht, habt ihr drei euch wacker geschlagen. Also, Dad, welche hast du verziert?«

»Hmpf!«, brummte Jim. »Ich bin hier der Manager. Und wo warst du? Bei meinem Schwiegervater in seinem schicken Haus in seiner schicken Siedlung auf seinem schicken Golfplatz?«

Luke warf Jocelyn einen Blick zu. »Sind Familien nicht etwas Wundervolles?«

»Deine schon, meine nicht«, erwiderte sie rasch, worauf Jim auflachte.

»Könntest du die dreckige Kiste von den Eclairs wegstellen?«, fragte Tess.

»Sie ist nicht dreckig«, entgegnete Luke. »Sondern …« Er nahm eine hübsche Brunnenkresse-Blüte und verspeiste sie. »Diese Blumen sind nicht nur sauber, sondern essbar.«

Jocelyn beobachtete ihn mit weit aufgerissenen Augen. »Blumen«, flüsterte sie. »Wie frittierte Zucchiniblüten.«

»Genau«, antwortete Luke lächelnd.

»Ist das eine Yankee-Spezialität? Frittierte Blumen?«, erkundigte sich Jim. »Und uns Südstaatlern wirft man immer vor, dass wir alles in die Fritteuse werfen.«

»Hier wird nichts frittiert«, sagte Luke. »Wir stecken sie einfach in die Eclairs für die Erwachsenen.« Er musterte Jocelyn eindringlich, als wolle er ihr eine lautlose Botschaft übermitteln.

»Du hast doch nicht etwa?«

»Doch. Im Pick-up.«

»Sollen wir raten, was ihr beide im Pick-up gemacht habt?«,

spöttelte Tess, aber Jocelyn war schon zur Tür hinaus. Luke folgte ihr auf den Fersen.

Alle vier scharten sich um die Ladefläche von Lukes Pick-up, während Luke die Plane entfernte. Darunter befanden sich zwei große Körbe, die durchsichtige Plastikbeutel voller getrockneter violetter Zweige enthielten.

Im ersten Moment war Jocelyn sprachlos. Dann sagte sie: »Ich brauche einen …«

Luke zog die Plane weiter zurück, sodass ein großer Mörser aus weißem Marmor mit einem Durchmesser von etwa fünfundvierzig Zentimetern und ein großer Stößel in Sicht kamen.

Joce stieß einen Jubelruf aus und fiel Luke spontan um den Hals. »Du hast es wirklich gemacht! Du bist wundervoll! Danke, danke, danke!«

Tess und Jim beobachteten die beiden. »Am besten fangt ihr schon mal mit der Gästeliste für eure Hochzeit an«, murmelte Tess, doch Jim antwortete nicht, sondern machte ein eindeutig finsteres Gesicht.

»Okay«, sagte er. »Wollt ihr beiden mir nicht erklären, was das ist? Das sieht ja aus wie aus einer Zauberwerkstatt. Wollt ihr Gold machen?«

Plötzlich von Verlegenheit ergriffen, ließ Joce Luke los und wich zurück. »Er hat Lavendel aufgetrieben. Und das da sind ein Mörser und ein Stößel, um ihn zu zerreiben. Das heißt, ich kann Lavendelkekse backen. Die eignen sich großartig für Damenkränzchen.«

»Klingt prima!«, begeisterte sich Tess. »Wann fangen wir …« Als sie Jims Blick bemerkte, hielt sie inne. »Wirklich eine Spitzenidee, aber ich glaube, ich schaue jetzt mal besser nach Rams' Problem. Wenn er das Band nicht findet, verliert er den Prozess. Ich sollte ihm helfen.«

»Und ich bin total erschossen«, verkündete Jim. »Ich bin zu alt für so viel Durcheinander. Ich komme morgen in aller Früh, um euch zu helfen, die Sachen zu Viv zu bringen. Also verschlaft nicht.« Er sah seinen Sohn warnend an.

Dann nahm er den Autoschlüssel aus der Tasche, stieg ins Auto und fuhr los. Tess ging in ihre Wohnung.

»Haben wir was Falsches gesagt?«, fragte Luke, als sie allein waren. »Vielleicht hätte ich duschen sollen.«

»Ich habe es schon nach einer Stunde aufgegeben, diese Stadt verstehen zu wollen. Komm rein und erzähl mir alles. Ach, übrigens legst du den Kräutergarten kostenlos an. Vielleicht bezahlt ja auch dein Vater dafür.«

»Dieser Geizkragen! Niemals. Was hast du ihm denn erzählt, dass ich jetzt gratis Gartenarbeit machen muss?«

»Ich habe mich benommen. Dein Vater liebt das Wörtchen *ja.*«

»Das hast du doch nicht etwa wirklich getan?«, stöhnte Luke auf. »Als ich sechs Monate alt war, haben Mom und ich einen Pakt geschlossen, nie, nie, nie dieses Wort in seiner Gegenwart zu benutzen, und wir haben unseren Schwur gehalten. Bitte, sag jetzt nicht, dass du alles verdorben hast.«

»Mit sechs Monaten«, meinte sie grinsend auf dem Weg in die Küche, wo sämtliche Flächen mit wunderhübschen Eclairs bedeckt waren. Sie waren mit Blumen, Insekten und Tieren verziert. Etwa ein Dutzend war mit hochhackigen Schuhen und Kleidern bemalt.

»Lass mich raten«, sagte Luke. »Die sind von Sara.«

»Richtig. Sie wollte auch, dass ich Kuchen in der Form von Stöckelschuhen backe, doch das hätte zu lange gedauert.

»Was ist mit denen? Sind die von dir?« Er hielt ein Eclair mit einem braun-weißen Hundegesicht darauf hoch.

»Nein, von Tess.«

»Tess?«, wunderte sich Luke. »Die Tess, die bei Ramsey arbeitet? Die Tess, die alles Niedliche und Gefühlsduselige verabscheut?«

»Genau die. Ich glaube, dein Dad will mit ihr eine Firma eröffnen.«

Luke setzte sich und starrte Jocelyn entgeistert an. »Mein Vater und Tess? Aber die sind beide Bosse. Sie lieben es, anderen Leuten zu sagen, was sie tun sollen und wie. Mein Vater kommt mit niemandem zurecht, den er nicht herumkommandieren kann. Und Tess ist keinen Deut besser. Sie befehligt Rams' Kanzlei wie ein Kapitän sein Schiff.«

Joce zuckte die Achseln. »Ich habe keine Ahnung, wie ihre Zusammenarbeit klappt, doch sie tut es. Du solltest die beiden erleben. Wie ein gut geöltes Uhrwerk. Wenn Tess die blaue Glasur ausgeht, braucht sie kein Wort zu sagen, sondern nur das nächste Mal nach der blauen Farbe zu greifen, und dein Dad hat einen Beutel für sie gefüllt.«

»Mein Dad rührt Glasur an?«

»Und er füllt die großen Zuckergussbeutel. Nach dem ersten Tag haben er und Tess etwa zwei Stunden im Internet gesurft und tonnenweise Röhrchen und Beutel bestellt … und auch sonst noch alles mögliche.«

»Das hätte ich gern gesehen.«

»Und wo warst du?«, fragte Joce, während sie Teig in Backpapierförmchen füllte.

»Lass mich das machen«, sagte Luke. »Am Schluss heißt es sonst noch, mein Dad hätte mehr mitgearbeitet als ich.« Während er sich die Hände wusch, betrachtete er die Kuchen auf den Arbeitsflächen. Sie sahen wirklich wunderhübsch und sehr professionell aus.

»Ich warte«, meinte Joce.

»Sorry, ich muss mir alles anschauen.«

»Ich meinte, dass ich darauf warte zu erfahren, wo du warst.«

»Ja, Mom …«, erwiderte er, als ob Joce seine Mutter gewesen wäre. Doch sie verzog keine Miene. »Zeig mir, wie das funktioniert.«

Joce erklärte ihm, wie man die Förmchen mithilfe von Schüssel und Teigschaber füllte, die Backform in den Ofen schob und die Zeitschaltuhr einstellte. »Wir müssen die Kuchen in die Schachteln packen, die dein Vater bestellt hat. Du kannst mir alles erzählen, während wir arbeiten.«

»Warum, glaubst du, hat Miss Edi Edilean nie erwähnt?«

»Ich weiß nicht«, antwortete Joce, und sie bemerkte selbst, wie gekränkt ihre Stimme klang. »Sie hat so viel mit mir über ihr Leben gesprochen. Über ihre Jahre mit Dr. Brenner könnte ich ein Buch schreiben. Doch über die Stadt, in der sie aufgewachsen ist, hat sie geschwiegen.«

»Sie hat nie über ihre Kindheit geredet?«

»Sie hat nur gesagt, sie sei in einer Kleinstadt in den Südstaaten aufgewachsen, aber mehr nicht. Ihr Leben habe erst begonnen, als sie David kennenlernte. Und bis ich herkam, dachte ich, David sei im Zweiten Weltkrieg gefallen. Doch Sara hat mir erklärt, er habe ihr den Laufpass gegeben. Als Miss Edi, die Beine über und über voller Narben, aus dem Krieg kam, habe der Mann, den sie liebte, irgendein Flittchen geheiratet, das er geschwängert hatte.«

»So kann man es natürlich auch sehen«, meinte Luke, während er zwölf Eclairs in einer Gebäckschachtel verstaute.

»Was soll das heißen? Du klingst, als hätte ich gerade etwas Schreckliches gesagt. Ich habe nur wiederholt, was ich gehört habe.«

»Die gute alte Gerüchteküche von Edilean. Wo soll ich die hinstellen?« Er hielt die Schachtel hoch.

»Ich dachte, wir stapeln sie in der Eingangshalle. Ich brauche Platz für den großen Mörser, damit ich mit dem Zerreiben anfangen kann.«

»Du weißt schon, dass es dafür Maschinen gibt«, wandte Luke ein.

»Klar, aber wer will so ein Ding? Ich nicht.«

Sie merkte Luke an, dass ihm die Antwort gefiel. Er brachte die Schachtel hinaus in die Eingangshalle, kehrte mit Mörser und Stößel zurück und ging dann die Körbe mit dem Lavendel holen.

»Ich glaube, du hast mir etwas zu sagen und traust dich nicht«, verkündete Joce. »Raus mit der Sprache.«

»Wenn du freie Wahl zwischen allen Berufen der Welt hättest, was würdest du tun?«

»Biografien schreiben«, erwiderte sie wie aus der Pistole geschossen.

Luke sah sie überrascht an.

»Als ich im zweiten Studienjahr war, hat Miss Edi mir gesagt, eine Freundin von ihr wolle die Biografie ihrer Großtante verfassen, die Suffragette gewesen sei, wisse aber nicht, wie man recherchierte. Sie konnte keine Originalquelle von einem Lexikoneintrag unterscheiden.«

»Originalquelle«, wiederholte Luke, während er weitere Kuchen in Schachteln verstaute. »Briefe, unveröffentlichte Dokumente und so weiter?«

»Genau. Ich habe die Frühjahrsferien bei der Frau verbracht. Eine wundervolle Woche lang haben wir alte Truhen durchsucht und auf den Speichern einiger ihrer Verwandten gekramt.«

»Und hat sie ihr Buch geschrieben?«

»Ja und nein.« Als die Zeitschaltuhr läutete, holte Joce die Eclairs aus dem Ofen. »Sie hat es geschrieben, konnte aber keinen Verlag finden. Also hat sie es nur im Verwandtenkreis verbreitet. Doch das war nicht weiter wichtig. Es hat großen Spaß gemacht, zu wühlen und zu recherchieren und alles über das Leben eines Menschen herauszufinden. In ihrem Fall hat sie erfahren, dass ihre Großtante nichts anderes getan hatte, als die Suffragetten zum Tee zu sich nach Hause einzuladen. Doch als ihr Mann davon erfuhr, war Schluss damit. Aber es hat mir trotzdem große Freude gemacht.

Später hat Miss Edi mich ermutigt, Briefe an Verlage zu schreiben, und so habe ich ein paar Rechercheaufträge für weitere Bücher bekommen. Es war nicht sehr gut bezahlt, doch ich habe es genossen.«

»Und über wen würdest du gerne schreiben?«

»Ich …« Jocelyn zögerte, als müsse sie sich erst ein Herz fassen, um sich ihm anzuvertrauen. »Ich dachte an Miss Edis Zusammenarbeit mit Dr. Brenner. Er ist vor ein paar Jahren gestorben, doch seine Frau hat noch alle Briefe, die sie ihm geschrieben hat und die sie mir gern leihen würde. Allerdings glaubt sie, dass ihr Mann, nicht seine Assistentin, die Hauptperson meines Buches sein wird. Das könnte zu Problemen führen.«

»Was, wenn ich dir erzählen würde, dass ich den Anfang einer Geschichte besitze, die Miss Edi über ihre Kriegserlebnisse geschrieben hat, und dass ich sie von dem David habe, von dem sie deiner Ansicht nach sitzen gelassen worden ist?«

»Was hast du?« Jocelyn blickte vom Mörser auf und starrte ihn an. »Hat der Mistkerl ihr schriftlich den Laufpass gegeben, während sie mit verbrannten Beinen im Krankenhaus lag?«

Luke musste schlucken, bevor er etwas erwidern konnte. »Okay, lass uns zuerst eines klarstellen. Du musst aufhören, die Lügen wiederzukäuen, die alle in dieser Stadt glauben. Der David, der deiner Edilean Harcourt deiner Ansicht nach sitzen gelassen hat, ist mein Großvater. Und das Flittchen, das er geschwängert hat, ist meine Großmutter. Das Kind, das dabei herausgekommen ist, ist meine Mutter.«

»Oh«, sagte Jocelyn und ließ sich schwer auf einen Stuhl fallen. »Dein Großvater hat ihr ›leidenschaftlich‹ den Hof gemacht und dann …«

»Ehe du weitersprichst, solltest du wissen, dass es noch einen zweiten David gab, der im Zweiten Weltkrieg gefallen ist.«

»Ein zweiter David?«, flüsterte Jocelyn. »Miss Edi war in zwei Männer verliebt, die beide David hießen?«

»Ich habe die letzten Tage mit meinem Großvater verbracht und …«

»Er lebt noch? Miss Edis David lebt noch?«

»Er ist quicklebendig. Und er ist noch immer mit Mary Alice verheiratet. Die beiden lieben einander sehr. Er hat mir den ersten Teil der Geschichte gegeben, die Miss Edi an einen Freund geschickt hat. Ich habe sie noch nicht gelesen, doch Opa sagt, es steht drin, was ihr zugestoßen ist.«

Jocelyn starrte ihn entgeistert an.

»Wenn du jetzt nicht anfängst, den Lavendel zu zerreiben,

können wir die ganze Nacht hier sitzen, ohne dass die Kekse fertig werden.«

»Ich möchte die Geschichte jetzt sehen«, sagte Joce leise.

»Nein«, entgegnete Luke mit Nachdruck. »Wenn ich warten kann, schaffst du es auch. Zuerst erledigen wir das hier und verdienen ein bisschen Geld damit. Und dann liest du sie mir vor, während ich den Kräutergarten anlege.«

Langsam stand Jocelyn auf und begann, weiter den Lavendel zu bearbeiten. »Ich will jedes Wort hören, das du mit deinem Großvater gewechselt hast. Wehe, wenn du auch nur die kleinste Kleinigkeit auslässt.«

»Ich weiß nicht viel, und außerdem musste ich mit Opa Dave Golf spielen, um das wenige zu erfahren. Ich hasse Golf.«

»Aber du angelst gern.«

»Jetzt fang du nicht auch noch an!« Luke hatte die Stimme erhoben. »Entschuldige, aber ich musste tagelang einen eifersüchtigen Großvater ertragen.«

»Und was hat er dir erzählt?«

Luke schwieg eine Weile. »Warum ist dir das alles so wichtig?«

»Keine Ahnung«, erwiderte sie zögernd. »Manchmal habe ich das Gefühl, dass mein ganzes Leben eine Lüge war. Und selbst wenn es sich um die Wahrheit handelt, verstehe ich sie nicht. Bevor ich Miss Edi kennenlernte, hatte ich Großeltern. Mein Großvater hat stundenlang über meine Mutter gesprochen, aber er hielt nichts davon, die Dinge zu beschönigen. Oma hat immer geschimpft, weil er mit mir geredet hat wie mit einer Erwachsenen.

Wie dem auch sei, jedenfalls hat meine Mutter teure Privatschulen besucht. Sie hat konzertreif Klavier gespielt und war wunderschön, intelligent und beliebt. Sie hatte Dutzende von Verehrern, hat jedoch alle Heiratsanträge abgelehnt, bis meine Großmutter schon anfing zu befürchten, sie würde niemals heiraten. Und weißt du, was sie dann getan hat?«

»Keine Ahnung.«

»Sie hat sich bis über beide Ohren in den Hausmeister des Country Clubs verliebt, wo meine Großeltern Mitglieder waren. Er hatte in der zehnten Klasse die Schule abgebrochen und nie ein Buch aufgeschlagen. Gewohnt hat er in einer winzigen Hütte, und er hat sein ganzes Geld für Motorräder ausgegeben. Meine Großeltern haben alles versucht, um ihr diesen Mann auszureden. Aber meine Mutter hat gedroht, den Kontakt zu ihnen abzubrechen, wenn sie ihnen nicht ihren Segen geben – und ein Dach über dem Kopf.«

Jocelyn hielt inne, kratzte den zerriebenen Lavendel zusammen und fing an, die Zutaten für die Kekse abzumessen.

»Damals war meine Mutter schon dreiunddreißig, und ihre Eltern wussten, dass sie einen Dickkopf hatte. Also haben sie gute Miene zum bösen Spiel gemacht und so getan, als freuten sie sich darüber, dass ihre schöne Tochter den Hausmeister heiratete. Sie haben sogar nicht einmal mit der Wimper gezuckt, als das junge Paar bei ihnen eingezogen ist. Mein Großvater hat meinem Vater einen Job bei seinem Versicherungskonzern besorgt. Dad ist jeden Tag zur Arbeit gegangen, aber er hatte kein Händchen dafür. Doch er hat meine Mutter sehr geliebt.«

»Und das ist es, was zählt«, meinte Luke.

»Ja, und trotzdem … Meine Großeltern haben nie schlecht über meinen Vater gesprochen, aber ich wusste, was sie von ihm hielten. Und vier Jahre nach der Hochzeit meiner Eltern kam ich zur Welt. Fünf Jahre später starb meine Mutter an einem Aneurisma. Und als ich neun war, kamen meine Großeltern bei einem Autounfall ums Leben …«

»Und du bist allein mit deinem Dad zurückgeblieben.«

»Ja«, erwiderte sie und wandte sich wieder den Keksen zu. »Und er ist wieder ins alte Fahrwasser geraten. Keine Krawatten mehr. Kein Achtstundentag. Meine Großeltern haben mir das Haus hinterlassen. Das wenige Geld, das noch da war, wurde vom Anwalt der Familie verwaltet. Als ich zwölf war, war alles verbraucht.«

Jocelyn lächelte. »Und dann bin ich Miss Edi begegnet und wurde von meiner Einsamkeit erlöst.«

»Also gut«, meinte Luke nach einer Weile. »Kannst du backen und gleichzeitig zuhören?«

»Willst du wissen, ob ich Kekse backen kann, während ich mir Miss Edis Geschichte anhöre? Hast du sie etwa dabei?«

»Das erste Kapitel.«

»Ist es in Buchform?«

»Ich glaube schon.« Luke seufzte auf. »Das mit dem eifersüchtigen Großvater war übrigens kein Scherz. Opa Dave war der hiesige Arzt und kannte deshalb Gott und die Welt. Ständig war er von Menschen umringt, und wenn er auf eine Weihnachtsfeier ging, standen die Leute Schlange, um ihm ihre Furunkel und Warzen zu zeigen und sich kostenlosen ärztlichen Rat zu holen.«

»Und du hast dich als Einzelgänger lieber abseits gehalten«, sagte Jocelyn.

»Genau. Und da Opa Joe verstorben und Opa Dave im Ruhestand ist, möchte er …«

»Mehr Zeit mit dir verbringen.«

»Richtig«, antwortete Luke. »Deshalb war ich ein paar Tage weg. Oma Mary Alice hatte mir auch einiges zu erzählen …«

»Also haben sie dich erpresst, damit du bei ihnen übernachtest. Wie viel hast du zugenommen?«

»Nichts, weil ich tagein, tagaus über den verdammten Golfplatz gelatscht bin und dabei Opa Daves Tasche geschleppt habe. Das verdammte Ding wiegt mindestens eine Tonne.«

»Und was hast du dafür gekriegt?«

Luke stand auf, nahm seine Jacke von einem Stuhl und holte einen in der Mitte gefalteten dicken Papierstapel aus der Jackentasche. Das Papier war alt und vergilbt und an den Rändern abgegriffen.

Jocelyn setzte sich, eine große Schüssel Lavendelteig im Arm, ihm gegenüber. »Ist das die Geschichte?«

»Das erste Kapitel. Offenbar hat Miss Edi, als sie mit den

Verbrennungen an den Beinen im Krankenhaus lag, alles aufgeschrieben und es an ihren Freund Alexander McDowell geschickt.«

»Den Mann, dessen Geld sie später verwaltet hat. Den Mann, der ihr etwas schuldig war, doch niemand verrät uns, was es ist. Haben viele Leute diese Papiere gelesen?«

»Ich glaube nicht. Onkel Alex hat die Papiere vor langer Zeit meinem Großvater gegeben. Der hat sie gelesen, und seitdem lagen sie in einem Bankschließfach in Richmond.«

Sie betrachtete die Papiere in Lukes Hand und rührte dabei in dem Lavendelteig herum. »Wo ist der Rest?«

»Mein lieber Großvater wird den Text nur kapitelweise herausrücken. Ich glaube, ich muss noch öfter mit ihm Golf spielen.«

»Oder du gehst mit ihm angeln«, meinte sie. »Oder nimmst ihn auf einem deiner Motorräder mit.«

»Woher weißt du …? Ach, du und Dad habt euch meinen Pick-up geliehen. Wenn du mal mitfahren willst, gib mir Bescheid.«

»Klar«, erwiderte sie. Offenbar bemerkte er ihr Zögern nicht.

»Du liest, ich backe Kekse.« Als er anfangen wollte, sagte sie: »Moment mal! Ich habe eine ganz verrückte Idee und wollte dich fragen, ob das geht.«

»Ich bin schon begeistert.«

»Ich habe einmal für eine von Miss Edis Wohltätigkeitsveranstaltungen Margarita-Eclairs gebacken. Der Teig enthält ein wenig Tequila, und die Glasur wird mit Limettensaft und Tequila angerührt. Meinst du, ich könnte so etwas für Vivs Party wagen?«

»Hast du die Zutaten da?«

Als sie einen Unterschrank öffnete und einen Stapel Papiertüten beiseite schob, kamen zwei Flaschen Tequila und ein großer Beutel Limetten zum Vorschein. »Ich wusste nicht, was dein Vater davon halten würde. Also habe ich Tess gebeten, die Sachen ins Haus zu schmuggeln.«

»Wir verraten einfach nichts und nennen die Dinger Limetten-Eclairs. Hast du auch ein Schlückchen zum Trinken übrig?«

Lächelnd schenkte sie zwei kleine Gläser Tequila ein und reichte ihm eines.

»Bist du bereit?«, fragte er.

»Ich glaube schon.«

Luke faltete die Papiere auseinander und fing an zu lesen.

12

London, 1944

»Clare!«, brüllte Captain Owens seinen Sergeant an, der am Jeep lehnte und ins Leere starrte. Als keine Reaktion erfolgte, wedelte er ihm mit der Hand vor dem Gesicht herum – ebenfalls vergeblich. »Was zum Teufel hat er denn?« Er wandte sich an den Corporal, der auf der anderen Seite des Jeeps stand.

»Sie«, erwiderte Corporal Smith und nahm David Clare die heruntergebrannte Zigarette aus dem Mund, bevor sie ihm noch die Lippen versengte.

»Wer?«, hakte der Captain ungeduldig nach. Manchmal schienen die Männer nicht zu begreifen, dass sie sich mitten in einem Krieg befanden.

Der Corporal nahm einen letzten Zug von Clares Zigarette und wies mit dem Kopf auf das große Gebäude vor ihnen. Früher einmal ein stattliches Anwesen, lag nun ein Viertel davon in Schutt und Asche. Auf der Vordertreppe stand General Austin, ein kleiner, gedrungener Mann, der gerne herumbrüllte und sprach wie ein Maschinengewehr. Seine Standpauken hatten schon so manchem erwachsenen Mann die Tränen in die Augen getrieben. Die Soldaten hatten ein Spiel erfunden, das sie »Schlimmer als Austin« nannten. Erste Frontlinie oder eine Viertelstunde allein mit Austin? Folter oder Austin? Im letzten Jahr war auch die Redewendung »Besser als Austin« geprägt worden, die zur Anwendung kam, wenn zum Sturm auf den Feind geblasen wurde. »Immer noch besser als Austin«, hieß es, bevor man die Bajonette aufpflanzte und angriff.

Nun stand der kleingewachsene, stämmige General auf der Treppe und machte drei junge Offiziere zur Schnecke. Und

Sergeant Clare schaute einfach durch ihn hindurch wie in Trance.

»Austin?«, meinte der Captain wegwerfend. »Er fürchtet sich vor Austin? Ach, zum Teufel! Soll jemand anderer den Mistkerl chauffieren. Clare, mitkommen!«

Sergeant Clare rührte sich nicht.

»Nicht er«, verbessere Corporal Smith. »*Sie!*«

Captain Owens drehte sich gerade in dem Moment um, als »sie« hinter einer Säule hervorkam. Er schmunzelte. Ach ja, *sie.* Miss Edilean Harcourt, die Sekretärin des Generals. Die Unberührbare. Die Frau, nach der sich offenbar die gesamte Truppe verzehrte, die aber keinen Mann an sich heranließ. Gerüchten zufolge waren ihre Beine mehr als einen Meter lang, und es wurde ausführlich erörtert, was ein Mann mit solchen Beinen anfangen könnte.

Doch ganz gleich, wie sehnsüchtig sie auch träumten, bis jetzt hatte kein Mann Miss Edilean Harcourt auch nur ein Lächeln entlocken können – was nicht hieß, dass sie es nicht versucht hätten. Sie alle – von einem Engländer mit Oberschichtakzent, von dem gemunkelt wurde, er sei mit dem Königshaus verwandt, bis hin zu einem amerikanischen GI aus den Slums von Los Angeles – hatten die verschiedensten Strategien eingesetzt, um sie zu erobern.

Doch weder Blumen, Pralinen, Liebesgedichte, Nylonstrümpfe noch ein nachts quer übers Gebäude gespanntes Spruchband mit der Aufschrift MISS EDI, ICH LIEBE SIE hatte auch nur die Spur einer Reaktion hervorgerufen.

Die alten Hasen machten sich einen Spaß daraus zu beobachten, wie Neuankömmlinge beim Anblick von Edilean Harcourt beinahe den Verstand verloren. Sie überragte den General um mindestens dreißig Zentimeter und war eine aristokratische Schönheit, von der die Männer den Blick nicht abwenden konnten. »Eine Göttin«, lautete der am meisten geäußerte Satz.

Wenn sich ein gewisser Ausdruck in den Augen eines Neuen malte, wechselte stets Geld den Besitzer, denn es wurde gewettet, wie viele Tage es dauern würde, bis der Bedauernswerte sich eine Abfuhr von Miss Edi einhandelte und was er wohl tun würde, um sie für sich zu gewinnen. Sie wussten, dass der General die an sie geschickten Pralinen selbst verspeiste und die Blumen aus dem Fenster warf, weil er an Heuschnupfen litt. Dass *alle* Mädchen in General Austins Büro wundervolle Nylonstrümpfe besaßen, war außerdem eine allgemein bekannte Tatsache.

Nun schüttelte Captain Owens den Kopf und schloss kurz die Augen. Und wieder war ein Mann ihrem Zauber erlegen. »Wie lange geht das schon so?«, fragte er den Corporal.

»Seit gestern. Ich glaube, er hat die ganze Nacht kein Auge zugetan. Er lag nur da und starrte an die Decke.«

»Großartig«, höhnte der Captain. »Das hat mir gerade noch gefehlt. Clare wurde mir als Fahrer für den General geschickt. Er hat einen anderen General durch feindlichen Beschuss gefahren, ohne mit der Wimper zu zucken. Man will ihm einen Orden verleihen, und Austin hat ihn eigens angefordert.«

Der Corporal sah David Clare an. Er war ein hochgewachsener junger Mann mit dunkelblondem Haar und blauen Augen. Nun stand er zur Salzsäule erstarrt da und betrachtete die Frau auf der Vordertreppe. »Der macht ein Gesicht, als würde er sich für sie auf eine Granate werfen.«

»Nun, das würden wir alle. Aber wahrscheinlich würde sie einfach nur einen großen Schritt über seine Leiche machen.«

»Ich verstehe, Sir«, meinte der Corporal. »Sie haben beschlossen, die Finger von der Eiskönigin zu lassen.«

»Ich denke immer noch mit Schaudern an die Rosen, die ich aus einem ausgebrannten Haus gestohlen habe und mir von Austin, diesem Berserker, habe an den Kopf werfen lassen müssen.«

»Aha, Sir.«

»Was ist mit Ihnen?«, fragte der Captain, lehnte sich an den Jeep, holte ein Zigarettenpäckchen heraus und bot dem Corporal eine an.

»Fallschirmseide«, erwiderte dieser, während er die Zigarette des Captain und dann seine eigene anzündete. »Ich habe sie dem Quartiermeister stibitzt. Dafür könnte ich vors Kriegsgericht kommen«, fügte er mit einem Blick auf den Captain hinzu.

»Keine Sorge. Kein Mensch meldet Straftaten, die im Zusammenhang mit Miss Harcourt stehen.«

Schweigend rauchten sie ihre Zigaretten und lehnten, den erstarrt dastehenden Sergeant Clare neben sich, am Jeep. Nach einer Weile schien General Austin genug davon zu haben, den bedauernswerten Offizieren die Leviten zu lesen, und kam die Treppe herunter. Wie immer folgte Miss Harcourt ihm auf den Fersen. Die beiden waren ein seltsames Gespann: sie groß, schlank und elegant, er klein, dick und gewöhnlich. Es hieß, ein Richter habe ihn mit sechzehn vor die Wahl Gefängnis oder Army gestellt. Ein weiteres Gerücht lautete, nach Ansicht des Generals ginge es in der Army zu wie in einer Straßenbande, nur die Verpflegung sei besser. Und so habe er sich mit den Ellbogen bis nach oben durchgekämpft. Doch ganz gleich, wie er auch an seinen Posten gekommen sein mochte, er war ein begabter Feldherr.

Corporal und Captain standen stramm, als der General sich näherte. Der Captain wünschte, er hätte Sergeant Clare weggeschickt. Denn Austin würde sich bestimmt am nächstbesten Opfer für Clares Geistesabwesenheit schadlos halten – und das war Captain Owens selbst.

Doch er hatte Sergeant Clare unterschätzt. Als der General den Wagen erreichte, riss er sich aus seiner Trance und hielt ihm die Beifahrertür auf.

Man mochte über den General sagen, was man wollte, Miss Harcourt behandelte er mit ausgesuchter Höflichkeit. Die Sekretärinnen vor ihr hatten alle drei Monate ausgetauscht werden müssen, und einige der jungen Frauen waren sogar mit einem Nervenzusammenbruch nach Hause geschickt worden. »Bomben stecken sie weg, aber Austin sorgt dafür, dass sie im Krankenhaus landen«, pflegten die Männer zu sagen.

Miss Harcourt war ihm vor einem knappen Jahr zugeteilt worden. Es gab eine Geschichte, die man Neulingen erzählte, nachdem sie – wie immer – mit ihren Blumen und Pralinen gescheitert waren, und die handelte vom ersten Mal, als der General Miss Edi angeschrien hatte. Niemand wusste, was genau sich zugetragen hatte, doch sie hatte sich zu voller Größe aufgerichtet, ihn von oben herab angesehen und entgegnet, sie wolle ihn gern unter vier Augen sprechen. Es hatten zwar alle das Ohr an die geschlossene Tür gehalten, aber Miss Harcourt hatte zu leise gesprochen, sodass man nur die Worte *Schikane, falls Sie es noch einmal wagen* und *Respekt* aufschnappen konnte.

Im Laufe des Jahres wurde die Begebenheit stark ausgeschmückt und entwickelte sich zur Legende. Es hieß, dass Mrs Austin Miss Harcourt bei ihrer ersten Begegnung fester umarmt habe als ihren Mann und besorgter um ihr Wohlergehen gewesen sei als um das des Generals.

Doch ganz gleich, was auch dahinterstecken mochte, General Austin verhielt sich gegenüber Miss Harcourt wie ein vollendeter Gentleman. Er stieg hinten ein und wartete geduldig, bis sie auf dem Beifahrersitz Platz genommen hatte. Während auch der Sergeant einstieg, reichte sie General Austin eine Aktenmappe. »Das möchten Sie sicher gern lesen«, sagte sie.

»Passen Sie auf«, raunte der Captain, sodass nur Sergeant Clare ihn hören konnte. »Am besten geben Sie es gleich auf. Die kriegen Sie nicht rum.«

Sergeant David Clare bedachte den Captain mit einem Blick, den dieser schon zu oft gesehen hatte. Einem Blick, der ausdrücken sollte, dass er es schaffen würde, weil er der Richtige war.

Sergeant Clare ließ den Jeep an und lenkte ihn durch die vielen Fahrzeuge und Menschen auf dem Platz.

»Und woher stammen Sie?«, fragte er Miss Harcourt.

»Ich finde, Sie sollten auf die Straße achten.«

David riss das Steuer ein paarmal herum, um einem Lastwagen auszuweichen, und fuhr zwischen einem Mann auf Krücken und zwei hübschen Mädchen hindurch. Dass er dabei beinahe den Fuß des Mannes überrollte und mit der Seite des Jeeps die Röcke der Frauen streifte, schien ihn nicht zu stören. Der Mann rief ihm etwas nach und drohte mit der Krücke, während die Mädchen kicherten. Mit einem hämischen Grinsen blickte General Austin von den Papieren auf, die er eigentlich hätte lesen sollen. Es war sein größtes Vergnügen mit anzusehen, wie sich ein Mann wegen seiner Sekretärin zum Narren machte.

»Aus dem Süden«, verkündete David. »Das erkenne ich an Ihrem Akzent.«

Edi würdigte ihn keiner Antwort.

»Und wo im Süden?«, beharrte David. »Louisiana? Nein, das ist zu weit südlich.« Er musterte sie von Kopf bis Fuß und umrundete ein tiefes Schlagloch. »Nein, ich kann mir nicht vorstellen, dass sie Krebse mit den Fingern essen. Sie sind eher der Typ zartes Porzellan und Silberbesteck.«

Edi wies auf die Straße und musste sich im nächsten Moment am Armaturenbrett festhalten, als David auf die Bremse trat. Auf dem Rücksitz stemmte der General die Absätze gegen den Boden, aber er schwieg.

David wartete ab, bis der Lastwagen vor ihnen die Straße überquert hatte. »Georgia«, sagte er. »Vielleicht Savannah.« Als er Edi fragend ansah, blieb sie ihm die Antwort schuldig.

»Ich komme aus New York«, verkündete er, während er das Gaspedal durchtrat, sodass der Jeep die Seite des Lastwagens nur um wenige Zentimeter verfehlte. »Ich bin dort Taxifahrer und habe außerdem eine kleine Werkstatt. Ich kann fast alles reparieren, was einen Motor hat.«

Da David wieder Edi ansah, hätte er beinahe ein anderes Fahrzeug gerammt, aus dem gerade vier britische Offiziere ausstiegen. Als er sie mit Wasser aus einer Pfütze bespritzte, brüllten sie Verwünschungen.

»Sergeant«, zischte Edi mit zusammengebissenen Zähnen.

»Ich muss darauf bestehen, dass sie zu reden aufhören und auf die Straße schauen. Sie haben einen sehr wichtigen Fahrgast an Bord.«

»Ich passe schon auf Sie auf, keine Sorge.«

»Ich spreche nicht von mir!«, gab sie zurück. »Sondern vom General. Sie haben General Austin im Wagen.«

»Der?«, meinte David mit einem Blick in den Spiegel, während der General sein Gesicht hinter der Aktenmappe versteckte. »Der ist auch aus New York. In Manhattan ist der Verkehr viel schlimmer als hier. Aber Sie scheinen sich zu fürchten.«

»Ich fürchte mich nicht …« Sie hielt inne und wies auf einen großen Lastwagen vor ihnen und einen zweiten, der sich von rechts näherte.

»Schon gesehen. Das kriege ich hin«, erwiderte David, gab Gas und überholte den Laster. Einige endlose Sekunden lang steuerten sie frontal auf den anderen Lastwagen zu. Edi klammerte sich an der Tür und am oberen Rand der Windschutzscheibe fest. Kurz vor dem drohenden Zusammenstoß riss David das Steuer herum. Die Soldaten auf der Ladefläche des Lasters johlten beim Anblick von Davids waghalsigem Manöver. Er hupte und winkte ihnen im Vorbeifahren zu.

»Sehen Sie?«, sagte er. »Bei mir kann Ihnen nichts passieren.«

Edi warf ihm einen verächtlichen Blick zu, hörte jedoch, dass der General ein Geräusch von sich gab, das verdächtig nach einem Auflachen klang. Aber als sie sich zu ihm umdrehte, hielt er sich den aufgeklappten Ordner vors Gesicht.

»Virginia«, verkündete David. »Sie sind aus Virginia. Dem Land des alten T. J. Das ist …«

»Ich weiß, wer T. J. ist«, entgegnete sie. »Thomas Jefferson.«

»Unterrichten Sie in der Schule?«

»Nein, ich grille im Garten New Yorker Taxifahrer«, höhnte sie.

»Sie hatten wohl einen schlechten Tag, was?«

»Nicht, bis ich Ihnen begegnet bin.«

»Mir? Also gehören Sie zu diesen arroganten Leuten aus Virginia, die sich für was Besseres halten, weil sie aus dem Land unserer Gründerväter stammen? Nun, ich mache Ihnen keinen Vorwurf daraus, dass Sie stolz auf Ihren Bundesstaat sind. Allerdings finde ich nicht, dass Sie auf uns arme Yankees herabschauen sollten. Wir ...«

»Dass ich aus Virginia bin, hat nichts damit zu tun, dass Sie mir unsympathisch sind. Sie sind der miserabelste Autofahrer, der mir je untergekommen ist.«

»Miserabler Autofahrer? Ich hatte noch nie einen Unfall. Ein paar verbeulte Kotflügel vielleicht und einen oder zwei eingedrückte Kühlerhauben, aber nichts, was ich als richtigen Unfall bezeichnen würde.«

Auf dem Rücksitz des Jeeps ließ General Austin den Ordner sinken und beobachtete seine Sekretärin und seinen neuen Fahrer als säße er in einem Autokino.

»Sie haben fast einen Mann auf Krücken überfahren, hätten fast einen Laster gerammt und wären fast mit einem Auto zusammengestoßen, in dem vier britische Offiziere saßen«, entgegnete sie zornig.

»Das Wort *fast* scheint Ihnen zu gefallen. Sie wissen doch, dass fast daneben auch vorbei ist. Also sind Sie aus Virginia, ich hatte recht!«

»Woher ich komme, geht Sie nichts an. Ihre Aufgabe ist es, auf die Straße zu schauen!«

»Eigentlich schaue ich lieber Sie an. Haben Sie einen Freund?«

»Ja!«, zischte sie. »Ich bin verheiratet und habe zwei Kinder.«

»Ich mag ein wenig forsch fahren, aber Sie sagen nicht die Wahrheit. Als man mir mitgeteilt hat, dass ich von General Austin angefordert worden bin, hat man mir von Ihnen erzählt. Wollen Sie wissen, was die Leute so sagen?«

Edi hielt sich am Jeep fest und starrte wortlos geradeaus.

David beugte sich so weit vor, dass nur noch wenige Zentimeter ihre Gesichter trennten. Dennoch gelang es ihm, den Jeep zwischen zwei Lastern und einem Motorrad mit Beiwagen hindurchzulenken. »Es heißt, ein Dutzend Rosen und eine große Pralinenschachtel würden genügen, damit ein Mann von Ihnen kriegt, was er will.«

Edi wurde von einer solchen Wut ergriffen, dass sie ausholte, um ihn zu ohrfeigen.

David hielt das Lenkrad mit der linken Hand fest, packte mit der rechten ihr Hand und küsste sie auf die Handfläche.

Sie zog die Hand ruckartig weg und machte ein Gesicht, als hätte sie ihn am liebsten erschossen.

»Nein«, meinte er, »das hat niemand gesagt. Aber es fühlt sich nicht gut an, belogen zu werden. Lügen können wehtun.«

Edi sah ihn kurz an und wandte den Blick dann wieder zur Straße. »Ja, ich bin aus Virginia, und ich habe keinen Freund.«

»Danke, Ma'am«, erwiderte er und betrachtete dann den General im Rückspiegel. David war zwar nicht ganz sicher, hatte aber den Eindruck, dass der alte Haudegen lächelte.

13

Nun«, meinte Jocelyn, während sie Lukes Sandwich diagonal durchschnitt, wie er es am liebsten hatte. Gerade hatte sie das letzte Blech Lavendelkekse aus dem Ofen geholt. Es war ein Uhr morgens, und sie fühlte sich ganz schwach vor Müdigkeit, hatte aber nicht die Ruhe, um sich zu setzen. Sie hatte gewusst, dass Luke Hunger hatte, ohne dass er es eigens zu sagen brauchte. Also hatte sie ihm ein Sandwich mit Schinken und Käse gemacht, blaue Maischips auf einen Teller gekippt und ihm ein Bier geholt.

Er bedankte sich, als sie den Teller vor ihn hinstellte. »Also war nicht mein Großvater das Ungeheuer. Sie war in David Clare verliebt.«

»Sie konnte ihn nicht ausstehen.«

»Schon gut«, antwortete Luke mit vollem Mund. »Du machst brutal gute Sandwiches.«

»Um diese Uhrzeit kann ich nur noch brutal sein.«

»Richtig«, erwiderte Luke und griff nach dem restlichen Sandwich und der Bierdose. »Ich gehe besser. Du brauchst deinen Schlaf. Morgen ist ein langer Tag.«

Als Jocelyn schwieg, sah er sie an. »Ist alles in Ordnung?«

»Nein, eher nicht. Das geht mir alles viel zu schnell.«

Luke stellte das Essen wieder hin, legte ihr die Hände auf die Schultern und schob sie auf einen Stuhl. »Erzähl mir, was dich bedrückt.«

»Ich glaube, die Leute erwarten von mir, dass ich in Miss Edis Fußstapfen trete, die gnädige Frau bin, die Hausherrin des größten Hauses am Platz. Ich glaube nicht, dass ich diesem Anspruch gerecht werden kann.«

»Wahrscheinlich hast du recht.«

Sie sah ihn finster an. »Hättest du jetzt nicht antworten sollen, dass ich mir das alles nur einbilde? Dass kein Mensch etwas von mir erwartet?«

»Ich sage dir lieber die Wahrheit. Morgen wird sich ganz Edilean bei Viv versammeln. Sie werden dich von Kopf bis Fuß mustern, Vergleiche anstellen …«

»Jetzt geht es mir noch elender.«

»Würdest du dich besser fühlen, wenn ich dir bestätige, dass du deine Sache ausgezeichnet machst?«

»Woran erkennt man das?«

»Ist dir klar, welche Angst in dieser Stadt geherrscht hat, als die Leute erfuhren, dass Miss Edi Edilean Manor einer Fremden vererbt hat? Dass sie dieses große alte Haus einer alleinstehenden Frau hinterlassen hat, ohne Mann und ohne Kinder? Wir haben befürchtet, dass du hier aufkreuzen könntest …« Er wedelte mit der Hand.

»Mit Tattoos und Piercings?«

»Noch schlimmer, mit ›Verbesserungsplänen‹.«

»Wie einem Brunnen aus Chrom und Glas?«

»Ja«, meinte er mit einem schiefen Grinsen. »Wie einem Brunnen aus Chrom und Glas. Hör zu.« Er griff nach ihren Händen. »Du wirst das ganz prima machen. Zieh eins von deinen Alice-im-Wunderland-Kleidchen mit Haarband an, und sie werden sich alle in dich verlieben.«

Als Luke sie anlächelte, spürte sie, dass sie ihm näherkommen wollte. Sie wünschte, er würde sie in die Arme nehmen. Aber als sie auf ihn zuging, wich er zurück. Jocelyn richtete sich kerzengerade auf.

»Marsch, ins Bett!«, befahl er. »Schlaf, damit du morgen fit bist.«

»Wird gemacht«, erwiderte sie zögernd. »Ich muss nur noch die Kekse glasieren.«

»Bestimmt kommt Dad morgen früher, um dir dabei zu helfen.«

Gähnend erhob sie sich. »Du wirst doch auch da sein, oder?«

»Machst du Witze? Ich muss nach Williamsburg fahren, meine Großeltern abholen und sie zu der Feier bringen. Sie können es kaum erwarten, dich kennenzulernen.«

»Warum?«

»Die Frau, die in Miss Edis Fußstapfen treten soll? Natürlich wollen sie dich unter die Lupe nehmen.«

Jocelyn stöhnte auf.

»Du kriegst das schon hin. Und jetzt ab ins Bett.«

»Aber ich muss noch …« Sie sah sich in der Küche um.

»In der Küche ist alles in Ordnung. Ich schließe das Haus ab. Und du gehst schlafen.«

Erst auf der Treppe wurde ihr klar, wie müde sie war. Oben angelangt, lächelte sie Luke zu, winkte und verschwand in ihrem Schlafzimmer.

Trotz ihrer Erschöpfung duschte sie, wusch sich die Haare und zog ein frisches Nachthemd an. Als sie sich hinlegte, wirbelten Gedanken und Bilder in ihrem Kopf durcheinander wie in einem Kaleidoskop. Beinahe sah sie Miss Edi als schöne junge Frau vor sich, der das gesamte Regiment zu Füßen lag. Doch nur einem der Männer war es gelungen, ihren Eispanzer zu durchbrechen. Einem Sergeant namens David Clare. Dem David, den sie mehr geliebt hatte als ihre Seele.

Als Jocelyn unten Geräusche hörte, nahm sie an, dass Luke sich noch dort zu schaffen machte, Türen abschloss und vielleicht Kekse verpackte.

Zwei ausgesprochen anziehende Männer, dachte sie. Zwei attraktive Männer in ihrem Leben, und keiner von beiden hatte auch nur versucht, sie zu küssen. Ramsey hatte sie zwar geküsst, doch die Initiative war von ihr ausgegangen. Und es hatte eindeutig niemand ein Spruchband mit einer Liebeserklärung für sie aufgespannt.

14

Der »Garten« von Ramseys Schwester war in Wahrheit ein viertausend Quadratmeter großes Grundstück, täglich makellos gepflegt von vier Gärtnern, von denen nur einer Englisch sprach. Unten den Bäumen waren Tische mit schneeweißen Tischtüchern aufgebaut, das Personal war in Dienstkleidung. Die Gäste sahen aus wie einem Talbots-Katalog entstiegen. Die Männer trugen elegante Blazer und Hosen mit Bügelfalten, die Frauen Leinenblusen, Röcke und Hüte mit nach oben gebogenen Krempen. Die Kinder hatten sich ebenso fein gemacht wie ihre Eltern, die Mädchen steckten in gesmockten Baumwollkleidern. Die Szenerie verströmte die Atmosphäre von Wohlstand und Tradition.

»Amüsierst du dich?«, raunte Sara Jocelyn zu.

»Du meinst, im Gegensatz zu einem Schiffbruch? Oder einem Sturz in eine Gletscherspalte?«, flüsterte sie zurück.

»Wenigstens kurbeln deine Eclairs meinen Umsatz an. Morgen werde ich mindestens ein Dutzend Kleider weiter machen müssen.«

Lächelnd reichte Jocelyn einem grauhaarigen Mann ein Eclair mit drei Brunnenkresse-Blüten darauf.

»Haben Sie vielleicht noch Limettenkuchen da?«, fragte er.

»Tut mir leid, die sind alle weg.«

»Hast du gedacht, dass niemand den Alkoholgeschmack bemerkt?«, sagte Sara leise. Jocelyn grinste. »Komm, wir machen eine Pause. Hast du Vivs Haus schon gesehen?«

»Ich habe noch gar nichts gesehen und durfte auch mit niemandem reden«, erwiderte Joce mit einem Aufstöhnen. »Sobald sich mir ein attraktiver Mann nähert, kommt einer deiner Tausenden von Cousins und vergrault ihn. Ramsey ist so mit den Honoratioren aus Williamsburg beschäftigt, dass ich noch kein Wort mit ihm gewechselt habe, und Luke klaut offenbar Pflanzen aus dem Garten. Außerdem kreuzt sofort eine Dame aus der Kirchengemeinde mit einer wirklich dringenden Frage auf, wenn ein Mann unter fünfzig sich dichter als zwei Meter an mich herantraut.«

»Komm mit rein, damit wir reden können«, sagte Sara, nahm Joce bei der Hand und zog sie von den Tischen weg über den Rasen und die Terrasse und schließlich durch eine Glastür in einen langen, schmalen Wintergarten. Er war mit weißen Rattanmöbeln und blau-weiß gemusterten Polstern möbliert.

»Wie hübsch«, begeisterte sich Jocelyn.

»Das Ergebnis von gutem Geschmack und Geld ohne Grenzen. Dir ist schon klar, dass Viv deinetwegen heute auf Wolke sieben schwebt? Alle finden die Party großartig.«

»Ich bin ihr und etwa hundert anderen Leuten vorgestellt worden. Ich bin nicht sicher, ob ich sie wiedererkennen würde, wenn sie nicht hochschwanger wäre.«

»Schon gut. Sie kennt dich und deine Eclairs. Außerdem haben diese violetten Kekse die Damen von den Wohltätigkeitsorganisationen so begeistert, dass sie dich bitten werden, nächste Woche noch eine Party zu beliefern.«

»Ich habe keine Lust, einen Lieferservice zu eröffnen«, entgegnete Joce mit Nachdruck.

»Das weiß ich. Aber sie wissen es nicht. Komm, wir gehen rauf und schauen uns die Schlafzimmer an.«

»Sollten wir nicht um Erlaubnis fragen, bevor wir hier herumschnüffeln?«

Sara warf einen Blick aus dem Fenster. »Vier alte Leute sind auf dem Weg hierher, und ich glaube, sie suchen dich.«

»Lass uns abhauen!« Jocelyn floh aus dem Zimmer und folgte Sara die Hintertreppe hinauf, wo sie einen Flur entlangeilten.

»Kinderzimmer, Kinderzimmer, Kinderzimmer«, sagte Sara, als sie an den Zimmern vorbeiliefen. »Elternschlafzimmer.« Sie öffnete eine Tür. »Gästezimmer. Setz dich.«

Erleichtert ließ Jocelyn sich in einen großen Clubsessel sinken, während Sara es sich auf dem Bett gemütlich machte. »Also, was läuft jetzt mit dir und Rams?«, fragte sie.

»Hast du mich hier raufgeschleppt, um den neuesten Klatsch aus mir rauszuholen?«

»Natürlich. Oder dachtest du, ich will dein Rezept für Whiskey-Eclairs?«

»Ich habe Tequila genommen.«

»Na und? Also? Was ist mit dir und Rams?«

»Keine Ahnung. Ich habe dir doch erzählt, dass ich heute noch kein Wort mit ihm gewechselt habe. Er ist so etwas wie ein Politiker, richtig?«

»Er kennt Gott und die Welt, und alle kennen ihn. So kommt er an seine Mandanten. Und wie lange war Luke gestern Nacht bei dir?«

»Ich weiß nicht. Ich bin zu Bett gegangen«, antwortete Joce und sah Sara abwartend an. Doch diese schwieg. »Na, sag schon, hat die Stadt mich schon mit einem der beiden verkuppelt?«

»Ich glaube, Rams erhebt mehr oder weniger Ansprüche auf dich.«

»Wie interessant«, erwiderte Jocelyn kühl.

»Bist du nicht einverstanden?«

»Ich frage mich nur, ob das einundzwanzigste Jahrhundert diese Stadt schon erreicht hat. Was ist aus der Leidenschaft geworden? Aus dem Umwerben? Aus Männern, die sich um eine Frau bemühen? Geschenken? Spruchbändern? Gefährlichen Fahrmanövern, damit man auf sie aufmerksam wird?«

»Ich weiß ja nicht, was du da gelesen hast, aber ich würde es mir gerne mal ausleihen.«

»Ach, nichts«, entgegnete Jocelyn, die nicht erzählen wollte, was Luke ihr vorgelesen hatte. »Und mit wem trifft sich Luke?«

»Niemandem«, entgegnete Sara knapp. »Er lebt allein und trifft sich mit niemandem.«

Jocelyn wartete ab, ob Sara noch etwas hinzufügen würde, doch sie tat es nicht.

»War's das? Warum verstummen alle, sobald ich Luke erwähne? Ist er ein entflohener Sträfling, der sich vor der Polizei versteckt?«

»In gewisser Weise.« Sara betrachtete ihre Hände.

»Du hast mir etwas zu sagen, oder?«

»Nichts Wichtiges, nur …« Saras Stimme erstarb.

»Du hast einen Mann kennengelernt.«

»Ja!«, verkündete Sara. »Joanne Langley hat uns einander vorgestellt.«

»Und wer ist sie?«

»Unsere Immobilienmaklerin hier. Manchmal vergesse ich, dass du nicht immer hier gewohnt hast.«

»Wahrscheinlich war das das tollste Kompliment meines Lebens«, spöttelte Jocelyn. »Was ist das für ein Typ?«

»Er ist groß, blond und reich. Das Geld spielt natürlich keine Rolle, aber …«

»Aber du wirst ihn deshalb nicht von der Bettkante stoßen. Also raus mit der Sprache.«

»Greg Anders, so heißt er, hat vor Kurzem ein Haus am Stadtrand gekauft. Der älteste Teil des Hauses war einmal die Hütte des Vorarbeiters von Edilean Manor.«

»Kein gutes Arrangement, und wehe, wenn du mich jetzt als Yankee bezeichnest!«

»Okay.« Sara grinste.

»Und wie ist er so?«

»Bis jetzt hatten wir erst ein Date, aber er ist charmant und intelligent, und … ich habe das Gefühl, dass er eine Einsamkeit ausstrahlt, sodass ich ihn am liebsten …«

»Adoptieren würde?«

»Eigentlich eher heiraten und drei Kinder kriegen. Gestern habe ich mir eine Ausgabe von *Moderne Braut* gekauft.«

»Ach herrje, das ging aber schnell!«

»Ja, finde ich auch. Aber weißt du was? Ich glaube, es war Schicksal.«

»Wie das?«

»Du kennst ja Joanne … nein, du kennst sie nicht, aber sie ist die Kupplerin hier. Wenn du Single bist und dir auch nur eine Wohnung bei ihr anschaust, sucht sie dir einen Partner. Da ihre Schwester Hochzeitsplanerin ist, ist das ein gutes Konzept.«

»Und wie hat das Schicksal bei dir zugeschlagen?«

»Greg hat sich für mich entschieden. Also haben Joanne und er ausgiebig zu Mittag gegessen, und sie hat ihm von allen Singlefrauen in der Stadt erzählt und …«

»Auch von mir?«

»Nein«, erwiderte Sara, schien dann aber zu bemerken, dass sie damit nicht durchkommen würde. »Klar, hat sie bestimmt.«

Jocelyn beschloss, diesen Versprecher zu ignorieren. »Und wie hat Greg sich für dich entschieden? Anhand eines Fotos? Das könnte ich verstehen.« Sara hatte Blumen im langen blonden Haar und trug ein cremefarbenes Baumwollkleid mit winzigen aufgestickten Rosenknospen am Oberteil.

»Nein, Joanne hat keine Fotos. Sie hat ihm nur einige Frauen geschildert. Da Greg Geschäftsmann ist, hat sie ihm erst Tess vorgeschlagen, aber Greg meinte, er könne sich kein Leben mit einer Frau vorstellen, die den ganzen Tag in der Gesellschaft von Anwälten verbringt.«

»Vielleicht hat Joanne ihm ja die Wahrheit gesagt, nämlich dass Tess ein wenig … Wie drückt man das aus? Gewöhnungsbedürftig ist?«

Sara schmunzelte. »Du könntest recht haben. Jedenfalls bin ich ihr dankbar, denn er hat sie um meine Telefonnummer gebeten und mich angerufen. Es war wirklich ein sehr schöner Abend. Wir haben über alles Mögliche gesprochen. Lach nicht, aber er hat sich sogar für meine Schneiderei interessiert. Er findet, ich sollte einen Laden eröffnen.« Sara holte Luft. »Ich weiß, es ist noch früh am Tag, aber ich glaube wirklich, er könnte der Richtige sein.«

»Wundervoll«, seufzte Jocelyn. »Küsst er gut?«

»Hinreißend.« Sara sah Joce an. »Gut, er ist mein Cousin, aber wie ist Ramsey denn auf diesem Gebiet?«

»Oh, fantastisch«, erwiderte Joce. »Er küsst einfach traumhaft. Der Mann kann die Finger nicht von mir lassen.«

Joces Antwort schien Sara sehr gut zu gefallen. Doch als sie gerade zu einer Antwort ansetzte, brach unten Radau aus. Es klang, als ob etwas geschehen wäre, und sie hörten Kinder rufen.

»Was kann da passiert sein?«, fragte Joce, sprang auf, lief zum Fenster und schaute in den Garten.

Wenn sie heute Morgen aufgewacht und sich überlegt hätte, was wohl das Schlimmste war, was ihr an diesem Tag möglicherweise zustoßen könnte, hätte es nur eine Antwort gegeben: Dass einer der Stieflinge oder alle beide hier erschienen. Denn unten stand eine der Stiefschwestern, umringt von sämtlichen Festgästen, als sei sie eine Königin, auf die alle nur gewartet hatten. Wie immer hatte sie einige Fans im Schlepptau, die ihre Mobiltelefone zückten. Neben Bell stand eine große, hagere Frau mit scharf hervorstechenden Wangenknochen und einem Hals wie eine Giraffe.

»Sie sind es«, flüsterte Sara. »Oder wenigstens eine von ihnen.«

»Bell«, sagte Jocelyn, lehnte sich an die Wand und schlug kurz mit dem Kopf dagegen. »Ich hätte Rams bitten sollen, ihnen zu schreiben, dass ich kein Geld geerbt habe, sondern nur ein verfallenes altes Haus. Ich hätte …«

»Wer sind denn die ganzen anderen Leute?«, fragte Sara.

»Ihr Hofstaat. Sie geben ihr Geld schneller aus, als sie es verdienen kann.«

»Die eine sieht aus wie …« Saras Augen weiteten sich, als sie die Szene unter ihnen beobachtete. »Der Himmel steh uns bei! Sie ist es!«, stieß sie hervor und sah Jocelyn an. »Es tut mir so leid«, meinte sie und legte ihr die Hand auf den Arm. »Warum verdrücken wir uns nicht, damit sie uns gar nicht bemerken. Wir schleichen uns durch die Garage raus, springen in unsere Autos und fahren weg. Dann musst du ihr gar nicht begegnen.«

»Klingt himmlisch. Geh voraus. Ich folge dir.« Jocelyn rannte Sara nach. »Woher wusste sie von dieser Party?«

»Edilean hat eine Webseite. Kennst du die denn nicht?«

»Offenbar habe ich diesen Bereich übersehen. Außerdem scheine ich sowieso nur das mitzukriegen, auf das ich eigens hingewiesen werde.«

Jocelyn lief so schnell hinter Sara die Vordertreppe hinunter, dass sie beinahe gestolpert wäre. »Beeil dich!«, zischte Sara und huschte, hinter den Küchenblock geduckt, zur Tür.

Noch nie hatte Jocelyn erlebt, dass jemand so auf die Aussicht reagierte, die Stieflinge kennenzulernen, denn normalerweise rempelten die Leute sie beiseite, um an die beiden Models heranzukommen. Aber Sara bewahrte Joce vor einem Zusammentreffen, das mit Sicherheit unerfreulich werden würde. Was für eine gute Freundin sie doch war!

Immer noch in Kauerstellung, streckte Sara die Hand nach dem Türknauf der Garagentür aus – und stand vor einem etwa fünfjährigen Jungen, der sie frech angrinste. »Mom! Ich habe sie gefunden!«

»Warte nur ab, was du zu deinem nächsten Geburtstag kriegst, Jamie Barnes, du kleine Petze!«, drohte Sara.

»Mom! Tante Sara hat gerade gesagt …«

Sara hielt dem Jungen den Mund zu. »Ein Wort, und du wirst es bereuen«, zischte sie dem Kind ins Ohr.

»Da seid ihr ja!«, sagte Vivian, Ramseys große, schöne und hochschwangere Schwester.

»Mom! Tante Sara hat gesagt …«

»Ja, ich weiß, du hast sie verpetzt, und sie hat dich bedroht. Da sie dich und deinen Bruder nächsten Samstag babysittet, würde ich mir gut überlegen, was ich jetzt antworte.«

Der Junge erbleichte kurz. »Tante Sara, ich habe zwei von deinen Schuhkuchen gegessen, und die waren am leckersten.« Mit diesen Worten floh er aus der Garage und ward nicht mehr gesehen.

»Jocelyn«, sagte Viv. »Wir hatten ja kaum Zeit, miteinander

zu reden. Und ich habe mich auch noch nicht für diese wunderschöne Party bedankt. Und was für eine nette Überraschung, dass deine Schwester …«

»Stiefschwester!«, entgegneten Sara und Jocelyn im Chor.

»Tut mir leid. Aber zu erfahren, dass deine Stiefschwester eine der berühmten Model-Zwillinge ist. Sie hat uns gebeten, dich zu suchen, da sie nicht lange bleiben kann.« Lächelnd machte Viv Platz, damit Sara und Jocelyn ihr durch die Küche in den Garten folgen konnten. Sie würde sie nicht entkommen lassen.

»Und Sara«, fügte Viv hinzu, als sie in den Garten hinaustraten. »Ingrid ist auch dabei. Ich bin ja so froh. Vielleicht wird ja jetzt alles wieder gut.«

Jocelyn schaffte es nur, einen Fuß vor den anderen zu setzen, weil Sara und Viv hinter ihr waren. Die Menschenmenge teilte sich, und alle blickten, freundlich lächelnd, zwischen der langen, sehr mageren und stark geschminkten Bell und Jocelyn hin und her. Bell trug nur ein paar Lederdreiecke, die die linke Seite ihrer Taille freigaben. Ihr rechtes Bein war vom Oberschenkel abwärts nackt. Ihre Frisur bestand aus einer dichten Mähne aus Haarverlängerungen, und ihre Ohrringe hätte ein Kind als Hula-Hoop-Reifen benutzen können.

Verglichen mit den konservativ gekleideten Gästen wirkte sie wie eine Neonreklame in einer dunklen Nacht. Einige Frauen versuchten, ein empörtes Gesicht zu machen, aber Bell sah so strahlend aus, dass die finsteren Mienen aufgesetzt wirkten.

»Schätzchen«, sagte Bell, als Jocelyn sie erreicht hatte. Dann vollführte sie eine übertriebene Verbeugung, als sei Joce einen halben Meter kleiner als sie, um ihr Luftküsse auf beide Wangen zu hauchen, bevor sie wieder zurückwich. »Wie reizend du aussiehst. Wirklich. Ich hätte dich höchstens auf vierzehn geschätzt. So hübsch, dieser natürliche Look.«

Joce wusste, dass Bell sich für unbeteiligte Beobachter anhörte wie eine liebevolle Schwester. Schließlich war sie ein Superstar und den ganzen weiten Weg nur zur Party ihrer kleinen Schwester eingeflogen. Joce wagte nicht, den Mund aufzumachen, denn sie wusste, dass nur ein »Was willst du von mir?« herauskommen würde.

Doch weder Bell noch Ash waren je um Worte verlegen gewesen. »Du kannst dir sicher vorstellen, wie überrascht ich war, als Ingrid erzählt hat, dass ihr Mann in Edilean Manor arbeitet. Die Welt ist ja so klein. Und als ich ein Foto von ihm sah, fand ich, dass die beiden einfach zusammengehören. Ich bin eben eine unverbesserliche Romantikerin. Und als Ingrid sagte, dass in Edilean heute eine große Party steigt, zu der du deine violetten Kekse geliefert hast, wusste ich, dass ich einfach kommen musste, um dich zu unterstützen. Sag mal«, fügte Bell hinzu und klimperte mit ihren falschen Wimpern. »Du tust doch nicht etwa immer noch flüssiges Marihuana in die Schoko-Eclairs, oder?«

Drei Gäste legten ihre Kuchen weg. Eine Frau nahm ihrem Kind seinen aus der Hand.

Jocelyn fiel keine Antwort ein, die nicht mit Kraftausdrücken oder Ohrfeigen einhergegangen wäre.

»Tja, meine liebste Cindy«, fuhr Bell fort. »Ich muss los, aber Ingrid bleibt noch ein paar Tage bei ihrem Mann. Ich hoffe, du kannst ihn in dieser Zeit in deinem Garten entbehren. Ach, übrigens, Ash und ich haben ein Geschenk für dich anfertigen lassen.«

Sie hielt Jocelyn eine schmale blaue Samtschatulle hin. Jocelyn, die wusste, was diese enthielt, streckte nicht die Hand danach aus. Doch Sara nahm sie und öffnete sie. Die Stieflinge hatten die juwelenförmigen Kohlestücke von Miss Edi in Blech fassen und zu einer Kette und Ohrringen verarbeiten lassen. Es waren Meisterwerke der Geschmacklosigkeit.

»Hoffentlich hast du so viel Freude daran wie Ash und ich.« Mit diesen Worten verabreichte Bell Jocelyn noch einmal zwei Luftküsse und schwebte, inmitten einer verzückt kreischenden Mädchenhorde, davon.

Als Bell mit ihrem Gefolge verschwunden war, sah Sara den Schmuck in ihrer Hand an. »Ist das Kohle?«

Doch Jocelyns Aufmerksamkeit galt der Frau, die sie aus der oberen Etage beobachtet hatte. Sie war nicht so groß wie Ash und Bell und schien sich auch nicht für das schönste Geschöpf auf Erden zu halten. Doch allein wie sie die Schultern reckte, verriet sie als Model. Sie hatte ein ebenmäßiges Gesicht und war so geschminkt, dass man ihr das Make-up nicht ansah. Ihre Kleider wirkten zwar schlicht, hatten aber vermutlich so viel gekostet, wie Jocelyn im Jahr verdiente.

»Du musst Ingrid sein«, stieß Jocelyn mühsam hervor. Die Frau lächelte sie an.

»Ich entschuldige mich dafür, dass wir einander nicht vorgestellt worden sind. Bell kann manchmal ziemlich gedankenlos sein. Doch sie hat dafür gesorgt, dass ich heute kommen konnte. Deine Party ist wundervoll.« Sie blickte an Jocelyn vorbei. »Hallo, Vivian, ist er da?«

»Wenn du ihm wieder das Herz brichst, werde ich …«, sagte Vivian, doch ihr Mann legte ihr den Arm um die Schulter und wies mit dem Kopf in Richtung Zaun.

»Das ist eine Sache zwischen den beiden«, meinte er. »Soll Luke das mit seiner Frau klären. Komm, ich habe dir ein paar von den violetten Keksen gesichert.«

Sie gingen und ließen Sara, Jocelyn und Ingrid allein zurück.

»Da ist er ja«, verkündete Ingrid, und ein Lächeln breitete sich auf ihrem hübschen Gesicht aus. Sie eilte auf die blühenden Bäume zu, die die Grundstücksgrenze säumten.

Als Jocelyn sich umdrehte, sah sie, dass Luke Ingrid mit regloser Miene anstarrte. Als Ingrid ihn erreichte, schlang sie ihm die langen Arme um den Hals und küsste ihn auf den Mund.

Jocelyn brauchte eine Weile, um sich aus ihrer Erstarrung zu lösen. Dann drehte sie sich zu Sara um. »Jetzt verstehe ich endlich. Luke ist verheiratet und soll mich beschäftigen, damit ich keinen anderen Mann wahrnehme, als den, der für mich ausgesucht worden ist: Ramsey.« Sie machte kehrt und steuerte auf ihr Auto zu, das vor dem Haus stand.

»Joce!«, rief Sara ihr nach. »Lass mich erklären.«

»Da gibt es nichts zu erklären«, entgegnete Jocelyn, als Sara sie eingeholt hatte. »Die ganze Stadt will, dass ich Ramsey heirate. Und sein verheirateter Cousin Luke hat mich abgelenkt, während Ramsey seine Geschäftskontakte pflegt. Das hat prima geklappt. Einen besseren Plan habe ich noch nie gesehen. Habt ihr auch schon mein Hochzeitskleid ausgesucht?«

»Jocelyn, bitte«, rief Sara, aber Joce blieb nicht stehen.

Der Fußmarsch nach Hause dauerte zehn Minuten. Im Haus angekommen, schloss sie sämtliche Türen ab und überprüfte sogar die Fenster, um sicherzugehen, dass sie auch alle verriegelt waren. Sie wollte nicht, dass jemand unangemeldet bei ihr hereinplatzte.

Am liebsten hätte sie sofort einen Koffer gepackt und wäre abgefahren. Doch sie wusste, dass sie sich von nun an jeden Schritt in Ruhe überlegen musste. Einen Brief von einer Herzensfreundin vorzufinden, die schrieb, sie kenne den idealen Mann für sie, war eine Sache. Aber dass eine ganze Stadt voller Fremder ihre Zukunft plante, war eine andere.

Jocelyn war kaum zwanzig Minuten zu Hause, als höflich an die Tür geklopft wurde. Als sie zu einem Seitenfenster hinausspähte, war sie nicht überrascht, Ramsey und Luke zu sehen.

Ihr erster Gedanke war, die beiden wegzuschicken und sie zu bitten, sich nie wieder hier blicken zu lassen. Doch stattdessen öffnete sie die Tür.

»Wir würden es dir gerne erklären«, begann Ramsey.

»Da gibt es nichts zu erklären«, entgegnete Jocelyn.

»Könnten wir reinkommen?«

»Natürlich«, antwortete sie und machte Platz, um sie ins Wohnzimmer zu lassen.

Sie setzten sich nebeneinander auf Miss Edis gelbes Sofa, während Jocely ihnen gegenüber in einem Sessel Platz nahm. Ramsey trug einen eleganten Anzug, der ihn als aufstrebenden jungen Geschäftsmann auswies, Luke hatte wie immer Jeans und T-Shirt an.

»Wie geht es deiner Frau?«, erkundigte Jocelyn sich bei Luke.

»Recht gut«, antwortete er lächelnd. »Sie war begeistert von deinen violetten Keksen.«

»Hat sie etwa einen halben ganz allein aufgegessen?«

»Eher ein Viertel.«

»Hört ihr beide jetzt auf?«, unterbrach Ramsey. »Jocelyn, mein Cousin und ich sind hier, um dir einige Dinge zu erklären, die du offenbar missverstanden hast.«

»Oh, und die wären?«

»Unsere Absichten.«

»Absichten?«, wiederholte Jocelyn. »Ich habe keine Ahnung, wovon du redest.«

»Ich habe dir gleich gesagt, dass sie sauer sein wird«, meinte Luke und lehnte sich zurück.

»Dass mein Cousin sich dir gegenüber falsch dargestellt hat«, erwiderte Ramsey, und er klang dabei wie ein Anwalt, »gilt nicht automatisch für mich. Ich war, was meine Absichten angeht, stets absolut offen und ehrlich.«

»Und die wären?«

»Wären …?« Ramsey verstand die Frage nicht.

»Sie will wissen, was du mit ihr vorhast«, sagte Luke. »Sie heiraten oder einen Laden für sie eröffnen wie Saras neuer Freund.«

Ramsey sah Luke finster an. »Das alles ist ganz allein deine Schuld. Warum hast du ihr nicht gesagt, dass du verheiratet bist?«

»Es kam nie zur Sprache«, meinte Luke und wandte sich an Joce. »Hast du ein Bier da?«

»Für dich nicht«, entgegnete Jocelyn zuckersüß. »Warum fragst du nicht deine Frau? Oder schickt sie dir nur Schecks, damit du von Hilfsarbeiten leben kannst?«

Lukes Gesicht rötete sich vor Zorn, doch Ramsey grinste.

»Sie hat deine Telefonnummer. Warum wartest du nicht draußen auf uns? Oder noch besser, du gehst nach Hause und lässt uns allein.«

Luke erhob sich wortlos.

»Verrat mir eines, Ramsey«, fuhr Jocelyn fort. »Wolltest du mich oder eher das Haus?«

Luke starrte sie verdattert an und setzte sich wieder.

»Wie kannst du so etwas behaupten. Ich mochte dich schon, als wir uns noch gar nicht kannten.«

»Und was für ein Traumpaar wir wären: das Geld der McDowells und das Land der Harcourts. Ich trage zwar nicht diesen Namen, habe aber das Haus. Außerdem habe ich die Leute gesehen, um die du heute herumscharwenzelt bist. Stell dir nur vor, wie stilvoll du sie hier bewirten könntest. Du hast nicht etwa vor, für ein politisches Amt zu kandidieren, oder?«

Luke stieß ein ersticktes Kichern aus. »Sie hat dich erwischt.«

Jocely wandte sich mit funkelnden Augen an ihn. »Und du hast mich abgelenkt, damit ich keinem anderen Mann begegne, während Ramsey beschäftigt war. Das war wirklich sehr schlau eingefädelt.

»Joce, so war es nicht«, begann Ramsey.

»Nein? Bei unserem zweiten Picknick hast du mir von den Briefen erzählt, die du mit deinem Großvater gelesen hast. Was für eine rührende Geschichte. Bei dir hat es geklungen, als seist du schon als kleiner Junge in mich verliebt gewesen. Doch nach dieser Enthüllung habe ich dich wieder tagelang nicht zu Gesicht gekriegt.«

»Ich glaube, ich lasse euch jetzt wirklich allein«, meinte Luke.

»Oh, nein, das kommt gar nicht in Frage«, protestierte Joce, worauf er sich wieder setzte.

»Pass auf!«, sagte er. »Ich habe dir nie etwas vorgemacht. Ich bin dein Gärtner, mehr nicht. Mein Privatleben war bei uns nie Thema.«

»Du glaubst doch nicht, dass ich auf so einen Schwachsinn antworte. Gärtner … zeigen nicht so viel Interesse an ihren Arbeitgebern wie du an mir. Du bist genau wie mein Vater mit seinen Ausflüchten, seinen Harleys und seiner Schwäche für Mädchen, die nicht wissen, von welcher Seite man ein Buch aufschlägt.«

»Dein …?«, stammelte Luke entsetzt. »Ich erinnere dich an deinen *Vater?*«

»Wie eine Fotokopie. Ach, übrigens, dein Cousin bezahlt dein Gehalt.«

»Ich weiß«, erwiderte Luke, dem man den Schreck über Jocelyns Worte noch immer ansah. »Ich schlage jede Woche noch mal die Hälfte auf meine Rechnung drauf.«

»Wie kannst du …«, setzte Ramsey an.

»Raus!«, sagte Jocelyn. »Ich will, dass ihr beiden auf der Stelle mein Haus verlasst. Und ich möche euch … vielleicht nie wiedersehen.«

»Jocelyn«, meinte Luke, der noch immer um Fassung rang. »Ich entschuldige mich für das, was ich dir deiner Ansicht nach angetan habe. Aber der Garten muss …«

»Bleib von meinem Garten weg«, gab sie zurück. »Von meinem Garten und von mir.«

»Doch er braucht Pflege. Er braucht …«

»Ich finde sicher irgendeinen Schüler, der den Rasen mäht.«

»Jocelyn«, flehte Ramsey. »Du bist nicht fair zu mir. Ich weiß, dass sich deine Stiefschwester heute aufgeführt hat wie die letzte Schlange, und das hat dich sicher sehr aufgeregt. Aber ich habe nichts getan, womit ich verdient hätte, dass du mich aus deinem Leben verstößt. Was Luke angestellt hat, um dich in dem Glauben zu wiegen …« Ramsey sah seinen Cousin an. »Was zum Teufel hast du denn gemacht, dass sie so wütend ist, weil du verheiratet bist? Wenn du sie angefasst hast, werde ich …«

»Ich bin kein Gegenstand!«, brüllte Jocelyn, sprang auf und funkelte die beiden wütend an. »Ich bin kein Grundstück, über das ihr beide euch streiten könnt, bis einer gewinnt. Oder das einer für den anderen verwaltet wie in diesem Fall. Ich bin …«

»Joce, bitte«, sagte Ramsey. »Wenn Luke dir zu nahe getreten ist, ist das nicht meine Schuld. Lass es nicht an mir aus.«

»Warum gehst du nicht zu Tess und sprichst mit ihr über deine Probleme?«

Als Luke kicherte, brachte ihm das einen wütenden Blick von Jocelyn ein. »Und du kannst zu deiner Frau gehen. Und jetzt verschwindet! Alle beide!«

15

Jocelyn schaute von ihrem Schreibtisch auf und starrte aus dem Fenster ins Leere. Der Rasen musste gemäht werden – schon wieder –, und irgendein Insekt zerfraß die Hecke, die ums Haus verlief, woraus sie auch immer bestehen mochte. Letztens hätte sie sogar schwören können, dass sie in der Wand Termiten gehört hatte, aber es waren nur Sara und ihr Freund gewesen, die zur Sache kamen – ebenfalls schon wieder.

Sie betrachtete den Zeichentisch mit der schrägen Platte, den sie gekauft hatte, und ihre Papiere. Der Tisch war eigentlich kein Möbelstück, das sie sich für dieses Haus gewünscht hatte, aber im Moment konnte sie sich nichts Besseres leisten.

In den sechs Wochen seit sie Ramsey und Luke zum Teufel geschickt hatte, hatte sie viel erledigt. Zuerst war sie zu einer Bank in Williamsburg gefahren und hatte, mit dem Haus als Sicherheit, einen Kredit über fünfzigtausend Dollar aufgenommen, die Summe, die sie schätzungsweise zum Leben brauchen würde, während sie an einer Biografie arbeitete, die sie bei einem Verlag unterbringen konnte. Anfangs war sie versucht, etwas über Thomas Jefferson zu schreiben, da sich diese Bücher offenbar gut verkauften. Doch sie war mit dem Herzen nicht bei der Sache. Sie wollte, dass ihr Buch von Miss Edi handelte.

Jocelyn wusste aus Erfahrung, dass kein Verlag einer Autorin, die noch nie ein Buch veröffentlicht hatte, einen Vorschuss geben würde. Deshalb musste sie einen anderen Weg finden, um ihren Lebensunterhalt zu bestreiten, während sie schrieb. Um den Kredit zurückzuzahlen, verbrachte sie ihre Tage in Williamsburg, wo sie im Auftrag eines sehr erfolgreichen Schriftstellers, der gerade an einer Trilogie über den amerikanischen Unabhängigkeitskrieg saß, das 18. Jahrhundert recherchierte.

Abends und bis spät in die Nacht hinein arbeitete Joce an dem Buch über Miss Edi. Tess hatte ihr erzählt, sie habe nicht gewusst, dass Luke verheiratet sei. Sie und Ramsey hätten sich sogar deswegen heftig gestritten. Sein Standpunkt sei, dass Familienangelegenheiten niemanden etwas angingen.

Tess schwor, dass sie es anderenfalls Joce anvertraut hätte. »Es *widert mich an,* wie die Leute in dieser Stadt ihre schmutzigen kleinen Geheimnisse hüten. Jemand hätte mir, dir, uns sagen müssen, dass er verheiratet ist.«

Tess' Stimme war so aufgebracht, dass Joce unwillkürlich zurückwich. Allerdings besorgte Tess ihr den Speicherschlüssel, sodass Joce Tage damit verbringen konnte, jeden Karton und jede Truhe zu durchsuchen. Soweit sie feststellen konnte, war alles Wertvolle beiseitegeschafft worden, und sie stieß nur auf Tausende von Haushaltsbüchern. Vielleicht würde sie eines Tages etwas damit anfangen können, doch eigentlich hatte sie auf ein Tagebuch gehofft, in dem jemand einen Mord gestand, sodass sie nach der Biografie etwas darüber schreiben und Millionen verdienen konnte.

»Dann erfinde doch selbst eine Geschichte«, schlug Tess vor. »Ermorde jemanden und überlege dir dann, wer es gewesen sein könnte und warum.«

Das klang zwar einfach, doch immer wenn Joce es in der Vergangenheit versucht hatte, war sie daran gescheitert. Sie las gerne etwas über wahre Ereignisse und echte Menschen, und darüber wollte sie auch schreiben.

»Miss Edi!«, rief Tess aus und hielt sich die Ohren zu. »Ich habe so viel über diese Frau gehört, dass ich ihren Geist verscheuchen würde, falls er plötzlich in der Tür stehen sollte.«

»Wenn du sie siehst, bitte sie doch, mir zu sagen, was ich tun soll«, erwiderte Joce bedrückt.

Es war Abend, und Joce und Tess standen in der Küche und buken Eclairs. Nach der Party bei Viv – »Die Katastrophe«, wie Joce sie bei sich nannte – war Tess einverstanden gewesen, bei der Belieferung der nächsten Partys mitzuwirken. Laut Lukes Vater Jim hatte er noch niemanden erlebt, der so gut verhandeln konnte wie sie. Bei ihr hatten die Leute keine Chance, auch nur vorzuschlagen, was es bei ihrer Festivität zu essen geben sollte. Tess zählte auf, was sie liefern würde, und duldete keine Widerrede.

Seitdem hatte Tess mit Jims Hilfe mehr als ein Dutzend Kindergeburtstage und Kaffeekränzchen beliefert. Und das Backen fand in Joces Küche statt. Während Jocelyn an ihrem Buch schrieb, konnte sie beobachten, wie wundervoll dekorierte Eclairs und Plätzchen kartonweise aus dem Haus getragen wurden.

Was Sara betraf, verbrachte sie inzwischen 100 Prozent ihrer Zeit mit ihrem neuen Freund und den Plänen für ihre Boutique. Sie sprach nur noch davon, was Greg sagte, tat oder dachte. »Greg findet, wir sollten …«, schien die Einleitung jedes Satzes zu sein.

Den ganzen Tag – morgens, nachmittags und abends – wurden Joce und Tess durch die Wände Ohrenzeuginnen ihres aktiven Liebeslebens. Anfangs fanden sie es peinlich, später nur noch zum Lachen. Und nach ein paar Wochen war es so alltäglich geworden, dass sie einander nur noch ansahen und rieten, in welchem Zimmer es gerade zur Sache ging. Doch eines Abends fanden die Lustbarkeiten ein jähes Ende.

»Küche«, sagte Joce.

»Nein, Speisekammer«, meinte Tess.

Joce spitzte die Ohren. »Du hast recht. Hoppla, jetzt wechseln sie ins Wohnzimmer.«

»Sara sollte wirklich warten, bis ihre vom Teppich aufgeschürften Knie verheilt sind, bevor sie es wieder dort treibt. Sie …« Tess brach ab, als sie Jim, einen Karton mit Zutaten in der Hand, in der Tür stehen sah. Er stellte den Karton wortlos ab und marschierte hinaus.

Mit weit aufgerissenen Augen nahmen die beiden Frauen zwei Trinkgläser und hielten sie an die Wand. Sie wussten, dass

Jim zu Sara wollte, und waren neugierig, was er zu ihr sagen würde. Doch leider sprach er so leise, dass sie kein Wort verstanden. Als er in die Küche zurückkehrten, standen Joce und Tess mit Unschuldsmienen am Küchentisch und arbeiteten. Ganz gleich, wie Jim sich auch ausgedrückt haben mochte, jedenfalls hörten sie nie wieder die Geräusche von Saras Liebesleben durch die Wand.

»Ich weiß nicht, ob ich mich über die Ruhe freuen oder sie bedauern soll«, meinte Tess irgendwann.

»Ich auch nicht«, stimmte Joce zu.

In den ersten Wochen nach der »Katastrophe« schrieb Joce Briefe und Mails und telefonierte, während Tess Kuchen buk. Dr. Brenners Witwe war so begeistert, weil Joce die Biografie ihres Mannes schreiben wollte, dass Joce es aufgab, ihr die Wahrheit klarzumachen. Sie schickte ihr so viele Kartons mit Papieren, dass sie einen halben UPS-Laster füllten. Allerdings hatte Joce Mühe, die Augen offen zu halten, als sie das Material durcharbeitete. Dr. Brenner mochte ein begnadeter Arzt gewesen sein, vom schriftlichen Dokumentieren hatte er jedoch nichts verstanden. Er hatte zwar jeden Todesfall säuberlich eingetragen, doch es fehlten Todesursache und die näheren Umstände. Also recherchierte Joce weiter und schrieb an die amerikanischen Botschaften der Länder, in denen Dr. Brenner tätig gewesen war. Zweimal erhielt sie die Antwort, es habe sich offiziell nie ein amerikanischer Arzt im betreffenden Land engagiert.

Während Joce wartete, notierte sie sich alles, was sie noch von Miss Edis Schilderungen von ihrer Zeit mit Dr. Brenner in Erinnerung hatte. Sie trug ständig ein Notizbuch mit sich herum und machte Eintragungen, wann immer sie konnte.

Doch während sie suchte und recherchierte, musste sie immer wieder an Luke denken. *Nein,* schalt sie sich, erinnerte sich aber dennoch an die Geschichte, die Luke ihr beim Backen vorgelesen hatte. Joce hatte die Beschreibung von Miss Edi und ihrem David, dem Jeepfahrer, den sie erst verabscheut und später geliebt hatte, sehr gefesselt. Doch wie war es dazu gekommen? Was hatte die beiden so zusammengeschweißt, dass sie sich ineinander verliebt hatten? Joce hoffte, dass es nicht nur an der günstigen Gelegenheit und den Kriegswirren gelegen hatte, sondern dass es eine wahre, echte und große Liebe gewesen war.

Wie gerne hätte sie sich mit Lukes Großvater in Verbindung gesetzt und ihn um die restlichen Kapitel gebeten, brachte es aber nicht über sich. Sie nahm an, dass er ihr, einer Fremden, die Papiere ohnehin nicht aushändigen würde, insbesondere nicht, nachdem sie seinen Enkel vor die Tür gesetzt hatte.

Also googelte Jocelyn General Austin. Sie stellte fest, dass er vielfach ausgezeichnet worden war und dass es da einen Sohn gab, der einen Orden für seinen Vater posthum entgegengenommen hatte. Obwohl sie nicht glaubte, dass seine Familie sich an eine Sekretärin aus dem Zweiten Weltkrieg erinnern würde, schrieb sie ihnen einen höflichen Brief, in dem sie sich erkundigte, ob ihnen der Name Miss Edilean Harcourt etwas sagte.

Vier Tage später erhielt Joce eine begeisterte E-Mail von William »Bill« Austin, dem Enkel von General Austin, der gerade an einer Biografie seines Großvaters saß. Er habe von einer Miss Harcourt gehört, allerdings nicht viel. »Ich zeige Ihnen, was ich habe, wenn Sie mir Ihr Material zeigen«, schrieb er.

Das Problem war allerdings, dass Joces Wissen über General Austin aus einer Geschichte von Miss Edi stammte, die kein sehr schmeichelhaftes Porträt des Mannes zeichnete. Also antwortete sie, ihre Unterlagen behandelten Miss Edis Leben *nach* dem Krieg, würden Bill also nicht viel nützen. Dennoch bat sie ihn, sein Material über Miss Edi sichten zu dürfen.

Bill erwiderte, es gebe da einige Briefe, in denen Miss Harcourt erwähnt würde, doch die seien noch nicht abgetippt und befänden sich in Kartons. Die Originale wolle er nicht aus der Hand geben. »Meine Ex-Freundin hatte das Tippen übernommen. Also muss ich mir entweder eine neue Schreibkraft suchen, wozu mir das Geld fehlt, oder eine neue Freundin, die tippen kann. Die dritte Alternative wäre, meine Ex zu bitten, mich zu heiraten. Wenn ich eine Münze mit drei Seiten hätte, würde ich sie werfen.«

Joce kaufte Superglue und klebte drei Vierteldollars, jeder aus einem anderen Bundesstaat, zu einer Pyramide zusammen, die sie ihm kommentarlos schickte. Zwei Tage später traf eine E-Mail von Bill ein. Er schrieb, er und seine Ex-Freundin hätten sich für das Geld, das ihre Eltern für die Hochzeit springen ließen, auch ein Haus kaufen können. »Das Ganze wird sich wochenlang hinziehen. Und dann ist da auch noch die Hochzeitsreise. Meine Arbeit an der Biografie verschiebt sich um eine Ewigkeit. Ich weiß nicht, ob ich mich bei Ihnen bedanken oder Sie hassen soll.«

»Ich auch nicht«, murmelte Joce und wandte sich wieder dem Material über Dr. Brenner zu. Zweimal hatte sie Erfolg und traf auf Menschen, die sich an ihn und an Miss Edi erinnerten. Als sie eine Krankenschwester aufspürte, die für ihn gearbeitet hatte, fuhr sie nach Ohio und verbrachte drei Tage damit, die Erinnerungen der Frau auf Band aufzuzeichnen. Allerdings war sie nur sechs Monate bei Dr. Brenner tätig gewesen und hatte Miss Edi als »angsteinflößend« empfunden. »Die kälteste Frau der Welt. Absolut herzlos«, sagte sie. Joce hatte Mühe, der Frau nicht über den Mund zu fahren.

Als Joce nun von ihrem Schreibtisch aufblickte, den sie im zweiten Salon aufgestellt hatte, wusste sie nicht, ob sie aufgeben oder weiter gegen Wände laufen sollte.

»Du vermisst ihn, richtig?«

Rasch beugte Joce den Kopf wieder über ihre Papiere. »Miss Edi?«, fragte sie Tess, die in der offenen Tür stand. »Ja, ich vermisse sie sehr. Ich wünschte nur, die Leute hätten sie genauso wahrgenommen wie ich.«

»Nicht sie, *ihn.*«

»Ach, du meinst Ramsey. Der ist in Boston. Ich habe gehört, der Grund sei, dass er hier einen wichtigen Prozess verloren hat. Die Leute heißen Berner oder so. Aber nein, ich kann nicht behaupten, dass ich ihn vermisse. So lange kannten wir uns ja nicht. Wenn er zurück ist, vielleicht …« Jocelyn zuckte die Achseln.

»Wenn du dir selbst etwas vormachen willst, nur zu. Bei mir wirst du es nicht schaffen. Und hör auf, die Tür offen zu lassen, in der Hoffnung, dass er aufkreuzt«, meinte sie und machte sie zu.

Joce stützte den Kopf in die Hände. Ja, sie vermisste Luke. Sie vermisste ihn jede einzelne Minute. Obwohl sie sich größte Mühe gab, so zu tun, als sei sie viel zu beschäftigt, um jemanden zu vermissen, stimmte es einfach nicht.

Sie vermisste sein Lachen und wie er ihr zuhörte und alles verstand, was sie ihm zu erklären versuchte. Jeden Morgen und jeden Abend schaute sie aus dem Fenster, in der Hoffnung, seinen Pick-up und sein Werkzeug zu sehen. Ihn selbst.

»Er ist nicht der richtige Mann für dich«, flüsterte sie. Sie würde nicht wie ihre Mutter mit irgendeinem Kerl durchbrennen, den sie nach Strich und Faden bedienen musste. Sie wollte einen Mann wie Ramsey, der sie versorgte.

Allerdings verhinderten diese vernünftigen Gründe nicht, dass Luke ihr weiter fehlte. Und das, obwohl Sara ihr von Luke und seiner … seiner … Sie konnte das Wort kaum denken, geschweige denn, es aussprechen: EHEFRAU. Luke war bei seiner Ehefrau. Ingrid hielt sich nun schon seit fast sechs Wochen in Edilean auf, und Jocelyn vermutete, dass die beiden glücklich waren. Wahrscheinlich verbrachten sie zweite Flitterwochen.

Doch ganz gleich, wie sehr Joce sich auch dagegen wehrte – jedes Mal, wenn sie ins Auto stieg, dachte sie an Luke und Ingrid. Sie versuchte zwar, sich auf ihr Buch zu konzentrieren, aber ihr Verstand hatte seinen eigenen Willen.

Offenbar waren Luke und seine Frau durch ihren Beruf getrennt worden. Joces diskrete Nachforschungen ergaben, das Luke Ingrid seit über einem Jahr nicht mehr gesehen hatte – bis sie mit Bell zur Party des Grauens erschienen war.

Die genaueren Hintergründe gingen Joce nichts an. Schließlich hatte sie Luke Connor nur wenige Tage gekannt und ein paar Gespräche mit ihm geführt. Mehr nicht. Nun war er zu seiner Frau zurückgekehrt und vermutlich überglücklich. Sicher hatte er sie, Joce, längst vergessen.

Als sie rechts von sich ein Geräusch hörte, drehte sie sich zur Tür um. Jemand hatte einen cremefarbenen Umschlag darunter durchgeschoben. Sie stand auf, griff nach dem Kuvert und stellte fest, dass ihr Name darauf stand. Als sie es öffnete, war eine Einladung zum Mittagessen bei Dr. David Aldredge darin.

»David Aldredge«, sagte sie. Miss Edis erste Liebe.

Wahrscheinlich gab es auf der ganzen Welt keinen Mann, den sie lieber kennenlernen wollte. Man hatte sie zwar auf Vivs Party auf ihn hingewiesen, doch sie hatte keine Gelegenheit gehabt, mit ihm zu sprechen. Seit der Party fehlte ihr der Mut, ihn zu kontaktieren. Offen gestanden ging sie den Einwohnern von Edilean seitdem aus dem Weg. Sie stellten zu viele Fragen, wollten wissen, was zwischen ihr und Ramsey vorgefallen war, und erkundigten sich sogar nach ihrem Verhältnis zu Luke. »Sie waren doch alle so gute Freunde«, sagten sie und erwarteten dann von Jocelyn, dass sie ihr Privatleben vor ihnen ausbreitete. Doch sie lächelte dann nur und machte sich aus dem Staub.

Und nun wollte David Aldredge sich mit ihr treffen. In dem Brief stand auch seine E-Mail-Adresse, und fünf Minuten später hatte sie zugesagt.

Als sie am nächsten Tag vor Dr. Aldredges Haus in Williamsburg stand, war sie zunächst überrascht, wie klein es war und dass es nur wenige Meter von seinen Nachbarn trennte. Vielleicht verbrachte sie zu viel Zeit in Edilean und Colonial Williamsburg und hatte deshalb ein historisches Gebäude erwartet.

Sie läutete und bemühte sich um Ruhe, während sie darauf wartete, dass er aufmachte. Würde er verärgert sein, weil sie seinen Enkel aus dem Haus geworfen hatte? Oder interessierte er sich eher für die Vergangenheit? Würde sie etwas Schreckliches über Miss Edi erfahren, das ihn dazu gebracht hatte, mit einer anderen Frau ins Bett zu gehen? Inzwischen musste er an die Neunzig sein. Saß er womöglich im Rollstuhl und hatte einen Sauerstoffschlauch in der Nase?

Als ein attraktiver, grauhaariger Mann die Tür öffnete, hätte Jocelyn beinahe gesagt, sie wolle seinen Vater besuchen. »Sie sind Miss Edis David?«, platzte sie überrascht heraus.

Er bedachte sie mit einem charmanten Lächeln. »Sie haben meine Woche gerettet. Nein, mein ganzes Jahr. Ich kann es kaum erwarten, Jim von Ihnen zu erzählen.«

Jocelyn lachte. »Die Sache mit der großväterlichen Eifersucht kenne ich schon, Dr. Aldredge. Aber ich wusste nicht, dass die Generation dazwischen auch betroffen ist.«

»Oh, ja. Es erstreckt sich durch alle Altersstufen. Ich wage gar nicht, mir auszumalen, was geschieht, wenn Luke einmal Vater wird.« Mit diesen Worten musterte er sie von Kopf bis Fuß.

»Soll ich das als Fruchtbarkeitstest verstehen?«, frotzelte sie.

Kurz sah David sie verdattert an. Dann grinste er. »Jim hat mir schon gesagt, dass Sie ganz schön keck sind, aber er hat noch untertrieben. Möchten Sie nicht hereinkommen? Meine Frau unternimmt heute Nachmittag etwas. Also können wir uns in Ruhe unterhalten. Ach, und übrigens können Sie mich Dave nennen. Oder Dr. Dave wie der Rest der Stadt.«

Gleich beim Eintreten wurde Joce klar, warum er das Haus gekauft hatte. Die gesamte Vorderfront war verglast und hatte Blick auf einen kleinen Hafen, der aussah wie aus dem Bilderbuch. Segelboote und kleine Motorboote lagen vor Anker, und schmale Stege führten in den idyllischen James River hinein.

»Wow!«, stieß sie hervor.

»Wir finden es schön hier«, sagte Dr. Dave, offenbar erfreut, dass es ihr gefiel.

Der Großteil des Erdgeschosses bestand aus einem großen Raum, der Wohnzimmer, Essecke und Küche vereinte. Das

Esszimmer, das seitlich davon abging, war in ein Fernsehzimmer mit Bibliothek verwandelt worden. Vor dem Haus gab es eine verglaste Veranda mit Rattanmöbeln, offenbar der am häufigsten genutzte Raum.

Sie fand ihre Vermutung bestätigt, als sie auf der langen Veranda einen für zwei Personen gedeckten Tisch bemerkte. Das Geschirr passte zu Servietten und Platzdeckchen. Anscheinend hatte sich jemand große Mühe gemacht.

»Ich hätte Sie fragen sollen, was Sie gerne essen, aber …«

»Luke hat Ihnen sicher alles über mich erzählt«, erwiderte sie.

»Nein.« Dr. Dave wirkte erstaunt. »Mein Enkel würde mich wahrscheinlich mit einem meiner eigenen Golfschläger verprügeln, wenn er wüsste, dass ich Sie hierher eingeladen habe. Er glaubt nämlich allen Ernstes, er könnte alle seine Probleme selbst lösen.«

»Und Sie glauben das nicht?«

»Ich bin der Ansicht, dass niemand seine Probleme ganz allein lösen kann. Und Sie?«

»Ich weiß nicht«, antwortete sie zögernd. »Darüber habe ich noch gar nicht richtig nachgedacht, aber vermutlich haben Sie recht. Immerhin stand ich Miss Edi als Jugendliche sehr nah, und sie hat mir immer geholfen, wenn ich Probleme hatte.«

»Ach, jetzt kommen wir auf den Punkt«, meinte Dr. Dave, während er den Deckel von der großen Suppenterrine nahm, die mitten auf dem Tisch stand. »Mögen Sie Vichyssoise, das ist eine kalte Gemüsesuppe?«

»Ich liebe sie, aber nur wenn sie aus Bio-Kartoffeln ist.«

Dr. Dave kicherte. »Offenbar haben Sie viel Zeit mit Elli verbracht.«

»Nein, nur mit ihrer Tochter und der restlichen Verwandtschaft.« Jocelyn konnte nicht verhindern, dass sie beim Gedanken an Sara errötete.

»Also hat Sara einen neuen Freund, richtig? Ein bisschen laut, die beiden?«

Jocelyn aß einen Löffel Suppe. Köstlich. »Jim hat dafür gesorgt, dass das aufhört.«

»Man hat es mir erzählt. Meine Frau hat mich aus dem Zimmer geschickt, als ich zu lachen anfing. Jim war schon immer ein bisschen prüde. Keine Ahnung, warum meine Tochter ihn geheiratet hat.«

Joce wusste zwar, dass er nur scherzte, fühlte sich aber dennoch unbehaglich, denn Jim Connor war sehr nett zu ihr gewesen. »Vielleicht, weil er ein Mann ist, der sich um andere Menschen kümmert und ihnen hilft, wenn er gebraucht wird.«

»Ich verstehe.« Dr. Dave setzte sich und aß ebenfalls einen Löffel Suppe. »Wie der Vater, so der Sohn.«

»Was soll das heißen?«

»Nur, dass Luke und sein Vater sich sehr ähnlich sind. Deshalb hat Luke sich ja auch mit seinem anderen Großvater so gut verstanden. Ich habe Luke in die Disney World eingeladen, Joe ihn für zwei Tage auf ein muffiges Boot. Ich habe immer verloren.«

»Waren Sie enttäuscht, dass Luke nicht Arzt geworden ist?«, erkundigte sie sich.

»Aber nein«, erwiderte Dr. Dave, als sei er noch nie auf diesen Gedanken gekommen. Er stand auf und holte Brötchen aus dem Backrohr. »Wenn ich die vergesse, zieht Mary Alice mir die Ohren lang. Nur Henry, Saras Vater, wollte Arzt werden. Die anderen haben getan, was sie wollten.«

Jocelyn brach ein Brötchen auseinander, butterte es und biss hinein. Sie hatte genug vom Plaudern. »Und was ist zwischen Ihnen und Miss Edi vorgefallen?«

»Die Leute wissen es nicht, aber wir haben uns getrennt, bevor wir in den Krieg gezogen sind.«

Jocelyn musterte ihn erstaunt. »Aber ich dachte …«

»Alle, auch wir, waren überzeugt, dass wir heiraten würden, und ich habe ihr einen Verlobungsring an den Finger gesteckt. Doch wenige Wochen später wurde Pearl Harbor bombardiert, und das veränderte alles.«

»Haben sich die Dinge nicht wegen eines Ereignisses früher in jenem Jahr verändert?«

Nun machte Dr. Dave ein überraschtes Gesicht. »Sie recherchieren gründlich.«

»Ich weiß, dass Alexander McDowell Miss Edi unterstützt hat, als sie im Ruhestand war. Vermutlich war es auch sein Geld, das mir mein Studium finanziert hat. Warum sollte er so etwas tun?«

»Möchten Sie noch Suppe?«

»Sehr gern.«

»Es gibt auch noch Sandwiches: Gurke, Thunfisch, Hühnersalat und Eiersalat. Bedienen Sie sich.« Er stellte die große Platte auf den Tisch.

»Also gut«, sagte Jocelyn, griff nach einem Thunfischsandwich und biss hinein. »Also ist in Edilean etwa um die Zeit der Bombardierung von Pearl Harbor am 7. Dezember 1941 etwas vorgefallen. Und deshalb haben sich viele Dinge geändert.«

»Bitte versprechen Sie mir, nicht weiter herumzubohren und zu schnüffeln, bis Sie es herausgefunden haben.«

»Ich fürchte, das kann ich nicht.«

Dr. Dave seufzte auf. »Junge Leute sind immer neugierig auf Familiengeheimnisse.«

»Und sie wollen sie von den Menschen hören, die sie bereits kennen«, entgegnete Jocelyn.

Dr. Dave lachte auf. »Ich wusste, dass es eine gute Idee war, Mary Alice zu bitten, uns Schokoladenkuchen aus dem Trellis zu holen.«

»Meinen Sie eines von diesen neunstöckigen Dingern, von denen man den Schokoladentod stirbt? Die sind also nicht nur ein Mythos?«

»Nein, es gibt sie wirklich, und ich habe einen da. Was wollen Sie denn am dringendsten wissen?«

»Im Moment untersuche ich das Jahr 1944.«

»Edis Geschichte«, meinte Dr. Dave, während er die leeren Suppenschalen abräumte. Er bedeutete Joce, sie solle sitzen bleiben. »Also haben Sie die Geschichte gelesen, die ich Luke gegeben habe.«

»Gewissermaßen. Eigentlich hat er sie mir vorgelesen.«

Dr. Dave stellte das Geschirr auf den Küchenblock und drehte sich langsam zu ihr um. »Was soll das bedeuten, er hat sie Ihnen vorgelesen?«

Joce stand auf, schlenderte durch den Raum und betrachtete die Bilder an den Wänden. Wenn sie nicht alles täuschte, handelte es sich um Originale aus den gesamten Vereinigten Staaten. »Genau das, was ich gesagt habe. Ich habe Eclairs für diese … diese Party gebacken, und er hat mir dabei vorgelesen.« Sie sprach das Wort so hasserfüllt aus, dass sie Luft holen musste. Von wo war Bell eingeflogen? Mailand? London? Paris? Nur, um Jocelyns ersten Auftritt in der Gemeinschaft zu ruinieren, in der sie nun lebte? Wegen der vielen Arbeit und Bells hinterhältigem Überfall hatte Joce mit niemandem auch nur ein Wort über Miss Edi sprechen können, obwohl das eigentlich der Zweck der Veranstaltung gewesen war. Das und sich etwas dazuzuverdienen.

»Wer war sonst noch im Haus?«, fragte Dr. Dave.

»Nur wir beide«, erwiderte Joce und warf ihm einen fragenden Blick zu. »Behaupten die Leute etwa, dass Luke und ich …«

»Nein, mir ist nichts dergleichen zu Ohren gekommen, und dank E-Mail und Telefon erfahren meine Frau und ich so ziemlich alles, was in dieser Stadt geschieht. Also waren Sie und mein Enkel allein im Haus. Sie haben Eclairs gebacken, und er hat Ihnen vorgelesen?«

»Ja«, antwortete sie verdattert. »Habe ich da etwas verpasst? Oder ein Südstaaten-Tabu verletzt? Sara predigt mir ständig, dass ich ein Yankee bin, und Tess …«

»Nein«, erwiderte Dr. Dave leise. »Sie haben nichts falsch gemacht. Es ist nur, dass ich meinen Enkel so gar nicht kenne. Er ist ein ziemlicher Eigenbrötler.«

»Eigenbrötler?«, wiederholte Joce. »Haben Sie vergessen, dass er verheiratet ist?«

Feierlich hob Dr. Dave die große Tortenglocke an, unter der sich der wundervolle Schokoladenkuchen verbarg. »Sie möchten nicht etwa die Wahrheit über Lukes Ehe hören, oder?«

»Es geht mich nichts an«, entgegnete Joce spitz. »Ich weiß, dass ich überreagiert habe, als ich es erfuhr, und wenn ich mir jetzt den Zustand meines Gartens anschaue, hätte ich wohl besser den Mund halten sollen. Aber ich bin in den letzten Monaten so oft belogen worden wie noch nie in meinem Leben. Selbst wenn verheiratete Männer nur ein rein freundschaftliches Interesse an einer Frau haben, sitzen sie normalerweise nicht Abend für Abend in ihrer Küche und …« Sie holte Luft. »Was soll's. Sie brauchen nicht zufällig einen Job als Rasenmäher? Wir zahlen in Eclairs.«

»Nein«, meinte Dr. Dave schmunzelnd. »Abend für Abend, was?« Er reichte ihr einen Teller mit einem zehn Zentimeter dicken Stück Kuchen darauf. »Vielleicht stärkt Sie das ja, während ich Ihnen von der Ehe meines Enkels erzähle.«

»Weiß er, dass Sie darüber reden?«

»Luke kennt nicht einmal alle Details, die ich Ihnen jetzt anvertrauen werde.«

»Also gut«, erwiderte sie und verspeiste den ersten Bissen des köstlichen Kuchens. »Ich bin ganz Ohr.«

»Luke wohnte und arbeitete in …« Dr. Dave machte eine wegwerfende Handbewegung. »Oben im Norden, es ist nicht so wichtig. Viel wichtiger ist, dass er eine große, schlanke, hübsche Kellnerin kennengelernt hat. Eines führte zum anderen, und sechs Wochen später hat sie ihm eröffnet, dass sie schwanger ist. Alte Geschichte, was?«

»Die älteste der Welt«, entgegnete Jocelyn.

»Der Unterschied ist, dass mein Enkel daran beteiligt war. Luke, der Gutmensch, Luke, der Ehrenhafte. Er hat sie geheiratet. Mir hat er gesagt, er habe sie gern und glaube, dass sich die Liebe schon mit der Zeit einstellen würde. Außerdem wolle er das Kind, das sie erwartete, nicht im Stich lassen.«

Dr. Dave betrachtete seinen Kuchenteller. »Ich war der Einzige, der den Mut hatte, ihm einen Vaterschaftstest vorzuschlagen.« Er sah Jocelyn an. »Luke hat damals beinahe den Kontakt zu mir abgebrochen. Ich witzle zwar darüber, aber es hat wehgetan.«

Er holte Luft. »Jedenfalls haben sie ihre Hochzeitsreise nach New York gemacht. Ingrid wollte unbedingt hin, und Luke hätte für die Frau, die sein Kind erwartete, alles getan. Sie waren erst einen Tag dort, als ein Fotograf ihr seine Visitenkarte gab und sie aufforderte, zu ihm zu kommen, um ein paar Fotos zu machen. Ingrid hielt das für einen Scherz, aber Luke hatte von dem Mann gehört und ihr gut zugeredet. Natürlich hat Luke sie zu dem Fototermin begleitet.«

Dr. Dave aß ein Stück Kuchen. »Die Fotos waren so gut, dass der Fotograf sie gern ein paar Leuten zeigen wollte. Also blieben Luke und Ingrid zwei Wochen in New York. Um es kurz zu machen: Ingrid wurde praktisch über Nacht entdeckt. Sie kennen das ja, die Mädchen sollen so jung wie möglich sein.«

»Ich kenne mich besser in der Model-Szene aus, als mir lieb ist«, meinte Jocelyn.

»Luke musste zurück zur Arbeit, doch Ingrid hat ihn angefleht zu bleiben. Wahrscheinlich war das Ganze für Luke nur ein Scherz und er glaubte, sie würde ihre Model-Fotos irgendwann einmal ihren Kindern zeigen.«

»Hat sie sich geweigert mitzukommen?«, fragte Jocelyn.

Dr. Dave bohrte seine Gabel in den Kuchen. »Nein. Ich wünschte, es wäre so gewesen, aber das hat sie nicht. Sie mag nicht die Hellste sein, doch wenn es um ihren Vorteil geht, ist sie ausgesprochen gerissen. Also hat sie gepackt und ihm gesagt, sie würde ihn begleiten, denn sie liebe ihn so, dass sie alles für ihn aufgeben würde. Sie wolle nur noch einen letzten Auftrag annehmen. Natürlich hat Luke zugestimmt. Was sollte er sonst tun? Also ist sie zu ihrem letzten Fototermin gegangen, während Luke im Hotel die Flüge umgebucht hat.

Als Luke Ingrid das nächste Mal sah, lag sie im Krankenhaus. Sie hatte eine Fehlgeburt erlitten und behauptete, so unglücklich zu sein, dass sie sich am liebsten umbringen wollte. Luke konnte sie schlecht allein zurücklassen. Und sie hatte solche Schmerzen, dass ein Flug nicht in Frage kam.«

»Und was passierte dann?«, wollte Joce wissen.

»Luke blieb bei ihr in New York. Er zog in die Stadt und suchte sich dort Arbeit.«

»Als Gärtner in New York?«

»Mein Sohn hat viele Fähigkeiten, doch ganz gleich, was er tut, er tut es ungern in der Stadt. Dennoch wohnten sie etwa anderthalb Jahre dort. Und dann, eines Tages, erfuhr Luke durch einen Zufall, dass Ingrid gar keine Fehlgeburt gehabt hatte. Ihr ›letzter Auftrag‹ in New York war ein Termin für eine Abtreibung gewesen.«

»Luke war sicher …« Joce fiel das richtige Wort nicht ein.

»Er war erschüttert, weil er sein Kind verloren hatte … und auch sonst alles in seinem Leben. Also ist er nach Edilean zurückgekehrt und hat angefangen, als Gärtner zu arbeiten. Sein Großvater väterlicherseits hat ihm ein altes Haus vererbt. Luke hat es instand gesetzt und dann angefangen, sich um Edilean Manor zu kümmern.«

Er sah Jocelyn an. »Soweit ich informiert bin, hat mein Enkel seit fast zwei Jahren nichts mehr von Ingrid gehört.«

»Warum hat er sich nicht scheiden lassen?«

»Wenn Sie die Scheidung eingereicht hätte, hätte Luke sicher gern die Papiere unterschrieben. Doch er ist nicht der Mann, der einer Frau Scheidungsunterlagen zustellen lässt.«

»Und jetzt sind sie wieder zusammen?«

»Kann ich Ihnen vertrauen?«, fragte Dr. Dave.

»Meinen Sie, ob ich es in der ganzen Stadt herumerzählen werde, was Sie mir jetzt sagen?«

»Genau das meine ich. Manchmal ist es gut, von Menschen umgeben zu sein, die man schon sein Leben lang kennt. Es kann aber auch die Hölle sein. Luke hat sich von Anfang an geweigert, über seine katastrophale Ehe zu sprechen. Vermutlich fühlt er sich wie ein Idiot weil er auf eine Frau hereingefallen ist, die so wenig …« Er zuckte die Achseln.

»Die so wenig Seele hat? So wenig Anteilnahme? Ich kenne das, ich habe mit zwei Exemplaren dieser Art zusammengelebt.«

»Aber Sie wissen nicht, wie ich bin.«

»Sprechen Sie von sich und Mary Alice Welsch?«

Als Dr. Dave schmunzelte, konnte sie sich vorstellen, wie Luke in fünfzig Jahren aussehen würde. »Nein, ich spreche davon, dass ich einen Privatdetektiv angeheuert habe, um etwas über Ingrids ›Fehlgeburt‹ genau zum passenden Zeitpunkt herauszufinden. Es dauerte zwar einige Monate, aber er hat die Klinik aufgespürt, wo sie die Abtreibung hat durchführen lassen. Und dann habe ich dafür gesorgt, dass mein Enkel ›zufällig‹ über die Papiere stolperte.«

»Wenn Luke das jemals erfährt …«, flüsterte Jocelyn.

»Daran erkennen Sie vermutlich, wie sehr ich Ihnen vertraue.«

Sie lehnte sich zurück. »Das erzählen Sie mir, weil Sie noch etwas anderes rausgekriegt haben, richtig?«

»Ja.« Er stand auf, öffnete eine Tischschublade, holte eine dicke Akte heraus und entnahm ihr einen großen Umschlag. »Gestern habe ich das hier von demselben Privatdetektiv erhalten, der auch die Abtreibungsklinik entdeckt hat. Darin steht, warum Ingrid wieder hier ist.«

Sie nahm den Umschlag entgegen, allerdings ohne ihn zu öffnen. »Ich hoffe, dass sie nicht von mir verlangen, Luke zu erzählen, was da drin ist.«

»Nein, das werde ich nicht. Es steht sowieso bald in allen Zeitungen. Ich wollte Ihnen nur sagen, dass Luke, als er viel mit Ihnen zusammen war …« Als sie zu einer Antwort ansetzte, unterbrach er sie mit einer Handbewegung. »Ja, ich weiß, es waren nur ein paar Tage, aber so glücklich habe ich ihn schon seit Jahren nicht mehr erlebt. Er hat sogar Golf mit mir gespielt.«

»Ihnen ist doch klar, wie sehr er Golf hasst.«

»Ja«, erwiderte Dr. Dave lachend. »Und er spielt absolut miserabel.«

»Warum …?«

»Nur ein familieninterner Scherz. Er hat so viel Zeit mit seinem anderen Großvater verbracht … Ach ja, es wird sich alles zeigen.« Er zog einen Stoß alter, vergilbter Papiere aus der Akte. Joces Augen leuchteten auf. »Wissen Sie, was das ist?«

Joce beugte sich vor wie eine von einer Flöte hypnotisierte Kobra und streckte die Hände nach den Papieren aus.

Dr. Dave zog sie weg und verstaute sie wieder in der Akte. »Wenn Sie meinen Enkel wieder zum Lächeln bringen, gebe ich Ihnen den zweiten Teil.«

»Haben Sie es gelesen?« Ihre Stimme war kaum lauter als ein Flüstern.

»Oh, ja. Die Stelle, an der sich der Wagen überschlägt und die beiden im Fluss landen, gefällt mir besonders gut. Edi muss … Ach, vielleicht interessiert Sie das ja gar nicht.«

»Doch, aber …«

»Aber was?«

»Ramsey. Ich habe ihm und Luke gesagt, dass sie mich in Ruhe lassen sollen.«

»Spannend, dass Sie Ramsey erwähnen. Es haben sich einige Rechtsstreitigkeiten in Massachussetts ergeben, die sicher noch mehrere Wochen in Anspruch nehmen werden.«

»Der Himmel steh mir bei!«, rief sie entsetzt aus. »*Sie* haben ihn dorthin geschickt. Ich werde hier offenbar tatsächlich wie ein Gegenstand behandelt. Sie wollen mich mit Ihrem Enkel verkuppeln, richtig?«

»Ich bin zu alt, um so weit in die Zukunft zu denken. Im Moment will ich nur alles Menschenmögliche tun, um meinen Enkel von dieser geldgierigen kleinen Absahnerin loszueisen. Außerdem will ich, dass Sie diese Geschichten in das Buch aufnehmen, das Sie über Edi schreiben.«

»Woher wissen Sie …? Ach, schon gut.«

»Postamt«, antwortete er. »Absenderadressen, eine Internetrecherche. Es war nicht schwer herauszufinden, was Sie da treiben.«

»Ich kann beim besten Willen nicht verstehen, warum Miss Edi unbedingt aus dieser Stadt wegwollte«, höhnte sie.

»Wie ich gehört habe, passen Sie gut hinein. Sie mögen es, wenn die Leute Sie kennen, und Sie wohnen gerne in dem großen Haus.«

»Was für eine Art Arzt sind Sie? Seelenklempner?«

»Allgemeinmediziner«, erwiderte er, während er die Akte durchblätterte.

»Bitte sagen Sie mir, dass Sie noch mehr Lesestoff für mich haben. Eine neue Rolle aus dem Toten Meer vielleicht?«

»Viel besser. Aha, da haben wir es. Das Rinderbratenrezept meiner Tochter.«

»Rinderbraten?«

»Richtig. Bereiten Sie einen zu und frieren Sie ihn ein, damit er fertig ist, wenn ich Luke so traurig machen muss, dass er wieder anfängt, hinter Ihrem Haus Löcher zu graben. Dann können Sie ihn wenigstens durchfüttern.«

»So etwas nennt man einen faulen Trick und … Warum schauen Sie mich so an?«

»Sie vermissen ihn, richtig?«

»Eigentlich bin ich so beschäftigt, dass ich gar keine Zeit hatte …« Als sie sein Grinsen bemerkte, hielt sie inne. »Wissen Sie was? Sie sind genauso eine Landplage wie er.«

»Das nehme ich als Kompliment. Nicht vergessen: Frieren Sie den Rinderbraten ein und halten Sie ihn bereit.«

16

Am nächsten Morgen wachte Jocelyn spät auf. Nach Dr. Daves Geschichten und dem Schokoladenkuchen war sie den restlichen Tag todmüde gewesen und früh zu Bett gegangen.

Einerseits hätte sie einige Dinge, die Dr. Dave gesagt hatte, gern vor sich selbst geleugnet. Andererseits wusste sie, dass er recht hatte. Sie vermisste Luke – und sie war sehr froh, dass er sich elend fühlte.

Sie duschte, zog sich an und betrachtete dann den großen Umschlag, den Dr. Dave ihr gestern gegeben hatte. Sie hatte den Inhalt gestern im Bett gelesen, und kein Wort war eine Überraschung gewesen. Ingrid hatte eine Affäre mit einem reichen und verheirateten New Yorker Prominenten gehabt, und ein Reporter hatte Wind davon bekommen. Wenn die Frau des Mannes ebenfalls davon erfuhr und die Scheidung einreichte, würde er sein gesamtes Vermögen verlieren, denn das Geld gehörte ihr, und der Ehevertrag, den er unterschrieben hatte, war nicht unbedingt zu seinem Vorteil.

Ingrid hatte sich zu ihrem Mann geflüchtet, in der Hoffnung, dass es ihrem Geliebten in New York gelingen würde, so seine verärgerte und wohlhabende Ehefrau zu besänftigen.

»Der arme Luke«, sagte Jocelyn, während sie ihr Haar zu einem Pferdeschwanz zusammenband. Allerdings konnte sie ein Grinsen nicht unterdrücken. Obwohl sie es nicht laut auszusprechen wagte, fand sie, dass es keinen Grund gab, ihn zu bedauern. Vielleicht würde er sie ja heute besuchen. Vielleicht würde er …

Sie hielt inne, weil sie glaubte, draußen ein Geräusch gehört zu haben. Möglicherweise ja ein Pick-up. Aber als sie aus dem Fenster spähte, war es nur Greg, Saras Freund. Bestimmt würden sie heute wieder an der Boutique arbeiten. Sara hatte recht gehabt, denn sein Bankkonto schien wirklich unerschöpflich zu sein. Er hatte den Gebrauchtmöbelladen an der Ecke McDowell Street und Lairdton gegenüber von der Großen Eiche, wie man sie hier nannte, gekauft.

Als Joce Sara und Greg von ihrem Schlafzimmerfenster aus beobachtete, hatte sie Mühe, die beiden nicht zu beneiden – und sich nicht zu fragen, ob sie nicht doch einen idiotischen Fehler gemacht hatte. Bei ihrer Ankunft in der Stadt waren zwei Männer in ihr Leben getreten, aber sie hatte sie weggeschickt, und die beiden hatten nichts unternommen, um sich wieder mit ihr zu versöhnen.

»So viel zum Thema Leidenschaft«, sagte sie.

Unten war die Küche menschenleer, denn es war Montag, sodass Tess keine Partyvorbereitungen traf. Joce hatte keine Ahnung, wie sie das alles unter einen Hut brachte. Schließlich arbeitete sie Vollzeit und belieferte außerdem an den Wochenenden bis zu vier Partys. Natürlich wurde sie dabei von Jim unterstützt, doch es gab dennoch viel zu tun.

Joce frühstückte Milch und ein Kleiebrötchen und setzte sich dann an den Schreibtisch, obwohl die Arbeit von Tag zu Tag frustrierender wurde. Sie überlegte, ob sie Bill Austin eine Mail schreiben und ihn fragen sollte, ob sie ihn besuchen und die Briefe seines Großvaters fotokopieren könne, in denen Miss Edi erwähnt wurde. Sie würde einen kleinen Fotokopierer mitbringen, damit die Briefe das Haus nicht verlassen mussten. Außerdem würde sie ihm versprechen … Wie so oft in letzter Zeit schweiften ihre Gedanken zu den Dingen ab, die sie tun könnte oder wollte. Doch früher oder später landete sie immer wieder bei dem Punkt, dass sie, was Miss Edis Biografie anging, vor einer Wand stand.

Sie dachte an die Geschichte, mit der Dr. Dave sie hatte locken wollen. Ein umgekipptes Auto. Eine Rettung. Was war wohl geschehen?

Jocelyn ging wieder nach oben und holte das kleine Foto in

dem Doppelrahmen, das Miss Edis kostbarster Besitz gewesen war. Am Tage ihres Todes hatte Jocelyn es heimlich vom Nachttisch stibitzt und unter ihrem Hemd versteckt. Damals hatte sie angenommen, dass das gesamte Inventar wohltätigen Zwecken gespendet werden würde, und sie hatte ein Erinnerungsstück an ihre Freundin behalten wollen.

Jocelyn hatte noch gut im Gedächtnis, wie sie Miss Edi zum ersten Mal nach dem Haar in dem Zopf gefragt hatte. Sie war etwa zehn Jahre alt und neugierig auf alles in der Welt gewesen.

»Heutzutage kann man es sich kaum noch vorstellen«, hatte Miss Edi erwidert, »denn die Männer lassen sich die Haare ja bis zur Taille wachsen. Doch damals haben sie sich den Schädel an den Seiten mit einer Haarschneidemaschine rasiert. Aber David war schon seit ein paar Wochen nicht mehr beim Friseur gewesen. Also konnte ich ihm ein paar Strähnen abschneiden und zusammen mit meinem Haar zu einem Zopf flechten.«

»Welche Augenfarbe hatte er?«, fragte Joce und betrachtete das Schwarzweißfoto.

»So blau wie deine«, antwortete Miss Edi lächelnd. »Er hatte auch ein Grübchen am Kinn wie du.«

»Und wie meine Mutter«, sagte Jocelyn.

»Ein Kinn wie deines wird vererbt.«

»Mein Großvater sagte, er hätte früher auch so ein Kinn gehabt. Aber sein Vierfachkinn hat es verdeckt.«

Miss Edi schmunzelte. »Ich wünschte, ich hätte deine Mutter und ihre Eltern damals kennengelernt.«

»Ich bin froh, dass du mich gerettet hast«, erwiderte Jocelyn. »Ich bin wie eines deiner Verbrennungsopfer, nur dass meine Narben innerlich sind.«

Miss Edi schüttelte verwundert den Kopf. »Manchmal sagst du Dinge, die erstaunlich weise sind.« Und dann lächelten sich die beiden wie so häufig an. Sie hatten einander verstanden.

Jocelyn riss sich von dem Foto und ihren Erinnerungen los, schaute aus dem Fenster – und machte vor Schreck einen Satz. Sie legte den Bilderrahmen weg und beugte sich weiter aus dem Fenster, wo sie gerade noch das Heck eines Pick-up ausmachen konnte. Lukes Pick-up. Und er parkte genau dort, wo Luke am Kräutergarten arbeitete.

Langsam richtete Jocelyn sich auf und betrachtete sich. Miss Edi wäre entsetzt gewesen, doch die Jeans war wenigstens neu – Sara hatte sie ihr verkauft; sie stammte aus den Großhandelsbeständen, die sie wagenladungsweise aufkaufte –, und sie trug dazu ein altrosa Hemd. War das Hemd zu förmlich. Sollte sie sich umziehen? Aber was? Ein ärmelloses T-Shirt? Etwas mit Pailletten und Fransen?

Joce lachte über sich selbst, eilte die Treppe hinunter und wollte zur Hintertür hinaus. Doch an der Küchentür blieb sie stehen, hastete zum Gefrierschrank, griff nach einer Portion Rinderbraten und warf sie in die Mikrowelle. »Es ist immer gut, auf alles vorbereitet zu sein«, sagte sie sich, als sie aus dem Haus trat.

»Hallo«, meinte sie, während Luke gerade die Schaufel in den Boden stieß und einen dicken Erdklumpen herausstemmte.

»Es sieht hier zum Fürchten aus«, verkündete er. »Schau dir nur das Unkraut an. Das wird sich hier einnisten, wenn ich es nicht ausrotte.«

»Mit deiner miesen Laune?«, fragte sie ernst.

»Mit meinem Flammenwerferatem«, entgegnete er, immer noch mit finsterer Miene. Wieder stieß er die Schaufel in den Boden und blickte sie zornig an. »Gut, ich bin verheiratet. Tut mir leid, dass ich dich nicht um Erlaubnis gefragt habe. Aus irgendeinem dämlichen Grund habe ich gedacht, dass ich dein Gärtner bin und nicht dein Lover. Die ganze Stadt glaubte, dass du herkommst, um Ramsey zu heiraten und die Familien McDowell und Harcourt endlich miteinander zu vereinen.

Leider wusste ich nicht, dass ich nicht mit dir reden darf, weil ich verheiratet bin. Und ich darf dich daran erinnern, dass ich nicht mehr als das getan habe. Ich muss mich entschuldigen. Ich lebe allein, und manchmal habe ich das Gefühl, dass alle in dieser Stadt mit mir verwandt sind. Worüber soll ich also mit ihnen sprechen? Unsere gemeinsame Kindheit? Wie wir nackt im Teich gebadet haben?

Also stell mich an die Wand und knall mich ab, weil ich mit einer Frau gesprochen habe, die nicht meine Ehefrau ist. Wobei ich Letztere übrigens so lange nicht mehr gesehen habe, dass ich sie kaum noch wiedererkenne.

Jetzt ist die ganze Stadt sauer auf mich. Mein Vater ist beinahe in dich verliebt. Meine Mutter ist mir so böse, dass sie mich nicht mehr einmal pro Woche zum Essen einlädt. Also bin ich jetzt auf die Gnade von Ingrid und meine Mikrowelle angewiesen. Außerdem hat die Kirche mir den Pastor auf den Hals gehetzt, damit er mit mir über die eheliche Treue und die Verführung von Minderjährigen spricht. Vielleicht meint er damit Ingrid, doch die sieht dank einer Dosis Botox, von der sie hoffentlich die Pest kriegt, nur aus, als wäre sie vierzehn.

Also bin ich hergekommen, um zu buddeln. Niemand in der Stadt lässt mich mehr in seinen Garten, aber ich muss etwas zu tun haben. Stört dich das?«

»Magst du Rinderbraten?«

»Rinderbraten?«, wiederholte er verdattert.

»Mit Karotten und Worcestersoße. Ich habe das Rezept von deiner Mom.« Sie hob die Hand. »Wenn du jetzt zu weinen anfängst, kriegst du nichts.«

Luke zog die Schaufel aus dem Boden und warf sie auf die Ladefläche seines Pick-up. »Warum habe ich das Gefühl, dass das ein Trick ist?«

»Willkommen im Club«, erwiderte Joce. »Dein Großvater benutzt mich, um dich von … ich möchte ihn wörtlich zitieren … ›dieser geldgierigen kleinen Absahnerin loszueisen, mit der er verheiratet ist.‹ Ja, das waren seine Worte.«

»Sollte das nicht besser ein Geheimnis zwischen dir und meinem Großvater bleiben?«

»Sind Geheimnisse in dieser Stadt überhaupt legal?«, gab sie zurück, während sie zum Haus gingen. »Ich dachte, die seien gesetzlich verboten. Wer ein Geheimnis bewahrt, wandert in den Knast. Andererseits haben deine Cousins deine Ehe so gut geheim gehalten, dass nicht einmal Tess davon wusste. Wie ich gehört habe, hat sie Ramsey so angebrüllt, dass der Putz von den Wänden gefallen ist und sie sein Büro neu streichen mussten.«

Er starrte sie entgeistert an. »Ich glaube, du wohnst schon zu lange in Edilean.«

»Aber du bist trotzdem von dort zurückgekommen, wo du hingezogen warst, um was auch immer zu tun …« Sie vergewisserte sich, dass niemand in Hörweite war. »Aus dem Norden«, raunte sie.

»Wovon, um alles in der Welt, redest du?«

»Wusstest du, dass deine rechte Augenbraue zuckt, wenn du lügst?«

»Nein, das ist der Hunger.«

»Ganz gleich, was auch dahintersteckt, jedenfalls bewahren du und alle anderen noch ein großes Geheimnis, das dich betrifft. Ich meine, abgesehen davon, dass du verheiratet bist.«

»Das wird sich bald ändern«, erwiderte er, während er ihr die Tür aufhielt und sie vorangehen ließ.

»Sag jetzt nicht, du hast dir jetzt endlich ein Herz gefasst und reichst die Scheidung ein.«

»Eine Annullierung. Wir habe nicht lange genug zusammengelebt, als dass man es eine Ehe nennen könnte.«

»Und sie hat dich hintergangen«, fügte Jocelyn leise hinzu. »Sie hat sich als ein anderer Mensch entpuppt, als du anfangs gedacht hast.« Jocelyn war so höflich, unter den Tisch fallen zu lassen, dass sie ihn erst mit einer Schwangerschaft zur Ehe gedrängt und dann eine Abtreibung gehabt hatte.

»Schon«, entgegnete Luke. »Aber vielleicht hätte ich mir mehr Mühe geben sollen. Vielleicht hätte ich …«

»Also ist sie zurückgekommen, um zu schauen, ob es für euch einen Neuanfang gibt?«

»Mehr oder weniger«, antwortete er, während sie ihm ein Bier reichte.

»Und wie läuft es?«

Luke grinste schief. »Nicht so gut. Warum bist du eigentlich nicht mehr sauer auf mich?«

»Dein Großvater hat versprochen, dass er mir den zweiten Teil von Miss Edis Geschichte gibt, wenn ich wieder mit dir rede.«

»Ist das der einzige Grund?«

»Der allereinzige. Wie du sicher weißt, versuche ich, ein Buch über Miss Edi zu schreiben, komme aber einfach nicht an Informationen heran. Ich brauche die Geschichten.«

»Also rein beruflich.«

»Rein beruflich«, wiederholte sie, doch sie grinste dabei.

»Wahrscheinlich bist du nur scharf darauf, eine romantische Geschichte zu lesen.«

»Natürlich will ich wissen, was damals mit Miss Edi war. Ich hatte immer angenommen, sie sei noch Jungfrau.«

»Wie kommst du denn darauf? Ist ihr David vielleicht an der falschen Stelle verwundet worden?«

»Das konnte ich sie ja schlecht fragen, oder? Hast du dir die Hände gewaschen?«

»Nein. Ist das wirklich der Rinderbraten meiner Mutter?«

»Ist es, wenn sie ihn nach diesem Rezept zubereitet. Aber vielleicht hat sie ja eine wichtige Zutat zu erwähnen vergessen. Ob ich ein paar Borretschblüten darüberstreuen sollte?«

»Hast du genug von den Eclairs?«

Joce verdrehte die Augen. »Dein Dad und Tess überlegen, ob sie in der Stadt einen Laden eröffnen sollen. Mit Saras Luxusboutique und Tess' Konditorei wird es in Edilean bald zugehen wie in SoHo.«

»Das ist überhaupt nicht komisch.«

»Die Stieflinge und Ingrid könnten sich ja, in Armani gehüllt, hinten auf deinem Pick-up räkeln. Das wäre eine tolle Szene. Warum schaust du mich so an?«

»Könntest du endlich mit Ingrid aufhören? Das ist vorbei.«

»Nein, ist es nicht. Du bist so lange verheiratet, bis du die Papiere hast, in denen das Gegenteil steht.«

»Ist das wichtig für dich?«, fragte er sie.

»Nein, natürlich nicht«, erwiderte sie rasch, holte den großen Beutel mit Rinderbraten mithilfe eines Topflappens aus der Mikrowelle und beförderte ihn in eine Schüssel.«

»Hast du Ramsey geküsst?«

»Ich finde wirklich, dass dich das nichts angeht«, entgegnete Joce.

»Meine Frage hat einen bestimmten Grund.«

»Ja, ich habe ihn mindestens tausendmal geküsst. Wirklich eine erhebende Erfahrung.«

Luke lehnte, das Bier in der Hand, an der Spüle. Er stellte die Dose weg und kam wortlos auf sie zu.

»Ich hole nur noch Besteck …«

Er umfasste ihr Kinn mit der Hand, hob ihr Gesicht und küsste sie. Es war ein sanfter, zärtlicher Kuss, von dem ihr die Knie weich wurden.

Als Luke zurückwich, raste ihr Herz. Am liebsten hätte sie ihm die Arme um den Hals gelegt und weitergemacht.

»Verstehst du jetzt, was ich meine?«, fragte er, während er noch einen Schritt rückwärts machte, ohne sie zu berühren.

»Was soll ich verstehen?«, wollte sie wissen.

»Das, was zwischen dir und mir ist. Warum mein Großvater dich zu sich zum Mittagessen eingeladen hat. Warum dafür gesorgt wurde, dass Ramsey nicht in der Stadt ist. Warum Ingrid zurück in mein Leben geholt wurde.«

»Du willst bei ihr bleiben?«

»Ich will unsere Beziehung offiziell beenden. Soll sie sich doch alleine mit ihrem reichen Macker in New York rumschlagen.«

»Du weißt von ihm?«

»Dachtest du, ich glaube, dass sie aus Liebe zu mir wieder hier aufgekreuzt ist? Ich habe sie geheiratet, weil sie ein Kind von mir erwartete, und sie …« Er wandte sich ab. »Ich möchte nicht mehr darüber sprechen. Sobald MAW die Papiere fertig hat, wird die Ehe annulliert. Und dann plane ich, jemandem ›leidenschaftlich den Hof zu machen‹.«

»Leidenschaftlich?«, gab sie grinsend zurück. »Und wie würdest du das anfangen?« Sie machte einen Schritt auf ihn zu.

»Erstens, kein Anfassen, bis ich nicht mehr verheiratet bin. Und bis du einsiehst, dass ich nicht bin wie dein Vater.«

»Was?«

»Du hast gesagt, ich wäre wie dein Vater.«

»Ich weiß«, entgegnete Joce und richtete sich kerzengerade auf. »Aber …«

»Kein Aber. Wir fangen ganz von vorne an. Also, welchen hinterhältigen Plan haben Großvater und du ausgeheckt, damit ich tue, was er will?«

»Erstens musst du Golfstunden nehmen«, erwiderte sie, während sie eine großzügige Portion Braten und Gemüse auf einen Teller gab und diesen vor ihn hinstellte.

»Was?«, entsetzte sich Luke.

»Nur ein paar. Zwanzig oder so, damit er uns den zweiten Teil der Geschichte gibt.«

»Und was musst du tun?«

»Gnade vor den Augen deiner gesamten Verwandtschaft finden und der Stadt vermitteln, dass ich das Haus, das sie als ihres betrachtet, auch verdiene. Außerdem muss ich dem Vergleich mit Miss Edi standhalten …«

»Okay, ich verstehe. Und wie klappt es bis jetzt?«

»Was glaubst du?«

Sein Blick war so lüstern, dass Jocelyn ganz heiß wurde.

»Was läuft denn hier?«, fragte Tess, die plötzlich in der Tür stand. »Wollt ihr beide Sara Konkurrenz machen? Dann nehmt euch vor rauen Teppichen und splittrigen Fußböden in Acht.«

»Verwechselst du uns mit dir selbst?«, entgegnete Luke in gespielter Entrüstung.

»Das bleibt deiner Fantasie überlassen«, meinte Tess und grinste Jocelyn zu.

»Brauchst du die Küche?«, erkundigte sich Joce.

»Nein«, antwortete Tess. »Ich wollte euch beiden ein Geschenk bringen.«

»Und wer weiß, dass wir hier zusammen in meiner Küche sitzen?«, fragte Joce.

»Alle, die gesehen haben, wie Luke in seinem Pick-up auf der Edilean Road hierhergefahren ist.«

»Die ganze Stadt also«, stellte Luke fest, schien jedoch nicht überrascht zu sein.

»Und was ist das für ein Geschenk?«, erkundigte sich Joce.

»Ach ja.« Tess ging hinaus in die Eingangshalle und kehrte mit einem riesigen Picknickkorb zurück, dessen Henkel mit einer Schleife verziert war.

»Ist der von dir und Jim?«, erkundigte sich Joce lächelnd.

»Warum sollten wir so was tun?«, wollte Tess wissen.

»Weil der Geizkragen, der mein Vater ist, und du Joces Küche benutzt, ihr die ganzen Kosten aufbürdet und die Gewinne für euch behaltet.«

»Ach, das.« Tess zuckte die Achseln. »Nein, er ist von Dr. Dave.« Sie legte die Hand auf die Lehne von Lukes Stuhl. »Woran liegt es nur, dass Jim und sein Schwiegervater sich nicht leiden können? Jim ist so reizend. Ich begreife einfach nicht …« Sie hielt inne, um Luke auf den Rücken zu klopfen. »Fehlt dir etwas?«

»Noch nie hat jemand seinen Vater als *reizend* bezeichnet«, erklärte Jocelyn. »Luke und seine Mutter verbünden sich gegen den armen Mann.«

Luke stöhnte auf und aß dann weiter. »Mein Großvater …«

Er und Jocelyn wechselten einen Blick, und ihre Augen weiteten sich, als ihnen klar wurde, wer den Korb geschickt hatte. Luke sprang so schnell auf, dass sein Stuhl umkippte, als die beiden einen Satz auf Tess zu machten.

Erschrocken hastete Tess zur Tür, da sie befürchtete, von den beiden umgerannt zu werden.

»Der Korb!«, rief Jocelyn. »Lass ihn hier!«

Tess bückte sich im Laufen, stellte den Korb auf den Boden und eilte zur Vordertür, die krachend hinter ihr ins Schloss fiel.

Mit beiden Händen machten sich Joce und Luke über den

Korb her. Päckchen mit Käse, ein Baguette, Behälter mit Salaten und eine Thermosflasche wurden rasch auf den Boden gelegt. Ganz unten lagen, ordentlich mit einer Plastiktüte geschützt, die vergilbten Seiten, die Joce bei Dr. Dave gesehen hatte.

Sie und Luke griffen gleichzeitig danach und sahen einander dann an.

»Wir müssen die Ruhe bewahren«, sagte Luke.

»Richtig«, stimmte Joce nickend zu, hielt das Päckchen aber weiter fest.

»Essen. Draußen. Du liest. Ich grabe.«

»Einverstanden«, erwiderte sie, ließ aber eine Hand auf den Papieren liegen, während sie mit der anderen die Lebensmittel wieder im Korb verstaute.

Als alles wieder eingeräumt war, sah Luke sie argwöhnisch an. »Du musst loslassen.«

»Nein, du lässt los.«

»Und wann ist dein Buch fertig?«, fragte Luke im Plauderton. Offenbar hatte er vor, an Ort und Stelle zu verharren, ohne sein Ende des Manuskripts freizugeben.

»Sobald du loslässt, damit wir das hier lesen können.«

Luke konnte ein Schmunzeln nicht unterdrücken, aber er gehorchte. »Okay, aber ich werde dich auf Schritt und Tritt beobachten.«

»Ich glaube, das halte ich aus«, entgegnete sie mit einem anzüglichen Grinsen, worauf sein Lächeln noch breiter wurde. Den Korb in der einen Hand, ging er den Teller mit dem Braten holen, den er noch nicht aufgegessen hatte.

Zehn Minuten später hatten sie draußen ihr Picknick ausgebreitet. Luke saß auf der einen Seite der rot-weißen Decke, die sein Großvater ebenfalls eingepackt hatte, und aß, während Joce ehrfürchtig das alte Manuskript aufschlug.

»Bist du bereit?«, fragte sie Luke.

Er nickte. »Hör auf zu reden und lies endlich!«

Sie beugte den Kopf über die Seiten und begann.

17

London, 1944

»Sir, mit allem Respekt, aber ich lehne diesen Auftrag ab«, verkündete Edi. Sie stand, die Augen geradeaus und in Habachtstellung, vor General Austins Schreibtisch.

»Harcourt«, entgegnete er mit kaum verhohlener Ungeduld. »Wir sind hier im Krieg, und Sie führen Ihre Befehle aus – wie wir alle hier. Wenn ich zwei Soldaten zu Dr. Jellicoe schicke, werden die Leute das beobachten und Verdacht schöpfen. Dann fliegt seine Deckung auf. Deshalb möchte ich, dass Sie, eine Frau, meinen Fahrer begleiten und Dr. Jellicoe diese Zeitschrift bringen. Habe ich mich klar genug ausgedrückt?«

»Glasklar«, erwiderte Edi. »Doch ich muss Ihrer Entscheidung widersprechen, wen Sie damit beauftragen. Vielleicht könnte eine der anderen Frauen, Delores zum Beispiel, das besser erledigen als ich.«

»Delores ist ein Dummerchen. Bei einer Reifenpanne würde sie einen hysterischen Anfall kriegen. Ich brauche eine Frau, die auch in einer Krise einen kühlen Kopf bewahrt.«

»Könnten Sie ihm die Zeitschrift nicht mit der Post schicken?«

General Austin lehnte sich zurück und verschränkte die Finger. »Was genau stört Sie so an diesem Auftrag? Haben Sie Angst? Sind Sie zu feige, sich in eine Lage zu begeben, mit der unsere Jungs tagtäglich konfrontiert werden?«

Edi antwortete nicht. Schließlich hatte sie ihre Furchtlosigkeit bei jedem Bombenangriff unter Beweis gestellt. Sie ging immer als letzte in den Luftschutzbunker und achtete darauf, dass auch keine Kollegin zurückblieb.

»Was ist los?«, blaffte General Austin.

»Vielleicht können Sie mir ja einen anderen Fahrer zuteilen, Sir. Oder ich fahre selbst. Schließlich bin ich oft allein im Land unterwegs.«

»Einen anderen Fahrer? Soll das heißen, Sie lehnen den Auftrag deshalb ab, weil Sergeant Clare Ihnen unsympathisch ist?«

Wieder schwieg Edi.

General Austin stand hinter dem Schreibtisch auf, ging zum Fenster, drehte sich dann zu ihr um und starrte sie an, als traue er seinen Ohren nicht. »Unsympathisch, Harcourt? Glauben Sie, die Männer, die mit dem Ruf ›Besser als Austin‹ ins feindliche Feuer stürmen, finden mich *sympathisch?* Verdammt, meine eigene Frau kann mich nicht leiden. Allerdings denke ich, dass in einem Krieg kein Platz für persönliche Gefühle ist.« Am Ende des Satzes schrie er so laut, dass die Fensterscheiben klirrten.

»Nein, Sir«, erwiderte Edi.

»Also gut, Harcourt. Und jetzt packen Sie eine Tasche und nehmen ein paar hübsche Anziehsachen mit. Sie sind ein Mädchen, dass mit seinem Freund, einem Soldaten, eine Landpartie unternimmt. Und unterwegs besuchen Sie einen alten Bekannten namens Dr. Sebastian Jellicoe und überbringen ihm eine Zeitschrift. Hier werden wir die Angelegenheit zwar anders darstellen, doch so lautet Ihr Befehl. Noch Fragen? Stört Sie vielleicht noch etwas an diesem Auftrag?«

Edi blieb zwar kerzengerade stehen, ließ sich aber nicht einschüchtern. »Ja, Sir, ich hätte da eine Frage. Worum geht es dabei wirklich?«

General Austin antwortete nicht sofort. »Unter gewöhnlichen Umständen würde ich es Ihnen nicht sagen. Aber Dr. Jellicoe ist ein emeritierter Professor, Oxford, glaube ich. Er kennt sich besser mit Sprache aus als jeder andere Mensch auf diesem Planeten. Wir spielen ihm streng geheime Dokumente zu, die entschlüsselt werden müssen. Allerdings ist das Problem, dass man uns auf die Schliche gekommen sein könnte.

Er ist gut darin, den zerstreuten Professor zu spielen, der inzwischen schon so senil ist, dass er vom Krieg gar nichts bemerkt hat. Nun aber hat ihn jemand durchschaut, und wir fürchten um sein Leben. In der Zeitschrift befindet sich eine codierte Nachricht, damit er weiß, dass sie von mir ist. Sie weist ihn an, Sie und Clare zu begleiten. Sobald Sie ihn hierher zurückgebracht haben, wird er in die USA ausgeflogen.

Beantwortet das Ihre Frage? Glauben Sie, Delores würde das schaffen?«

»Nein, Sir. Delores wäre überfordert.«

»Also gut. Sie können gehen. Clare holt Sie morgen früh um neun Uhr ab. Um sieben kommen Sie zu mir, dann erhalten Sie weitere Instruktionen.«

Eine Viertelstunde später war Edi in ihrer winzigen Wohnung und packte. Sie hatte vor, am nächsten Tag ein Kostüm zu tragen, das so streng geschnitten war, dass ihre Uniform verglichen damit lässig wirkte. Die anderen Frauen sprachen über nichts anderes als darüber, die steifen Uniformen loszuwerden und endlich wieder ein hübsches Kleid anzuziehen. Edi hingegen fand es besser, die Männer nicht noch mehr zu ermutigen, und gab sich lieber zugeknöpft.

Sie besaß auch noch andere Sachen, elegante Kleider, die sie jedoch erst tragen würde, wenn sie – das hieß sie selbst und dieser grässliche Sergeant Clare – außer Sichtweite der übrigen Soldaten waren.

Nachdem sie Kleider und Unterwäsche in einem kleinen Koffer verstaut hatte, war sie abmarschbereit. Wenn sie darüber hinwegsah, dass die Landplage David Clare mit von der Partie sein würde, musste sie zugeben, dass … nun, dass sie aufgeregt war. Endlich Abstand von dem verqualmten Büro und dem ständig übellaunigen General … Eine Ausfahrt aufs Land! Bäume sehen! Beinahe freute sie sich darauf.

An ihren seltenen freien Tagen stürmte Edi anders als ihre Kolleginnen nicht ins nächste Lokal, wo es Alkohol und laute Musik gab. Nein, sie suchte sich eine Mitfahrgelegenheit und verbrachte einen Tag in der freien Natur. Wenn sie das Glück hatte, sich länger vom General loseisen zu können, blieb sie sogar einige Tage, wanderte, saß unter Bäumen und sah den Kühen beim Grasen zu. Für Edi war es wichtig, sich vor Augen zu führen, warum sie in diesem Krieg kämpften und was sie zu bewahren versuchten.

Manchmal verbrachte sie die Nacht in einem Farmhaus. Rasch hatte sie gelernt zu lügen, sie sei Kriegerwitwe, und ihr Mann sei Engländer gewesen. Anfangs begegneten die Menschen der hochgewachsenen, hübschen Amerikanerin, die ohne Begleitung umherstreifte, mit Argwohn. Doch einer Witwe, die das Land ihres verstorbenen Mannes sehen wollte, öffneten sich alle Türen und Herzen. Wenn Edi nach einem dieser Wochenendausflüge in General Austins Büro zurückkehrte, hatte sie stets eine Namensliste bei sich, die die Leute ihr gegeben hatten. Sie wollten wissen, was aus ihren verschollenen Söhnen und Töchtern geworden war. Verbotenerweise, aber ohne die Spur eines schlechten Gewissens, benutzte Edi General Austins gute Beziehungen, um etwas über die Vermissten in Erfahrung zu bringen. Natürlich bemerkte General Austin sofort, dass Edi ihren engen Kontakt zu ihm für ihre Zwecke missbrauchte, denn ihm entging nichts. Doch er brummelte nur etwas, was offenbar als Zustimmung gemeint war, und deckte sie noch mehr mit Arbeit ein. Allerdings war das ein geringer Preis dafür, den Menschen helfen zu können, die so gut zu ihr gewesen waren. Als zwei Söhne von Leuten, denen sie begegnet war, unauffindbar blieben, gab sie dem General die Namen. Und beide Male hatten seine Nachforschungen Erfolg. Der eine junge Mann war in Italien gefallen, der andere lag verwundet in einem französischen Lazarett.

Nachdem Edi gepackt hatte, kochte sie sich auf der kleinen elektrischen Kochplatte in ihrem Zimmer ein Ei und röstete eine Scheibe Toast. Dann versuchte sie, die Unterlagen zu lesen, die sie aus dem Büro mitgebracht hatte. Doch ihre Gedanken wanderten immer wieder zu ihrem Auftrag. Wenn General Austin glaubte, dass sie männliche Begleitung nötig hatte, war die Angelegenheit offenbar um einiges gefährlicher, als er ihr verriet.

»Was haben Sie dem alten Austin angetan, dass er sie zu diesem Ding verdonnert hat?«, wollte der Sanitäter von David Clare wissen, während er die lange Beinschiene verschraubte.

David saß, nur in Hemd und Unterhose, auf dem Behandlungstisch und sah zu, wie der Sanitäter den furchteinflößenden Stahlkäfig an seinem linken Bein befestigte. »Sie haben wohl nicht gehört, dass ich mit Harcourt einen Einsatz habe?«

Kurz hielt der Sanitäter inne und bekam vor Ehrfurcht den Mund nicht mehr zu. Dann aber schloss er ihn wieder. »Keine Chance. An die kommen Sie nicht ran. Insbesondere nicht mit diesem Ding.«

David betrachtete die Stahlbänder an seinem Bein und verzog das Gesicht. Man hatte ihn gewarnt, dass Austin ein harter Hund war, doch bis zum heutigen Morgen hatte er es nicht wirklich geglaubt. Am Vorabend hatte ein Lieutenant ihm mitgeteilt, er müsse Edilean Harcourt hinaus aufs Land chauffieren, um die Frau eines Freundes des Generals zu besuchen. Ihr Mann sei vor Kurzem gefallen, und der General wolle der Witwe persönlich kondolieren – wobei »persönlich« hieß, dass er seine Sekretärin schickte.

»Ach, Moment mal«, meinte der Lieutenant. »Ich soll Ihnen noch das hier geben.« Er hielt David einen weißen Umschlag hin, in dem sich offenbar eine Einladung befand.

»Was ist das?«, fragte David.

»Ich weiß nicht genau, aber wahrscheinlich eine Einladung zum Offiziersball im nächsten Monat. Wenn Sie lebendig zurückkommen, können Sie hingehen. Letztes Jahr hatte Miss Harcourt ein leuchtend blaues Kleid an, das …« Der Mann schüttelte den Kopf, um seine Gedanken zu ordnen. »Ich würde das Ding an Ihrer Stelle gut aufbewahren. Ohne kommen Sie nicht rein.«

»Ich werde es hüten wie meinen Augapfel«, erwiderte David und verstaute den Umschlag unter seinem Hemd.

David und Edi sollten auswärts übernachten und am nächsten Tag zurückkehren. David hoffte, dass der Himmel so gütig sein würde, ihm zwei wunderschöne Tage zu bescheren.

Doch am Morgen hatte ihm ein naseweiser Lieutenant mitgeteilt, er müsse sich bei Captain Gilman, dem Regimentsarzt, melden. Natürlich wussten inzwischen ganz London und vermutlich auch halb Frankreich, dass Sergeant Clare zwei ganze Tage lang mit Miss Harcourt allein sein würde.

David hätte ahnen müssen, dass die Sache einen Haken hatte. Der Arzt erklärte ihm, nach Ansicht des Generals würde ein gesunder Soldat, der in der Landschaft herumfuhr, möglicherweise Verdacht erregen, weil er nicht an der Front war.

»Ich könnte Urlaub haben«, wandte David ein. »Daran hätte er doch auch denken können.«

Der Arzt sah ihn ungläubig an. »Erwarten Sie etwa von mir, dass ich Ihnen erläutere, was sich im Kopf des alten Austin tut?«

Er fügte hinzu, laut General Austin würde es einen besseren Eindruck machen, wenn Sergeant Clare kampfunfähig war. Deshalb würde man ihm eine Beinschiene aus Stahl anlegen, die vom Oberschenkel bis zum Knöchel reichte. Am Knie befand sich ein rundes Scharnier von zwölf Zentimetern Durchmesser, das man mit einem Spezialschlüssel anziehen und lockern konnte.

Zehn Minuten später fand David sich auf dem Behandlungstisch wieder, wo ein Sanitäter ihm das Folterinstrument ans Bein schnallte.

»Verlieren Sie den bloß nicht«, sagte der Sanitäter und hielt den kleinen Imbusschlüssel hoch. »Wenn der weg ist, kriegen Sie das Ding nur noch mit der Motorsäge ab.«

Zwischen Metall und Haut befand sich zwar ein Polster, doch das war abgenutzt und fadenscheinig, sodass an manchen Stellen die Füllung herausquoll. »Ein kaputteres und älteres Ding hatten Sie wohl nicht auf Lager. Vielleicht eines, das noch ein bisschen mehr vergammelt und verbeult ist?«

»Nein«, erwiderte der Sanitäter grinsend. »Das ist die schlechteste Schiene, die wir zu bieten haben. Die ist noch aus dem letzten Krieg.«

»Meinen Sie den Bürgerkrieg oder den zwischen Frankreich und Indien?«

»Nein, die Rosenkriege«, witzelte ein englischer Soldat, der gerade vorbeikam. »Ich wette, das Ding wurde noch am offenen Feuer mit der Hand geschmiedet. Sicher aus einem Kettenhemd.«

»Ich werde es einem Ihrer Museen stiften«, rief David dem Mann nach. »Einem von denen, die wir für Sie gerettet haben.«

Der Engländer lachte, dass es über den Flur hallte.

»Also gut«, verkündete der Sanitäter. »Jetzt schauen wir mal, wie Sie damit gehen können.«

David drehte sich auf dem Tisch um und stellte vorsichtig beide Füße nacheinander auf den Boden. Die ersten Schritte mit der Schiene waren schwieriger als erwartet, denn sie war schwer und beengend. Außerdem bewegte sich das Scharnier nur halb so weit wie sein Knie. »Was zum Teufel soll das?«, schimpfte David, als er das Bein hob. Er konnte das Knie nur wenige Zentimeter anwinkeln.

»Tut mir leid«, sagte der Sanitäter, allerdings mit einem Grinsen. Kein Soldat hatte auch nur einen Funken Mitleid für einen Kameraden übrig, der zwei ganze Tage mit Miss Harcourt würde verbringen dürfen. Der Sanitäter steckte den Imbusschlüssel ins Scharnier und drehte ihn etwa einen halben Zentimeter. Als das Scharnier lockerer wurde, konnte David das Knie beugen.

»Ich hasse dieses Ding«, schimpfte David, während er weiter das Gehen übte.

»Seien Sie froh, dass Sie es nicht in Wirklichkeit brauchen«, erklang da eine Stimme hinter ihm.

»Herr, beschütze mich vor Gutmenschen. Möchten Sie das verdammte Ding vielleicht anziehen … Oh! Verzeihung, Reverend«, stammelte David. »Ich wollte nicht …« Er wusste nicht, was er sagen sollte.

Der Reverend schmunzelte. »Man hat mich schon Schlimmeres genannt als einen Gutmenschen. Ich glaube, draußen wartet ein Wagen auf Sie. Und eine junge Dame, die Sie abholen sollen.«

»Ja«, murmelte David. Am liebsten hätte er laut auf die Beinschiene und vor allem auf General Austin geschimpft, der ihn dazu vergattert hatte, das Foltergerät zu tragen. Einer der Männer witzelte sogar, es handle sich um einen Keuschheitsgürtel, der David verpasst worden sei, damit er die Finger von der kostbaren Sekretärin des Generals ließe.

Alle warteten darauf, dass David eine schlagfertige Antwort gab, zum Beispiel, sein Bein sei nicht das Körperteil, das er zum Einsatz bringen wolle. Doch er schwieg, um zu vermeiden, dass Miss Harcourt eine lästerliche Bemerkung zugetragen wurde.

Da er nun nicht mehr in seine Uniformhose passte, besorgte ihm der Sanitäter eine, die zwei Nummern größer war. Damit sie nicht rutschte, musste er den Gürtel so fest zusammenziehen, dass sich der Stoff bauschte. So viel zu dem Versuch, die schönste Frau der Welt zu beeindrucken, dachte er.

Davids Enttäuschung wuchs, als er das Auto sah, das der General ihnen zugeteilt hatte. Es war ein alter Chrysler und, nach dem Klang des Motors zu urteilen, schon ziemlich überstrapaziert. David fragte sich, ob er wohl im selben Jahr hergestellt worden war wie die Beinschiene.

Er brauchte mehrere Anläufe, um den Motor zu starten, und wünschte, er hätte einen halben Tag Zeit gehabt, das Fahrzeug zu überholen. Als der Wagen endlich lief, stellte David fest, dass die Lenkung verzogen war. Und was die Sache noch schlimmer machte, war, dass es sich um ein englisches Auto mit Rechtssteuerung handelte. Denn das hieß, dass alle

Bedienungshebel spiegelverkehrt angeordnet waren. Kurz gesagt, das Auto war eine Gefahr auf vier Rädern.

Miss Harcourt erwartete ihn am Straßenrand. Er spürte die Blicke der anderen Männer auf sich.

Sie wirkte sogar noch förmlicher als sonst, falls das überhaupt möglich war. Ihr dunkles Haar war so straff zurückgekämmt, dass es aussah wie aufgemalt, und ihr Wollkostüm machte einen so starren Eindruck, als sei es aus Holz geschnitzt. Zu ihren Füßen stand ein kleiner brauner Koffer. Sie hatte eine Handtasche geschultert und umklammerte eine schwarze Ledermappe, als enthielte sie die Kronjuwelen.

»Ein wunderschöner Tag, finden Sie nicht, Miss Harcourt?«, begrüßte er sie und hielt ihr die Beifahrertür auf.

Als sie hinten einstieg, hörte er, wie die Männer brüllend lachten, doch er blickte nicht auf.

Das Fahren mit der langen Beinschiene war kein Kinderspiel, und das Kuppeln beim Schalten schmerzte bei jeder Bewegung. Die Polsterung war bereits verrutscht, und David spürte, wie das Metall ihm die Haut wundscheuerte. Ein vernünftiger Mensch hätte angehalten und die Polsterung zurechtgezupft. Aber als er im Rückspiegel einen Blick auf Miss Harcourt warf, erkannte er den finsteren Ausdruck in ihrem hübschen Gesicht, so als wisse sie, dass er etwas Schreckliches plante. Also biss er die Zähne zusammen und versuchte, nicht auf die Schmerzen zu achten.

»Man hat mir gesagt, dass Sie den Weg kennen«, meinte er und sah sie im Spiegel an.

Sie nickte knapp, der einzige Hinweis darauf, dass sie ihn verstanden hatte.

»Glauben Sie, Sie könnten mir diese Wegbeschreibung anvertrauen?

»Sobald es nötig wird.«

Edi richtete sich auf dem Rücksitz auf. Noch an diesem Morgen hatte sie General Austin zum zweiten Mal angeboten, allein zu Dr. Jellicoe zu fahren. Sie hatte gesagt, sie könne sich wie immer, wenn sie unterwegs sei, als Kriegerwitwe ausgeben. Doch die Antwort des Generals hatte lediglich »nein« gelautet. Er hatte weder geschrien noch eine Erklärung hinzugefügt, doch etwas an seinem Tonfall verriet ihr, dass hinter dem Auftrag mehr steckte, als er sich anmerken ließ. Wieder war ihr klar geworden, dass es vermutlich gefährlich werden würde, wenn er auf männliche Begleitung bestand. Außerdem hatte er ihr ganz beiläufig mitgeteilt, unter der Rückbank des alten Autos verbärgen sich ein halbes Dutzend Gewehre, Modell M1, und genug Munition, um ein Batallion abzuwehren.

Dann hatte General Austin ihr die Zeitschrift überreicht. Es handelte sich um eine Ausgabe des *Time Magazine* vom 15. Mai 1944 mit einem Porträt von Dr. Alexander Fleming auf dem Titel. Sie war zwar schon einige Wochen alt, aber Edi kannte sie noch nicht.

»Bringen Sie sie zu Jellie«, hatte General Austin sie angewiesen und ihr dann ein Bündel englischer Banknoten und eine Landkarte gegeben. Die Karte war wichtig, wenn sie Dr. Jellicoe finden wollte. Die Straßen in England waren noch im Mittelalter für Pferdewagen angelegt worden, und wenn ein Baum, ein Hügel oder ein Haus im Weg stand, fuhr der Wagen einfach darum herum. Grundstücksgrenzen wurden von Wasserläufen, Felsvorsprüngen oder sonstigen Landmarken gebildet.

Diese Straßen waren bis heute in Benutzung und schlängelten sich um Landmarken herum, die es längst nicht mehr gab. In Friedenszeiten standen überall Wegweiser. Wenn man zu einem Knotenpunkt kam, wo sich acht Straßen trafen, waren die Hinweisschilder die einzige Möglichkeit zu ermitteln, welche wohin führte. In Kriegszeiten hatte man jedoch die meisten dieser Schilder aus Sicherheitsgründen entfernt, und so war es ohne Karte oder die Hilfe einer ortskundigen Person nahezu unmöglich, irgendetwas zu finden.

Edi versuchte, sich auf die Karte zu konzentrieren – und nicht an Davids Fahrkünste zu denken. Allerdings schien er heute rücksichtsvoller zu sein. Er raste nicht, wechselte nicht ständig die Spur, und was das Beste war: Er sparte sich seine witzigen Bemerkungen.

Sie hatte Stunden über der Karte gebrütet und sie zweimal aus dem Gedächtnis abgezeichnet. Schließlich wollte sie sich nicht verirren, falls sie verloren ging.

Was die Zeitschrift betraf, wagte sie beinahe nicht, sie aufzuschlagen. Vorsichtig blätterte sie sie Seite für Seite durch, als handle es sich um eine Gutenberg-Bibel. Sie las, dass Dr. Flemings Penicillin bald für die breite Bevölkerung erhältlich sein würde und dass eine Amerikanerin namens Kathleen Kennedy den Mann geheiratet hatte, der einmal der Herzog von Devonshire werden würde.

Am interessantesten jedoch war die Frage, ob jemand im Text oder an den Seitenrändern Markierungen angebracht hatte. Doch soweit sie es feststellen konnte, war da nichts.

»Spannende Zeitschrift?«, fragte er und betrachtete sie im Rückspiegel. Aber Edi antwortete nicht.

»Wenn wir beide uns anschweigen, wird es eine sehr lange Fahrt werden«, meinte Sergeant Clare.

»Ich sehe keinen Anlass für ein Gespräch«, entgegnete Edi. Da sie sein Profil sehen konnte, stellte sie fest, dass er ärgerlich das Gesicht verzog. Soll er doch, dachte sie. Er kann so muffig dreinschauen, wie er will. Ihre Aufgabe war es nur, Dr. Jellicoe die Zeitschrift zu überbringen. Auf der Rückfahrt würde der Doktor sie begleiten, eine weitere Barriere zwischen ihr und diesem lästigen David Clare.

Wortlos setzten sie die Fahrt fort. Gegen ein Uhr mittags begann es zu nieseln. Sergeant Clare bog von der Straße in einen Kiesweg ab.

»Was machen Sie da?«, fragte Edi erschrocken. Hatten sie etwa eine Panne?

Er stoppte vor einem kleinen Haus. HAUSGEMACHTER MITTAGS- UND ABENDTISCH verkündete ein Schild. David legte den Arm um die Rückenlehne und drehte sich zu ihr um. »Miss Harcourt, Sie mögen so diszipliniert sein, dass Sie nie etwas essen müssen. Aber ich bin nur ein Mensch, und ich habe jetzt Hunger.«

»Ja, natürlich«, erwiderte sie, sah ihn aber nicht an. Ihrer Berechnung nach sollten sie abends um acht bei Dr. Jellicoe sein. General Austin hatte gesagt, dass er sie nicht erwartete. »Wenn er wüsste, dass Sie kommen, würde er sich verstecken«, erklärte er. »Das Überraschungsmoment ist wichtig.« Trotz ihrer Frage hatte er ihr nicht verraten, wie sie Dr. Jellicoe überreden sollte, sie und Sergeant Clare zu begleiten. Aber war das nicht Aufgabe der Botschaft in der Zeitschrift?

Als sie ausstiegen, erkannte Edi, dass etwas mit Sergeant Clare nicht stimmte. Allerdings wollte sie ihn nicht fragen, warum er hinkte und offenbar Schmerzen hatte. Von einer Kriegsverletzung hätte sie über das Büro des Generals erfahren. Also war er sicher gestolpert oder hatte – was wahrscheinlicher war – einen Verkehrsunfall gehabt.

Mappe und Handtasche fest umklammernd, betrat sie das Restaurant, das eigentlich das Wohnzimmer eines mit Kletterrosen überwucherten, zur Teestube umfunktionierten Häuschens war.

»Oh, Sie Armer«, sagte die rundliche freundliche Wirtin, sobald sie Sergeant Clares Hinken bemerkte. »Sie sind ja verletzt. Setzen Sie sich hier hin. Ich bringe Ihnen, was Sie wollen. Hier ist die Speisekarte. Ich bin Mrs Pettigrew. Lassen Sie sich ruhig Zeit.« Sie ging hinaus, sodass Edi und David an einem der vier Tische zurückblieben. Sie waren die einzigen Gäste.

Kurz hatte Edi ein schlechtes Gewissen. Vielleicht hatte General Austin Sergeant Clare ja mitgeschickt, weil der junge Mann verwundet worden war.

»Sind Sie verletzt?«, fragte sie, das Gesicht hinter der Speisekarte verborgen.

»Ja, und daran ist nur Ihr verdammter General schuld«, murmelte David. »Glauben Sie, die Kartoffeln sind hier gut?«

Da sich das Speisenangebot hauptsächlich aus Kartoffelgerichten zusammensetzte, sparte sich Edi die Antwort. Sie schaute sich nach der Frau um, um eine Bestellung aufzugeben, doch die war spurlos verschwunden. »Ich glaube, ich muss …« Edi hielt inne, weil sie nicht aussprechen wollte, dass sie zur Toilette wollte.

»Gehen Sie nur, ich bestelle für Sie«, meinte er mit barscher Stimme. »Außer, Sie haben keine Lust auf Kartoffeln.«

Edi hatte genug Zeit mit General Austin verbracht, um zu wissen, wenn ein Mann auf einen Streit aus war. Und wenn Sergeant Clare sich nicht rasch diesen Tonfall abgewöhnte, würde er bekommen, was er wollte. Die Verantwortung dafür zu tragen, dass sie ihr Ziel erreichten und die Zeitschrift übergaben, genügte ihr. Sie brauchte sich nicht auch noch mit einem übellaunigen Mann herumzuärgern. Wie sie es einschätzte, war Sergeant Clare nicht gefährlich oder prahlerisch, sondern eher ein mürrischer Zeitgenosse. Wenn sie erst wieder bei General Austin war, würde sie ihm in allen Einzelheiten schildern, was sie von dem Mann hielt, den er ihr mitgeschickt hatte.

Edi stand auf und griff nach ihrer Handtasche. Sie wollte schon die Hand nach der Mappe ausstrecken, fand dann aber, dass es zu viel Aufmerksamkeit erregen würde, sie mit zur Toilette zu nehmen. Sie glaubte nicht, dass Sergeant Clare etwas über diese Mission wusste, und wollte, dass das auch so blieb.

Sie ließ sich Zeit auf der Toilette, die ein gewöhnliches Badezimmer war. Die Gardinen waren mit Rosen bedruckt, und in einer Glasschale lagen hübsche kleine Seifen. Hübsche Räume wie dieser waren der Grund, warum sie sich so oft wie möglich von London, den Soldaten und allem anderen loseiste, was sie an den Krieg erinnerte. Sie wusch sich in Ruhe das Gesicht, trug Lippenstift auf, ließ ihr Haar herunter, kämmte es und steckte es wieder hoch.

Als sie an den Tisch zurückkehrte, war das Essen bereits serviert worden. Es war köstlich und bestand aus großen, lockeren, in hausgemachter Butter schwimmenden Kartoffeln, stundenlang geschmortem, zartem Rindfleisch und grünen Bohnen, die vermutlich noch am selben Morgen im Garten gepflückt worden waren.

Sie und der Sergeant sprachen kaum und machten nur ein paar Bemerkungen über den Regen, der offenbar bald aufhören würde.

Nach dem Essen hinkte Sergeant Clare zurück zum Auto und hielt ihr wieder die Beifahrertür auf. »Es wäre nett, wenn Sie sich nach vorne setzen und mir den Weg erklären könnten«, sagte er. Doch sie achtete erneut nicht auf ihn, öffnete die hintere Tür und stieg ein. »Eins steht fest, sie können ganz schön stur sein, was?«, meinte er, während er sich ins Auto quälte. Er hatte Mühe mit dem linken Bein, das steif zu sein schien.

»Würden Sie jetzt bitte losfahren? Nach etwa viereinhalb Kilometern müssen wir abbiegen.«

»Erzählen Sie mir jetzt, wohin wir fahren und was wir vorhaben?«

»General Austin möchte, dass ich der Witwe eines seiner Freunde kondoliere.«

»Ja, das habe ich auch schon gehört«, erwiderte er. Im nächsten Moment öffnete der Himmel seine Schleusen, und es begann, heftig zu regnen. David schaltete die Scheibenwischer ein, die allerdings nicht sehr gut funktionierten. Das Prasseln des Regens war so laut, dass man sich nur schreiend verständigen konnte. »Kennen Sie die Straße, wo wir abbiegen müssen?«

Sie wollte schon verneinen, gönnte ihm aber die Genugtuung nicht. »Ich habe eine Karte, und sie …«

»Also haben sie keine Ahnung«, verkündete er, während er die beschlagene Scheibe mit dem Ärmel abwischte. »Vielleicht sollten wir anhalten und warten, bis es aufhört. Dieses Auto eignet sich nicht sehr gut für solche Straßenverhältnisse.«

»Nein«, protestierte Edi vom Rücksitz aus. »Wir müssen zu …« Beinahe hätte sie »Dr. Jellicoe« gesagt, hielt aber gerade noch rechtzeitig inne. Der Wagen geriet leicht ins Schleudern, als er auf ein Schlagloch traf.

»Ich denke wirklich, dass wir anhalten sollten«, beharrte David. »Ich kann nicht sehen, wohin ich fahre.«

»Nötigenfalls gehen wir eben zu Fuß«, zischte Edi. Was hatte der Mann nur für ein Problem, wenn das bisschen Regen ihn störte? Sie griff nach der Ledermappe und öffnete sie, um sich zu vergewissern, dass die Zeitschrift noch da war. Falls etwas geschah, durfte sie auf keinen Fall nass werden. Die Botschaft darin musste unter allen Umständen erhalten bleiben.

Doch als sie die Mappe aufklappte, war nichts darin als ihr Notizbuch, zwei Bleistifte, ein Füllhalter und die gefaltete Landkarte. Ungläubig kippte sie den Inhalt aus. Keine Zeitschrift. Sie räumte alles wieder weg und begann, die Sitzbank abzusuchen. War die Zeitschrift herausgefallen? Sie ging auf alle viere und spähte unter den Vordersitz und in den Fußraum und kontrollierte dann die Hutablage.

»Was zum Teufel machen Sie da?«, überschrie Sergeant Clare das Prasseln des Regens.

Sie beugte sich vor, bis ihr Mund fast sein Ohr berührte. »Wo ist die Zeitschrift?«

»Welche Zeitschrift?«

»Das *Time Magazine.*«, rief sie. »Wo ist es?«

»Sie haben wohl nicht mehr alle Tassen im Schrank!«, brüllte er und hielt sich das Ohr zu. »Keine Ahnung, wo ihre Zeitschrift ist. Sie haben so lange auf dem Klo gebraucht, dass mir langweilig wurde. Also habe ich angefangen, sie zu lesen. Vielleicht habe ich sie auf dem Stuhl vergessen, keine Ahnung. Ich kaufe Ihnen eine neue.«

Zum ersten Mal in ihrem ganzen Leben wurde Edi von Panik ergriffen. »Wir müssen umdrehen!«, schrie sie. »Sofort! Auf der Stelle. Wenden Sie dieses Auto und kehren Sie um. Wir müssen die Zeitschrift holen.«

»Beruhigen Sie sich …«, begann David, doch als er ihren Gesichtsausdruck sah, stieß er einen leisen Fluch hervor. »Warum haben Sie mir nicht gesagt, dass die Zeitschrift wichtig ist, verdammt?«

»Weil es nicht Ihre Aufgabe ist, irgendetwas zu wissen!«, kreischte sie mit überschnappender Stimme. Wenn er nicht gefahren wäre, hätte sie ihn mit bloßen Händen erwürgt. »Mir war von Anfang an klar, dass Sie unfähig sind. Ich habe den General angefleht, mir jemand anderen zuzuteilen, aber nein, er musste unbedingt Sie mitschicken. Wenn wir je heil hier rauskommen, werde ich dafür sorgen, dass Sie vor ein Kriegsgericht gestellt werden.«

»Setzen Sie sich jetzt hin und halten sich fest?« Davids Tonfall verriet, dass er ebenso wütend war wie sie. Im nächsten Moment riss er den Wagen herum, dass er auf der schlammigen, glitschigen Straße ins Schleudern geriet. Beinahe wäre der alte Motor abgestorben, doch nach ein paar Schnaufern lief er ruhig weiter. David trat das Gaspedal durch, während das Auto von einer Straßenseite zur anderen schlingerte. Aber David behielt die Kontrolle über den Wagen, der schließlich wieder geradeaus fuhr.

Auf dem Rücksitz wurde Edi hin und her geschleudert. Immer wenn sie versuchte, sich an einer Armlehne festzuhalten, bewegte das Auto sich wieder in die andere Richtung, sodass sie ins Leere griff. Zweimal schlug sie mit dem Kopf gegen die Tür, und die Hälfte ihrer Haarnadeln fiel heraus. Eine flog dicht an ihrem Auge vorbei.

David stoppte vor dem kleinen Haus, wo sie zu Mittag gegessen hatten, dass der Kies auf dem Vorplatz spritzte. »Warten Sie hier, ich …«

»Scheren Sie sich zum Teufel!«, rief sie und sprang aus dem Auto in den Platzregen hinaus.

GESCHLOSSEN, verkündete das Schild im Fenster, und die Tür war tatsächlich abgeschlossen. Edi fing an zu rufen und gegen die Tür zu hämmern. David wollte etwas sagen, hinkte dann aber zur Rückseite des Hauses, um einen anderen Eingang zu suchen. Wenige Minuten später war er zurück.

»Etwas gefunden?«, rief sie. Der Regen strömte ihr übers Gesicht. Ihre Kleider waren durchweicht, das Haar hing ihr in Strähnen herab.

»Nichts. Alle Schotten dicht.«

»Wir müssen etwas tun«, sagte Edi. »Brechen Sie das Fenster auf.«

»Was?«

»Brechen Sie es auf. Steigen Sie ein. Suchen Sie die gottverdammte Zeitschrift!«

»Wenn ein Geheimnis dahintersteckt«, erwiderte er, »fliegt es dann auf.«

»Haben Sie eine bessere Idee?«, rief sie.

»Ja, wir könnten …«

Er kam nicht dazu, den Satz zu beenden, denn die Tür öffnete sich, und Mrs Pettigrew spähte heraus.

»Kommen Sie rein«, meinte sie. »Sie sind ja klatschnass.«

Edi stieß David praktisch beiseite und marschierte ins Restaurant. »Haben Sie eine Zeitschrift gefunden?«, fragte sie.

»Oh, ja, das *Time Magazine.* Das kriegen wir hier nur selten. Der Artikel über die Cavendishes war ja so spannend und …«

»Wo ist es?«, wollte Edi in herrischem Ton wissen.

David trat vor sie. »Sie hat die Zeitschrift ihrem Onkel versprochen, und es ist meine Schuld, dass wir sie vergessen haben. Haben Sie sie hier?«

»Leider nicht mehr«, antwortete Mrs Pettigrew mit einem freundlichen Lächeln. »Aber ich kann Ihnen ein paar interessante Ausgaben von *Country Life* geben. Die gefallen Ihrem Onkel sicher auch.«

»Nein«, entgegnete David, bevor Edi etwas sagen konnte. »In der Zeitschrift steht etwas über ihren Cousin. Sie braucht genau diese Ausgabe.«

»Oh, ich glaube, Mr Farquar hat noch ein paar alte *Time Magazines* da. Vielleicht ist diese da ja dabei.«

»Wir brauchen diese Zeitschrift«, stieß Edi mit zusammengebissenen Zähnen hervor. »Was ist aus ihr geworden?«

»Aggie hat sie mitgenommen.«

»Aggie hat sie mitgenommen«, wiederholte Edi fassunglos.

»Aggie Trumbull. Sie arbeitet zwei Tage die Woche hier. Ich kann ihr nicht viel bezahlen, aber ich lasse sie die Sachen behalten, die die Gäste hier vergessen.« Sie bedachte Edi mit einem tadelnden Blick. »Alte Zeitschriften zum Beispiel. Normalerweise stört das die Leute nicht.«

David streckte den Arm aus, um zu verhindern, dass Edi der Frau an die Gurgel ging. »Und wo finden wir diese Aggie?«

»Sie wohnt bei ihrem Großvater. Wenn sie in drei Tagen wiederkommen, können wir sie nach der Zeitschrift fragen. Sie hat sie sicher ihrem alten Großvater mitgebracht. Der liest nämlich sehr gern.«

»Drei Tage«, stammelte Edi. »Drei Tage?«

»Vielleicht können wir ja zu ihrem Großvater fahren und die Zeitschrift dort abholen«, schlug David vor. »Könnten Sie uns sagen, wo er wohnt?«

»Drei Dörfer weiter«, erwiderte Mrs Pettigrew, »doch bei diesem Regenwetter schaffen sie es nicht mit dem Auto. Die Brücke wird schon überflutet, wenn es nur halb so viel regnet, und um diese Jahreszeit hat der Fluss Hochwasser. Nein, sie bleiben besser ein paar Nächte hier und warten. Ich könnte Sie unterbringen. Möchten Sie ein Zimmer oder zwei?«

Wieder musste David sich zwischen Edi und die Frau stellen. »Nein, wir brauchen keine Zimmer. Könnten Sie uns möglicherweise den Weg zum Haus von Aggies Großvater aufzeichnen? Und wenn es nicht zu viel Mühe ist, könnten Sie uns auch einen Imbiss zusammenpacken.«

»Es ist zu spät für einen Imbiss«, entgegnete sie, und es machte fast den Eindruck, als würde sie sich nicht von der Stelle rühren.

»Dann eben Abendessen und auch etwas zum Frühstück«, erwiderte Edi mit kalter Stimme. »Wir kaufen alles Essbare auf, das Sie im Haus haben. Könnten Sie jetzt den Weg aufzeichnen?«

»Gerne«, antwortete Mrs Pettigrew. »Ich brauche nur ein oder zwei Minuten, um ein paar Proviantpakete für Sie herzurichten.«

Edi sah David an, als wolle sie ihn am liebsten ermorden.

»Lassen Sie das. Sie sind selbst schuld, weil Sie mir verschwiegen haben, was los ist«, raunte er ihr zu, damit die Wirtin ihn nicht hörte. »Wenn Sie mir erzählt hätten, dass diese gottverdammte Zeitschrift ein Geheimnis enthält, hätte ich nie …«

»Was, Sergeant Clare? Nicht in meiner Mappe herumgewühlt und sie gestohlen und dann mein Privateigentum auf einem Stuhl vergessen, damit jemand anderer es an sich nehmen konnte? Wenn die Sicherheit unseres Landes von Ihnen abhinge, hätten wir diesen Krieg schon vor Jahren verloren.«

»Und wenn Sie nicht so eine arrogante Pute wären, die sich für allwissend und den Rest der Welt für Idioten hält, wären wir jetzt nicht hier.«

»Arrogant? Sie bezeichnen es als Arroganz, auf streng geheime Informationen achtzugeben? Ist das Ihr Menschenbild?«

»Streng geheim? Seit wann ist eine Sekretärin Geheimnisträgerin?«

»Wenn es nötig ist.«

»Eine Witwe zu trösten? Derzeit gibt es Tausende von Witwen und …« Er hielt inne und musterte sie. »Diese Witwe gibt es gar nicht, richtig? Es steckt etwas anderes dahinter, und weder Sie noch dieser aufgeblasene General, dem Sie in den Hintern kriechen, war so gütig, es mir zu erklären. Zum Teufel mit Ihnen«, sagte er. »Die Sache ist gefährlich, habe ich recht?«

»Das geht Sie nichts an. Sie sind nur der Fahrer.«

»Und Sie sind nur die Sekretärin«, entgegnete er und näherte sein Gesicht bedrohlich dem ihren.

»Ach herrje«, erklang da die Stimme der Frau von der Tür. »Tut mir leid, wenn Sie sich jetzt meinetwegen streiten. Das macht zehn Pfund und Sixpence«, fügte sie hinzu.

»Zehn Pfund?«, wiederholte Edi entgeistert, denn es handelte sich um eine beträchtliche Summe. »Ich glaube nicht …«

»Das geht schon in Ordnung«, fiel David ihr ins Wort und zückte die Brieftasche. »Könnte ich jetzt die Wegbeschreibung haben?«

»Natürlich, mein Lieber«, erwiderte sie, ohne Edi anzusehen. Sie reichte ihm ein zusammengefaltetes Stück Papier, das er entgegennahm und einsteckte.

»Ich würde Ihnen ja mit den Kartons helfen, aber es ist recht nass draußen und …« Sie verließ den Raum, ohne den Satz zu beenden.

Auf einem der Tische standen sechs große weiße Kartons, die mit einer Schnur zum Festhalten zugebunden waren. »Ich glaube, das hat sie absichtlich gemacht«, stellte Edi fest. »Und außerdem hatte sie die Dinger bereits fertig, für den Fall dass dumme Amerikaner vorbeikommen und ein Vermögen dafür bezahlen. Geben Sie mir die Zeichnung.«

»Nur über meine Leiche«, erwiderte David und hob vier der Kartons vom Tisch. Als er nach den beiden letzten griff, kam Edi ihm zuvor.

»Ich will jetzt sofort die Zeichnung.«

»Nein«, entgegnete er, öffnete die Haustür und lief hinaus. Nachdem er die Kartons auf den Rücksitz geworfen hatte, hielt er Edi die Beifahrertür auf. Inzwischen regnete es so heftig, dass man das Auto kaum noch erkennen konnte. Edi wollte keine Zeit damit vergeuden, sich mit ihm herumzustreiten. Außerdem wollte sie die Zeichnung.

Also stieg sie vorne ein, legte die Kartons auf den Rücksitz und wartete, bis er im Wagen saß. Er schob zuerst sein steifes Bein hinein und musste sich dann verrenken, um sich ins Auto zu zwängen.

Sie nahm ein Taschentuch heraus und wischte sich das Gesicht ab. »Was haben Sie mit Ihrem Bein gemacht. Sich selbst ins Knie geschossen?«

»Wissen Sie was? Wenn Sie kein Mädchen wären, würde ich …«

»Was würden sie denn?« Sie sah ihn argwöhnisch an.

»Verschonen Sie mich mit diesem Tonfall und führen Sie mich nicht in Versuchung.« Er knallte die Tür zu und verbrachte die nächsten zehn Minuten mit dem Versuch, das alte Auto ans Laufen zu kriegen.

»Ich dachte, Sie könnten jeden Motor reparieren.«

»Man hat mir diese Schrottlaube erst heute Morgen gegeben. Den Motor konnte ich mir noch gar nicht anschauen.« Als er endlich ansprang, atmete David erleichtert auf und fuhr vom Parkplatz.

»Jetzt zeigen Sie mir schon endlich die Zeichnung«, sagte Edi. David holte sie unter seinem Hemd hervor. Sie war zwar feucht, doch die Tinte war nicht verlaufen.

»Zehn Pfund für so etwas«, meinte sie abfällig. »Hier heißt es, wir sollen bis zur Kirche fahren und dort rechts abbiegen. Danach geht es immer geradeaus bis zu Hamish Trumbulls Farm. Das scheint so einfach zu sein, dass sogar Sie es hinkriegen müssten.«

David warf ihr einen Blick zu, der sie warnte, dass sie sich auf dünnem Eis bewegte und besser auf der Hut sein sollte.

18

Nun«, sagte Jocelyn, nachdem sie aufgegessen hatte. Sie und Luke hatten beinahe den ganzen Picknickkorb geleert, und außerdem hatte Luke eine gewaltige Portion Braten verschlungen. »Nicht gerade ein toller Anfang für eine Liebesgeschichte, was?«

»Für mich klingt es gut«, erwiderte Luke. Er hatte sich, die Hände hinter dem Kopf, auf der Decke ausgestreckt. »Was fehlt dir denn noch?«

»Ich weiß nicht. Eine Seelenverwandtschaft. Wahrscheinlich habe ich erwartet, dass Miss Edis und Davids Blicke sich quer durch den Raum trafen, und dann war es einfach Liebe. Sofort und ohne Zweifel. Ich habe gedacht, dass sie zusammen essen gehen, reden und herausfinden, dass sie sich in allem exakt gleichen. Aber dieser Mann …«

»Was ist mit diesem Mann?«

»Er scheint so ganz anders zu sein als sie … Ich weiß nicht, wie ich es ausdrücken soll, ohne snobistisch zu klingen. Er scheint nicht ihr Typ zu sein. Sie ist gebildet und stammt aus einer alteingesessenen Familie, und dieser Mann ist …«

»Was? Wie der Gärtner und die Schlossherrin?«

»Fängst du schon wieder an, auf mich loszugehen?«

»Das würde ich gerne«, erwiderte er leise und musterte sie von Kopf bis Fuß.

Unwillkürlich rückte sie näher an ihn heran, doch er rollte sich weg und stand auf.

»Etwas stört mich an dieser Geschichte«, meinte Luke und griff wieder zur Schaufel.

»Was?«

»Keine Ahnung, aber etwas daran kommt mir seltsam vor.

Onkel Alex und Miss Edi. Und dass du Miss Edi kennengelernt hast. Alles eben. Es geht mir ständig im Kopf herum. Und ich habe immer das Gefühl, dass wir etwas verpasst haben.«

»Ich kann da kein Geheimnis erkennen«, meinte Joce. »Meine Großeltern und Alexander McDowell waren befreundet, und deshalb hat er das Haus in Boca gekauft, damit Miss Edi dort einziehen kann.«

»Mag sein«, erwiderte Luke. »Und dennoch stimmt da etwas nicht. Alex McDowell hatte keine Freunde. Er war mürrisch und hat sich nur für seine Arbeit interessiert. Und du weißt ja, wie es in Edilean ist. Alle wissen alles. Als ich das letzte Mal mit meinem Großvater Golf spielen musste, habe ich ihn gefragt, wo Onkel Alex sich mit deinen Großeltern angefreundet hat. Darauf antwortete Opa, Alex habe seines Wissens nach kaum die Stadt verlassen.«

»Was ist mit dem Zweiten Weltkrieg?«, erkundigte sich Joce. »Mein Großvater hat Helme hergestellt und ist einige Male nach Europa gereist. Vielleicht haben sie sich da getroffen.«

»Onkel Alex war nicht im Krieg. Er war aus irgendeinem Grund wehrdienstuntauglich. Also ist er zu Hause geblieben und hat Geld hin und her geschoben.«

»War er Banker?«, wollte Joce wissen, doch Luke erwiderte nichts, sondern konzentrierte sich aufs Graben. Sie fing an, das Picknick zusammenzupacken, und legte das kostbare Manuskript oben auf den Korb. »Ich werde das abtippen.«

»Hat dein Laptop einen Akku?«, erkundigte sich Luke.

»Klar, er …« Sie lächelte. »Okay, ich hole ihn nach draußen.« Beim Aufstehen entdeckte sie einige Pflanzen in Pappkartons auf der Ladefläche von Lukes Pick-up. »Was ist das?«

»Das habe ich hier und da ausgegraben. Früher gab es in dieser Gegend eine Menge angelegter Gärten, und einige Pflanzen haben überlebt.«

Für sie sahen sie alle wie Unkraut aus. »Wenn du rumläufst und über eine Pflanze stolperst, weißt du, was es ist und wie man sie ausgräbt, ohne dass sie eingeht?«

»Klar«, antwortete er, offenbar amüsiert über ihre Frage.

»Bin gleich zurück«, sagte sie lächelnd, aber er schien zu beschäftigt zu sein, um es zu bemerken.

Sobald die Haustür hinter Jocelyn ins Schloss gefallen war, holte er sein Mobiltelefon heraus und rief seinen Großvater an.

»Hallo, Luke!«, meldete sich Dr. Dave. »Habe gerade einen Ball eingelocht.«

»Glückwunsch«, erwiderte Luke rasch. »Hast du was dagegen, wenn ich heute Abend vorbeikomme? Ich möchte gern mit dir über etwas sprechen.«

»Darüber, dass ich Jocelyn angeschwindelt habe, im zweiten Teil ginge es um einen Autounfall?«

»Nein«, entgegnete Luke zögernd. »Das hat sie gar nicht erwähnt. Es geht um etwas anderes. Wer weiß am meisten darüber, was Onkel Alex so getrieben hat?«

»Seine Frau, würde ich sagen.«

»Ich meine jemanden, der noch lebt.«

»Das wäre dann vermutlich ich.«

»Hat Onkel Alex Tagebücher hinterlassen?«

»Tagebücher bestehen aus Papier, und Papier kostet Geld«, antwortete Dr. Dave. »Warum kommst du nicht sofort her, dann können wir ein paar Runden spielen und uns dabei unterhalten.«

»So gern ich das täte, setzt sich Joce gleich mit ihrem Laptop nach draußen, um die Geschichte abzutippen, während ich arbeite.«

»Sehr gut, das gefällt mir.«

»Mir auch«, meinte Luke. »Ich muss jetzt Schluss machen. Sie kommt.«

»Also willst du das, worüber du heute Abend mit mir sprechen möchtest, vor ihr geheim halten?«

»Wenn du es zu meinen Geheimnissen packst, die du ihr verraten hast, ist die Ladung komplett.«

Dr. Dave lachte noch, als Luke das Telefonat beendete.

»Du machst so ein finsteres Gesicht«, sagte Joce. »Hast du mit jemandem telefoniert, der dich geärgert hat?«

»Nur mit meinem Großvater. Wir beide streiten uns ständig.«

»Dein Großvater, mit dem niemand sich verstanden hat, war dein bester Freund, während Dr. Dave, der allgemein beliebt ist, dich in den Wahnsinn treibt.«

»Du hast's erfasst.«

»Und«, fuhr sie fort, »glaubst du, es liegt an denen oder an dir?«

»An denen.«

»Und warum wusste ich schon, was du antworten würdest, bevor ich gefragt habe?«, meinte sie, setzte sich auf den Boden und klappte den Laptop auf.

»Und wie schnell tippst du?«

»Sehr schnell. Und dann verbringe ich zwei Stunden mit dem Rechtschreibprogramm, um jedes Wort zu korrigieren, weil alles voller Tippfehler ist. Was ist mit dir? Kannst du Maschine schreiben?«

Er warf ihr einen amüsierten Blick zu und wandte sich wieder seinem Erdhaufen zu.

»Worüber hast du mit deinem Großvater gesprochen?«

»Nichts Wichtiges. Er möchte, dass ich heute Abend zu ihm zum Abendessen komme.«

»Klingt doch gut«, antwortete Joce und musterte ihn forschend, doch er beugte den Kopf über die Schaufel und wich ihrem Blick aus. »Ich kenne deine Großmutter noch gar nicht.«

»Nein?« Er ging zum Pick-up, um einen Grabhaken zu holen.

»Ist sie nett?«

»Sehr nett.«

»Wahrscheinlich ist sie ganz anders als Miss Edi, oder?«

»Wie ich es beurteilen kann, ja, aber ich bin Miss Edi nur einmal begegnet.«

»Wirklich?«, wunderte sich Jocelyn. »Ich dachte, dass es öfter gewesen ist. Da dein Großvater statt ihrer eine andere Frau geheiratet hat, hätte ich gedacht, dass du neugierig auf sie gewesen wärst. Ich an deiner Stelle hätte gerne gesehen …«

Luke hielt im Graben inne. »Ich kann dich nicht bitten mitzukommen«, stöhnte er auf. »Ich muss etwas … Geschäftliches mit meinem Großvater besprechen und kann dich nicht mitnehmen.«

»Ich verstehe«, erwiderte Jocelyn, »und ich wollte wirklich nicht andeuten, dass du das tun solltest. Niemals im Leben würde ich auch nur im Traum daran denken, mich selbst bei anderen Leuten einzuladen. Ich habe mich bloß nach deinen Großeltern erkundigt. Es ist nur, dass ich deinen Vater gut kenne und auch oft mit deiner Mutter zusammen war. Sie war so nett zu mir, und dein Großvater war einfach wundervoll. Habe ich dir erzählt, dass deine Oma im Trellis war, um Schokoladenkuchen für unser Mittagessen zu besorgen? Er …«

»Sieben!«, stieß Luke verzweifelt hervor. »Ich hole dich um sieben ab. Fängst du jetzt an zu tippen und hörst mit der Bohrerei auf?«

»Mit Vergnügen«, meinte Jocelyn und senkte den Kopf, dass er ihr Schmunzeln nicht bemerkte. Sie hatte ihn wirklich sehr vermisst.

»Was, glauben Sie, führen die Männer im Schilde?«, erkundigte sich Mary Alice bei Jocelyn, als Luke und sein Großvater nach dem Dessert in Dr. Daves Arbeitszimmer verschwanden. Seitdem hatten sie sich nicht mehr blicken lassen.

Jocelyn war auf Anhieb fasziniert von der Frau gewesen, die Miss Edis ehemaligen Verlobten geheiratet hatte. Obwohl in ihren Augen niemand Miss Edi das Wasser reichen konnte, verstand sie, was Dr. Dave und Mary Alice aneinander begeistert hatte. Sie war reizend und liebevoll und schien nur ein Ziel im Leben zu haben, nämlich ihrem Mann und ihrem Enkel eine Freude zu machen. Beim Essen war sie ständig aufgesprungen und in die Küche geeilt, damit auch niemand etwas entbehren musste.

Äußerlich unterschied sie sich so von Miss Edi, wie es nur irgend möglich war, Während Miss Edi groß, schlank und elegant gewesen war, war Mary Alice klein, pummelig und fraulich. Miss Edi hatte am liebsten Perlen getragen, zu Mary Alice hätte ein Pulli mit aufgestickten Rentieren besser gepasst.

»Ich habe keine Ahnung«, erwiderte Jocelyn. »Luke war so seltsam, seit …« Sie sprach nicht aus, dass Luke sich seltsam verhielt, seit sie ihm den zweiten Teil von Miss Edis Geschichte vorgelesen hatte. Wie Joce inzwischen verstanden hatte, veblassten die Dinge in Edilean nicht mit den Jahren. Auch wenn die Gesichter und Körper der Menschen alterten, waren ihre Geschichten und Geheimnisse heute noch so frisch wie vor fünfzig Jahren. Und deshalb hielt sie es für ratsam, Miss Edi nicht zu erwähnen.

Stattdessen erzählte sie von Lukes Gartenprojekten. Doch als Mary Alices Blick immer wieder abschweifte, gab Jocelyn auch dieses Thema auf. Rankte sich in Edilean etwa auch um Gärten ein Geheimnis?, fragte sie sich.

Später auf der Heimfahrt in Lukes Pick-up erkundigte sich Joce, worüber er so lange mit seinem Großvater geredet hatte.

»Tut mir leid, dass ich dich so lange allein gelassen habe, aber wir hatten einiges zu erörtern.«

»Genau das meinte ich ja gerade. Ich will wissen, worüber genau ihr gesprochen habt.«

»Pflanzen«, antwortete Luke rasch. »Er will einen Garten anlegen, und ich soll das übernehmen.«

»Klar«, sagte sie. »Und deshalb musste auch alles im Geheimen stattfinden, weil ich keine Ahnung von Pflanzen habe, und du mich deshalb nicht damit belasten wolltest.«

»Wir wollten dich nicht langweilen. Wie hast du dich mit meiner Großmutter verstanden?«

»Wir hatten einander überhaupt nichts zu sagen. Und deine Augenbraue zuckt.«

Luke berührte seine Augenbraue und ließ die Hand wieder sinken.

»Also gut«, seufzte er. »Ich wollte mit Opa über meine Zweifel an dieser ganzen Sache reden. Wie du dir sicher vorstellen kannst, spreche ich in Gegenwart von Oma nicht über Miss Edi. Und bevor du jetzt einwendest, das hätte ich auch tagsüber tun können, möchte ich dich daran erinnern, dass ich arbeiten musste und außerdem keine Lust hatte, stundenlang eine Golftasche mit mir herumzuschleppen.«

Allerdings bemerkte Jocelyn, dass die Spitze seiner Augenbraue noch immer zuckte. Wenn das die Wahrheit war, dann sicher nicht die ganze.

Luke und Jocelyn unternahmen eine Wanderung durch das Naturschutzgebiet rings um Edilean. Er ging voran, sie marschierte hinterher. Beide hatten Rucksäcke bei sich, die Luke in weiser Voraussicht mit allem vollgepackt hatte, was sie im Notfall, zum Beispiel bei einem Unwetter, brauchen würden.

Seit dem Besuch bei seinen Großeltern waren zwei Tage vergangen, die sie zum Großteil zusammen verbracht hatten. Der erste Tag hatte Joce gehört, die das bislang für die Biografie gesammelte Material durchgearbeitet hatte. Sie hatte Luke erzählt, wie sehr die langweiligen Briefe von Dr. Brenner sie enttäuschten. »Daraus erfahre ich fast gar nichts. Selbst an den Tagen, an denen, wie ich weiß, auf sie geschossen wurde, hat er nichts notiert als die zurückgelegten Kilometer. Die Gefahren erwähnt er gar nicht.«

»Und woher weißt du dann das mit der Schießerei?«

»Aus historischen Quellen und Miss Edis Schilderungen«, erwidete Joce. »Und deshalb, weil ich die fraglichen Daten mit den Ländernamen verglichen habe.«

»Du musst weiter nachforschen«, meinte Luke. »Irgendjemand muss doch darüber im Bilde sein. Hast du die Leute überprüft, deren Namen in den Briefen stehen?«

Joce zog ein Blatt Papier aus dem Stapel auf ihrem Schreibtisch und zeigte ihm die Namen, die in Dr. Brenners Aufzeichnungen vorkamen.

»Hatten sie einen Führer?«

»Keine Ahnung.« Joces Augen weiteten sich. »Doch, ich glaube, Miss Edi hat einmal von einem Führer gesprochen. Einem gewissen Charles oder so.«

»Siehst du«, entgegnete Luke. »Mach ihn ausfindig. Oder wenigstens seine Angehörigen. Es muss doch Menschen geben, die sie gekannt haben.«

Den nächsten Tag widmeten sie sich dem Kräutergarten. Sie fuhren endlich in die Gärtnerei, um Pflanzen zu kaufen, und Luke meinte, er werde die Rechnung an Ramsey schicken lassen. »Keine Sorge, der wird jeden Penny von der Steuer absetzen, weil der Garten zu einem denkmalgeschützten Haus gehört.«

»Wie läuft es eigentlich?«

»Beim Finanzamt oder bei seinem Steuerberater?«

»Bei meinem zukünftigen Gatten, da du ja vergeben bist.«

»Nicht mehr lang«, entgegnete Luke mit einem Grinsen.

Am liebsten hätte sie ihn nach Ingrid, der Annullierung und noch einigen anderen persönlichen Dingen gefagt, verkniff es sich aber, sondern erwiderte nur sein Lächeln. »Die sind aber hübsch. Lass uns ein paar davon kaufen«, sagte sie nur.

»Moderne Hybridzüchtungen. Da drüben stehen die, die wir wollen.«

Die von Luke bevorzugten Pflanzen erinnerten eher an Unkräuter als an Blumen. »Riech mal«, forderte er sie auf und hielt ihr eine graugrüne, struppige Pflanze unter die Nase.

»Himmlisch.«

»Die modernen Hybride duften nicht, sonden sind nur auf Optik gezüchtet. Außerdem sind die meisten davon nicht essbar.«

»Nicht bei Rosen. Die duften, und man kann sie essen.« Sie war stolz darauf, dass sie das wusste.

»Apropos: Wir brauchen ein paar Wildrosen.«

Sie hatte zwar keine Ahnung, was er meinte, verstand aber allmählich, dass Pflanzen, die Gnade vor Lukes Augen fanden, normalerweise mehr Laub als Blüten hatten. »Wildrosen.«

»Ja, die bilden im Herbst große Hagebutten, aus denen man Marmelade machen kann.«

»Ach herrje«, murmelte Joce und trottete hinter ihm her. »Ich darf Marmelade kochen. Ich kann es kaum erwarten.«

Und heute war das Naturschutzgebiet an der Reihe. Sie wanderten Pfade entlang, die Luke offenbar gut kannte. Eigentlich hatte sie eine Wanderkarte besorgen wollen, doch er hatte ihr erklärt, er sei schon so oft hier gewesen, dass er selbst eine zeichnen könne. Er wollte ihr seinen Lieblingsplatz zeigen, wo sie picknicken und den dritten Teil von Miss Edis Geschichte lesen würden.

In den letzten Tagen hatte Luke häufig telefoniert, ihr aber meistens verschwiegen, mit wem er sprach. Nach dem Abend bei seinen Großeltern schien Luke fest entschlossen, Joce nichts weiter zu verraten, ganz gleich, wie sehr sie ihm auch zusetzte, um ihm die Informationen zu entlocken.

Allerdings merkte sie ihm an, dass ihn etwas bedrückte, und sie wollte wissen, worum es ging.

»Ich kann nicht sagen, was genau mich da stört, aber etwas an der Sache lässt meine Alarmglocken schrillen«, lautete seine Antwort. »Ich werde das Gefühl nicht los, dass da etwas faul ist.«

»Ich verstehe nicht, wovon du redest. Miss Edi hat sich in einen Mann verliebt, der im Zweiten Weltkrieg gefallen ist. Was ist daran so seltsam?«

»Das ist es nicht, was ich seltsam finde«, erwiderte Luke. »Sondern die Dinge, die so viele Jahre später passiert sind. Alex McDowell sagte, er sei Miss Edi etwas schuldig und wolle es wiedergutmachen.«

»Aber wofür war er ihr etwas schuldig?«, wunderte sich Joce.

»Es ist zwecklos, mich auszuhorchen, weil ich es nicht weiß und weil es mir niemand verrät. Letztens am Abend habe ich Großvater ausgefragt, doch er hat eisern geschwiegen. Er meinte, mich brauche nur zu interessieren, dass Alex glaubte, Miss Edi etwas schuldig zu sein.«

»Und als sie in den Ruhestand ging und nur eine kleine Rente hatte, hat er ihr ein Haus in einer Gegend mit warmem Klima zur Verfügung gestellt und ihr eine Arbeit gegeben, für die sie ein Händchen hatte. Offenbar war er ein Ehrenmann. Er hat seine Schulden bezahlt.«

»Aber warum Boca?«, hakte Luke nach. »Und nicht Miami? Oder Sarasota? Oder irgendwo in Arizona?«

»Warum nicht Weeke Wachee, damit sie sich jeden Tag die Meerjungfrauen anschauen konnte? Weshalb also nicht Boca Raton? Es ist sehr schön. Außerdem hatte Alex dort Freunde.«

»Ja, deine Großeltern. Ich habe Ramsey angerufen. Doch der meinte, er habe nie gehört, dass sein Großvater Leute namens Scovill erwähnt hätte. Andererseits hat er auch nie über Miss Edi gesprochen, also war das keine große Hilfe.«

»Hat er sich nach mir erkundigt?«

Ein Grinsen spielte um Lukes Lippen. »Ich glaube schon. Er hat auch den Namen meines Großvaters fallen lassen und gedroht, er werde mit der Waffe auf uns beide losgehen, wenn wir … Nun, das kann ich in Gegenwart einer Dame nicht wiederholen.«

»Jetzt werde ich schon wieder wie ein Gebrauchsgegenstand behandelt. Wenn man sich die Leute so anschaut, möchte man meinen, dass ich Ramsey heiraten muss, um eine Art Prophezeiung zu erfüllen.«

»Vielleicht sollst du nur wiedergutmachen, was viele als einen Fehler betrachten. Die Menschen hier haben schon immer gefunden, dass sich die reichste und die angesehenste Familie in der Stadt durch eine Hochzeit verbinden sollten.«

»Aber ich bin doch gar nicht mit Miss Edi verwandt«, protestierte Joce. »Ich habe das Haus nur bekommen, weil sie keine anderen Erben hatte.«

Als Luke schwieg, musterte Joce ihn forschend. »Dir geht etwas im Kopf herum, oder?«

»Ich möchte die Briefe von General Austin an seine Frau sehen.«

»Bill Austin ist in den Flitterwochen. Vielleicht steckt er auch noch mitten in den Hochzeitsvorbereitungen, keine Ahnung. Jedenfalls duldet er nicht, dass die Briefe das Haus verlassen.«

Luke drehte sich um und machte ein paar Schritte auf sie zu. »Aber sie sind doch nicht Eigentum des Enkels, oder?«

»Klar sind sie das. Er …« Joce sah ihn an. »Nein, sind sie nicht. General Austins Frau lebt noch, also sind es ihre. Glaubst du, du könntest sie überreden, sie mir zu schicken?«

»Ich nicht, aber mein Großvater. Wenn er den gütigen alten Hausarzt rauskehrt, kriegt er von ihr, was er will.«

»Es wäre sicher interessant, sie zu lesen«, sagte Joce. »Vielleicht bringt es uns ja nicht weiter. Allerdings könnte er auch erwähnen, was geschah, als Miss Edi von ihrer Mission mit David Clare zurückkehrte. Hey, ist das Wasser, was ich da höre?«

»Ja. Ein Wasserfall und ein See. Eiskalt und wunderschön.« Luke machte wieder kehrt und marschierte weiter.

»Du kennst dich offenbar sehr gut aus.«

»Als Jugendlicher bin ich oft hier herumgestreift. Wahrscheinlich habe ich damals angefangen, mich für Pflanzen zu interessieren. Ich bin mit einem Buch über Wildblumen in der Hand spazieren gegangen und habe versucht, die Namen der Pflanzen auswendig zu lernen.«

»Was ist das da?«, fragte sie und bückte sich nach einer struppigen Pflanze mit roten Blüten.

»Bartfaden. Aber das war das letzte Mal. Ich bin doch kein Fremdenführer.«

»Nein, du bist ein Gärtner, der angeblich keine Geldsorgen hat. Du hast dich doch nicht etwa von den Model-Honoraren deiner Frau durchfüttern lassen?«

»Was glaubst du?«

»Dass du eher auf der Straße leben würdest.«

»Allmählich verstehst du, wie ich bin.«

»Ich lerne noch«, erwiderte sie.

»Und was hast du bis jetzt gelernt?«

Sein Tonfall war zwar beiläufig, als spiele die Antwort keine große Rolle, doch Joce bemerkte, dass seine Schultern sich verspannten.

»Dass man dir jedes Wort aus der Nase ziehen muss. Du bist kein Mensch, der anderen sein Herz ausschüttet.«

»Ist das gut oder schlecht?«, erkundigte er sich.

»Gut für mich«, entgegnete sie, »denn ich kapiere langsam, wie man deine Abwehrmethoden umgeht und an deine Geheimnisse herankommt.«

Er blieb stehen und drehte sich zu ihr um. »Glaubst du das wirklich?«

»Oh, ja. Ich weiß bereits alles über dich. Bis auf ein paar Kleinigkeiten, zum Beispiel, warum du mich nie zu dir nach Hause einlädst, warum du und Ramsey ständig miteinander rivalisiert, warum du mir nicht erzählt hast, dass du verheiratet bist, und was du und dein Großvater in Wirklichkeit ausheckt. Abgesehen davon bin ich voll und ganz im Bilde.«

»Und ich weiß, dass du einen Mann so lange anquengelst, bis er mit der Antwort herausrückt«, entgegnete er, aber sie hörte seiner Stimme an, dass er lächelte. Als er vom Weg abbog, folgte sie ihm. Sie kamen zu einem kleinen Wasserfall. Dieser speiste einen Bach, der wiederum in einem See mündete. Es war ein stilles und friedliches Fleckchen Erde, das aussah, als hätte noch nie ein Mensch seinen Fuß hierhin gesetzt. Luke stellte ihre Rucksäcke zielsicher in einer kleinen Felsnische ab.

»Du warst schon oft hier, richtig?«

»Eine Million Mal«, erwiderte Luke. »Als Kind habe ich mich vor den Erwartungen meines Vaters und dem Gluckentum meiner Mutter hierher geflüchtet.«

»Warst du jemals mit Ingrid hier?«

»Nie«, antwortete er.

»Konnte sie keine Designer-Wanderstiefel auftreiben?«

»Sie konnte niemanden auftreiben, der Lust darauf hatte, mit ihr in der Wildnis allein zu sein«, erwiderte er leise und sah Jocelyn an.

Ohne nachzudenken, schmiegte sie sich in seine Arme, um ihn zu küssen. Seine Lippen berührten ihre, erst langsam und zögernd, dann leidenschaftlicher. Als seine Arme sich fester um sie schlossen und er sich an sie presste, wusste sie, dass er sie wollte. Wenn es nach Jocelyn gegangen wäre, hätten sie sich hier in dieser Idylle geliebt. Aber er schob sie weg.

»Ich kann nicht«, stieß er hervor.

»Dein Körper spricht eine andere Sprache«, sagte sie mit belegter Stimme.

»Nein, ich meine … ich glaube, dass es nicht richtig ist. Diese Sache mit … mit der Ehe. Ich muss das erst in Ordnung bringen. Und auch, was zwischen uns beiden ist. Ich möchte, dass wir uns sicher sind. Ich will …«

»Nicht wieder einen Fehler machen«, beendete sie den Satz.

Er erwiderte zwar nichts, doch sie wusste, dass das der Grund war. Wenig später lagen sie am Ufer. Er holte das nächste Kapitel von Miss Edis Geschichte aus seinem Rucksack. Sein Großvater hatte es ihm am Vorabend gegeben.

»Soll ich lesen oder liest du?«

Ihr gefiel seine Stimme und auch, dass er sie gefragt hatte. »Du liest.« Sie verschränkte die Hände hinter dem Kopf und lauschte.

19

England, 1944

Wegen des sintflutartigen Regens war die Brücke kaum auszumachen. Und als sie endlich aus dem Dunst auftauchte, hielten sie beide den Atem an. Der Fluss war bereits so stark angestiegen, dass er über die Brücke schwappte. Und die sah aus, als könne sie kaum ein Fahrrad tragen, geschweige denn einen schweren Wagen.

»Das Ding ist ein Baudenkmal aus der Zeit vor Kolumbus«, meinte David, ging vom Gas, wischte die Windschutzscheibe ab und starrte geradeaus.

»Spätes Mittelalter«, widersprach Edi. »Schauen Sie sich die steinernen Pfeiler an den Seiten an. Die …«

»Wenn Sie mir jetzt eine Geschichtsstunde erteilen, fliegen Sie raus.«

Obwohl sie annahm, dass das nur eine leere Drohung war, schwieg sie sicherheitshalber.

David legte den Arm über die Lehne und schaltete in den Rückwärtsgang. »Ich nehme Anlauf, um die Brücke zu passieren. Endweder schaffen wir es, oder wir geraten ins Schleudern, kippen runter und überschlagen uns vermutlich dabei. Sind Sie bereit?«

Edi hielt sich fest und nickte.

»Eine andere Möglichkeit wäre, dass Sie aussteigen und hier auf mich warten.«

»Wenn noch ein Mann an meinem Mut zweifelt, nehme ich eines der Gewehre unter dem Rücksitz und knalle ihn ab.«

David starrte sie erstaunt an. »Gewehre unter dem Rücksitz«, wiederholte er leise. »Das ist ja ein antiker Panzer, den ich hier fahre. Warscheinlich war das Ding schon in Sarajewo im Einsatz.«

Trotz der Situation konnte Edi sich ein Schmunzeln nicht verkneifen. Das Attentat auf Erzherzog Franz Ferdinand und seine Frau in Sarajewo war 1914 Auslöser des Ersten Weltkriegs gewesen. Offenbar war Sergeant Clare trotz seiner manchmal ein wenig ungehobelten Art nicht ungebildet.

Sie hielt den Atem an, als er die Kuppe eines kleinen Hügels erreichte und Gas gab. Dann schaltete er das Getriebe herunter, während sein Fuß auf der Bremse blieb. Und im nächsten Moment rasten sie, gefolgt von einem Schwall aus Schlamm und Wasser, auf die Brücke zu. Edi konnte nichts mehr sehen, denn die Windschutzscheibe war innerhalb von Sekunden mit einer Schlammschicht bedeckt, gegen die die Scheibenwischer machtlos waren.

Erst als sie hörte, wie der Unterboden des Wagens auf Holz traf, wusste sie, dass sie sich auf der Brücke befanden. Das Klappern ließ sie unwillkürlich an das Kindermärchen *Drei Ziegenböcke namens Gruff* denken.

Als sie wieder auf der Straße waren und die Brücke hinter ihnen lag, stießen sie beide einen Jubelruf aus.

Und im nächsten Moment tauchte die Kuh vor ihnen auf. Inzwischen hatte der Regen die Windschutzscheibe ein wenig freigespült, sodass sie beobachten konnten, wie die riesige schwarz-weiße Kuh vor ihnen über die Straße schlenderte, als hätte sie alle Zeit der Welt.

»Festhalten!«, rief David und versuchte, mit dem schweren Wagen auszuweichen, um eine Kollision mit der Kuh zu verhindern. Eigentlich war ihm das Wohlbefinden des Tiers einerlei, doch er wusste, dass eine Kuh von dieser Größe das Auto beschädigen würde.

Aber der Unfall war nicht mehr zu vermeiden. Der Wagen prallte gegen die Hecke am Straßenrand, geriet ins Schleudern, drehte sich zweimal um die eigene Achse und schlitterte dann wieder auf die Brücke zu. David stemmte sich mit aller

Kraft gegen das Lenkrad, aber die Beinschiene verklemmte sich, sodass er das Knie nicht mehr anwinkeln konnte. Er drehte am Lenkrad und musste sich auf Edi lehnen, als er sich bemühte, die Kupplung bis zum Boden durchzutreten, um den Wagen abzubremsen. Allerdings waren Kupplung, Bremse und Schlamm zu viel für ihn und das alte Auto.

Der Chrysler überschlug sich. Edi wurde herumgeworfen, und das Auto rutschte auf dem Dach in den Fluss, und zwar genau neben der Brücke, die sie gerade erfolgreich passiert hatten.

Im ersten Moment waren sie wie betäubt und begriffen nicht ganz, was gerade geschehen war. David hatte Blut an der Schläfe, und Edi tat der rechte Arm weh.

»Sie müssen hier raus«, sagte David und streckte die Hand nach ihr aus.

Weil sie herumgeschleudert worden war, saß sie auf dem Autodach. Doch David klemmte noch kopfüber hinter dem Steuer fest. Als sie seinem Blick folgte, stellte sie fest, dass das Wasser stieg. Nur die geschlossenen Wagenfenster bildeten eine Barriere, doch die würde nicht lange halten.

»Ja«, stieß sie hervor. Sie war benommen und konnte noch immer nicht klar denken. »Ich mache das Fenster auf, und dann schwimmen wir raus.« Sie war froh, dass ihr eine Lösung eingefallen war.

»Können Sie schwimmen?«, fragte er.

»Ja, ziemlich gut«, erwiderte sie. Ihr Kopf wurde von Minute zu Minute klarer. »Und Sie?«

»Schwimmmannschaft in der Highschool«, entgegnete er und bedachte sie mit dem leichten Grinsen, das sie inzwischen so gut kannte.

»Also gut«, meinte sie. »Sind Sie bereit? Wir müssen raus, sobald ich das Fenster öffne.«

»Hey, Harcourt«, sagte er leise. »Tun Sie mir einen Gefallen? Nur ein Kuss, bevor Sie gehen?«

»Ein Kuss? Halten Sie das für den richtigen Zeitpunkt …«

Sie hielt inne, als ihr die Bedeutung seiner Worte klar wurde. Bevor *sie* ging – nicht er, nur sie allein. »Was ist los mit Ihnen?«

»Die verdammte Beinschiene«, antwortete er. »Pech gehabt. Sie ist aus Stahl und klemmt fest. Ich komme hier nicht mehr raus.«

Edi schaute hinaus in das Wasser ringsum und den heftigen Regen. In wenigen Minuten würde der Wagen vollständig untergetaucht sein. Dann würden die Fenster unter dem Druck zerbrechen. Sie würden beide ertrinken.

Es war nicht einfach, ihre langen Gliedmaßen so zu verrenken, bis sie aufrecht stand und seine Beine erreichen konnte. Aber sie schaffte es. Sein Fuß steckte unter den zerquetschten Pedalen des Autos, und außerdem war da ein Stück Metall, das ihm bis zur Wade reichte.

»Bewegen Sie einfach ihr Bein, winkeln Sie es an und ziehen Sie es raus. Oder ist es gebrochen?«

»Ich glaube nicht, aber es es ist eine Stahlschiene dran. Sie müssen hier raus. Sie dürfen keine Zeit verlieren. Sie müssen …«

»Seien Sie still«, unterbrach sie ihn. »Wie kriege ich das Ding ab?«

»Das schaffen Sie nicht. Sie sind nicht stark genug. Mein Bein klemmt unter einem Stück Stahl …«

»Könnten Sie ausnahmsweise mal den Mund halten!«, brüllte sie ihn an. »Wie entferne ich die Schiene?«

»In meiner Tasche ist ein Imbusschlüssel. Das ist …«

»Ich weiß, was ein Imbusschlüssel ist.« Sie stellte fest, dass sein rechter Arm blutete. Er konnte nicht in seine Hosentasche greifen. Also legte sie sich quer über ihn und kramte in seiner Tasche, bis sie den kleinen Metallschlüssel gefunden hatte.

Im nächsten Moment zerbarst das Heckfenster, und das Wageninnere füllte sich mit Wasser.

»Drei Schrauben in dem runden Scharnier am Knie«, erklärte David. »Sie sollten jetzt gehen. Geben Sie mir den Schlüssel und verschwinden Sie.«

Da der Wagen auf dem Kopf stand, würde das Wasser seine Füße zuletzt erreichen. Allerdings befand sich sein Kopf in der Nähe des Wagendaches. Also bestand die Möglichkeit, dass er trotzdem ertrank, bevor sie ihn herausholen konnte, selbst wenn es ihr gelang, ihn zu befreien.

Halb kniete, halb stand Edi auf dem Wagendach, als sie nach oben griff, Davids Hosenbein hochschob und nach den Schrauben am Scharnier tastete, um sie zu lockern. Als sie die erste gefunden hatte, drehte sie daran, und sie bewegte sich tatsächlich. Allerdings spürte sie, wie das Wasser ihre Beine umspülte.

Sie schaute nach unten. Davids Kopf war beinahe unter Wasser. Er beugte sich zwar so weit wie möglich vor, konnte sich aber wegen des riesigen Lenkrades vor seiner Brust kaum rühren.

Edi holte tief Luft, tauchte, sah David an und berührte seine Lippen. Er brauchte eine volle Sekunde, bevor er verstand, was sie meinte. Sie küsste ihn, um Luft in seinen Mund zu pusten, und machte sich dann wieder an der Schiene zu schaffen.

Sie lockerte die zweite Schraube, atmete noch einmal durch und tauchte, um David Luft einzublasen.

Die dritte Schraube klemmte, und sie befürchtete schon, sie nicht aufzubekommen. Inzwischen war das Wasser im Wageninneren bis fast zum Dach gestiegen. Erneut tauchte sie, um ihm Luft zu spenden, und er bedeutete ihr, sie solle fliehen. Sie sparte sich die Mühe, den Kopf zu schütteln.

Sie musste das Gesicht dicht unter das Wagendach halten, um einzuatmen. Dann tauchte sie noch einmal, um die letzte Schraube zu lösen. Als das Scharnier nachgab, versetzte sie seinem Bein einen kräftigen Stoß. Es bewegte sich. Er war frei!

Edi tauchte hinunter, um David zu sagen, dass er mithelfen sollte. Doch als sie sein Gesicht sah, stellte sie fest, dass seine Augen geschlossen waren. Sein Körper war schlaff. Sie stieß sich mit den Beinen ab, um unter dem Wagendach Luft zu holen. Doch das Wageninnere war vollgelaufen. Es gab keinen Sauerstoff mehr.

Ihre Lunge begann bereits zu schmerzen. Sie griff über David hinweg zu der großen Kurbel, mit der man das Fenster herunterließ. Es gelang ihr kaum, sie zu drehen, und sie spürte, wie die Kraft in ihren Armen schwand und wie ihr schwindelig wurde. Dennoch schaffte sie es, das Fenster weit genug zu öffnen, um ihn hinauszuschieben.

Da er im Wasser leichter war, konnte sie ihn so weit zum Fenster hinmanövrieren, dass die Strömung ihn davontrug. Als er verschwand, geriet Edi beinahe in Panik. Doch im nächsten Moment wurde auch sie von der Strömung erfasst, und sie trudelte nach oben.

Als sie auftauchte, holte sie tief Luft. Dann wurde sie wieder nach unten gezogen, und als sie erneut durch die Oberfläche brach, sah sie sich nach David um. Sie stellte fest, dass er sich wenige Meter entfernt in den Wurzeln eines Baums verheddert hatte. Seine Augen waren zwar geschlossen, doch wenigstens war sein Kopf nicht unter Wasser.

Sie versuchte, zu ihm hinüberzuschwimmen, doch die Strömung trug sie in die entgegengesetzte Richtung.

»Festhalten«, ertönte da eine Stimme. Als sie sich umdrehte, bemerkte sie eine lange Stange, nur wenige Zentimeter entfernt von ihrem Kopf. Sie schien an etwas zu hängen, was sie nicht sehen konnte, und auch der Sprecher war nicht auszumachen. Sie musste zweimal nach der Stange greifen, bevor sie sie packen konnte, und klammerte sich dann mit beiden Händen daran.

»Er!«, rief sie der unsichtbaren Person zu, die sie gerettet hatte. »In den Bäumen da drüben!«

Edi hielt sich an der Stange fest, wischte sich das Wasser aus den Augen und erkannte am Ufer jemanden, der eine grüne Jacke trug. Nach seiner Statur und der gebeugten Haltung zu schließen, schien es ein alter Mann zu sein. Doch er war offenbar recht kräftig, denn er zog David am Kragen aus dem Wasser wie ein Angler einen großen Fisch.

Wegen des Regens und ihres langen Haars, das ihr ständig in die Augen geriet, konnte Edi kaum verfolgen, was da geschah, doch sie wagte nicht loszulassen. Als sie nach links schaute, stellte sie fest, dass die Stange zur Brücke gehörte. Vielleicht diente sie ja dazu, Boote über den Fluss zu ziehen. Langsam arbeitete sie sich daran entlang, um das Ende der Brücke und das Ufer zu erreichen.

Dabei fragte sie sich, was der Mann gerade mit Sergeant Clare machte. Würde er ihn für tot halten und keinen Versuch unternehmen, ihn zu retten? Edi hoffte, rechtzeitig zu ihm zu kommen, um moderne Wiederbelebungstechniken anzuwenden. Vielleicht würde sie so das Wasser aus Sergeant Clares Lunge entfernen können, damit er nicht starb.

»Los!«, hörte sie einen Mann rufen. »Nur noch ein halber Meter, und Sie haben es geschafft.«

Ihre Arme brachten sie um, und sie zitterte vor Kälte und Erschöpfung. Als sie aufblickte, erkannte sie Sergeant Clare. Wegen des sintflutartigen Regens und des dichten Nebels glaubte sie schon, ein Gespenst vor sich zu sehen. War er gestorben und als Geist zurückgekehrt, um sie aus dem tosenden Fluss zu holen?

»Tempo, Harcourt!«, schrie er. »Bewegen Sie Ihren Hintern. Ich würde Sie ja rausfischen, aber ich bin zu erledigt. Sie müssen auch mal selbst was tun und sich nicht immer darauf verlassen, dass ich Sie rette.«

»Sie?«, stieß sie hervor. »Sie unverschämter …« Voller Zorn fing sie an, mit ihren langen Beinen Wasser zu treten, und sie zog fester an der Stanger. Doch obwohl die Wut ihr neuen Antrieb verlieh, schwanden ihre Kräfte. Die Brücke schien sich zu entfernen, anstatt näher zu kommen.

Sie versuchte, sich das Wasser aus den Augen zu blinzeln, aber die Welt um sie herum begann zu verschwimmen.

Im nächsten Moment wurde sie von einem starken Arm gepackt. »Ich habe Sie«, hörte sie eine Stimme dicht an ihrem Ohr. »Sie können das Ding jetzt loslassen. Ich halte Sie fest.«

Sie gehorchte der Stimme, löste die Arme von der Stange und schlang sie ihm um den Hals. Ihr Kopf sank an seine

Brust. Sie spürte, wie er sie aus dem Wasser trug. Dann war da plötzlich ein zweites Paar Hände.

»Ist sie tot?«, hörte sie einen Mann fragen.

»Nein«, antwortete Sergeant Clare. Er trug sie weiter, und sie spürte, dass er wegen der Schiene immer noch das Bein nachzog. Sie hatte nur das Kniescharnier gelockert, die Schiene jedoch nicht entfernt.

»Ihr Arm?«, flüsterte sie mühsam, da ihr einfiel, dass er ja geblutet hatte.

»Ich kann mich nicht entscheiden, ob mir der Arm oder das Bein mehr wehtut. Dieses Dilemma verhindert, dass ich umkippe.«

»Gut«, sagte sie und kuschelte sich enger an ihn. Dann schloss sie die Augen und schlief ein.

Als Edi aufwachte, lag sie in einem Bett mit einer weichen Matratze. Sonnenlicht strömte durchs Fenster herein. Sie hatte Kopfschmerzen, und der Arm tat ihr weh, doch sonst schien alles in Ordnung zu sein. Sie schaute sich im Zimmer um. Es war klein und mit einer geblümten Tapete und zwei Betten ausgestattet. Auf dem Bett neben ihr lagen eine alte Steppdecke und dicke Kissen. An der einen Wand stand ein großer alter Kleiderschrank, an der anderen ein Frisiertisch. In der dritten Wand befand sich ein Fenster mit Spitzengardinen.

Als sie sich aufsetzen wollte, schwindelte ihr ein wenig, doch der Zustand dauerte nicht lange an. Sie hörte ein leises Klopfen an der Tür. Sergeant Clare kam herein. Er trug ein Tablett mit einer Hand. Sein rechter Arm ruhte in einer Schlinge.

»Sie sind wach«, stellte er lächelnd fest und konzentrierte sich dann wieder auf das Tablett, das in Schieflage zu geraten drohte.

»Lassen Sie mich …«, begann Edi und wollte aufstehen. Dann aber bemerkte sie, dass sie nur ihr pfirsichfarbenes kurzes Unterhemd aus Rayon trug. Hastig zog sie die Decke bis zum Kinn hoch. »Wo sind meine Kleider?«

»In der Küche. Trocken und anziehbereit«, erwiderte David, setzte das Tablett am Fußende des Bettes ab, richtete sich auf und lockerte seinen Arm. »Sie brauchen mich nicht anzuschauen, als könnte ich jeden Moment über Sie herfallen. Für falsche Sittsamkeit ist es zu spät.«

Edi umklammerte weiter die Bettdecke. »Was soll das heißen?«

Er setzte sich auf das andere Bett, griff nach einem dreieckigen Stück Toast und begann, es zu verspeisen. »Wenn Sie das Essen nicht wollen, nehme ich es.«

»Ich brauche etwas zum Anziehen«, sagte sie.

Widerstrebend ging er zum Schrank und holte ein Herrenhemd heraus. Es war riesengroß und ziemlich abgetragen, doch Edi schlüpfte trotzdem hinein. Als sie anständig bedeckt war, beugte sie sich zu dem Tablett vor und schenkte sich eine Tasse Tee ein. »Erzählen Sie mir, was passiert ist«, meinte sie. »Wo sind wir? Wann können wir hier weg, um die Zeitschrift zu holen?«

»Welche Antwort wollen Sie zuerst?«

»Alle auf einmal«, entgegnete sie.

»Der Unfall war gestern, und jetzt sind wir im Haus von Hamish Trumbull.«

Edis Hand, die gerade ein Stück Toast zum Mund führte, blieb mitten in der Luft stehen.

»Anscheinend war Mrs Pettigrew sicher, dass wir es nicht über die Brücke schaffen würden. Also hat sie eine Nachbarin angerufen, die dem alten Hamish gesagt hat, dass er zum Fluss gehen und uns rausfischen soll.«

»Aber Sie haben es ja über die Brücke geschafft«, empörte sich Edi. »Wenn diese Kuh nicht gewesen wäre …«

»Die übrigens Hamish gehört.«

»Wenn *seine Kuh* nicht gewesen wäre, hätten wir es geschafft.«

»Danke«, meinte David. »Genau das habe ich Hamish auch gesagt, aber er hat mir nicht geglaubt. Er behauptet, wir hätten die Brücke verpasst und wären kopfüber im Fluss gelandet. Außerdem sei ich der miserabelste Autofahrer, den er je gesehen hätte.«

»Sie hätten seine Kuh umfahren sollen.«

»Ganz meine Auffassung. Moment, lassen Sie mich das einschenken.« David manövrierte die Teekanne mit dem linken Arm und der rechten Hand. Das Bein hielt er noch immer steif ausgestreckt.

»Und was ist mit der Zeitschrift?«, fragte Edi.

»Seine Enkelin Aggie hat sie, und niemand weiß, wo sie ist.«

Edi stöhnte auf. »Wie alt ist sie denn, um unbeaufsichtigt herumlaufen zu können?«

»Sechzehn, und jetzt hat sie mächtig Ärger. Mrs Pettigrew hat sie erzählt, sie wolle nach Hause zu Großvater. Und Großvater hat sie vorgeschwindelt, sie müsse arbeiten. Die Arme. Wenn sie wieder auftaucht, kann sie sich auf etwas gefasst machen.«

»Und wie lange müssen wir warten, bis sie von wo auch immer zurückkommt?«

»Wir«, meinte David stand auf und ging zum Fenster. »Lassen Sie uns über ›wir‹ reden. Wissen Sie, Hamish ist ein bisschen altmodisch. Also musste ich ihn anschwindeln.«

Als er nicht fortfuhr und weiter aus dem Fenster starrte, zählte Edi eins und eins zusammen. »Sie haben ihm gesagt, dass wir verheiratet sind, richtig?«

»Die andere Alternative wäre gewesen, in der Scheune zu übernachten. Tut mir leid, aber die Matratze hat gegen das Stroh gesiegt.«

Als sie daran dachte, wie er sie gestern aus dem Wasser gezogen hatte, konnte sie ihm nicht böse sein. »Also gut, wir sind verheiratet und … was?«

David drehte sich mit funkelnden Augen zu ihr um.

»Träum weiter, Soldat«, meinte sie.

»Ein Mann wird doch wohl noch träumen dürfen«, erwiderte David, hinkte durchs Zimmer und setzte sich wieder auf das andere Bett. »Offenbar wird die verschwundene Aggie übermorgen wieder hier erwartet. Wir können nur hoffen, dass sie die Zeitschrift mitbringt.«

»Du hast Hamish doch nicht erzählt …?«

»Ich habe dem Alten gar nichts erzählt. Mrs Pettigrew hat eine Räuberpistole erfunden, die Zeitschrift enthielte eine Spionagebotschaft, und der gesamte Kriegsausgang hinge davon ab, dass wir sie zurückbekämen. Was schaust du mich so an? Bitte sag jetzt nicht, dass das stimmt.«

»Keine Ahnung«, nuschelte sie und verspeiste das letzte Stück Toast.

»Ich verlange, dass du mir alles sagst, was du weißt. Und wage bloß nicht, mir etwas zu verschweigen.«

Es dauerte etwa vier Minuten, da sie selbst nicht über alles im Bilde war.

»Also sollst du die Zeitschrift diesem Mann …«

»Dr. Sebastian Jellicoe.«

»Und dann bringen wir ihn nach London, damit er wohlbehalten nach Minnesota oder sonst irgendwohin in die USA ausgeflogen werden kann, richtig?«, fragte David.

»So wurde es mir erklärt.«

»Doch seine Adresse und die Landkarte mit der Wegbeschreibung sind jetzt im Auto, das am Grund eines reißenden Flusses liegt.«

Edi lehnte sich zurück. »Ich habe die Karte auswendig gelernt.«

»Du hast was?«

»Während du vorne im Auto gejammert hast, dass niemand mit dir redet, habe ich mir hinten die Karte eingeprägt. Ich habe gehofft, die Markierungen in der Zeitschrift zu finden, damit ich sie mir auch merken kann, aber ich habe nichts entdeckt.«

»Gejammert?«, wiederholte David. »Wenn du solche Schmerzen hättest wie ich, würdest du auch jammern.«

»Was ist denn mit deinem Bein passiert?«, fragte Edi und

erinnerte sich dabei, wie sie unter Wasser die Schrauben gelockert und ihn geküsst hatte, um ihm Luft einzupusten.

Kurz trafen sich ihre Blicke, und er schien dasselbe zu denken. Doch dann wandte er sich ab und zog sein Hosenbein hoch. »Dein General, dieser Teufel, für den du arbeitest, hat befunden, dass ein unverletzter Mann, der in England herumreist, zu viel Verdacht erregen würde, und hat mich deshalb zum Krüppel gemacht.«

Edi betrachtete den unteren Teil der Schiene und das Scharnier, das sie nur zu gut kannte, und konnte sich ein Lachen nicht verkneifen.

»Ich finde das überhaupt nicht komisch«, schimpfte David. »Mein ganzes Bein ist voller Blasen, weil das Ding scheuert, und … Hörst du jetzt endlich zu lachen auf?«

»Ich glaube, er hat dich dazu verdonnert, um mich zu schützen«, kicherte Edi. »Er ist wie ein alter Sultan und behandelt uns Mitarbeiterinnen wie seine jungfräulichen Vestalinnen.«

Davids Miene erhellte sich. »Ja, er hat wirklich ausgesprochen attraktive Sekretärinnen.«

»Die Hälfte von ihnen ist dumm wie Bohnenstroh«, erwiderte Edi. »Ich hatte eine Frau eingestellt, die hundert Wörter pro Minute fehlerfrei tippen konnte, und der alte Miesepeter hat sie rausgeschmissen, weil sie hässlich war. Er sagte, Bomben und hässliche Frauen auf einmal seien zu viel des Guten.«

David lachte. »Das ist nicht etwa die, die für Colonel Osborne arbeitet?«

Edi nickte. »Sie schafft mehr Arbeit als drei von Austins Mädchen.«

»Mit Ausnahme von dir.«

»Mit Ausnahme von mir«, stimmte Edi zu. »Allerdings bin ich diejenige, die sich mit ihnen herumärgern muss. Einmal bin ich fast von einem einstürzenden Dach erschlagen worden, weil eine von ihnen zurückgelaufen ist, um ihren Lippenstift zu holen. Ich habe ihr erklärt, dass Schießpulver der beste Lidschatten der Welt ist und dass sie bald genug davon kriegen wird, wenn sie nicht endlich ihren Hintern bewegt. Und weißt du was? Sie hat mir geglaubt!«

»Machst du Witze?«

»Nein. Kennst du Lenny …?«

»Escobar?« Davids Augen weiteten sich. »Ich habe beobachtet, wie er das Pulver aus einigen Geschossen entfernt hat. Das war doch nicht etwa für …?«

»War es.«

Lachend setzte sich David wieder aufs Bett und legte sein Bein hoch. »Okay, jetzt können wir nur warten, bis Aggie zurückkommt, und hoffen, dass sie die Zeitschrift noch hat. Ich glaube, Hamish geht davon aus, dass wir uns bis dahin nützlich machen.«

»Was soll das heißen?«

»Er hat mich heute Morgen in die Scheune zitiert …« Er wandte sich ab, und Edi hatte den Verdacht, dass er errötete.

»Und was solltest du dort tun?«

»Erinnerst du dich an die Kuh?«

»Diese Kuh werde ich bis an mein Lebensende nicht vergessen«, meinte Edi. »Was ist mit ihr?«

»›Ihr‹ ist das Schlüsselwort.«

»Oh«, sagte Edi grinsend. »Du musstest melken.«

»Und ausmisten. Ich glaube, das ist die richtige Bezeichnung dafür, Dung mit einer Mistgabel zu beseitigen.«

Sie sah ihn an. »Wie hast du das mit dem Arm in der Schlinge und deinem Bein geschafft. Kannst du es bewegen?«

»Nein. Ich glaube, das Scharnier ist verrostet.«

»Dann müssen wir das Ding entfernen«, verkündete Edi. »Vielleicht hat der Mann ja einen Imbusschlüssel.«

»Nein«, erwiderte David bedrückt. »Keinen Imbusschlüssel, der passt. Überhaupt nichts. Ich war heute Morgen um vier in der Scheune, da Kühe offenbar um diese Uhrzeit gemolken werden wollen und man die Pferdeboxen ausfegen muss. Ich habe jedes Werkzeug ausprobiert, das der alte Mann besitzt. Nichts hat geklappt. Die Schrauben sind tief im Stahl versenkt und verrostet und rühren sich nicht von der Stelle. Du hast nicht zufällig … du weißt schon …«

»Was soll ich wissen?«

»Den kleinen Imbusschlüssel behalten, nachdem du …«

»Nachdem ich dir das Leben gerettet habe? Nein«, antwortete Edi. »Ich habe nicht daran gedacht, ihn einzustecken. Wahrscheinlich war ich ein bisschen zu sehr mit dem Fenster und dem Wasser beschäftigt.«

»Ich dachte, nachfragen kann ja nicht schaden.«

Vor der Tür war eine laute Stimme zu hören. »Clare, sind Sie da drin?«

David verdrehte die Augen. »Da ist mir die Front ja noch lieber als der Alte. Austin ist verglichen mit ihm ein Engelchen, das kann ich dir sagen.«

»Ich stehe auf und versuche zu helfen«, schlug Edi vor.

»Dann warne ich dich lieber gleich. Ich glaube, er erwartet, dass du uns bekochst.«

Edi erbleichte bei diesen Worten, und sie zog die Decke wieder hoch. »Ich kann nicht kochen.«

»Wie, du kannst nicht kochen?«

»Tu nicht so vorwurfsvoll«, zischte sie. Ich bin in einem Haushalt mit Köchin aufgewachsen und habe nicht die geringste Ahnung, wie man eine Mahlzeit zubereitet. Mein Essen wurde mir serviert. Auf einem Teller. Ich kann nicht einmal eine Kanne Tee aufschütten.«

»Wirklich?« Davids Grinsen wurde breiter.

»Was ist denn daran so komisch?«

»Weil ich kochen kann.«

»*Du* kannst kochen?«, wunderte sie sich.

»Wer hat jetzt hier die Vorurteile? Meine Mutter ist Italienerin, also kann ich kochen. Pass auf, wir behaupten einfach, dass du verletzt bist und das Bett hüten musst. Dann erledige ich das Kochen.«

»Und wer melkt die Kuh?«

»Soll der alte Hamish das doch selbst erledigen.«

»Du willst also, dass ich das schwache, abhängige Frauchen spiele, richtig? Ich soll nur tatenlos im Bett herumliegen?«

»Außer, du weißt, wie man Kühe melkt oder Pferdeställe ausmistet. Sonst gibt es hier nämlich nichts zu tun.«

»Zufällig bin ich mehr oder weniger auf einem Pferd aufgewachsen.«

»Natürlich«, höhne David. »Ein reiches Mädchen. Die Küche ist unter deiner Würde, aber als Stallbursche würdest du herhalten.«

»Du bist wirklich der grässlichste Mann, dem ich je begegnet bin«, verkündete Edi.

Er stand auf und musterte sie von Kopf bis Fuß, bevor er zur Tür ging. »Und du, Miss Edilean Harcourt, bist die schönste, klügste, anpackendste und mutigste Frau, die ich kenne. Ach, übrigens beabsichtige ich, dich zu heiraten.« Er marschierte hinaus und ließ eine Edi zurück, die vor Verblüffung den Mund nicht mehr zubekam.

»Du siehst zum Fürchten aus, wusstest du das?«, meinte David, öffnete gewaltsam Edis Hand und betrachtete ihre Wasserblasen. »Bist du verrückt geworden, dich so abzuschuften?«

»Keine Ahnung.« Sie zuckte die Achseln. »Es war einfach ein schönes Gefühl. Ich habe es so satt, den ganzen Tag in einem Büro zu sitzen und das Klappern von Schreibmaschinen zu hören. Ich bin gerne draußen.«

Sie saßen in Hamish Trumbulls Küche, und der Unterschied zu den Zuständen, die noch am Morgen geherrscht hatten, war wie Tag und Nacht. David beschwerte sich zwar, dass Edi zu hart arbeitete, hatte aber den ganzen Tag damit verbracht, die Küche von oben bis unten zu schrubben, jeden Schrank auszuwischen und jede Pfanne zu spülen. Er hatte die Holzkiste nachgefüllt, den alten Herd eingeschürt und gekocht. Nun war es warm im Raum und duftete wundervoll.

»Du bist auch nicht gerade faul rumgesessen«, erwiderte sie und verzog das Gesicht, als er ihre Hände untersuchte.

»Nein, aber ich hatte Hilfe«, entgegnete er ernst, was so absurd klang, dass sie beide zu lachen anfingen und plötzlich wieder verstummten.

»Wo ist er?« Edi meinte Hamish.

»Ich habe ihn Butter schlagen lassen, bis er nicht mehr konnte«, antwortete David, während er einen Teil davon benutzte, um Edis Blasen zu verarzten.

»Butter? Du kannst Butter *herstellen?*«

»Natürlich. Woher glaubst du sonst, dass ich sie habe?«

»Indem du den Schwanz der Kuh rauf und runter gepumpt hast«, frotzelte sie.

David lachte. »Gut, ich bin kein Farmer, aber ich weiß, was man mit dem Zeug macht, sobald es in der Küche ist. Probier mal.« Er tauchte einen Kochlöffel in einen Topf, der auf dem Herd köchelte, und hielt ihn ihr an die Lippen. Als sie ihm den Löffel abnehmen wollte, zog er ihn weg.

»Lecker«, verkündete sie. »So etwas habe ich noch nie gegessen. Was ist das?«

»Alfredosauce für die Spaghetti.«

»Die was?«

»Spaghetti, das sind italienische Nudeln. Hast du Hunger?«

Langsam erhob sie sich. Als sie am Morgen den Schrank in ihrem Schlafzimmer durchsucht hatten, hatten sie eine Herrenhose gefunden, die beinahe passte. Die Länge stimmte zwar, aber sie war an der Taille so weit, dass sie ein zusätzliches Loch in den alten Ledergürtel hatte bohren müssen, damit sie nicht rutschte. Sie und David hatten gelacht, weil sie nun beide zu große Hosen trugen.

Während Edi den ganzen Tag draußen gearbeitet hatte, hatte David sich um den Haushalt gekümmert. Sie hatten nicht lange gebraucht, um festzustellen, wie heruntergekommen die kleine Farm war. Da alle jungen, starken Männer im Krieg waren, fielen die meisten Farmen der Vernachlässigung anheim. Doch hier waren die Zustände besonders schlimm.

Am Morgen hatte Edi Hamish zum ersten Mal gesehen und

ihn, anders als David, nicht als alten Brummbären, sondern als einen Mann wahrgenommen, der eine tiefe Trauer in sich trug. »Stell ihm keine Fragen«, raunte sie David zu. »Ich könnte die Antworten nicht ertragen.« So viele Menschen hatten tragische Geschichten über den Verlust geliebter Menschen zu erzählen, dass Edis Bedarf daran gedeckt war.

»Einverstanden«, erwiderte David.

Sie hatte einen windschiefen Schuppen entdeckt, der als Hühnerhaus diente, und dort ein paar Eier eingesammelt. Nach dem Frühstück hatte sie angefangen, draußen für Ordnung zu sorgen. Wie sie David gesagt hatte, war sie in ihrer Kindheit kaum mit einer Küche in Berührung gekommen. Doch sie fühlte sich zur Scheune, zum Hühnerhaus und allem anderen hingezogen, dank dessen sie auf Edilean Manor beinahe Selbstversorger gewesen waren.

Als sie zum Mittagessen in die Küche kam, war alles blitzblank, und David holte gerade das Brot aus dem Backrohr. Dass er das mit dem Arm in der Schlinge und einem steifen Bein geschafft hatte, ließ ihn noch mehr in ihrer Achtung steigen.

Nach dem Mittagessen nahm Edi den Hühnerpferch in Angriff. Einer der Zaunpfähle war umgekippt und hatte den Maschendraht mitgerissen, sodass die Füchse leichtes Spiel mit den Hühnern haben würden. Der Wind frischte auf, und Edi wollte den Pfosten aufrichten, bevor es wieder zu regnen begann.

Als sie das Loch grub und gleichzeitig versuchte, den Pfosten hoch zu halten, kam David angehumpelt, um ihr zu helfen. Sie sicherte den Pfosten, während er ihn einschlug. Danach schichteten sie gemeinsam Steine rings um den Pferch auf.

»Ich muss wieder rein«, übertönte David den Wind, der immer stärker wurde. »Bleib nicht mehr zu lange draußen.«

»Wird gemacht«, rief sie. Doch sobald er im Haus verschwunden war, griff sie zur Mistgabel und fing an, das Hühnerhaus auszumisten. Nach dem Schmutz zu urteilen, war hier schon seit Jahre nicht mehr sauber gemacht worden, was weder gut für die Hühner noch für die Menschen war, die das Brathuhn später verzehrten.

Erst als sie fertig war, bemerkte sie die Blasen an ihren Händen. Draußen vor dem Zaun türmte sich ein großer Dunghaufen auf, und sie hatte zwei frische Strohballen von der Scheune ins Hühnerhaus geschleppt. Da sie in der Scheune keine Handschuhe hatte finden können, hatte sie mit bloßen Händen weitergearbeitet. Und als die Sonne unterging, hatte sie die Scheune gründlich gereinigt und einiges instand gesetzt.

Erst als sie sich drinnen an den Tisch setzte, stellte sie fest, wie müde sie war. Nach einem Blick auf sie fing David an, sie zu bemuttern. Er öffnete ihre Hände, wusch sie und cremte sie mit Butter ein, damit die Blasen nicht so schmerzten.

»Oh, nein, wehe dir«, schalt er, als sie beinahe im Sitzen eingeschlafen wäre. »Du musst etwas essen.«

»Du klingst wie meine Mutter.«

»Das werde ich mal als Kompliment verstehen«, erwiderte David, während er einen großen Teller mit selbst gemachten Spaghetti und Sahnesauce vor sie hinstellte. »Ich verlange, dass du alles bis auf den letzten Bissen vertilgst und dazu die ganze Milch austrinkst. Du musst bei Kräften bleiben.«

»Jawoll, Sir«, entgegnete sie. Vor lauter Müdigkeit gelang es ihr nicht einmal, beim Essen gerade zu sitzen. Als sie daran dachte, was ihre Mutter wohl sagen würde, wenn sie sie so sehen könnte, musste sie schmunzeln.

»Möchtest du mir erklären, warum du lächelst?«, fragte David und füllte seinen eigenen Teller.

»Ich habe gerade an meine Familie gedacht.«

»Erzähl mir von ihnen«, meinte er. »Reiche Farmer, richtig?«

»Das war einmal«, sagte sie. »Doch mit dem Reichtum ist nicht mehr viel herzumachen. Früher gehörte uns die ganze Stadt, aber …«

»Aber was?«

»Das spielt keine Rolle. Seitdem scheint ein ganzes Leben

vergangen zu sein. Das schmeckt wirklich prima. Hast du je daran gedacht, ein Restaurant zu eröffnen?«

»Hast du je daran gedacht, New York einen Besuch abzustatten? Da gibt es einen Italiener an jeder Ecke.«

»Mit ihm ist doch alles in Ordnung, oder?«, flüsterte Edi und wies mit dem Kopf auf Hamishs geschlossene Zimmertür.

»Nach seinem Schnarchen zu urteilen, schläft er offenbar schon den ganzen Tag. Oder jemand hat ihm Granaten ins Zimmer geschmissen.«

»Du bist schrecklich«, antwortete Edi grinsend. »Der arme Mann ist völlig erschöpft. Vergiss nicht, dass er uns das Leben gerettet hat.«

»Hmpf!«, stieß David hervor. »Willst du wissen, was er gemacht hat, um mich wiederzubeleben?«

»Ich habe nur gesehen, wie er dich aus dem Wasser zog, und gehofft, dass du nicht tot bist.«

»Er hat mich mit Wucht in den Bauch getreten.«

»Er hat *was?*«

»Etwa so.« David stampfte mit seinem freien Fuß auf den Boden. »Peng! Ich bin fast erstickt, als ich das ganze Wasser und Mrs Pettigrews Mittagessen ausgekotzt habe.«

Edi konnte sich ein Lachen nicht verkneifen. »Und wir haben uns gefragt, warum Aggie so ungern nach Hause kommt.«

»Wenn ich mit ihm zusammenleben müsste, würde ich mich freiwillig zur Armee melden, sogar als sechzehnjähriges Mädchen.«

»Komm schon, so schlimm ist er nun auch wieder nicht.«

»Du hast nicht den ganzen Tag im Haus verbringen müssen. Du hättest hören sollen, wie er an deiner Arbeit im Hühnerstall herumgemeckert hat.«

»Hühnerhaus.«

»Was?«

»So heißt das Ding. Aber egal«, meinte Edi. »Was sagt er denn über mich?«

David schüttelte ungläubig den Kopf. »Er sagte …« Er senkte die Stimme. »Er sagte, wenn er eine Frau mit Beinen wie deine hätte, würde er nicht im Haus die Fußböden wischen, wenigstens nicht mit dem Mopp.«

»Das hat er nicht gesagt.«

»Ich schwöre.« David hielt drei Finge hoch. »Er wollte rausgehen und dir helfen, aber ich habe es ihm ausgeredet.«

»Und wie hast du das geschafft?«

»Ich habe ihm meine Faust gezeigt und ihm dann ins magere, alte Gesicht geschaut.«

Edi musste so lachen, dass sie die Hand vor den Mund schlug, um das Geräusch zu unterdrücken. »Wer ist schlimmer, du oder er?«

»Hoffentlich ich. Aber er hat in seinen langen Lebensjahren viel gelernt.« Als David sah, dass Edi die Augen zufielen, nahm er sie bei den Händen und zog sie hoch. Einen Moment standen sie dicht beieinander. Sofort verflog die gelöste Stimmung und machte Anspannung Platz.

»Ich habe Wasser für dich heiß gemacht«, sagte David und riss sich los, indem er sich zum Spülbecken umdrehte. »Du kannst die Körperteile waschen, an die du rankommst. Natürlich könntest du dich auch nackt ausziehen, und ich halte das Handtuch für dich.«

Als Edi lachte, wurde die Atmosphäre wieder lockerer. »Nein, danke, ich glaube, ich wasche nur Gesicht und Hände und warte mit dem Rest, bis ich eine Wanne habe. Ich bin ohnehin so müde, dass mich der Schmutz nicht stört.«

»Ich mag dreckige Frauen.«

»David Clare, ich denke, du magst alle Frauen.«

»Denkst du das wirklich? Dann bist du absolut schief gewickelt. Okay, wasch dich, ich schaue inzwischen nach den Sachen auf der Wäscheleine. Lass dir ruhig Zeit.«

Edi wusch sich hastig, denn es kümmerte sie wirklich nicht, wie schmutzig sie war. Nachdem sie rasch Hals und Achselhöhlen abgetupft hatte, ging sie ins Schlafzimer und schloss die Tür.

Während sie sich anzog, betrachtete sie die beiden Betten. Es war wirklich erstaunlich, was zehn Stunden harte körperliche Arbeit bei einem Menschen verändern konnten. Wenn man ihr vor zwei Tagen gesagt hätte, dass sie die Nacht mit einem Soldaten im selben Zimmer verbringen würde, hätte sie geantwortet, sie würde lieber auf einer Steinplatte draußen im Regen schlafen. Doch inzwischen war es ganz normal, dass David – nicht *Sergeant Clare,* sondern *David* – das Zimmer mit ihr teilte.

Auf dem Stuhl am Fußende des Bettes lag ein sauberes Nachthemd, und Edi wusste, dass David es für sie dort hingelegt hatte. Wahrscheinlich gehörte es Aggie, und es war so sauber wie Edi schmutzig, sodass sie beinahe nicht wagte, es anzuziehen. Aber sie tat es trotzdem, ganz gleich wie verschwitzt sie auch war, schlug Laken und Decken des Bettes an der Tür zurück und war wenige Sekunden später eingeschlafen.

Als sie aufwachte, war es dunkel im Raum, und etwas hatte das Bett erschüttert. Edi fuhr hoch. Sie musste in den Luftschutzbunker! Die anderen Mädchen zusammentreiben und sie hinführen!

»Pssst«, sagte David. »Ich bin es nur. Schlaf weiter.«

Sie stützte sich auf die Ellbogen und spähte in die Dunkelheit. »Mach Licht.«

»Geht nicht«, erwiderte er. »Kein Strom, schon vergessen?«

»Ach, richtig«, meinte sie und legte sich wieder hin. »Hamish.«

»Richtig«, sagte er beruhigend. »Schlaf einfach weiter.«

Sie gehorchte, schreckte aber erneut auf, als wieder etwas gegen das Bett stieß. Sie setzte sich auf.

»Entschuldige«, meinte David. »Diese verdammte Schiene. Außerdem stehen die Betten so nah beieinander. Sobald ich es schaffe, mich umzudrehen, remple ich nicht mehr gegen dein Bett. Schlaf einfach.«

Inzwischen war sie hellwach. »Könntest du eine Lampe holen?«

»Warum?«

»Ich will mir dein Bein anschauen.«

Kurz herrschte Schweigen, bevor David wieder das Wort ergriff. »So verlockend das auch klingen mag, mit meinem Bein ist alles in Ordnung.«

Edi richtete sich weiter auf. »Ich finde, dass ich morgen kochen und du die Kuh melken und die Eier einsammeln solltest.«

»Du hast gewonnen«, erwiderte er und kehrte kurz darauf mit einer Lampe zurück. Er trug weder Hemd noch Schuhe, sondern nur noch seine zu weite Hose.

David stellte die Lampe auf den Tisch zwischen den Betten. »Was jetzt?«, fragte er.

»Runter damit«, befahl Edi, stand aus dem Bett auf und ging zum Schrank, um das alte Hemd zu holen, das sie am Morgen über ihrer Unterwäsche angehabt hatte. Nach dem Nachthemd zu urteilen, war Aggie kleiner und pummeliger als Edi. Die Folge war, dass das Nachthemd viel zu kurz war, und man bei jeder Bewegung vorne hineinschauen konnte.

»Ich liebe dieses Nachthemd«, sagte David, während er seinen Gürtel öffnete.

»Wenn du nicht gleich still bist, erzähle ich Hamish die Wahrheit über uns, und dann musst du in der Küche schlafen. Auf dem Fußboden.«

»Du drohst mir mit Strafe, wenn ich die Hose nicht ausziehe, während ich mit der schönsten Frau der Welt allein in einem Zimmer bin? Der Frau, die ich ...«

»Hör auf«, sagte sie, aber sie grinste dabei.

Als David sich damit abmühte, seine Hose über die schwere Beinschiene zu ziehen, zog sie an den Aufschlägen. Er versuchte es zwar mit einem Scherz, doch der Anblick seines Beins verschlug ihr vor Schreck den Atem. Das Metall hatte sein Bein blutig gescheuert. Die alte Polsterung war beinahe herausgefallen, und die Bänder des käfigartigen Ungetüms hatten geschabt und eingeschnitten, bis sein Bein mit einer Unzahl von Blasen und offenen Wunden bedeckt war.

»Ich liebe General Austin«, sagte David.

»Dafür wird er von mir was zu hören kriegen, darauf kannst du dich verlassen«, stieß sie mit zornig zusammengepressten Lippen hervor. »Bleib so, ich schaue, was ich machen kann.«

»Ich gehöre dir, Baby«, erwiderte er und lehnte sich zurück. Im nächsten Moment war er eingeschlafen. Als er aufwachte, saß Edi auf einem Küchenstuhl. Neben ihr auf dem Nachttisch stand eine Schüssel mit heißem Wasser. Sie versuchte, einige der Wunden zu reinigen und zu bandagieren.

»Das tut weh, ich weiß«, sagte sie leise.

»Es geht«, erwiderte er, doch sie wusste, dass er log. Und sie hatte schon gedacht, dass ihre Hände in einem schrecklichen Zustand waren. Sie wagte kaum, sich vorzustellen, was er heute durchgemacht hatte, während die scharfkantigen Metallbänder ihm ins Bein schnitten.

Sie holte noch ein altes Hemd aus dem Schrank und fing an, es zu Streifen zu zerreißen. »Deine Blasen und Schnittwunden haben sich mit dem Stahl verklebt. Also wird es jetzt wehtun. Aber ich werde das Metall mit Stoff umwickeln, damit es nicht so einschneidet. Meinst du, du hältst das aus?«

»Ich werd mir Mühe geben.«

Als sie anfing, bemerkte sie, wie er die Zähne zusammenbiss. Offenbar litt er große Schmerzen, weshalb sie beschloss, ihn abzulenken.

»Also erzähl mir von deiner Familie. Brüder und Schwestern?«

»Insgesamt acht. Ich bin der zweite, aber …« Er schnappte wegen der Schmerzen nach Luft. »Bannerman. Ein Jahr älter als ich. Er versorgt uns alle. Er …« David hielt inne, als ein Stück Haut am Stahl hängen blieb.

Edi hielt es für besser, wenn sie das Reden übernahm. »Mein Bruder Betrand ist der faulste Mensch der Welt«, verkündete sie.

»Wirklich? Und wie äußert sich das?«

»Als er drei war und all seine Geschenke unter dem Weihnachtsbaum sah, waren seine Worte: ›Und wer macht die alle für mich auf?‹«

David lachte leise. »Da habe ich schon Schlimmeres gehört.«

»Als er sechs war, hat mein Vater ihm ein Fahrrad gekauft und mit ihm Radfahren geübt.«

»Und?«

»Betrand hat sich recht geschickt angestellt. Mein Vater ist hinter ihm hergelaufen und hat ihn festgehalten. Mein Bruder hat prima balanciert. Doch sobald mein Vater losließ, blieb das Rad stehen. Bertrand wollte wissen, warum. Als mein Vater ihm erklärt hat, dass er die Pedale treten müsse, hat mein Bruder das Rad auf der Straße liegen gelassen und nie wieder angerührt.«

David verzog zwar noch immer das Gesicht, wenn sie eine seiner Wunden reinigte, doch die Schmerzen schienen weniger geworden zu sein. »Nicht schlecht, aber ich habe trotzdem schon Schlimmeres gehört.«

»Als er zwölf war, sind unsere Eltern mit uns in ein Restaurant gegangen. Zum ersten Mal in unserem Leben. Mein Vater hat für jeden von uns ein Steak bestellt. Als mein Bruder seins serviert bekam, hat er meinen Vater gefragt, wie er das essen soll. Mein Vater hat ihm gezeigt, wie man das Steak in mundgerechte Bissen schneidet. Aber mein Bruder hat den Kellner gerufen und sich stattdessen eine Schale Kartoffelbrei bestellt.«

»Okay«, meinte David. »Das ist hart an der Grenze. Aber trotzdem kenne ich noch schwerere Fälle.«

»Als mein Bruder sechzehn war, hat meine Mutter arrangiert, dass ihr geliebter Sohn mit einem sehr netten Mädchen zu einer Tanzveranstaltung gehen sollte. Es war verabredet, dass er sie um sechs Uhr abholt. Um halb sieben saß Bertrand noch immer im Wohnzimmer, und als mein Vater ihn fragte, warum er noch nicht bei seiner Verabredung sei, antwortete mein Bruder: ›Weil sie mich nicht abgeholt hat‹.«

David lachte. »Das hast du doch alles erfunden, oder?«

»Kein Wort davon.«

»Aber wie hat er überlebt? Was macht er den ganzen Tag? Wie hat er die Schule geschafft?«

»Mein Bruder ist ein hoch intelligenter junger Mann. In der Schule hat er jemanden dazu gebracht, den Inhalt eines Buches für ihn zusammenzufassen, und fünf Minuten später konnte er darüber reden. Debatten bestreiten. Er sitzt gerne da und führt Diskussionen.« Edi wrang ein Stück Stoff aus. »Und verbreitet Gerüchte. Er kennt alle in der Stadt, und sie erzählen ihm ihre Geheimnisse.«

»Vermutlich musste er nicht in den Krieg.«

»Plattfüße.« Als Edi vorsichtig noch ein Stück Stoff unter das Metall schob, stöhnte David auf. »Willst du mehr hören?«

»Klar«, stieß er mit zusammengebissenen Zähnen hervor. »Kennst du irgendwelchen Klatsch über Austin? Am besten etwas richtig Fieses und Dreckiges.«

»Nein, nur Geschichten über Bertrand. Möchtest du hören, warum er nicht auf seiner eigenen Hochzeit war?«

David starrte sie aus weit aufgerissenen Augen an. »Erzähl.«

»Meine Mutter hatte alles arrangiert. Bertrand hat das Mädchen kennengelernt und fand, dass sie passte, was meiner Mutter und der zukünftigen Braut genügte.«

»Geld und einen alten Namen heiraten, richtig?«

»Ich habe dir doch schon gesagt, dass da kein Geld mehr war. Aber ja, der Name«, erwiderte Edi. »Meine Mutter war begeistert und hat Monate damit verbracht, die prunkvollste Hochzeit zu planen, die die Stadt je gesehen hatte. Mein Vater musste eine Hypothek auf unser Haus aufnehmen. Am Vorabend ist mein Vater dann ins Zimmer seines Sohnes gegangen, um mit ihm über die Hochzeitsnacht zu sprechen.«

»Die Hochzeitsnacht«, flüsterte David. »Ich glaube, diese Geschichte gefällt mir am allermeisten. Vielleicht ist es sogar die beste, die ich je gehört habe.«

»Niemand weiß genau, welche Worte genau gefallen sind,

doch das ganze Haus konnte hören, wie Betrand zum ersten Mal in seinem Leben einen Schrei ausstieß. ›*Was* soll ich tun?‹, rief er.«

David bekam einen Lachanfall. »Jetzt hast du mich erwischt. So ein Wahnsinn. Was passierte dann?«

»Am nächsten Tag blieb Bertrand zu Hause, und niemand konnte ihn dazu bewegen, sich von der Stelle zu rühren.«

»Und seine Braut?«

»Sie erschien zu der Hochzeit, die niemals stattfand. Die Arme. Ihrer Familie war es so peinlich, dass sie ein halbes Jahr später nach Atlanta gezogen sind.«

»Und wie hat dein Bruder die Sache erklärt?«

»Gar nicht. Soweit ich weiß, hat er den Tag nie erwähnt. Die Arbeit, die andere Leute für ihn leisten, hat ihn nie interessiert.«

»Und deine Mutter?«

»Danach hat sie aufgehört, sich um die Angelegenheiten ihres Sohnes zu kümmern. Mein Vater meinte, allein das sei die Kosten der Hochzeit fast wert gewesen.«

Inzwischen lachte David Tränen. Edi war mit den Verbänden fertig und erkannte an seinem Blick, dass er nun zumindest würde schlafen können. Sie breitete eine Steppdecke über ihn und ging zu ihrem eigenen Bett.

Als er »Gute Nacht« flüsterte, lächelte sie und schlief wieder ein.

20

Als Luke zu Ende gelesen hatte, krümmte sich Jocelyn vor Lachen. »Jetzt habe ich schon so viel über Bertrand gehört. Schade, dass ich ihn nie kennengelernt habe.«

»Er wäre begeistert von dir gewesen.«

»Wirklich?« Jocelyn fühlte sich geschmeichelt.

»Du lässt dir Tür offen, dass jeder aus und ein gehen kann. Du hast immer Zeit und ein offenes Ohr für alle. Ja, ich glaube, du und Bertrand wärt eine wunderbare Wohngemeinschaft gewesen.«

»So bin ich nicht«, widersprach Jocelyn. »Ich bin …«

»Wie? Eher wie Miss Edi? So, wie die Krankenschwester sie beschrieben hat, kalt und herzlos also?«

»Ich sollte dieser Frau eine Kopie der Geschichte schicken. Wahrscheinlich hält sie Edi dann nicht mehr für herzlos.« Joce schwieg einen Moment, setzte sich dann auf, schlang die Arme um die Knie und schaute aufs Wasser. »Allein die Vorstellung, dass Miss Edi ihn verloren hat. Sie war im Krieg und umringt von Männern, die sich ihretwegen zum Narren gemacht haben. Doch sie hat sich für die wahre Liebe aufgespart. Und als sie sie gefunden hatte …«

»Ist er gefallen«, sagte Luke leise. »Und kurz darauf wurde Miss Edi schwer verwundet. Ob dieser Unfall der Grund war, warum sie ledig geblieben ist und keine Kinder hatte?«

»Hältst du es für möglich, dass sie keine Kinder bekommen *konnte?*«

»Keine Ahnung. Wie schwer waren die Verbrennungen?«

»Gegen Ende habe ich ihr beim Anziehen geholfen. Die Narben verliefen nur unterhalb der Knie. Ich glaube nicht, dass das Feuer weiter oben Schäden angerichtet hat. Sie hat erzählt, an jenem Tag sei es sehr kalt gewesen. Alle hätten sich warm eingemummt. Außerdem hätten sich zwei Soldaten in schweren Mänteln auf sie geworfen. Ansonsten hätten sich die Flammen vermutlich ausgebreitet, weil sie von oben bis unten mit Benzin durchweicht war.«

»Sie haben sich auf sie geworfen.« Luke schüttelte den Kopf. »Und David war zu diesem Zeitpunkt schon tot.«

»Ja. Sie sagte, sie hätte im Krankenhaus immer wieder nach ihm gerufen. Sie haben sie von einem Lazarett ins andere verlegt und darauf gewartet, dass sie stirbt.«

»Sie haben nicht damit gerechnet, dass sie überlebt?«

»Nein«, erwiderte Joce. »Das Benzin, das Feuer und selbst die Wolle von den verbrannten Mänteln der Männer haben eine schwere Infektion ausgelöst. Wochenlang hatte sie hohes Fieber. Ich glaube, General Austin hat sich für sie verwendet und dafür gesorgt, dass sie in die Staaten zurückgeschickt wurde, obwohl sie damals nicht mehr für ihn gearbeitet hat.«

»Hat sie gekündigt? Meinst du, sie hat ihm gesagt, dass sie seine Launen nicht mehr aushalten könne?«

»Ich weiß nicht. Ich habe sie nie danach gefragt, denn sie hat niemals angedeutet, dass er ein schwieriger Zeitgenosse war. Sie hat nur erzählt, sie habe die Verbrennungen in England davongetragen, sei aber damals schon nicht mehr bei General Austin tätig gewesen. Keine Ahnung, was sie gemacht hat. Beim Militär muss sie sicher noch gewesen sein, denn sonst wäre sie ja nach Edilean zurückgekehrt.«

»Wäre sie das?«, hakte Luke nach. »Was hätte sie in Edilean tun sollen? Was hat sie hier erwartet? Ein altes Haus, dessen Unterhalt Unsummen verschlang, und ein Bruder, der die Goldmedaille in Faulheit verdient hatte?«

»Und dein glücklich verheirateter Großvater«, fügte Joce hinzu.

»Ja, mein glücklich verheirateter Großvater, der am Tag nach dem Überfall auf Pearl Harbor mit Miss Edi Schluss gemacht hat.«

»Hat dein Großvater je einen Grund genannt, warum die Verlobung gelöst wurde?«

»Ja. Auf der Fahrt nach Richmond hat er mir erklärt, sie hätten damals erkannt, dass es nichts Neues mehr aneinander zu entdecken gab«, antwortete Luke. »Großvater meinte, als er und Edi festgestellt hätten, wie unbedingt sie beide in den Krieg ziehen wollten, sei ihnen klar geworden, dass ihr Bilderbuchleben doch nicht so ideal gewesen sei. Miss Edi habe zu Opa gesagt, eigentlich müssten sie verzweifelt sein, da die Zukunft, auf die sie sich immer gefreut hätten, nun nie mehr so sein würde wie geplant, doch es sei nicht so. Großvater sagte, sie habe ihm seinen Ring zurückgegeben. Dann hätten sie sich die Hände geschüttelt und vor Erleichterung über das Ende der Verlobung gelacht.«

»Aber sie haben es nie jemandem verraten.«

»Die ganze Stadt hätte Trauer getragen. Der Krieg war schon schlimm genug, doch der fand wenigstens am anderen Ende der Welt statt. Edi und David waren ihr ganzes Leben lang zusammen gewesen.«

Joce sah ihn an. »Ich bin froh, dass ich dich nicht schon mein ganzes Leben kenne.«

Fast glaubte sie schon, dass er nach ihrer Hand greifen würde, doch er hielt mitten in der Bewegung inne. »Findest du noch immer, dass ich wie dein Vater bin?«

»Was stört dich denn so furchtbar an dieser Bemerkung?«

»Wer möchte sein Mädchen schon an ihren Vater erinnern?«

Der altmodische Ausdruck »sein Mädchen« sorgte dafür, dass ihr ein Schauder durch den ganzen Körper lief. »Je mehr ich von Miss Edi höre, desto überzeugter bin ich, dass sie und ich uns sehr ähneln. Und meiner Mutter war genauso. Offenbar fühlen wir uns zu Männern hingezogen, die …« Sie wusste nicht, wie sie sich ausdrücken sollte.

»Die keine Anwälte sind?«, fragte Luke. »Deine Mutter hat sich in den Hausmeister verliebt, Miss Edi in einen Automechaniker, und jetzt interessierst du dich für den Gärtner?«

Sie hörte einen ärgerlichen Unterton heraus. »Luke, so habe ich es nicht gemeint.«

»Möchtest du jetzt gehen?« Er stand auf.

Sie folgte seinem Beispiel. »Bist du böse auf mich?«

»Dafür, dass du mir gesagt hast … was? Dass du mich trotz meines Berufs gern hast? Was, wenn ich Arzt geworden wäre wie mein Großvater? Würde ich dir dann besser gefallen?«

»Nein, aber ich könnte mir dann ein paar Möbel für das riesige Haus leisten«, antwortete sie lächelnd.

Luke erwiderte das Lächeln nicht. »Also kommt es dir aufs Geld an? Sobald Rams wieder in der Stadt ist, wirst du dich ihm in die Arme werfen, weil er reich ist?«

»Das war doch nur ein Scherz«, entgegnete Joce. »Ich würde niemals einen Mann des Geldes wegen heiraten.«

»Bist du sicher? Vielleicht interessierst du dich ja für meinen Cousin, weil er dir etwas bieten kann. Urlaubsreisen in den Orient, Kindermädchen für die Kinder, silbernes Besteck. Sind das die Dinge, die für dich zählen?«

Als er losmarschieren wollte, berührte sie ihn am Arm. »Das ist mir alles überhaupt nicht wichtig«, sagte sie. »Wenn es nach mir ginge, würde ich in einer Dreizimmerwohnung leben und schreiben, während die Kinder ihren Mittagschlaf halten. Aber Miss Edi hat mir das Haus vererbt, deshalb …«

»Miss Edi!«, rief Luke aus. »Denkst du denn immer nur an sie? An ihr Leben, nicht an deins?«

»Natürlich nicht! Aber Miss Edi hat geschrieben, dass Ramsey der Richtige für mich sei.« Erschrocken schlug Jocelyn die Hand vor den Mund.

»*Was* hat sie geschrieben?«

Joce griff nach ihrem Rucksack und fing an, die Sachen zusammenzupacken. Luke packte sie am Arm und drehte sie zu sich herum. »Ich will wissen, wovon du redest. Wann hat sie dir von Ramsey erzählt?«

»In dem Brief, der ihrem Testament beilag. Du kanntest sie nicht, aber sie hatte ein Talent dafür vorauszusagen, welche

Paare zusammenbleiben und welche nicht. Und sie schrieb, in Edilean gebe es einen Mann, der optimal zu mir passt.«

Luke ließ ihren Arm los und wich zurück. »Und dieser Mann ist mein Cousin Ramsey?«

»Ja«, erwiderte sie. »Doch sie kannte dich nicht. Sie …«

»Ramsey kannte sie auch nicht, verdammt.« Luke schrie beinahe. »Sie wusste nur, dass er Geld hat und aus einer guten Familie stammt. Bist du je auf den Gedanken gekommen, dass du ein Teil der Abmachung zwischen Alexander McDowell und Miss Edi sein könntest? Vielleicht wollte sie sich ja bei Onkel Alex bedanken, indem sie seinem Nachkommen die alte Villa zuspielt, auf die er ein Leben lang ein Auge geworfen hatte.«

»Das ist doch albern.«

»Du wohnst inzwischen schon seit einer Weile hier. Hältst du es wirklich für so abwegig?«

»Keine Ahnung.« Joce hielt sich die Ohren zu. »Ich will nichts mehr davon hören.« Als er schwieg, ließ sie die Hände wieder sinken und betrachtete ihn. Offenbar wartete er auf eine Antwort, doch sein Vorwurf hatte ihr die Sprache verschlagen.

»Hast du vor, Miss Edi dein ganzes Leben zu weihen?«, fragte Luke. »Du wohnst in ihrem Haus und beschäftigst dich tagein, tagaus damit, über sie zu schreiben und zu lesen. Anscheinend beherrscht sie all deine Gedanken. Wirst du tatsächlich einen Mann heiraten, den du nicht liebst, nur weil sie das von dir erwartet hat?«

»Nein«, entgegnete Joce. »Du drehst mir die Wörter im Mund herum. Außerdem hat mir noch niemand einen Heiratsantrag gemacht.«

»Aber er wird es tun«, verkündete Luke. »Das weißt du ganz genau. Gehen wir?«

»Ja«, sagte sie, obwohl sie eigentlich lieber geblieben wäre, um das Thema mit Luke auszudiskutieren. Es war so ein wunderschöner Tag gewesen. Und nun hatte alles mit einem Streit geendet, von dem sie nicht sicher war, wie er überhaupt angefangen hatte.

Als sie schon einwenden wollte, dass sie noch keine Lust hatte zu gehen, zuckte ein Blitz am Himmel, der Donner grollte, und im nächsten Moment öffnete der Himmel seine Schleusen. Während sich Jocelyn automatisch nach einer Möglichkeit umsah, sich unterzustellen, holte Luke die Regenponchos aus den Rücksäcken. Mit einer Hand half er Joce in ihren und zog sich mit der anderen seinen eigenen über den Kopf.

»Wir müssen hier weg«, überschrie er den Regen. »Kannst du gehen?«

»Klar.«

»Bleib immer in meiner Nähe.«

Sie hatte Mühe, mit seinen langen Schritten mitzuhalten. Am Pick-up angekommen, riss er die Tür auf, damit sie einsteigen konnte, und rannte dann ums Auto herum.

»Hörst du mir bitte zu?«, begann sie, als er den Motor anließ. »Ich habe nicht vor zu heiraten. Es tut mir leid, dass ich so viel über Miss Edi rede. Und ich wünschte, ich hätte dir nicht erzählt, was sie mir geschrieben hat.«

Er nickte kurz, ohne sie anzusehen, fuhr los und stoppte wenige Minuten später in der Einfahrt von Edilean Manor.

»Wie lange wirst du mir böse sein?«, fragte sie, den Tränen nah. Plötzlich streckte Luke die Hand aus, umfasste ihren Hinterkopf und küsste sie lang und heftig und so leidenschaftlich, wie Jocelyn noch nie zuvor geküsst worden war.

Als er sie wieder freigab, sank ihr Kopf ans Beifahrerfenster. Ihre Augen blieben geschlossen.

»Vergiss Ramsey«, meinte Luke. »Er ist dir zu ähnlich. Ihr würdet einander bald hassen.«

Sie spürte, dass er wieder den Arm ausstreckte, und schlug die Augen auf, bereit, ihn noch einmal zu küssen. Doch er öffnete die Wagentür. »Geh rein und nimm ein heißes Bad. Ich muss für ein paar Tage weg. Aber wenn ich zurück bin, holen wir uns von Großvater den nächsten Teil der Geschichte.«

»Okay«, erwiderte sie und stieg aus, schloss die Wagentür hinter sich und ging ins Haus.

21

Der nächste Tag war ein Freitag. Jocelyn saß gerade in der Küche und trank ihren Frühstückstee, als Tess hereinkam und einen Schrei ausstieß.

»Hast du mich aber erschreckt«, sagte Tess und steuerte auf den Kühlschrank zu. »Was machst du denn da?«

»Wenn ich richtig informiert bin, wohne ich hier.«

»Ach herrje, was sind wir heute Morgen aber guter Laune. Hast du dich mit Luke gestritten?«

»Nein, natürlich nicht«, antwortete Joce, obwohl ihr nach einer schlaflosen Nacht der Kopf wehtat. Lukes Worte, sein Zorn, ja, selbst die Tatsache, dass er ohne Erklärung verreist war, beschäftigten sie sehr.

»Heute kommt Ramsey zurück«, verkündete Tess. »Sein Flieger landet um zehn in Richmond. Also nehme ich an, dass er zum Mittagessen hier aufkreuzen wird. Gestern Abend hat er mich angerufen und mich wegen dir und Luke gelöchert.«

»Er hätte doch genauso gut mich anrufen können«, meinte Jocelyn. »Wenn er etwas über mich wissen will, sollte er mich selbst fragen.«

»Du bist heute wirklich übellaunig. Also, weshalb hast du dich mit Luke gestritten?«

»Wahrscheinlich wegen Ramsey«, sagte Sara, die in der Tür stand. »Luke und Ramsey kabbeln sich seit ihrer Geburt. Und jetzt können sie sich auch noch wegen Joce.«

»Ich bin kein …« Joce hatte den Satz schon so oft ausgesprochen, dass sie ihn nicht mehr herausbekam.

Sara ging zum Kühlschrank und griff nach einem Karton mit Eiern von der Farm ihrer Familie. »Ich mache Rührei. Will jemand etwas?«

»Mit Vergnügen«, erwiderte Tess. »Am besten machst du ein bisschen mehr, denn Jim wird jede Minute hier sein, und du weißt ja, wie viel der isst.«

Jocelyn saß in ihrer eigenen Küche, beobachtete die beiden anderen Frauen beim Hantieren und dachte an Lukes Worte, ihr Haus sei immer offen? Aber was war denn so falsch daran? Nur weil sein Haus verrammelt war wie ein Gefängnis, musste das bei ihr doch nicht genauso sein.

»Was schaust du denn so bedrückt?«, fragte Sara. »Und wo ist Luke?«

»Warum werde ich, seit ich zum ersten Mal einen Fuß in diese Stadt gesetzt habe, entweder mit Ramsey oder mit Luke zusammengespannt? Weshalb kann ich nicht einfach nur ich selbst sein?«

Tess und Sara wechselten einen wissenden Blick.

»Komm doch heute mit in die Stadt und sieh dir meinen neuen Laden an«, schlug Sara vor. »Du warst so mit deinem Buch beschäftigt, dass du ihn noch gar nicht kennst.«

»Du hattest ja selbst ziemlich viel zu tun«, erwiderte Jocelyn. »Ein Mann, den du liebst, ein neues Geschäft und so viele wundervolle Dinge, die zur Zeit bei dir passieren. Du bist sicher sehr glücklich.«

»Dann unternimm heute doch etwas mit Greg und mir«, drängte Sara. »Du kennst ihn noch gar nicht richtig, und er ist wirklich ein toller Typ.«

»Das ist nicht Joces Schuld«, wandte Tess ein. »Ihr beide verbringt doch die ganze Zeit entweder im Bett oder im neuen Laden und habt keine Zeit für irgendetwas anderes.«

»Du bist ja nur neidisch«, entgegnete Sara, ohne Tess anzuschauen.

»Ha!«, protestierte Tess. »Ich bin überhaupt nicht neidisch. Nur weil ihr beide …«

»Mädchen!«, erklang da eine Stimme von der Tür her. Jim kam, die Arme voller Einkaufstüten, herein.

Nun hatte Jocelyn endgültig genug: Zu viele Menschen, zu

viel Durcheinander. Sie stellte die Tasse weg und ging nach oben in ihr Schlafzimmer. Zumindest schien der erste Stock für die Leute tabu zu sein, die sich hier die Klinke in die Hand gaben.

Sie setzte sich auf die Bettkante und griff nach dem doppelten Bilderrahmen mit Miss Edis David auf der einen und einer jungen und schönen Edilean Harcourt auf der anderen Seite. Sie beneidete sie darum, dass sie den richtigen Mann kennengelernt hatte.

Als leise an die offene Tür geklopft wurde, blickte sie auf und sah Sara vor sich. »Hallo. Darf ich reinkommen?«

»Klar«, antwortete Joce. »Ich habe nur …« Sie wusste nicht, wie sie es erklären sollte.

»Brauchst du jemanden zum Reden?«

»Ja. Nein. Keine Ahnung«, sagte Joce. »Es ist nur …«

»Männer«, entgegnete Sara. »Immer wieder dasselbe Thema. Männer.«

»Du hast einen Mann kennengelernt, in den du bis über beide Ohren verliebt bist. Was also weißt du schon über Probleme mit Männern?«

»Mehr, als ich dir verraten kann. Und obwohl Tess etwas anderes behauptet, geht es bei mir und Greg nicht nur um Sex und ums Geschäftliche.«

»Das glaube ich dir gern.«

Sara ließ sich auf dem Bett nieder und stützte sich rückwärts auf die Ellbogen. »Und jetzt erzähl mir, was meine idiotischen Cousins dir angetan haben, und ich erkläre dir den Grund. Wenn ich jemanden in- und auswendig kenne, dann die beiden.«

»Hast du nicht gesagt, Luke sei so viel älter als du, dass du ihn kaum gekannt hättest?«

»Das ist die Antwort, die ich Fremden gebe«, entgegnete Sara. »Allerdings hoffe ich, dass wir inzwischen Freundinnen sind. Das hat der Tag bei Viv gezeigt.«

Jocelyn stöhnte auf. »Erinnere mich nicht daran. Bell ist

halb nackt aufgekreuzt, und du und ich sind wie zwei Einbrecherinnen auf der Flucht durchs Haus gelaufen. Und Lukes …«

»Ja«, meinte Sara. »Lukes Duweißtschonwas. Hoffentlich hat er dir erzählt, dass es vorbei ist. Er arbeitet mit Ken von MAW an der Annullierung seiner Ehe.«

»Das hat er mir gesagt«, erwiderte Joce.

»Bald ist er nicht mehr verheiratet. Im juristischen Sinne wird er nie verheiratet gewesen sein. Wo also liegt das Problem?«

Jocelyn stützte den Kopf in die Hände. »Ich! Ich bin das Problem. Soweit ich es beurteilen kann, habe ich die Wahl zwischen zwei faszinierenden Männern, bin aber nicht sicher, ob es den beiden wirklich um mich oder nur um eine Art Wettbewerb geht.«

»Bei wem schlägt dein Herz schneller, wenn du ihn siehst?«

»Luke.«

»Mit wem nöchtest du Tag und Nacht verbringen?«

»Luke.«

»Und wen hast du vor dir, wenn du dir ein Zuhause und Kinder vorstellst?«

»Ramsey.«

»Ach herrje«, seufzte Sara. »Dann hast du ein Problem. Ich glaube, du musst dich entscheiden und dann bei deiner Entscheidung bleiben. Du kannst nicht dauernd hin und her springen.«

»Es ist ja nicht so, dass einer von beiden mich gefragt hätte, ob ich … wie nennt man das bei Erwachsenen? Eine Beziehung mit ihm eingehen möchte?«

»Luke wird erst den Mund aufmachen, wenn die Annullierung durch ist.«

»Und Ramsey?«

»Der könnte mit einem Verlobungsring bei dir auf der Matte stehen. Er liebt große Gesten.«

»Aber ich kenne ihn doch kaum.«

»Interessant«, meinte Sara. »Ich frage mich, wie du reagiert hättest, wenn ich sagen würde, dass Luke mit einem Geschenk für dich zurückkommen wird.«

»Wo steckt er? Wo ist er hin? Er ist weggefahren, und ich weiß nicht einmal, wohin.«

Sara setzte ich auf und sah Jocelyn an. »Auch wenn du glaubst, dich nicht zwischen den beiden entscheiden zu können, glaube ich, dass deine Entscheidung bereits feststeht. War Luke mit dir beim Wandern?«

»Ja.«

»An einem See?«

»Ja. Wir haben uns dort hingesetzt, Sandwiches gegessen und uns abwechselnd Miss Edis Geschichte vorgelesen. Sara, du solltest sie auch lesen! Es ist ja so romantisch!«

Sara stand auf. »Weißt du, was ich romantisch finde? Wie du meinen Cousin zum Lächeln bringst. Auch wenn Luke so tut, als wäre er ein harter Knochen, hat er im Grunde genommen ein weiches Herz. Er hat eine Frau geheiratet, die er nicht liebte, weil sie ein Kind von ihm erwartete. Das war doch unglaublich großzügig von ihm. Er hat ihr geholfen, ihre Modelkarriere zum Laufen zu bringen, und sie hat es ihm gedankt, indem sie …« Sie hielt inne.

»Ich weiß«, sagte Jocelyn. »Sie hatte eine Abtreibung.«

»Wer hat dir das erzählt?«

»Dr. Dave.«

»Ach herrje, du kommst wirklich herum in der Welt. Dr. Dave hat dir von den privaten Problemen seines Enkels erzählt?«

»Ja. Was ist denn daran falsch?«

Sara musterte Jocelyn forschend. »Weißt du, was ich denke? Meiner Ansicht nach bist du so in Luke verliebt, dass du in den Seilen hängst, wenn er nur ein paar Tage weg ist.«

»Ich bin in gar niemanden verliebt. Wie lange kenne ich Luke inzwischen? Zwei Monate?«

»Und wie lange kannte deine kostbare Miss Edi den Mann, den sie liebte?«

»Ein paar Tage.«

»Siehst du? Und jetzt schminkst du dich ein bisschen, bindest dir die Haare mit einem deiner Haarbänder zusammen und verbringst den Tag mit mir und Greg in meinem neuen Laden. Du brauchst Abstand zu diesem Haus und der Geschichte, in die du dich so verbeißt. Außerdem solltest du mal mit jemand anderem reden als mit meinen Cousins.«

»Hältst du das in dieser Stadt für möglich?«

»Selten so gelacht«, entgegnete Sara. »Aber deine Witze werden dich auch nicht retten.« Sie nahm Joce bei der Hand und zog sie hoch. »Und jetzt mach dich fertig, und los geht's. Ich habe so viel Arbeit, dass ich gar nicht weiß, wo ich anfangen soll.«

»Nein, nicht da drüben«, sagte Greg Anders zu Sara. »Das gehört hierher, nicht dorthin.«

Jocelyn saß im Schneidersitz im Laden auf dem Boden und strich eine Sockelleiste. Seit vier Stunden beobachtete sie nun schon Sara und Greg und war zu dem Schluss gekommen, dass Greg in ihr den Wunsch auslöste, sich Luke buchstäblich in die Arme zu werfen. Was die sanftmütige Sara an einem herrschsüchtigen Mann wie Greg fand, überstieg Jocelyns Verständnis.

Der Laden würde einfach ein Traum werden. Viele Jahre lang hatte er voller alter Möbel gestanden, und der Besitzer war laut Sara so betagt gewesen, dass nur noch selten geöffnet gewesen war. Wenn doch, hatte der Mann hinter der Theke geschlafen. »Die Leute haben einfach Schecks oder Geld hinterlegt und mitgenommen, was sie kaufen wollten. Als meine Mom Touristen in den Laden gehen sah, hat sie einen ihrer Laufburschen hingeschickt, um aufzupassen, dass nichts gestohlen wird.«

»Und jetzt gehört der Laden dir«, stellte Jocelyn fest und sah sich um. Der Raum war ziemlich groß, und wenn er erst gestrichen und die Böden neu lasiert waren, würde er sehr elegant wirken.

Kurz nach ihrer Ankunft kam Greg hereinmarschiert, packte Sara um die Taille und beugte sie nach hinten, um sie so zu küssen, wie es sich nach Joces Ansicht nicht in der Öffentlichkeit gehörte. Doch Sara schien es nicht zu stören. »Jocelyn ist heute mitgekommen, um uns zu helfen«, sagten sie, als der Kuss endlich vorbei war.

Während Greg fest Saras Taille umklammerte, damit auch jeder wusste, dass sie ihm »gehörte«, musterte er Joce von Kopf bis Fuß, und zwar so abschätzend, dass sie Mühe hatte, nicht unwillig das Gesicht zu verziehen. »Also bist du die Besitzerin des größten Anwesens der Stadt«, meinte er. »Hast du vielleicht Lust zu verkaufen?«

»Hör auf damit!«, protestierte Sara lächelnd. »Sonst glaubt sie noch, dass du es ernst meinst.«

»Aber ich meine es ernst«, erwiderte Greg und betrachtete Jocelyn. »Verkauf mir das Haus, und dann verwandeln Sara und ich es in ein Schmuckkästchen.«

»Gibst du jetzt endlich Ruhe?«, schimpfte Sara. Allerdings kicherte sie dabei, als fände sie Greg ausgesprochen amüsant.

»Ich glaube, ich behalte es lieber«, entgegnete Joce mit einem gezwungenen Lächeln.

»Also, Jocelyn«, meinte Greg und ließ Sara los. »Was hältst du davon, wenn ich dich etwas streichen lasse? Das heißt, falls du dir als Großgrundbesitzerin nicht zu fein bist, den Pinsel zu schwingen.«

»Greg!«, entsetzte sich Sara.

»Schon gut. Jocelyn weiß, dass das nur ein Scherz war, oder, Joce, altes Mädchen?«

»Klar«, murmelte Joce. »Wirklich sehr lustig.«

Inzwischen hatte sie knapp vier Stunden in dem Laden verbracht, wo Greg sie und Sara herumkommandierte – während er selbst immer wieder verschwand. Er kam und ging, wie es ihm beliebte, ohne jemandem zu erkären, wohin er wollte oder wann er zurückkehren würde – oder wirklich selbst mit anzupacken.

Als er sich zum zweiten Mal aus dem Staub machte, kam Sara zu Joce hinüber, die noch immer mit Streichen beschäftigt war. Sie hatte einen großen Akkuschrauber in der Hand, da sie gerade einige große Rahmen aus Eichenholz zusammenbaute, die Greg bestellt hatte. Joce fand, dass jemand, der so viel Geld hatte wie Greg, einen Schreiner beauftragen sollte, anstatt Sara die Arbeit aufzuhalsen.

»Ich weiß, er ist ein bisschen ungehobelt«, meinte Sara und sah Joce an. Aber er sorgt dafür, dass ich mich so lebendig fühle. Den Großteil meines Lebens habe ich mit einer Nadel in der Hand oder an der Nähmaschine verbracht. Die einzige Abwechslung waren DVDs. Doch Greg sprudelt nur so über vor Ideen, und er will alles sofort anpacken. Wenn ich einen meiner Cousins darauf angesprochen hätte, dass ich gerne eine Boutique eröffnen würde, hätte er Monate damit verbracht nachzuforschen, ob sich das auch lohnt. Aber Greg und ich haben beim Abendessen darüber gesprochen, und schon am nächsten Tag hat er mir erzählt, dass er den alten Möbelladen gekauft hat.«

»Das ging wirklich schnell«, meinte Joce. »Doch vielleicht wäre es gut gewesen, sich vorher ein paar Gedanken zu machen. Wie willst du Kundschaft hier hinaus locken?«

»Greg hat das alles geplant. Er hat eine Werbeagentur damit beauftragt, in ganz Richmond zu verbreiten, dass es uns gibt.«

»Wow«, sagte Joce. »Richmond. Was ist mit Williamsburg?«

»Greg findet, dass Williamsburg zu klein für uns ist. Wir wollen höher hinaus. Er möchte, dass wir ein- oder zweimal im Jahr nach New York fliegen, dort Designerkleider kaufen und sie hier für das Doppelte wieder verkaufen. Er ist wirklich ein guter Geschäftsmann.«

Oder ein Traumtänzer, dachte Joce, sagte jedoch nichts.

»Oh, da ist er. Ich mache mich besser wieder an die Arbeit.«

»Habe ich gerade gesehen, dass die Damen plaudern, sobald ich ihnen den Rücken kehre?«, fragte Greg beim Betreten des Ladens. »Da werde ich euch wohl das Gehalt kürzen müssen.«

»Ich wusste gar nicht, dass wir ein Gehalt kriegen«, entgegnete Jocelyn und klang dabei ablehnender, als sie es eigentlich wollte.

»Aber, aber«, meinte Greg. »Ein bisschen freundlicher, wenn ich bitten darf. Hey, Joce, hättest du nicht Lust, hier zu arbeiten. Das wäre vielleicht eine Hilfe, wenn du dieses riesige Haus in Schuss halten willst.«

Jocelyn spürte, wie sie erbleichte. Offenbar hatte es sich inzwischen herumgesprochen, dass Miss Edi ihr kein Geld für den Unterhalt des Hauses hinterlassen hatte.

»Greg!«, stöhnte Sara entnervt auf. »Das habe ich dir ganz im Vertrauen erzählt.«

»Ach, richtig. Entschuldige, Joce.«

Joce stand auf. »Wisst ihr, es ist gleich Mittagszeit. Ich muss los. Tess sagte, dass Ramsey heute zurückkommt, und ich sollte ein paar juristische Dinge mit ihm klären.«

»Nur zu«, erwiderte Greg. »Wie ich gehört habe, hast du zwei Freunde und kannst dich nicht zwischen den beiden entscheiden.«

»Okay«, sagte Joce. »Ich gehe jetzt besser. Ich …« Sie betrachtete den schmutzigen Pinsel, wohl wissend, dass sie ihn eigentlich reinigen sollte. Aber sie wollte keine Minute länger mehr bleiben. »Bis später, Sara. Dein Laden wird sicher wunderschön.«

»Wir sehen uns heute Abend«, rief Sara Joce nach, als diese zur Tür ging.

»Was habe ich ihr denn getan?«, hörte sie Greg noch fragen. »Ich habe doch nur einen Witz gemacht?«

Draußen auf der Straße atmete Joce erleichtert auf und legte den Weg zu Ramseys Kanzlei praktisch im Laufschritt zurück.

»Ich habe mir schon gedacht, dass ich dich heute hier sehe«, meinte Tess, als Joce hereinkam. »Bist du hier, um Ramsey zu besuchen, oder bist du auf der Flucht vor Greg, dem Schrecklichen?«

»Auf der Flucht«, antwortete Joce. »Jetzt hätte ich Lust auf einen Tequila. So ein Schwachkopf. Was findet Sara nur an dem Typen?«

»Ich glaube, kein Mensch lebt lang genug, um zu ergründen, warum sich Leute ineinander verlieben. Sie lacht über seine Witze und findet seine großspurigen Pläne fantastisch.«

»Glaubst du, dass jemand aus Richmond den ganzen Weg nach Edilean fährt, um hier einzukaufen?«

»Nein«, erwiderte Tess. »Komm doch in mein Büro.«

Als Joce sich umsah, wurde ihr klar, dass sie noch nie in Ramseys Kanzlei gewesen war. Sie war zwar schon oft mit dem Auto oder zu Fuß hier vorbeigekommen, hatte das Gebäude jedoch nie betreten. Das Haus war vermutlich gegen Anfang des 20. Jahrhunderts erbaut und später in ein gemütliches, aber elegantes Büro verwandelt worden. Die Möbel im Wartebereich waren Imitate im Stil des 18. Jahrhunderts.

»Aus Colonial Williamsburg?«, fragte Joce.

»Natürlich«, sagte Tess, als sie das Gebäude durchquerten. Sie passierten zwei Schreibtische, an denen Frauen saßen und bei Joces Anblick erstaunt die Köpfe hoben.

»Sie sind erschrocken, weil ich eine Freundin habe«, meinte Tess, als sie die Tür ihres Büros hinter sich schloss. Der Raum war geschmackvoll eingerichtet, allerdings so kahl, dass Joce es nicht lange hier ausgehalten hätte. Auf dem Schreibtisch standen keine Fotos, und es waren auch sonst keine persönlichen Gegenstände in Sicht. Wie in ihrer Wohnung, dachte Joce. Es ist, als wolle sie nichts über ihr Leben preisgeben.

»Und was hat er heute wieder angestellt?«, fragte Tess und setzte sich hinter den Schreibtisch, sodass für Joce nur noch einer der beiden Stühle davor übrig blieb.

Joce gefiel der Schreibtisch zwischen ihnen zwar, doch sie verkniff sich die Bemerkung. »Meinst du Greg?«

»Ja, natürlich. Ich war so mit meinem Partyservice beschäftigt und du warst derart in dein Buch vertieft, dass wir uns gar nicht um Saras neuen Freund gekümmert haben. Jetzt wird es schwieriger.«

»Stimmt«, erwiderte Joce, allerdings zögernd. »Du willst doch nicht etwa andeuten, dass wir in dieser Hinsicht etwas unternehmen sollen, oder? Außerdem hat Sara ihn gern, soweit ich das feststellen kann. Sie braucht unsere Hilfe nicht.«

»Nachdem ich ihn kennengelernt hatte, habe ich sie überredet, MAW die rechtlichen Angelegenheiten im Zusammenhang mit dem Laden regeln zu lassen.«

»Was zum Beispiel?«

»Ich habe sie daran erinnert, dass sie kein Geld hat und deswegen nichts unterschreiben sollte. Soll er doch für alles zahlen und sich eine blutige Nase holen, wenn die Sache schiefgeht.«

»Bist du sicher, dass es schiefgehen wird?«

»Ich denke, wenn Sara einen kleinen Laden mit ihren eigenen Entwürfen mit angeschlossener Änderungsschneiderei für ausgewählte Kundinnen eröffnet hätte, würde es prima klappen. Sara ist fantastisch, was den Kundenkontakt angeht, aber kannst du sie dir bei der Modewoche in New York vorstellen?«

Jocelyn sah Tess argwöhnisch an. »Ich glaube, dass weder du noch ich wissen, was für Sara das Beste ist. Wir sollten sie ihr eigenes Leben führen lassen.«

»Das wäre eine Möglichkeit«, erwiderte Tess und spähte durch die Glasscheibe in ihrer Tür. »Rams ist zurück.«

Einen Moment lang saß Jocelyn nur da und starrte Tess an. Es war nur ein winziger Sekundenbruchteil gewesen, doch Tess' Augen hatten bei Ramseys Anblick aufgeleuchtet ... Joce war nicht sicher, was das zu bedeuten hatte, aber eines stand fest: Tess war eindeutig froh, ihn zu sehen.

Joce drehte sich um und beobachtete, wie Ramsey durch das Gebäude schnurstracks auf Tess' Büro zueilte, ohne innezuhalten, um seinen Aktenkoffer abzustellen oder die Begrüßungen seiner Mitarbeiter zu erwidern. Außerdem achtete er auch nicht auf die rosafarbenen Telefnotizen, die seine Sekretärin ihm überreichen wollte. Stattdessen hastete er durch den langen Raum, geradewegs auf Tess zu, wo er die Tür so heftig aufriss, dass Joce fast davon getroffen wurde – und bemerkte es nicht.

»Was war los, während ich weg war?«, wollte Ramsey von Tess wissen.

Joce blieb, halb hinter der Tür versteckt, sitzen, schaute zwischen den beiden hin und her und bemerkte, dass sie nur einander wahrnahmen. Am liebsten hätte sie einen Freudentanz aufgeführt. Fast war es, als hörte sie Dudelsackmusik, und sie war kurz davor, die Arme zu schwenken und einen schottischen Volkstanz aufs Parkett zu legen.

Ihr Lächeln war so breit, dass man beinahe die Backenzähne sah. »Hallo, Ramsey, war es nett in Boston?«, fragte sie.

Als Ramsey herumwirbelte, schien er sie im ersten Moment nicht zu erkennen. »Jocelyn!«, rief er dann aus, als sei sie der Mensch, den er auf der ganzen Welt am meisten vermisst hatte. Im nächsten Moment schloss er sie fest in die Arme.

»Habe ich dir gefehlt. Hat mein grässlicher Cousin versucht, mit dir durchzubrennen?«

»Welchen meinst du? Du hast ja so viele.«

»Luke«, erwiderte Ramsey und schmiegte das Gesicht an ihren Hals, als wolle er sie küssen.

Joce warf einen raschen Blick auf Tess, die sich wieder hinter ihren Schreibtisch gesetzt hatte und demonstrativ einige Papiere durchsah. Joce schob Ramsey weg. »Wie kann ich mit jemandem durchbrennen, solange ich an dieses Haus gefesselt bin? Ich wollte Tess gerade erzählen, dass Greg Anderson mir ein Kaufangebot gemacht hat. Er weiß, dass ich das Geld nicht habe, um es zu unterhalten, und hat sich erboten, mich von dieser Belastung zu befreien.«

»Wer zum Teufel ist Greg Anderson?«, erkundigte sich Ramsey bei Tess.

»Saras neuer Freund«, erklärte sie. »Er hat hier ein Haus gekauft und erstickt im Geld. Die beiden eröffnen eine Designerboutique im alten Möbelladen.«

Ramsey starrte sie verdattert an. »Und das alles ist in der kurzen Zeit passiert, die ich weg war?«

»Hmmm«, meinte Jocelyn. »Es ist auch sonst noch einiges passiert.«

Er sah sie ernst an. »Was zum Beispiel?«

»Ich glaube, dass sollte Tess dir erzählen«, erwiderte Joce, die vergeblich versuchte, ein Grinsen zu unterdrücken. »Ich muss los.«

»Du streichst doch nicht etwa weiter?«, fragte Tess.

»Du streichst Edilean Manor?«, fragte Ramsey voller Entsetzen.

»Lavendelfarben«, entgegnete Joce. »Meine Lieblingsfarbe. Stell dir nur vor, wie die Morgensonne ein lavendelfarbenes Haus erleuchtet. Eine berauschende Vorstellung, oder?«

»Du kannst doch nicht …«, begann Ramsey, während Jocelyn bereits die Tür schloss. »Das war nur ein Scherz. Wo bleibt dein Sinn für Humor?«, hörte sie Tess noch sagen.

Lachend verließ Joce die Kanzlei. Sie bemerkte, dass die Sekretärinnen ihr ungläubig nachblickten. Vermutlich war sie die erste Person in der Menschheitsgeschichte, die gut gelaunt aus Tess' Büro kam.

22

Luke blieb beinahe zwei Wochen lang fort. Er rief Joce weder an, noch ließ er sonst von sich hören. Doch das störte sie nicht. Denn nun wusste sie, was sie wollte. Sie fand, dass es viel mit dem Blick zu tun hatte, den Sara Greg zugeworfen hatte. Und auch mit dem Aufleuchten in Tess' Augen, als sie Ramsey sah. In der Liebe gab es keinen Raum für den Konjunktiv. Sie hätte sich für Ramsey interessieren sollen, weil Miss Edi fand, dass er der Richtige für sie war. Sie hätte das Haus mit Ramsey teilen sollen, weil sie es allein nicht instand halten konnte. Er hätte gewusst, wie man es in ein Schmuckkästchen verwandelte. Luke würde vermutlich Unkräuter in leere Mayonnaisegläser stellen und mit dem Ergebnis zufrieden sein.

Aber all das spielte keine Rolle. Jocelyn wusste, wofür ihr Herz sich entschieden hatte, und hatte damit ihren Frieden gemacht.

Während seiner Abwesenheit verbrachte sie den Großteil ihrer Zeit damit, in Williamsburg zu recherchieren. Als sie eines Tages zufällig den Namen Angus Harcourt nachschlug, stellte sie fest, dass er einer der Gründerväter dieses Landes gewesen war. Obwohl er sich nie als Politiker betätigt hatte, hatte er sich engagiert und seinen Teil zur amerikanischen Unabhängigkeit von England beigetragen.

Joce hatte kaum einen Gedanken an diesen Mann verschwendet und nur über die Geschichte geschmunzelt, die Miss Edi in ihrem dem Testament beigelegten Brief erwähnt hatte. Es war eine romantische Vorstellung, dass ein junger Schotte die Tochter seines Lehnsherrn entführte und mit ihr und einer Wagenladung Gold durchbrannte. Doch an die späteren Entwicklungen hatte sie nicht gedacht.

Jocelyn hatte darüber gewitzelt, sie könne ja eine Chronik von Edilean schreiben. Doch als sie feststellte, dass Angus Harcourt in einem Satz mit Thomas Jefferson erwähnt wurde, sah sie die Chancen ihres Buches steigen.

Joce sortierte alles, was sie über Miss Edis Jahre mit Dr. Brenner herausfinden konnte, tippte es ab und überarbeitete dann die Geschichten, die Miss Edi geschrieben hatte. Wieder musste Joce über Bertrand schmunzeln, staunte über die Liebe zwischen Edi und David und hatte wie immer Tränen in den Augen, wenn sie an Davids Tod dachte. Wenn den beiden nur ein gemeinsames Leben vergönnt gewesen wäre, dachte sie.

23

Als das Telefon läutete und das Display anzeigte, dass es Luke war, schlug Joce die Hand vors Herz, um es zu beruhigen.

»Hast du mich vermisst?«, fragte er ohne Einleitung. »Oder ist dir gar nicht aufgefallen, dass ich weg war?«

Am liebsten hätte sie sich erkundigt, ob seine Ehe endlich annulliert sei. Und vielleicht hätte sie ihm auch gerne gesagt, dass sie ihn liebte. »Ja und nein«, erwiderte sie. »Ich war sehr beschäftigt. Ich habe Saras neuen Typen kennengelernt und ihnen geholfen, den Laden zu streichen.«

»Netter Kerl, was?«

Jocelyn verlor die Fassung. »Du hast vorher schon mit jemandem geredet!«, schrie sie beinahe.

Lukes Kichern entnahm sie, dass er ihr ihre Eifersucht angehört hatte. »Nicht, wie du glaubst. Oma hat den Freund kennengelernt und Opa alles erzählt, der es wiederum mir gesagt hat. Fühlst du dich jetzt besser?«

»Nicht unbedingt. Also hast du mit deinem Großvater gesprochen, während du weg warst.« Sie wusste, dass sie wie ein schmollendes kleines Mädchen klang, war aber machtlos dagegen.

»Ja, schon«, erwiderte Luke, und sie hörte ihm an, dass es ihm einen Heidenspaß machte. »Er hat mich einen Teil der Strecke begleitet. Dann habe ich ihn abgesetzt und bin weitergeflogen. Währenddessen hat er mit Oma telefoniert, und sie hat es ihm berichtet.«

»Und jetzt soll ich mich besser fühlen? Wo warst du?«

»In New Hampshire und in London. Ich habe Opa in New Hampshire zurückgelassen und bin von dort aus nach London geflogen. Seit einer Stunde bin ich zurück.«

»London?«, fragte sie leise. »Du hast etwas wegen Miss Edi unternommen, richtig?«

»Ja. Oh, und ich war auch in New York. Großvater hat dort Freunde. Sind deine Fragen jetzt beantwortet?«

»Ja, und jetzt bin ich völlig zufrieden. Wann kommst du her und erklärst mir, was du und dein hinterhältiger Großvater im Schilde führen?«

»Hinterhältig, was? Du bist eine gute Beobachterin.«

»Warum treffen wir uns nicht bei dir? Das wäre einmal eine nette Abwechslung. Ich würde gerne sehen, wie du eingerichtet bist. Züchtest du in der Dusche Orchideen?«

»Nur, wenn ich ein paar Wochen lang nicht dusche. Dann wachsen sie mir aus dem linken Ohr. Keine Ahnung warum, es immer das linke und nicht das rechte ist, und mein Nabel …«

»Hör auf damit! Für die schlechten Witze bin ich zuständig. Ich will wissen, was du und dein Großvater in den letzten Wochen ausgeheckt habt.«

»Eine Spionageaktion größeren Ausmaßes.«

»Luke«, sagte sie, halb drohend, halb flehend.

»Opa war in New Hampshire, um sich mit General Austins Witwe zu treffen und ihr die Briefe abzuschwatzen.«

Jocelyn schnappte nach Luft. »Und hat er sie?«

»Ja«, erwiderte Luke. »Hör zu, Joce, wir haben Dinge herausgefunden, die …«

»Die was?«

»Die vielleicht ein wenig belastend für dich sein könnten.«

»Oh, mein Gott, was denn jetzt schon wieder?«

»Nichts Dramatisches«, antwortete er. »Nur, dasss … ich habe Opa geschworen, dass ich den Mund halten würde. Also muss ich schweigen. Wenn es an mir läge, wäre ich sofort mit einem Stapel Papiere bei dir …«

»Was für Papiere?«

»Geschichtliches«, entgegnete Luke rasch. »Opa braucht heute Ruhe. Die Fahrerei ist zu viel für ihn. Was hältst du davon, dass ich dich um vier abhole? Dann fahren wir zu ihm.«

»Und er wird dabei sein, wenn ich mir diese Papiere anschaue?«

»Das ist Teil der Abmachung. Außerdem ist er Arzt.«

»Was hat das zu bedeuten?«

»Nichts«, erwiderte Luke. »Vergiss, dass ich das gesagt habe. Passt es dir um vier, oder gehörst du jetzt auch zu den Sklaven, die Saras Freund in seinem Laden ausbeutet?«

»Ramsey und ich haben um eins einen Termin auf dem Standesamt, um das Aufgebot zu bestellen. Also schaffe ich es bestimmt bis dahin.«

»Joce?«, sagte Luke. »Hast du je einen dieser Witze, dass du Ramsey heiraten willst, in der Gegenwart von Tess gemacht?«

»Lass mich schauen … Mein Kopf sitzt noch auf den Schultern. Beide Arme sind noch dran. Ich habe auch noch zwei Füße. Nein, ich glaube nicht.«

»Endlich kapierst du es.«

»Du hättest es mir ruhig erzählen können.«

»Damit du es Ramsey und Tess weitererzählst? Nein, die sollen es selbst rauskriegen.«

»Du könntest schon vor vier herkommen. Ich glaube, der Garten, auf den du so stehst, sieht ziemlich übel aus. Da könnte man was dran tun.«

»Versuche nicht, mich zu verführen. Nach zehn Minuten in deiner Gegenwart würdest du alle meine Geheimnisse kennen. Und Großvater hat gedroht, dass ich einen Monat lang jeden Tag mit ihm Golf spielen muss, falls ich es dir verrate, ohne dass er dabei ist. Er hat sogar angedeutet, dass er ja nicht mehr lange zu leben hat, und damit kriegt er mich immer.«

»Hoffentlich hast du seine grausame Ader nicht geerbt.«

»Wahrscheinlich schon, denn schließlich habe ich dich mein Haus noch nicht anschauen lassen.«

Joce erschrak. Sie hatte ihn zwar damit aufgezogen, aber nicht erwartet, dass sich etwas Schreckliches dort verbarg. Vielleicht ja auch nichts Schreckliches, sondern etwas Perverses? »Was … äh … hast du denn bei dir zu Hause?«

»Fotos von anderen Mädchen«, erwiderte Luke. »Ich muss los. Ich brauche noch ein paar Stunden Schlaf und habe einige Sachen zu erledigen. Ich hole dich um vier ab. Übrigens hat Oma angekündigt, sich zu verdrücken. Also sind wir nur zu dritt.«

Nachdem sie sich verabschiedet hatten, behielt Jocelyn den Hörer noch eine Weile in der Hand und dachte über Lukes Worte nach. Briefe von General Austin. Und dann war Luke nach London geflogen, um … um was? Stand etwas in den Briefen, was ihn zu diesem Schritt veranlasst hatte?

Joce rief Tess an. »Ich will irgendwas mit meinen Haaren … ach, ich weiß nicht, damit sie einfach gut aussehen. Wo gehe ich da am besten hin?«

»Also ist Luke zurück«, entgegnete Tess. »Ich hänge mich ans Telefon und melde mich gleich wieder.«

Zehn Minuten später saß Joce im Auto und fuhr zu einem von Tess so genannten »Notfall-Termin« nach Williamsburg. »So schrecklich ist es auch wieder nicht«, hatte Joce gemurmelt, aber eigentlich war es ihr egal. Sie wollte am Abend einfach nur gut aussehen.

Luke holte sie mit seiner dunkelblauen BMW-Limousine ab. Er stieg aus, um ihr die Tür aufzuhalten. »Mann, das ist ja großartig!«, rief er aus, als sie auf dem Ledersitz Platz nahm.

»Du hast gesagt, dein Großvater sollte dabei sein, weil er Arzt ist. Bist du so nett, weil du mir mitteilen willst, dass ich nur noch sechs Monate zu leben habe?«

Als er nicht antwortete, sah sie ihn forschend an. »Luke?«

»Das Leben eines Menschen kann sich ändern, manchmal zum Besseren, manchmal zum Schlechteren.«

»Jetzt machst du mir Angst.«

Er griff nach ihrer Hand. »Entschuldige die Geheimnistuerei, aber ich habe es Großvater versprochen. Ich glaube, im Moment ist er der glücklichste Mensch auf der ganzen Welt. Wir haben uns im Flugzeug unterhalten, und er hat mir erzählt, wie sehr er Miss Edi geliebt hat. Das darf er in Gegenwart von Oma natürlich nicht sagen, aber er hat sie wirklich geliebt. Opa meinte, er und Edi hätten ihre gesamte Kindheit zusammen verbracht, und er sei ihretwegen Arzt geworden. Nachdem er ihre Beine gesehen habe, sei er mit einem Stipendium der Army an die Universität gegangen und …« Luke drückte Joces Hand. »Du siehst so verändert aus.«

»Tess hat mich in einen Salon geschickt, wo alles gezupft, gefärbt und mit dem Föhn aufgebauscht wurde. Es hat Stunden gedauert, und ich war so nervös, dass ich kaum still sitzen konnte.«

»Nein, das ist es nicht, obwohl mir der rosa Nagellack gefällt. Es gibt auch Pfingstrosen in dieser Farbe.«

Er ließ ihre Hand sinken und legte seine wieder aufs Lenkrad. »Nein, da muss etwas anderes dahinterstecken.«

»Ich … äh … habe entschieden, dass ich dich lieber mag als Ramsey.«

»Ach, wirklich?« Luke tat, als habe das nichts zu bedeuten. Allerdings sah sie, wie das Ende seiner Augenbraue zuckte. Also wurde diese Reaktion nicht nur durch Lügen ausgelöst, sondern auch durch aufgewühlte Gefühle.

»Ich mag dich auch lieber als Ramsey«, meint er leise.

»Dann soll er unser Trauzeuge sein.«

Luke lachte. »Abgemacht. Aber nur wenn er ein pastellblaues Samtsakko anzieht.«

Jocelyn klopfte das Herz bis zum Halse, sodass sie kaum noch Luft bekam. Sie war nicht sicher, aber war das gerade ein Heiratsantrag gewesen? Oder hatte sie ihm einen gemacht? Doch ganz gleich, was es auch gewesen sein mochte, sie war noch nie glücklicher gewesen.

Als sie bei Dr. Dave eintrafen, brannten alle Lichter im Haus. Allerdings schien keines so zu strahlen wie sein Gesicht. Er sah aus, als sei er dem Geheimnis des Lebens auf den Grund gekommen.

»Warum könnt ihr beide mir nicht endlich verraten, was los ist?«

»Ich dachte, wir trinken zuerst einen Tee«, erwiderte Dr. Dave.

»Das muss ein Scherz sein«, riefen Luke und Joce im Chor und fingen dann zu lachen an.

»Es wäre mir peinlich nachzufragen, wo ihr beide heute Nachmittag wart.«

»Beim Friseur«, entgegnete Joce.

»Ich habe ein Nickerchen gehalten«, sagte Luke.

Dr. Dave musterte die beiden. »Nun, irgenwas muss da passiert sein.« Er hob die Hand. »Erzählt es mir nicht. Mein altes Gehirn kann keine weiteren Informationen verarbeiten.«

Er wandte sich an Jocelyn. »Mein Enkel und ich wissen über den Großteil dessen Bescheid, was wir dir jetzt erzählen werden. Doch zuerst müssen wir dich auf den nötigen Kenntnisstand bringen. Wenn du nicht warten willst, bis wir Tee getrunken haben, schlage ich vor, dass wir das tun, während mein Enkel uns den Rest der Geschichte vorliest. Bist du bereit, Jocelyn?«

»Ist der Tee heiß?«

»Er dampft.«

»Dann also los.«

24

England, 1944

»Mir knurrt ein wenig der Magen«, verkündete Hamish beim Frühstück. Edi und David mussten sich ein Grinsen verkneifen, denn Hamish war ein Mann mit gesundem Appetit. Allerdings hielt er David für einen Verräter, weil er italienisch kochte und Italien doch auf der Seite der Deutschen kämpfte.

»Wenn Sie keinen Appetit darauf haben …«, meinte David und wollte den Teller wegnehmen, doch Hamish griff danach.

»Ein Teller Spaghetti wird mich schon nicht umbringen.«

»Das ist …«, begann David, hielt jedoch inne. Weshalb sich die Mühe machen, dem Mann den Unterschied zwischen Pizza und Spaghetti oder gar den vielen verschiedenen Nudelsorten zu erklären? Er war erleichtert, als der Mann nach dem Essen in seinem Zimmer verschwand.

Am Vormittag hatte Edi hinter der Scheune ein verfallenes Gewächshaus entdeckt. Es war von abgestorbenen Schlingpflanzen überwuchert, und nachdem sie diese beseitigt hatte, hatte sie im Glashaus Tomaten entdeckt, die sich selbst fortgepflanzt hatten. Die Ranken hatten das Gewächshaus den Winter über gewärmt, und da sie im Frühjahr kahl gewesen waren, hatte das Sonnenlicht Einlass gefunden.

»Dafür könnte ich dich küssen«, sagte David und nahm eine der kostbaren Früchte aus dem kleinen Korb, den Edi ihm hinhielt. »Ach, eigentlich könnte ich dich sowieso die ganze Zeit küssen.«

Sie wich zurück, bis der Tisch zwischen ihnen stand. »Weißt du nicht, dass ich die Unberührbare bin?«

»Das habe ich gehört«, erwiderte David mit belegter Stimme und machte einen Schritt auf sie zu. Diesmal rührte Edi sich nicht von der Stelle.

Doch Davids steifes Bein blieb an einer Stuhlkante hängen, sodass er stolperte und beinahe gefallen wäre. Er konnte sich gerade noch an der Tischkante festhalten und ließ sich schwer auf den Stuhl sinken. »Austin soll in der Hölle schmoren«, murmelte er und rieb sich das schmerzende Bein. »Wie soll ein Mann mit diesem Ding einer Frau den Hof machen?«

Als Edi schwieg, sah er sie an. In ihren Augen malte sich ein seltsamer Ausdruck.

»Was tut sich da gerade in deinem kleinen Köpfchen?«

Sie kratzte sich am Scheitel. Heute hatte sie sich die Mühe gespart, sich eine Frisur zu machen. Sie ließ die Haare einfach offen und hielt sie mit einigen Haarklammern von Aggie zusammen. Mit ihrem schlabberigen Hemd, der zu großen, von einem Gürtel zusammengehaltenen Hose und dem dunklen Haar, das ihr über die Schultern fiel, sah sie für David einfach hinreißend aus. Wenn nur die Beinschiene nicht gewesen wäre … »Ich muss dringend baden«, sagte Edi. »Ich glaube, ich habe Hühnermist in den Haaren.«

»Ich habe in der Scheune Kerosin gefunden. Sollen wir das benutzen?«

»Nein«, erwiderte Edi lächelnd. »Ich nehme ein Bad im Fluss.«

»Das ist keine gute Idee. Wir haben noch immer Hochwasser, und die Strömung …«

Er verstummte, weil er hörte, wie sich die Tür hinter Edi schloss. Als er aus dem Fenster schaute, sah er, dass sie rannte. Offenbar hatte sie einen Plan, doch er wusste nicht, was sie vorhaben könnte. Als sie kurz darauf aus der Scheune kam, hatte sie zwei Taurollen bei sich. Er konnte sich denken, was sie im Schilde führte.

»Nein«, sagte er, als sie in die Küche kam. »Nein, nein und nochmals nein. Wenn du das tust, mache ich mich auf den Weg zu einem Telefon und melde dich bei Austin.«

»Kannst du gut Knoten binden?«

»Nein«, erwiderte David mit Nachdruck und setzte sich auf einen Stuhl.

»Okay, dann müssen meine Knoten eben genügen.« Sie schlang ein Ende des Seils um ihre Taille und band es zu. »So. Ein guter Knoten, oder?«

David griff danach und zog an. Der Knoten löste sich sofort.

»Vielleicht sollte ich dreimal zubinden.«

»Bitte, lass das«, flehte David, den Tränen nah. »Es ist die Mühe nicht wert. Nur noch ein Tag, dann kommt Aggie zurück. Wir holen uns die Zeitschrift und …«

»Was hältst du von diesem Knoten?«

David zog wieder an, der Knoten hielt.

»Wunderbar, den nehmen wir.«

»Und was, wenn du da unten hängen bleibst und nicht mehr hochkommst? Steckst du ein Messer ein, um das Seil durchzuschneiden?«, fragte er leise.

»Darum kümmerst du dich«, entgegnete sie. »Und ich will keine Vorträge mehr darüber hören, warum ich die Finger davon lassen soll. Ich bin eine ausgezeichnete Schwimmerin.«

»Edi«, begann er, blieb aber weiter sitzen. »Das ist sehr aufopferungsvoll von dir, aber ich will nicht, dass du das tust.«

Sie beugte sich hinunter und küsste ihn auf die Lippen. »Wir haben nicht mehr viel Zeit«, sagte sie. »Und wie wollen wir uns lieben, solange du dieses Ding am Bein hast? Ich werde das durchziehen, da kannst du protestieren, bis du schwarz wirst. Allerdings würde ich mich freuen, wenn du mir dabei hilfst.«

Ihre Antwort verblüffte David so sehr, dass er im ersten Moment nicht reagieren konnte. Als sie sich in Bewegung setzte, packte er sie am Handgelenk und zog sie an sich, bis sie auf seinem Schoß landete.

Dann küsste er sie, erst sanft und dann immer feuriger und leidenschaftlicher. »Bei mir war es Liebe auf den ersten Blick«, flüsterte er. »Es war, als würde ich dich von irgendwoher kennen. Aus dem Himmel vielleicht. Jedenfalls wusste ich, dass du für immer mir gehörst.«

Sie streichelte seine Wange. »Ich konnte dich nicht ausstehen.«

David kicherte. »Du weißt, wie man einem Mann den Hof macht.«

»Tut mir leid, doch ich habe nicht die geringste Erfahrung auf diesem Gebiet. Allerdings heißt es, dass ich schnell von Begriff bin.«

Er küsste sie noch einmal und vergrub die Hände in ihrem Haar.

Der Zauber verflog schlagartig, als Edi sich losmachte, um sich kräftig am Kopf zu kratzen. »In meinen Haaren krabbelt etwas. Also springe ich jetzt in den Fluss, um mich zu waschen. Und dabei kann ich genauso gut gleich den Imbusschlüssel suchen. Bist du bereit?«

Als er finster das Gesicht verzog und schon zu einer neuen Warnung ansetzen wollte, legte sie ihm den Finger an die Lippen. »Du musst die Dinge positiv sehen. Vielleicht finde ich ihn ja nicht. Das Ding könnte inzwischen längst in der Themse liegen, was heißt, dass du bis zum Ende des Krieges mit dieser Schiene herumlaufen musst.«

David stützte die Hand auf die Tischplatte und wuchtete sich hoch. »Also los«, sagte er. Obwohl er sich um einen lockeren Tonfall bemühte, hörte sie ihm seine Angst an.

»Komm«, neckte sie ihn. »Ich habe die Kutsche schon angespannt.«

»Kutsche«, wiederholte er grinsend. Vielleicht hatte der alte Hamish unter dem Gerümpel in seiner Scheune ja ein Auto versteckt, das Edi gefunden hatte. Vielleicht …

All seine Hoffnungen schwanden, als er Edi aus der Scheune kommen sah. Das Gefährt, das sie lenkte, stammte offenbar aus dem 19. Jahrhundert. Es war eine Pferdekutsche, die hinten zwei große und vorne zwei kleinere Räder hatte. Vorne gab es eine abgewetzte Sitzbank und hinten Platz zum Stehen. Hamishs altes Pferd war mit einer Unzahl von Lederriemen davorgespannt. Hamish selbst stand daneben und wirkte so zufrieden, dass er beinahe lächelte.

»Sie wissen, wie man so eine Kutsche fährt, oder?«, fragte er Edi, die sich auf dem Kutschbock offenbar wie zu Hause fühlte.

Sie hatte eine lange Peitsche in der Hand, die sie über dem Kopf des Pferdes knallen ließ. Als sie ein paarmal mit der Zunge schnalzte, trabte das Tier manierlich im Kreis herum.

»Oho!«, begeisterte sich Hamish. »Sie können es wirklich.«

»Ich habe eine ganze Pokalsammlung zu Hause«, entgegnete sie. »Oh, schauen Sie nur, wie es ihm gefällt.«

Damit meinte sie das Pferd – ganz sicher nicht David, der Anstalten machte, sich ins Haus zu flüchten.

»In der Tat«, antwortete Hamish und tätschelte liebevoll die Nase des Pferdes. »Er hat in seiner Jugend so manches Rennen gewonnen und erinnert sich noch gut daran. Die Armee fand, dass er zu alt ist, um ihn zu konfiszieren, aber er hat es im Blut.«

»Wir bleiben nicht lange weg«, sagte Edi. »David wird mich von der Brücke herunterlassen. Ich tauche zum Auto, um ein paar Sachen herauszuholen. Vielleicht kriegen wir dann ja das grässliche Ding an seinem Bein ab.«

»Er braucht es gar nicht, richtig?«, erkundigte sich Hamish.

Edi betrachtete ihn schmunzelnd. Er mochte zwar alt sein, war aber nicht auf den Kopf gefallen. »Komm«, rief sie David zu. »Hamish hilft dir hinten auf die Kutsche. Wenn wir bergab fahren, musst du dich gut festhalten, doch ansonsten klappt es sicher.«

»Denken Sie, wir sollten ihn anbinden?«, fragte Hamish.

»Nein, das ist vollkommen überflüssig«, protestierte David, worauf Edi und Hamish einander angrinsten. Es war nicht zu übersehen, dass die Kutsche für David ein Relikt aus der Steinzeit war und dass er sie offenbar für lebensgefährlich hielt.

Da das Pferd anscheinend an seine Jugend auf der Rennbahn dachte und dabei hin und her tänzelte, war Hamishs Hilfe nötig, um David hinten auf die Kutsche zu hieven. Die Fläche war eben und hinten offen, sodass sich das Gefährt nicht für Transporte eignete. Es gab zwar zwei Griffe, doch David hatte Mühe, mit ausgestrecktem Bein dazusitzen und sich daran festzuhalten. »Wozu soll dieses Ding gut sein? Man kann es ja nicht einmal beladen.«

»Wozu ist ein Rennwagen gut?«, gab Edi zurück. Hamish nickte.

»Also, mein Mädchen, fahren Sie los. Aber Vorsicht, er zieht nach rechts.«

»Keine Sorge, daran werde ich ihn schon hindern«, erwiderte sie und knallte mit der Peitsche, worauf das Pferd losstürmte, als hätte jemand einen Startschuss abgefeuert.

Hinten klammerte David sich mit beiden Händen fest. Durch die Erschütterung schnitt das Metall in sein Bein, und seine Zähne schlugen klappernd aneinander. »Musst du so rasen?«, rief er Edi zu, hörte jedoch nur ihr Lachen.

Obwohl David das Gefühl hatte, dass die Fahrt zum Fluss drei Stunden dauerte, waren es nur wenige Minuten. Sie hätten auch durch den Wald zu Fuß gehen können, doch das wäre mit Davids Bein eine Quälerei gewesen.

Er stellte fest, dass der Wasserstand gesunken war. Die Brücke wurde nicht mehr überspült, und auf der einen Seite konnte David die Unterseite der Autoreifen erkennen. Wenn das Wasser weiter zurückging, würde man in einem oder zwei Tagen die Hälfte der Reifen sehen können.

Als er sich mühsam aus der Kutsche gewuchtet hatte, schlang Edi sich bereits ein Seil um die Taille. Er schob ihre Hände weg und band den Knoten neu. »Pass auf«, sagte er leise. »Wenn etwas schiefgeht und du hochgezogen werden willst, rucke zweimal an dem Seil. Sollte sich das Seil verheddern, sodass du es loswerden musst, ziehst du einfach an diesem Ende. Siehst du?« Als er kräftig daran zerrte, öffnete sich der Knoten. »Ich zähle mit. Wenn du länger als achtundfünfzig Sekunden unten bleibst, springe ich dir nach. Hast du verstanden?«

»Absolut«, erwiderte sie, während sie die klobigen alten Stiefel auszog, die sie nun schon seit zwei Tagen trug. Dann zupfte sie an dem Seil, sodass es auf die Brücke fiel. Das Holz war zwar inzwischen getrocknet, doch das Bauwerk machte noch immer keinen sehr vertrauenweckenden Eindruck.

»Was tust du da?«, fragte David.

»Mit den vielen Kleidern kann ich nicht schwimmen. Hast du etwas dagegen, dass ich mich ausziehe?«

»Ich weiß nicht, was ich darauf antworten soll«, flüsterte er und beobachtete dann, wie sie ihr Hemd aufknöpfte und hinausschlüpfte. Darunter trug sie dasselbe pfirsichfarbene Unterhemd wie in der Nacht, als er sie entkleidet hatte – und er hatte noch nie etwas so Schönes gesehen.

Sie warf das alte Hemd auf die Brücke und wollte ihren Gürtel öffnen. Doch das Pferd begann, unruhig zu werden, worauf Edi sich anschickte, es zur Räson zu bringen.

»Sei still!«, sagte David zu dem Pferd, das umgehend gehorchte.

Schmunzelnd löste Edi ihren Gürtel, sodass die Hose auf die Brücke fiel.

»Die Jungs haben sich geirrt«, wisperte David.

»In welcher Hinsicht?«, fragte Edi.

»Was deine Beinlänge angeht. Es müssen mindestens zwei Meter sein.«

»Keine Ahnung. Ich habe noch nie nachgemessen. Bindest du mir das Seil um?«

»Ja«, erwiderte er, ließ sich jedoch die Zeit, sie von Kopf bis Fuß zu mustern, während er näher kam.

Nachdem er ein Ende des Seils an ihrer Taille und das andere an der Brücke befestigt hatte, wies er mit dem Kopf auf das zweite Seil, das noch hinten in der Kutsche lag. »Wozu brauchst du das?«

»Falls noch Sachen im Auto sind, hole ich sie raus.«

»Meinst du deinen Koffer?«

»Ja, meine eigenen Kleider«, antwortete sie mit einem Blick auf seine viel zu große Hose. »Hast du etwas mitgebracht, was dir ohne die Schiene passt?«

»Ja, aber du sollst dich nicht damit abmühen. Wenn du den Imbusschlüssel findest, gut. Wenn nicht, ist nichts anderes von Bedeutung. Hast du mich verstanden?«

»Du würdest einen tollen Vater abgeben«, entgegnete sie. »Nur, dass ich schon einen habe. Wenn das Auto ganz unter Wasser ist, ist es sicher tief genug für einen Kopfsprung, oder?«

»Nein!«, rief David entsetzt auf. »Wir gehen zum Ufer, dann kannst du hineinwaten. Du weißt nicht, ob …« Er brach ab, denn sie war schon aufs Geländer geklettert und machte einen eleganten Kopfsprung ins Wasser. Mit angehaltenem Atem wartete er darauf, dass sie wieder auftauchte, und malte sich dabei die schrecklichsten Dinge aus. Hatte sie sich unten den Kopf gestoßen? War sie bewusstlos? Gerade wollte er übers Geländer klettern, als sie nach oben kam.

»Es ist kalt!«, verkündete sie.

»Was hast du denn gedacht? Glaubst du, wir sind in den Tropen?«, erwiderte er, um seine Angst zu verbergen. »Ist alles in Ordnung?«

»Prima. Ein wundevolles Gefühl. Ich wasche mir jetzt die Haare. Wirfst du mir die Seife runter, die auf der Sitzbank liegt?«

»Seife!«, murmelte er. Er wollte die Sache schnellstmöglich hinter sich bringen, damit sie aus dem Wasser kam. Trotz seines steifen Beins hastete er im Laufschritt zur Kutsche, nahm die Seife und warf sie ihr zu. »Gut gefangen«, stellte er fest.

»Ich war die beste Schlägerin in der Baseball-Mannschaft meiner Schule«, antwortete sie. »Auch wenn mein Ball nur drei Meter weit flog, bin ich doch schneller gelaufen als alle anderen.« Sie trat Wasser und seifte sich dabei die Haare ein. Dann drehte sie sich um, schwamm zum Auto hinüber und stellte sich darauf.

»Schau mal!«, rief sie.

»Wo sollte ich sonst hinschauen?« Das nasse Unterhemd war durchsichtig geworden und klebte ihr am Körper, und da man das versunkene Auto nicht sehen konnte, hatte man den Eindruck, dass sie mitten im Wasser stand. »Ein Königreich für eine Kamera«, flüsterte er. Aber er hatte leider keine.

»Sei vorsichtig auf dem Ding«, warnte er. »Der Unterboden eines Autos kann scharfe Kanten haben.«

Sie schäumte sich weiter die Haare ein und warf ihm dann die Seife zu. Doch zu seiner großen Verlegenheit griff er daneben, sodass er das Seifenstück über die Brücke verfolgen musste. Als er sich wieder umdrehte, war sie verschwunden. Ihm blieb beinahe das Herz stehen.

Er wartete eine schiere Ewigkeit, aber es fehlte jede Spur von ihr. Als er am Seil zog, erfolgte keine Reaktion. Aber sie hatte es auch nicht geöffnet. »Ich habe doch gewusst, dass es eine schlechte Idee war«, murmelte er vor sich hin. »Ich hätte sie aufhalten müssen. Ich hätte sie zwingen sollen …«

»Wozu?«, fragte sie. Sie schwamm unter ihm und hielt sich mit einer Hand am Brückenpfeiler fest.

»Das hier bleiben zu lassen.«

»Das hätte ich gerne gesehen«, erwiderte sie mit einem anzüglichen Grinsen. »Kannst du meine Hand erreichen?«

David legte sich auf den Bauch und streckte den Arm aus, bis er ihre Hand zu fassen bekam – und sie ihm den Imbusschlüssel reichte. Er umfasste ihn fest, wälzte sich auf den Rücken und drückte den Schlüssel kurz an seine Brust.

»Ich habe ihn«, sagte er. »Du kannst wieder rauskommen.« Doch als er wieder hinschaute, war sie bereits verschwunden. Schnell wie der Blitz öffnete David seine Hose, schlüpfte heraus, bedachte die Beinschiene mit einem letzten hasserfüllten Blick und begann dann, die Schrauben zu lösen. Aus Gründen der Bequemlichkeit waren alle Schrauben versenkt, damit der Patient sich nicht an den hervorstehenden Köpfen kratzte. Allerdings hatte das zur Folge, dass sich die Schiene nur mit einem Spezialwerkzeug öffnen ließ.

Die Hälfte der Schrauben waren im Wasser verrostet und hatten sich deshalb verklemmt. Eine brach beim Drehen sogar ab. Doch getrieben von Entschlossenheit, Wut und nicht zu vergessen seiner Sehnsucht nach Miss Edilean Harcourt, arbeitete David verbissen weiter.

Blasen platzten auf, und er fügte sich einige neue Schnittverletzungen zu, als er sich die Schiene vom Bein zerrte. Schließlich aber gelang es ihm, sie auseinanderzubiegen, und er schleuderte sie bis zum anderen Ende der Brücke.

Als er sie endlich los war, hatte er Mühe beim Aufstehen. Er musste das Knie mehrere Male anwinkeln, bis es sich endlich wieder bewegen ließ. Sein Bein war mit Blasen und offenen Stellen übersät, und hier und da klebten Stofffetzen in den Wunden, doch das konnte seine Begeisterung nicht dämpfen.

»Ich bin frei!«, rief er und drehte sich zum Fluss um, aber Edi antwortete nicht.

Er knöpfte sein Hemd auf, zog es aus, kletterte aufs Geländer und sprang ins Wasser.

»Warum hat das so lange gedauert?«, fragte Edi, als sie ihm in die Arme schwamm.

25

Das war's«, verkündete David Aldredge.

»Was soll das heißen?«, fragte Joce.

»Das ist Edis ganze Geschichte, zumindest alles, was ich habe. Alex McDowell hat mir die Papiere in seinem Testament vermacht. Ich weiß nicht, ob es das gesamte Manuskript ist oder ob Miss Edis restliche Aufzeichnungen verloren gegangen sind. Zum Schluss stand es nämlich ziemlich schlimm um Alex.«

»Schlimm?«, hakte Jocelyn nach. »Was hatte er denn?«

»Alzheimer. Er konnte sich nicht mehr an seinen eigenen Namen erinnern, geschweige denn an ein jahrzehntealtes Manuskript. Allerdings …« Dr. Dave hielt inne, als warte er auf einen Trommelwirbel, »habe ich vor einigen Jahren etwas Interessantes entdeckt. Ihr kennt das ja, man langweilt sich und fängt an, im Internet herumzusuchen. Und da habe ich Dr. Jellicoes Namen eingegeben.

Das ist ein Auszug aus einer Reihe von Büchern über den Zweiten Weltkrieg. Soweit ich informiert bin, wird Dr. Jellicoe nur dort erwähnt. Soll ich es euch vorlesen?«

»Ja, bitte«, antworteten Luke und Jocelyn im Chor.

Dr. Sebastian Jellicoes Rolle im Zweiten Weltkrieg wurde weder zu seinen Lebzeiten noch später je gebührend gewürdigt. Wer ihn persönlich kennenlernte, lobte nicht etwa seinen überlegenen Intellekt und seine Fähigkeit, verschlüsselte Texte nach nur einem kurzen Blick in Sekundenschnelle zu dechiffrieren. Nein, woran seine Zeitgenossen sich hauptsächlich erinnerten, war sein beeindruckendes Talent als Geschichtenerzähler. Er brauchte nur in den Lebensmitteladen zu gehen und kam mit einer Geschichte zurück.

Ich selbst war damals ein junger und begeisterungsfähiger Student, der bewundernd dem Meister zu Füßen saß, um von ihm zu lernen. Die Geschichte, die ich noch am besten im Gedächtnis habe, handelt von einem jungen Paar, das ihm vermutlich das Leben gerettet hat. Es war im Jahr 1944, kurz vor dem D-Day. Dr. Jellicoe berichtete, er sei an einem kalten, regnerischen Abend am Kaminfeuer gesessen und schon beinahe in seinem Sessel eingenickt gewesen, als er ein Pferd und dazu eine schimpfende Männerstimme hörte. Im ersten Moment habe er in seiner Schlaftrunkenheit geglaubt, der Weihnachtsmann sei mit dem Dach seines Hauses in Konflikt geraten.

Die Besucher entpuppten sich stattdessen als zwei hochgewachsene, auffällig gut aussehende Amerikaner, die mitten in der Nacht in der Rennkutsche seines alten, mürrischen Nachbarn Hamish und in halsbrecherischer Geschwindigkeit zu ihm gekommen waren. Dr. Jellicoe bezeichnete besagten Hamish als unleidlichen Zeitgenossen, dem man lieber aus dem Weg ging. Im Dorf hieß es, er sei früher Pferderennen gefahren und habe einen Pokal nach dem anderen gewonnen, bis ihn ein Unfall zum Aufgeben gezwungen habe. Daraufhin habe er sich auf die Farm seines Vaters zurückgezogen und den Rest seines Lebens damit verbracht, seiner leidgeprüften Ehefrau und seinen Kindern das Leben schwer zu machen.

Doch in der fraglichen kalten und regnerischen Nacht erschien plötzlich eine von Hamishs Kutschen, gezogen von einem Pferd, das beinahe so alt war wie Hamish selbst. Auf dem Kutschbock saß ein Mädchen, das so hochgewachsen und wunderschön war, dass Dr. Jellicoe schon glaubte, er sei vielleicht gestorben und in den Himmel gekommen. Sie sah aus wie Boadicea, die in den Krieg zog.

Hinten in der Kutsche stand ein junger Mann, größer als sie, aber nicht minder attraktiv, der Kutschen offenbar ebenso verabscheute, wie er die junge Frau vergötterte. »Jetzt hast du deine Rache«, sagte er zu ihr, nachdem er abgestiegen war und im Gebüsch sein Abendessen von sich gegeben hatte.

»Ich mag deinen Fahrstil nicht und umgekehrt. Jetzt sind wir quitt«, entgegnete sie und lächelte Dr. Jellicoe an. Sie stellte sich als Edi vor, ihr Begleiter hieße David. Dr. Jellicoe hatte ihre Familiennamen vergessen, und ich habe mich oft gefragt, wer die beiden waren und was wohl aus ihnen geworden ist.

Dr. Jellicoe bat sie herein und bot ihnen Tee an. Der junge David folgte ihm ins Haus, aber Edi, die sich offenbar gut mit Pferden auskannte, brachte zuerst Pferd und Wagen in die Scheune. Als sie hereinkam, war ihr dunkles Haar nass. Die beiden Männer starrten sie eine Weile sprachlos an.

Sie brach das Schweigen. »Hier, das habe ich Ihnen mitgebracht.« Sie reichte ihm eine einige Wochen alte Ausgabe des *Time Magazine.*

»Und was soll ich damit?«, fragte Dr. Jellicoe.

»Sie enthält eine Botschaft von General Austin«, antwortete sie. »Ich bin seine Sekretärin.«

»Austin, der alte Haudegen. Ach herrje, den habe ich ja schon seit einer Ewigkeit nicht mehr gesehen. Soll das heißen, dass ihn noch immer niemand über den Haufen geschossen hat?«

»Das bedeutet allerdings nicht, dass einige Leute keine große Lust dazu hätten«, meinte David. »Es konnte sich nur noch niemand dazu aufraffen.«

»Ich finde, Sie sollten die Nachricht lesen«, drängte Edi. »Meiner Ansicht nach ist es wichtig. Sie müssen uns nach London begleiten.«

»Ach, muss ich das?«

»Anscheinend ist jemand dahintergekommen, welche Rolle Sie in diesem Krieg spielen.«

»Oh, das wissen doch alle. Mrs Pettigrew bringt mir die Umschläge zusammen mit meinem Mittagessen. Es steht immer *Streng Geheim* drauf.« David und Edi starrten einander mit offenen Mündern an. »Aber …«, stammelte David.

Dr. Jellicoe betrachtete das *Time Magazine.* »Diese Ausgabe kenne ich. Ist es das Heft, das Aggie mitgenommen hat? Sind Sie beide die Amerikaner, die es gesucht haben?«

»Wir hatten keine Ahnung, dass wir so nah bei Ihnen sind«, sagte Edi. »Doch wir hätten trotzdem nicht früher kommen können, weil wir die Zeitschrift nicht hatten. Ich muss wirklich darauf bestehen, dass sie einen Blick hineinwerfen. Ich glaube, die Nachricht ist sehr wichtig.«

»Ach, Unsinn!«, entgegnete er. »Wichtige Informationen werden niemals als solche bezeichnet. Wissen Sie, was in den Umschlägen mit der Aufschrift *Streng Geheim* ist? Gartenkataloge. Die wirklich wichtigen Informationen stecken in den Briefen meiner Tochter aus London.«

»Ihre Tochter arbeitet in London?«, fragte David.

»Ich habe keine Tochter.«

»Oh«, meinte Edi.

Im nächsten Moment warf Dr. Jellicoe die Zeitschrift ins Feuer. David und Edi machten einen Satz. »Zu etwas anderem ist sie nicht zu gebrauchen«, verkündete er. »Das einzig Gute daran ist, dass sie inzwischen vermutlich das ganze Dorf gesehen hat. Sie beide haben ziemliches Aufsehen erregt, als Sie die Brücke verpasst haben und mit Ihrem Auto im Fluss gelandet sind.«

»Wir haben die Brücke nicht …«, begann David, hielt aber inne und beobachtete, wie die Zeitschrift im Kamin verbrannte. »Jetzt sind wir ganz umsonst hergekommen«, sagte er, doch der Blick, den er dabei der schönen jungen Edi zuwarf, genügte beinahe, um das ganze Haus anzustecken.

»Hat Austin Ihnen sonst noch etwas mitgegeben?«, erkundigte sich Dr. Jellicoe.

»Mir nicht«, erwiderte Edi. »Er hat mir eine Karte in die Hand gedrückt, die meiner Ansicht nach nicht korrekt war, und außerdem noch ein Bündel Geld. Ich habe beides bei Hamish gelassen. Soll ich die Sachen holen?«

Es donnerte laut. »Nein, meine Liebe«, meinte Dr. Jellicoe. »Ich denke, das kann warten.« Er wandte sich an David. »Was ist mit Ihnen? Haben Sie irgendwelche Papiere erhalten?«

»Nein. Austin hat mir eine Beinschiene anlegen lassen, die sich angefühlt hat wie ein Folterinstrument, und er …«

»Aber keine Papiere?«

David schüttelte den Kopf. »Nur eine Einladung, sonst nichts.«

»Zeigen Sie mal her«, forderte Dr. Jellicoe ihn auf.

»Was für eine Einladung?«, fragte Edi.

»Zu einem Ball. Beim letzten hattest du ein leuchtend blaues Kleid an.«

»Der Offiziersball«, erklärte Edi. »Aber das hat sicher nichts damit zu tun. Diese Einladungen werden direkt aus der Druckerei an viele Leute verteilt.« Sie sah zu, wie David seine Brieftasche zutage förderte und den Umschlag herausholte. Er schien nicht nass geworden zu sein.

»Wie hast du es nur geschafft, dass er trocken geblieben ist?«, wunderte sie sich.

»Auf Dinge, die einem etwas bedeuten, gibt man gut acht«, meinte Dr. Jellicoe und lächelte David zu.

»Ja, Sir, das tut man.«

»Wachstuch? Ein Kurierpaket?«

»Ja«, erwiderte David grinsend. »Wir haben unsere Koffer aus dem Auto geholt, das im Fluss versunken ist. Die Einladung lag in meinem und war so trocken wie an dem Tag, als ich sie eingepackt habe.«

»Guter Junge«, entgegnete Dr. Jellicoe schmunzelnd und stand auf. Er nahm die Einladung und ging damit zu einem Tisch, wo er eine Kiste aufklappte. Die Glasflaschen darin schienen alkoholische Getränke zu enthalten.

»Ich könnte einen Schluck vertragen«, sagte David und streckte die Hand aus.

»Wenn Sie etwas davon trinken, löst sich Ihnen mit einem sehr unangenehmen Zischen die Zunge auf.«

Davids Hand fuhr zurück.

»Jetzt wollen wir einmal sehen«, murmelte Dr. Jellicoe. »Mit welchem soll ich es versuchen?«

David nahm Edi am Arm und zog sie zum Kaminfeuer, damit Dr. Jellicoe Platz zum Arbeiten hatte. Ein abscheulicher

Geruch stieg auf. »Aha, ich habe verstanden«, verkündete er schließlich. »Ich soll Sie beide nach London begleiten. Und dann schickt Austin mich in die USA.«

David erholte sich als Erster von seinem Schreck. »Mehr nicht? Aber das wussten wir bereits. Wir haben es Ihnen selbst erzählt.«

»Spione haben die Angewohnheit, sich in Luft aufzulösen, weshalb Papier die bessere Alternative ist.«

»Nur, dass dieses Papier am Grund eines Flusses lag.«

»Schon, doch selbst da war es geschützt. Vermutlich wusste Austin, dass es Ihnen sehr wichtig ist, sodass Sie gut darauf achten würden.«

»Ja«, antwortete David und lächelte Edi an. »Sehr wichtig.«

»Da das nun geklärt ist, schlage ich vor, dass wir uns gut ausschlafen und morgen nach London aufbrechen. Brauchen Sie ein Zimmer oder zwei?«

»Eins!«, sagte Edi rasch und hielt die linke Hand hoch, um den Ring vorzuzeigen, den sie auf ihren Reisen durch das Land trug. »Wir sind verheiratet.«

»Sind sie das«, erwiderte Dr. Jellicoe schmunzelnd.

Er erzählte, die schöne Boadicea sei am nächsten Morgen mit der Kutsche losgefahren, um sie zu Hamish zurückzubringen. Eine Stunde später sei sie zurückgekehrt und den Hügel hinuntergerannt. Noch nie habe er etwas Hinreißenderes gesehen als das hochgewachsene Mädchen, das ihrem Geliebten entgegen lief. Dr. Jellicoe sagte, er habe sich immer gefragt, wie anders sein Leben wohl gewesen wäre, wenn je eine Frau ihm einen solchen Blick geschenkt hätte. Doch leider hatte es nicht sein sollen.

Er schilderte, wie sie zu dritt mit dem Zug nach London gefahren seien. Noch nie habe er ein so verliebtes Paar wie die beiden gesehen. Sie hatten nur Augen füreinander und waren unzertrennlich. Bei ihrer Ankunft in London wurde Dr. Jellicoe bereits erwartet. Die schöne Edi und ihr geliebter David verschwanden, und er hat nie wieder etwas von ihnen gehört.

26

Joce saß schweigend in Dr. Daves Arbeitszimmer und dachte über Miss Edi und ihren geliebten David nach. Sie wusste, was kurz darauf geschehen war. Er war gefallen, und sie hatte schwere Verbrennungen erlitten.

»Das ist erst der Anfang der Geschichte«, meinte Luke leise.

»Der Anfang? Nein, das Ende.«

»Falsch«, widersprach Dr. David. »Als Sie mir von General Austin erzählt haben, wollte ich sofort nach New Hampshire reisen und sehen, ob ich die Briefe bekommen kann.«

Joce betrachtete Luke. »Darüber habt ihr beide also letztens nach dem Abendessen geredet.«

»Ja«, antwortete er. »Und deshalb wollte ich ja auch nicht, dass du mitkommst. Aber du hast ja so lange gequengelt, bis ich nachgegeben habe, und dann warst du gekränkt, weil …«

»Ihr zwei klingt schon wie ein altes Ehepaar«, frotzelte Dr. David. »Spart euch das für später auf. Zeig ihr lieber die Briefe.«

Luke holte ein Blatt Papier aus dem Aktenkoffer seines Großvaters und reichte es ihr. Ihr graute davor, die Briefe zu lesen, denn sie war sicher, dass es darin hauptsächlich um den Unfall und Miss Edis zweijährige Genesungszeit ging.

6. Oktober, 1944

Erinnerst du dich noch an Harcourt, die beste Sekretärin, die ich je hatte? Ich habe sie zusammen mit meinem Fahrer auf eine Mission geschickt, und es sieht ganz danach aus, als hätten die beiden ihre Pflichten etwas zu genau genommen. Jetzt ist sie im vierten Monat schwanger. Ich war außer mir und hätte ihnen befohlen zu heiraten, doch er wurde in eine andere Einheit versetzt, und nicht einmal ich kann herausfinden, wo er steckt. Harcourt wollte sich auch versetzen lassen, aber ich habe es nicht gestattet.

18. Dezember, 1944

Weißt du noch, Harcourt? Der Bursche, den sie geheiratet hat, ist gefallen. Da sie im Frühling ihr Kind erwartet, werde ich sie nach Weihnachten wegschicken müssen. Gott sei Dank hat sie keinen dicken Bauch, weshalb es noch niemand bemerkt hat. Ohne sie wird in meinem Büro das Chaos ausbrechen.

21. April, 1945

Ich habe dir doch von Harcourt erzählt. Gerade habe ich erfahren, dass sie in einen schrecklichen Unfall vewickelt war und schwere Verbrennungen erlitten hat. Man rechnet nicht damit, dass sie durchkommt. Die Krankenschwester, mit der ich sprach, hat mir gesagt, sie habe eine Fehlgeburt gehabt. Ich glaube, kein Verlust in diesem Krieg ist mir so nahegegangen wie dieser. Ich habe sie in die Staaten verlegen lassen, damit sie zu Hause sterben kann.

Jocelyn las die Auszüge drei Mal, bevor sie Luke und Dr. Dave ansah. »Baby?«, flüsterte sie, und die Tränen traten ihr in die Augen. »Die Arme. Sie hat ja noch mehr verloren, als ich geglaubt habe.«

»Nein«, entgegnete Dr. Dave und nahm Jocelyns Hände. »Sie müssen sich bei meinem Enkel bedanken, denn er war derjenige, der Verdacht geschöpft hat.«

»Was für einen Verdacht?«, fragte sie, während Luke ihr ein Taschentuch gab.

»Dass die Geschichte irgendwie nicht aufging«, erwiderte Luke. »Wenn du Onkel Alex gekannt hättest, hättest du verstanden, was ich meine. Er sagte, er habe Edilean Harcourt sein ganzes Leben geschuldet und wolle sie dafür entschädigen. Also hat er ihr Arbeit gegeben und sie kostenlos in einem Haus wohnen lassen, das ihm nichts bedeutete. Das hat er für einige Leute getan, die ihr Leben lang bei ihm beschäftigt waren.«

»Luke, was versuchst du mir da mitzuteilen?«

»Mit Opas Hilfe habe ich in England ein Rechercheteam beauftragt. Wir haben Unmengen von Unterlagen aus dem Zweiten Weltkrieg gewälzt.«

»Um herauszufinden, wo das Baby … begraben ist?«, erkundigte Joce sich leise.

»Ja und nein.« Er setzte sich vor sie auf eine Ottomane. »Der Name Clare war es, der mich argwöhnisch gemacht hat. Erinnerst du dich an die Stelle, an der Miss Edi schrieb, sie habe nach David gerufen, als alle dachten, dass sie sterben würde?«

»Ja.«

»David *Clare.*«

Joce starrte Dr. Dave an. »Ich verstehe noch immer kein Wort. Offenbar sitze ich auf der Leitung.«

»Wen kennst du sonst noch, der Clare heißt?«

»Niemanden mit diesem Familiennamen.«

Dr. Dave und Luke betrachteten sie.

»Meine Mutter hieß Claire.«

Die beiden Männer lächelten einander an.

»Moment mal!«, sagte Joce. »Ihr wollt doch nicht etwa behaupten, dass meine Mutter …«

»… die Tochter von Edilean Harcourt und David Clare war. Ja, das war sie. Zeig es ihr«, forderte Luke Dr. Dave auf.

Dr. Dave reichte Joce einige Tabellen, wie sie sie aus dem Fernsehen kannte. DNA-Tabellen. Sie starrte sie verständnislos an.

»Entschuldige die Heimlichtuerei, doch wenn unser Verdacht sich nicht bestätigt hätte, wärst du sicher enttäuscht gewesen«, erklärte Dr. Dave. »An deine DNA heranzukommen, war nicht schwierig, und auch bei Edi war es recht leicht. Sie hat viele Briefe geschrieben und deshalb Unmengen von Kuverts abgeleckt.«

»Miss Edi war meine Großmutter?«, flüsterte Joce.

»Sie wusste es nicht«, erwiderte Dr. Dave. »Anderenfalls hätte sie es dir sicher gesagt. Ich glaube, dass niemand außer Alex über ihre Schwangerschaft im Bilde war. Sie blieb in London, wo niemand sie kannte, damit sie keine Fragen beantworten musste. Die Verbrennungen erlitt sie nur wenige Wochen vor dem Entbindungstermin.«

»Aber der General schreibt doch, es sei eine Fehlgeburt gewesen.«

»Vermutlich hat man ihm das so gemeldet. Wir haben zwar keine Beweise, doch offenbar hielt sich Alfred Scovill damals in Europa auf, um Verträge über die Lieferung von Helmen abzuschließen. Und da war eine Frau, die im Sterben lag und gerade ein Kind bekommen hatte. Soweit wir in Erfahrung bringen konnten, wurde die Geburtsurkunde auf Alfred und Frances Scovill ausgestellt, was natürlich nicht stimmen konnte, da seine Frau zu Hause in den Staaten geblieben war. Aber es war Krieg, eine Zeit voller Tragödien, und es gab viele Waisen. Also hat das niemand nachgeprüft. Mr Scovill hat das Baby nach Hause zu seiner Frau gebracht, ist nach Boca Raton gezogen, wo niemand sie kannte, und hat nie darüber gesprochen. Sein einziges Zugeständnis an die Wahrheit war, das Kind Claire zu nennen, weil die sterbende Mutter das ständig wiederholte.«

Als Jocelyn aufstehen wollte, wurden ihr die Knie weich, sodass sie ins Schwanken geriet. Luke legte die Arme um sie und hielt sie eine Weile fest. Doch Joce machte sich los und sah ihn an.

»Ist das der Grund, warum du gesagt hast, dass ich einen Arzt brauchen könnte?« Das war zwar scherzhaft gemeint, doch niemand lachte. Stattdessen musterten die beiden Männer sie eindringlich.

»Alles in Ordnung?«, fragte Luke.

»Es ist nur der Schreck. Wie schade, dass ich es nicht gewusst habe, als sie noch gelebt hat. Wir hätten so viel miteinander teilen können.«

»Aber das habt ihr doch«, meinte Dr. Dave und nahm ihre Hand.

»Alex hat erfahren, wer deine Mutter ist und und wer die Leute waren, die sie adoptiert hatten. Also hat er ein Haus in ihrer Nähe gekauft. Dann hat er arrangiert, dass Miss Edi den Treuhandfonds verwaltete. Doch kurz darauf hat er angefangen, sein Gedächtnis zu verlieren.«

»Alzheimer«, merkte Jocelyn an.

»Richtig. Er hatte MAW mit der geschäftlichen Seite beauftragt und sich die Geschichte ausgedacht, die Leute, die Claire adoptiert hatten, seien alte Freunde. Wahrscheinlich wollte er Edi etwas Zeit geben, dich kennenzulernen, bevor er ihr die Wahrheit sagte, aber … dann hat er es einfach vergessen.«

Luke ging zu einem Beistelltisch und mixte ihr einen Drink. »Ich glaube, das brauchst du jetzt«, meinte er mit einem Blick auf seinen Großvater.

Jocelyn trank einen Schluck. »Ich habe das Gefühl, dass ihr beide noch etwas auf dem Herzen habt. Raus mit der Sprache, bevor ich wegen der Dinge, die ihr mir gerade erzählt habt, in Ohnmacht falle.«

»Wir haben David Clares Verwandte aufgespürt.«

Sie blickte zu den beiden hochgewachsenen Männern auf, die sie beobachteten, als könnte sie wirklich jeden Moment zusammenbrechen. Doch sie war weit davon entfernt. Auch wenn sie noch so lange brauchen würde, um darüber hinwegzukommen, dass Miss Edi die Wahrheit nun nie mehr erfahren würde, war die Vorstellung, Verwandte zu haben, viel zu aufregend.

»Soll das heißen, ich habe Angehörige, die einen IQ über

siebzig haben und sich nicht ständig etwas Neues einfallen lassen, um mir das Leben zur Hölle zu machen?«

»Warum? Das ist es doch, was Verwandtschaft hauptsächlich auszeichnet«, erwiderte Luke. »Meine Cousins zum Beispiel … Autsch!«, rief er aus, als sein Großvater ihm einen Klaps auf den Arm versetzte.

»Hast du die Telefonnummer?«, erkundigte sich Dr. Dave bei Luke.

»Klar. Hier ist sie. Ich dachte, ich rufe an, und dann kann Joce …«

Sie riss ihm den Zettel aus der Hand. »Es sind meine Verwandten, ich rufe selbst an.« Sie ging zu dem großen Telefon auf Dr. Daves Schreibtisch hinüber. »Soll ich den Raumlautsprecher einschalten?«

Die beiden nickten.

Joce atmete ein paarmal tief durch und wählte dann die Nummer im Bundesstaat New York. Sofort meldete sich eine Männerstimme. »Entschuldigen Sie die Störung, Sir, aber ich bin auf der Suche nach Angehörigen von David Clare, der im Zweiten Weltkrieg gekämpft hat.«

»Am Apparat.«

Jocelyn drehte sich zu den beiden Männern um und zuckte verdattert die Achseln. »Sind Sie mit ihm verwandt?«

»So könnte man es ausdrücken«, erwiderte der Mann mit einem leisen Auflachen.

»Kennen Sie also einen Sergeant David Clare, der unter General Austin gedient hat? *Diesen* David Clare?«

»Junge Dame, wie soll ich Ihnen nur begreiflich machen, dass ich David Clare bin und dass ich unter dem alten Haudegen gedient habe.«

»Sie«, stammelte Jocelyn. »Sie sind doch gefallen.«

»Ich wurde für tot erklärt, aber in Wahrheit war ich bis nach Kriegsende in Gefangenschaft. Ich kann Ihnen versichern, dass ich noch lebe. Meine Gesundheit lässt zwar zu wünschen übrig, doch tot bin ich noch nicht.«

»Kannten Sie Edilean Harcourt?«

Eine lange Pause entstand. »Ja. Sie … ist 1944 ums Leben gekommen.«

»Nein, Miss Edi starb erst im letzten Jahr.«

Der Mann erhob ärgerlich die Stimme. »Ich finde das überhaupt nicht komisch. Edilean Harcourt starb bei einem Feuer, als ein Jeep explodierte.«

»Nein, das stimmt nicht«, protestierte Jocelyn den Tränen nah. Telefonierte sie wirklich gerade mit Miss Edis David – ihrem eigenen Großvater? »Sie hat überlebt. Zwar mit schweren Verbrennungen an den Beinen, aber sie hat überlebt. Ich habe sie kennengelernt, als ich zehn war. Sie war meine Mentorin, meine Pflegemutter, ich weiß nicht, wie ich das nennen soll. Als sie starb, hat sie mir ihr altes Haus vermacht …«

»Edilean Manor«, flüsterte er.

»Ja. Miss Edi hat nie geheiratet. Den Großteil ihres Lebens ist sie mit einem Dr. Brenner um die Welt gereist, um in Katastrophengebieten Hilfe zu leisten. Sie …« Joce hielt inne und sah Luke an. »Ich glaube, er weint.« Auch sie konnte die Tränen nicht mehr zurückhalten.

Luke nahm ihr das Telefon ab. Inzwischen hörten sie im Hintergrund einen Mann schimpfen. »Ich weiß nicht, wer zum Teufel Sie sind, aber wenn Sie Onkel Dave weiter zum Weinen bringen …«

»Nein, nein, es geht um Edi«, wurde protestiert. »Sie kannten Edi.«

Der zornige junge Mann verstummte. »Sie wissen etwas über Miss Edi?«

»Sagt Ihnen der Name etwas?«, fragte Luke.

»Machen Sie Witze. Meine ganze Kindheit lang habe ich nichts anderes gehört. Die verlorene Liebe. Die einzige Frau, die Onkel Dave je geliebt hat. Haben Sie Informationen über sie? Zum Beispiel, wo sie begraben ist? Moment! Onkel Dave will das Telefon zurück.«

Luke schaltete den Raumlautsprecher wieder ein.

»Wer sind Sie?«, fragte David Clare.

»Ich glaube, ich bin deine Enkelin«, erwiderte Joce, bevor sie wieder in Tränen ausbrach. Auch David begann zu schluchzen.

Der junge Mann übernahm erneut das Telefon. »Gütiger Himmel, was ist nur los mit euch, Leute?«

»Komm her«, sagte David im Hintergrund. »Jetzt. Heute. Ich will dich sofort sehen.«

»Offenbar möchte er, dass ihr herkommt«, meinte der junge Mann. »Soll ich einen Defibrillator bereithalten?«

»Wir könnten für beide einen brauchen«, meinte Luke, schaltete den Raumlautsprecher aus und fasste dann kurz zusammen, dass Miss Edi ein Kind zur Welt gebracht hatte, das von einem Mann namens Scovill adoptiert worden war, weil niemand glaubte, dass sie überleben würde.

»Soll das heißen, dass Onkel Dave ein Kind hatte?«

»Eine Tochter namens Claire.«

»Claire Clare«, wiederholte der junge Mann belustigt.

»Ja«, antwortete Luke und warf dabei einen Blick auf die heftig weinende Joce. »Claire Clare. Wäre es in Ordnung, wenn wir euch besuchen?«

»Ich frage mich eher, warum ihr noch an dem dämlichen Telefon hängt. Könnt ihr morgen früh den ersten Flieger nehmen?«

»Moment mal.« Luke sah Joce an. »Können wir morgen dort sein?«

Sie nickte.

»Hörst du … äh.« Er kannte den Namen des Mannes nicht.

»Edi«, sagte der Mann. »Edward Harcourt Clare. Weil ich der Jüngste in der Kinderschar bin, durfte Onkel Dave sich den Namen aussuchen. Wenn ich ein Mädchen geworden wäre, hätte er mich Edilean genannt.«

»Er heißt Edward Harcourt Clare«, verkündete Luke, an Jocelyn gewandt.

Jocelyn lachte und weinte gleichzeitig.

»Okay«, meinte Luke. »Ich buche die Flüge, rufe in einer Stunde wieder an und gebe Bescheid, wann wir kommen.«

»Dann werde wir es wahrscheinlich nie schaffen, dass die Heulerei aufhört.« Er hielt inne und senkte die Stimme. »Ich finde das echt toll von euch. Onkel Dave war für uns Kinder wie ein zweiter Vater, und ich kann gar nicht alles aufzählen, was er für unsere kleine Stadt getan hat. Inzwischen ist er ziemlich krank, und es geht mit ihm zu Ende. Aber dass er seine Enkelin kennenlernen kann … Vielen Dank. Ich kann mich wirklich nur bedanken.«

27

Nach einer ausführlichen Debatte wurde schließlich entschieden, dass David Clare lieber nach Edilean kommen wollte. »Ich habe nicht mehr viel Zeit«, sagte er, »und ich würde gern wenigstens ihr Zuhause sehen.« Er erzählte, er habe schon so viele Anläufe unternommen und sogar einmal die Flugtickets gekauft, es aber dann doch nicht über sich gebracht. Denn er habe gewusst, wie sehr ihn die Reise an sie erinnern würde, und das habe er nicht ertragen können.

Luke und Joce verbrachten zwei hektische Tage damit, das Haus in Ordnung zu bringen. Die Frauen von der Baptistengemeinde liehen ihnen Betten, Bettwäsche und sogar Möbelstücke, während Lukes Mutter sich um die komplizierten Reisevorbereitungen kümmerte. Da sie ihr Leben lang immer wieder in der Praxis ihres Vaters gearbeitet hatte, kannte sie sich mit Krankentransporten aus. Und so wurde David Clare in einem Krankenwagen vom Flughafen in Richmond nach Edilean gefahren und unterhielt die beiden Sanitäter den ganzen Weg lang mit seinen Scherzen.

»Deine Enkelin ist dir sehr ähnlich«, meinte Luke zu ihm. »Sie lässt sich keine Gelegenheit entgehen, einen schlechten Witz zu erzählen.«

»Halt den Mund«, schimpfte Dr. Dave. »Sonst fangen sie gleich wieder zu weinen an.«

Die erste Begegnung zwischen Joce und ihrem Großvater war so emotionsgeladen, dass sie beide kein Wort herausbrachten. Sie hatten einander nur angestarrt und sich an den Händen gehalten, als er aus dem Krankenwagen heruntergelassen und ins Haus gebracht wurde.

Das Wohnzimmer, wo Joce ihre Nachforschungen betrieben hatte, war in ein Schlafzimmer für Sergeant Clare verwandelt worden. Nachdem er sich vierundzwanzig Stunden lang ausgeruht hatte, konnte er mit zwei Stöcken gehen – genau wie Miss Edi in ihren letzten Jahren. Der erste Ort, den er besuchen wollte, war ihr Grab.

»Bevor wir losfahren, eine Frage«, meinte er, »ist neben ihr noch Platz für mich?«

»Ja«, erwiderte Jocelyn und hielt seine Hand.

Alle – das hieß, fast die ganze Stadt – staunten darüber, wie sehr Joce und David einander ähnelten. Das kantige Kinn mit dem Grübchen, die helle Haut und die dunkelblauen Augen. Sie hatten sogar den gleichen Körperbau.

»Du bist mehr nach mir geraten als nach Edi.« David musterte sie. »Schade, dass du ihre Beine nicht geerbt hast.«

»Das geht schon in Ordnung«, entgegnete Luke. »Die vorstehenden Körperteile gefallen mir sowieso besser.«

»Luke!«, schimpfte Joce, während David beinahe vor Lachen erstickte.

»Sie hat die gleiche Figur wie meine Mutter, und offenbar hatte mein Dad nichts dagegen, denn ich hatte acht Brüder und Schwestern.«

»Das haben wir gelesen.« Joces Augen weiteten sich. »Das heißt ja, dass ich Cousins habe.«

»Hunderte«, bestätigte David.

»Solange ich nur mehr habe als der da«, witzelte sie mit einem Blick auf Luke.

»Ihr seid schon wie ein altes Ehepaar«, meinte David grinsend.

Miss Edis Grabstein war nur klein. »Wir ändern das«, meinte David und sah Luke an. »Ich wette, du weißt, wo ich einen Steinmetz auftreiben kann, College-Boy.«

»Das kriege ich bestimmt hin.«

»College-Boy?«, wiederholte Joce schmunzelnd. »Luke arbeitet bei mir. Ich kann mir zwar sein Gehalt nicht leisten, aber er ist mein Gärtner. Er arbeitet auch für andere Leute.«

David musterte Luke kopfschüttelnd. »Ich bin zwar alt, aber noch klar bei Verstand. Eine meiner Großnichten ist Schlange gestanden, um sich ein Buch von dir signieren zu lassen. Als sie nach Hause kam, fand sie dich noch viel spannender als das Buch. Sie hat ein Foto von dir aus dem Internet heruntergeladen und es sich über den Schreibtisch gehängt. Ich habe dich auf Anhieb erkannt.«

Jocelyn blieb stehen, funkelte Luke finster an, ließ den Arm ihres Großvaters los und marschierte zurück zum Haus.

»Ach herrje«, sagte David. »Habe ich mich jetzt verplappert?« Er drehte sich mit seinen Stöcken um, während Luke Joce nachlief.

»Du Mistkerl!«, rief sie aus, als er sie eingeholt hatte.

»Ich wollte dich nicht anlügen, aber …«

»Warum nicht? Alle anderen tun es doch auch. Gibt es denn gar keine ehrlichen Menschen mehr auf der Welt?«

»Du solltest mich nur als Person sehen«, fuhr Luke fort. »Entschuldige, dass ich dir nicht erzählt habe, dass ich Bücher schreibe und dass ich verheiratet war. Doch Ingrid war nur an meinen Autorenhonoraren interessiert.«

»Die ganze Stadt war über deine Ehe und deinen Beruf im Bilde, und niemand hat mir ein Sterbenswörtchen verraten.«

»Ich hatte sie darum gebeten.«

»Und das genügt? Du hast sie einfach angewiesen, deine Schriftstellerei nicht zu erwähnen, und sie haben gehorcht?«

»Ja«, erwiderte Luke nur.

»Es muss toll sein, wenn einen die Leute so bedingungslos lieben. Mir persönlich ist das noch nie passiert.« Sie machte kehrt und steuerte auf das Haus zu.

»Doch«, entgegnete Luke. »Ich liebe dich bedingungslos. Ich liebe dich seit dem ersten Abend, als ich dich mit Senf beschüttet habe.«

»Das war ein Unfall«, gab sie, über die Schulter gewandt, zurück.

Luke stellte sich ihr in den Weg. »Ja, war es, und ich fand es sympathisch, dass du ehrlich warst und Ramsey die Wahrheit gesagt hast.«

»Ehrlich? Weißt du überhaupt, was dieses Wort bedeutet?«

»Ich bin dabei, es zu lernen«, antwortete er. »Allerdings hatte ich in Sachen Verschleierungstaktik ausgezeichnete Lehrer. Dich, Ingrid, meine Familie, Ramsey, ja, sogar Miss Edi.«

Jocelyn wollte sich an ihm vorbeidrängen, aber er machte einfach nicht Platz. Schließlich verschränkte sie die Arme vor der Brust. »Also gut. Was schreibst du?«

»Thomas Canon«, erwiderte er.

Joce blieb der Mund offen stehen. Thomas Canon war die Hauptfigur in einer sehr beliebten Reihe, die im 18. Jahrhundert kurz vor dem Unabhängigkeitskrieg spielte. Thomas liebte seit seiner Kindheit eine schöne junge Frau namens Bathsheba, doch ihre Eltern hatten sie gezwungen, einen reichen Mann zu heiraten, den sie nicht liebte. Um sich von seinem gebrochenen Herzen abzulenken, reiste Thomas in den Büchern durch die noch jungen Vereinigten Staaten, lernte verschiedene Menschen kennen und geriet dabei immer wieder in Schwierigkeiten.

»Luke Adams«, sprach Joce den Namen des Autors aus.

»Das bin ich.«

»Und das Gärtnern?«

»Ich habe meinen Abschluss in Botanik gemacht, und nach der Sache mit Ingrid war ich …« Er zuckte die Achseln.

»Wer studiert denn *Botanik?*«, wunderte sich Joce. »Wie verdient man mit einem Abschluss in *Botanik* seinen Lebensunterhalt? Du hättest …« Sie verstummte, weil er sie in die Arme nahm und sie küsste.

»Jocelyn, ich liebe dich. Ich entschuldige mich dafür, dass ich so lange gebraucht habe, um es dir zu sagen, und dass ich so viele Geheimnisse vor dir hatte. Aber ich wollte kein Risiko eingehen. Glaubst du, du kannst mir jemals verzeihen?«

»Natürlich kann sie!«, ließ sich David Clare vernehmen. »Wenn Edi mir verziehen hat, dass ich so ein Prolet bin, kann sie dir auch verzeihen, dass du dich als einer ausgeben wolltest.«

Luke und Jocelyn grinsten, denn sie wussten, dass er seine kleine Werkstatt nach dem Krieg zu einem an der gesamten Ostküste verbreiteten Franchise-Unternehmen ausgebaut hatte. Er war Multimillionär. Doch da er seine Firma nach seinem geliebten Bruder Bannerman benannt hatte, der im Krieg gefallen war, hatte Edi nie erfahren, dass ihr David noch lebte.

»Kannst du mir verzeihen?«, fragte Luke.

Was sonst?, dachte sie. Allerdings wollte sie ihn nicht so leicht davonkommen lassen. »Nur unter einer Bedingung: Du musst mir verraten, ob Thomas Canon und Bathsheba sich jemals kriegen.«

»Nicht du auch noch«, stöhnte Luke. »Ich habe zu Hause einen Riesenkarton voller Briefe von Lesern, die mir alle dieselbe verdammte Frage stellen. Ich weiß es nicht.«

»Was soll das heißen? Du hast die handelnden Personen doch erfunden. Du bestimmst, was sie tun.«

»Mehr oder weniger.«

David lachte. »Am besten gibst du es auf«, sagte er zu Luke. »Auch wenn sie aussieht wie ich, ist sie genau wie Edi.«

»Ich bin überhaupt nicht wie sie«, protestierte Joce mit weit aufgerissenen Augen.

»Du gleichst ihr wie ein Ei dem anderen«, beteuerte David. »Hat sie dir erzählt, wie …«

»Moment mal«, fiel Joce ihm ins Wort. »Ich hole ein Aufnahmegerät. Im Gegensatz zu manchen anderen Leuten erfinde ich keine Charaktere.«

Als Luke und David allein waren, lachte der alte Mann noch immer in sich hinein. »Mit der wirst du es nicht leicht haben, mein Junge.«

»Stimmt«, erwiderte Luke grinsend.

Später, nach dem Abendessen, als David schon schlief, saßen Luke und Joce allein in der Küche und redeten. Sie haderte noch ein wenig damit, dass er ihr seinen Beruf verschwiegen hatte, doch Luke gab sich Mühe, seinen Fehler wiedergutzumachen.

»Gestern Abend hat meine Mutter mir eine sehr seltsame Geschichte erzählt«, begann er und stellte fest, dass Joce bei dem Wort *Geschichte* die Ohren spitzte. »Sie hat Miss Edi etwa ein halbes Jahr vor ihrem Tod besucht.«

»Warum?«, fragte Joce.

»Ich bin nicht sicher«, erwiderte Luke. »Meine Mutter war noch nie eine gute Lügnerin, aber …«

»Ganz im Gegensatz zu dir?«

»Ja«, antwortete Luke grinsend. »Sie sagte etwas von einem Geheimnis, das in Ordnung gebracht werden müsse.«

»Was für ein Geheimnis?«

»Keine Ahnung. Sie hat es mir nicht verraten. Allerdings vermute ich, dass meine Mutter weiß, weshalb Alex McDowell glaubte, Miss Edi sein Leben zu verdanken.«

»Dieses Geheimnis?«, hakte Joce nach. »Und deine Mutter kennt es?«

»Vielleicht. Warum fragst du sie nicht?«

»Ich glaube, das mache ich.«

»Jedenfalls«, fuhr Luke fort, »haben sie und Miss Edi viel über mich, meine Schriftstellerei und meine gescheiterte Ehe geredet. Auch darüber, dass ich so viel Zeit allein mit ihrem brummeligen Schwiegervater verbracht habe. Und soll ich dir etwas sagen? Mom hatte mitgekriegt, dass Opa Joe mich aus dem Haus geschmuggelt hat, um mit mir angeln zu gehen. Sie fand, dass ich schon immer besser mit älteren Menschen zurechtgekommen bin.«

»Ich auch«, antwortete Jocelyn. »Meine …« Sie hielt inne, denn sie hatte sich noch gar keine Gedanken darüber gemacht, wie sie die Menschen, die sie so geliebt hatte, nun nennen sollte. Immerhin hatten sie ihr die Adoption verschwiegen. »Die Großeltern eben. Dann Miss Edi.« Joce sah Luke an. »Was ist mit Ramsey?«

»Alle wissen, dass er und Tess …«

»Nein! Ich spreche von dem Testament.« Joce schlug die Hände vors Gesicht. »Jetzt wird mir alles klar. Miss Edi wusste, wie sehr ich es hasse, wenn man mich verkuppeln will. Sie hat mich mit einigen wirklich netten Männern bekannt gemacht, aber ich habe schon im Voraus beschlossen, sie unsympathisch zu finden. Ich war schrecklich! Ich habe nicht über ihre Witze gelacht und hatte an allem, was sie taten oder sagten, etwas auszusetzen …« Sie warf Luke einen Blick zu. »Vielleicht hat Miss Edi ja behauptet, dass Ramsey der Richtige für mich sei, weil sie gar nicht wollte, dass wir zusammenkommen.«

Luke starrte sie erstaunt an. »Und meine Mutter hat mir gesagt, dass ich mich von dir fernhalten soll. Sie weiß, dass ich nicht widerstehen kann, wennn etwas verboten ist.«

»Glaubst du, die beiden haben unter einer Decke gesteckt? Ist es möglich, dass wir manipuliert worden sind?«

Sie sahen einander an. »Nein«, meinte Luke.

»Zu diabolisch«, sagte Joce.

»Zu hinterhältig. Zu …«

»Genau«, antwortete Joce.

»Ganz sicher nicht«, stimmte er zu.

»Du kannst ja auch Ramsey nehmen, wenn du willst«, fügte er nach einer Weile hinzu.

»Nein«, erwiderte sie lächelnd und griff über den Tisch hinweg nach seiner Hand. »Ich habe beschlossen, der Tradition meiner Ahninnen zu folgen und mich an Männer zu halten, die mit ihren Händen arbeiten.«

Ein warmer Ausdruck trat in Lukes Augen. »Warum kommst du nicht her und setzt dich auf meinen Schoß, damit ich dir zeigen kann, wie geschickt ich mit diesen Händen bin?«

»Ja, gerne.« Jocelyn stand auf und warf sich in seine ausgebreiteten Arme.